Novela

Esta novela obtuvo el Premio Azorín 2017,
concedido por el siguiente jurado: Almudena de Arteaga,
Juan Eslava Galán, Belén López Celada, Nativel Preciado,
Esperanza Sempere, Celso Serrano Martínez, César
Augusto Asencio, que actuó como presidente del jurado,
y María José Argudo Poyatos, que actuó como secretaria
sin voto.

La Diputación Provincial de Alicante y Editorial Planeta
convocan y organizan el Premio Azorín de Novela.
Editorial Planeta edita y comercializa la obra ganadora.

Espido Freire
Llamadme Alejandra

Premio Azorín de la Diputación Provincial de Alicante 2017

Planeta

El papel utilizado para la impresión de este libro es cien por cien libre de cloro y está calificado como **papel ecológico**.

Avinguda Diagonal, 662, 6.ª planta. 08034 Barcelona (España)
www.planetadelibros.com

Adaptación de la cubierta: Booket / Área Editorial Grupo Planeta
Fotografía de la cubierta: © Jaroslaw Blaminsky / Arcangel Images
Fotografía de la autora: © Nika Jiménez
Primera edición en Colección Booket: marzo de 2018

Depósito legal: B. 1.412-2018
ISBN: 978-84-08-18150-7
Impresión y encuadernación: CPI (Barcelona)
Printed in Spain - Impreso en España

Biografía

Espido Freire (Bilbao, 1974) debutó como escritora con *Irlanda* (1998), novela que recibió una espléndida acogida por la crítica y fue galardonada con el Premio Millepage, otorgado por los libreros franceses a la novela revelación extranjera. En 1999 apareció *Donde siempre es octubre*, y seis meses más tarde se convertía en la ganadora más joven del Premio Planeta con su obra *Melocotones helados* (1999). Sus otras novelas son *Diabulus in musica* (2001), *Nos espera la noche* (2003), *Soria Moria* (ganadora del Premio Ateneo de Sevilla 2007), *La diosa del pubis azul* (2005) y *La Flor del Norte* (2011). Es autora, además, de varios ensayos, colecciones de cuentos, dos novelas juveniles y un libro de poemas. La crítica la ha reconocido como una de las voces más interesantes de la narrativa española.

www.espidofreire.com

@EspidoFreire

Espido Freire

@espidofreire

Rusia se convertirá. Si atendieran a mis peticiones, Rusia se convertirá y tendrán paz.

Transcripción del Segundo Misterio de Fátima,
por Lucía dos Santos, que afirmó que le fue
revelado por la Virgen el 13 de julio de 1917

Antes de que podamos arrepentirnos, tenemos que pecar.

Grigori Efimovich Rasputin

Debo acostumbrarme a que nadie nunca me comprenderá. Este debe ser el destino común de la gente difícil.

León Tolstói

Árbol genealógico parcial de la emperatriz Alejandra

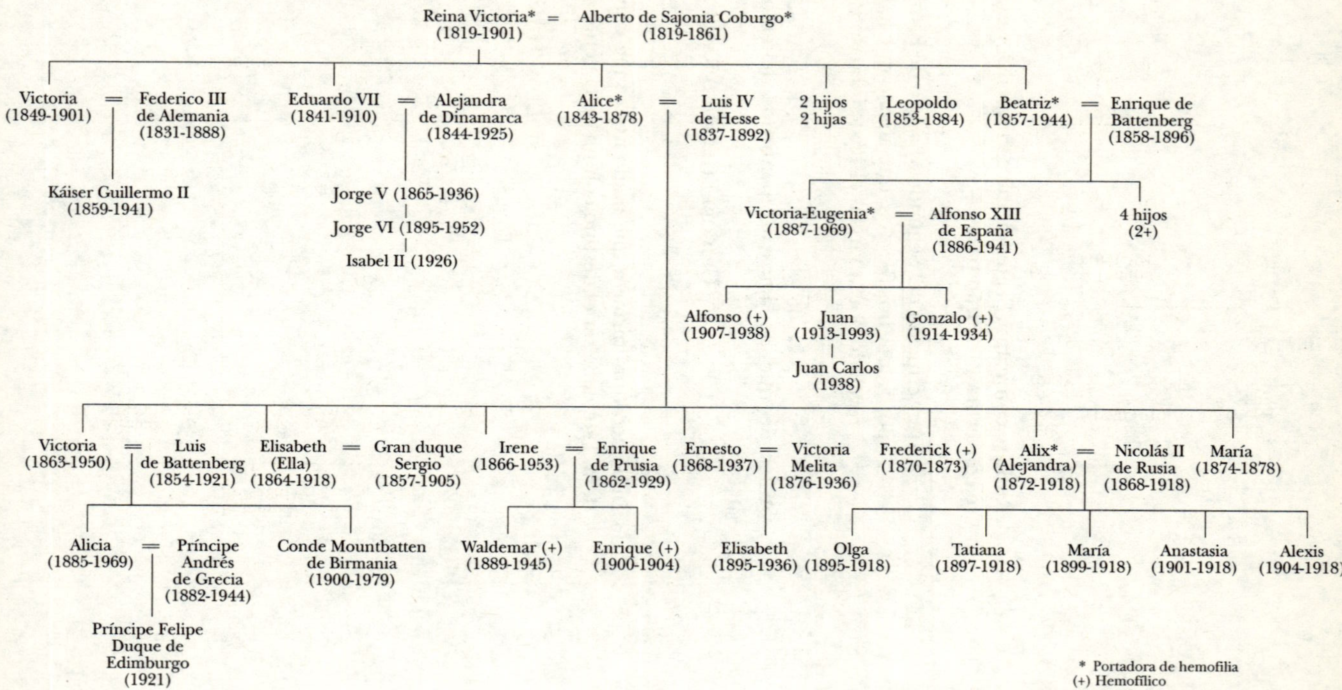

Árbol genealógico parcial de Nicolás II

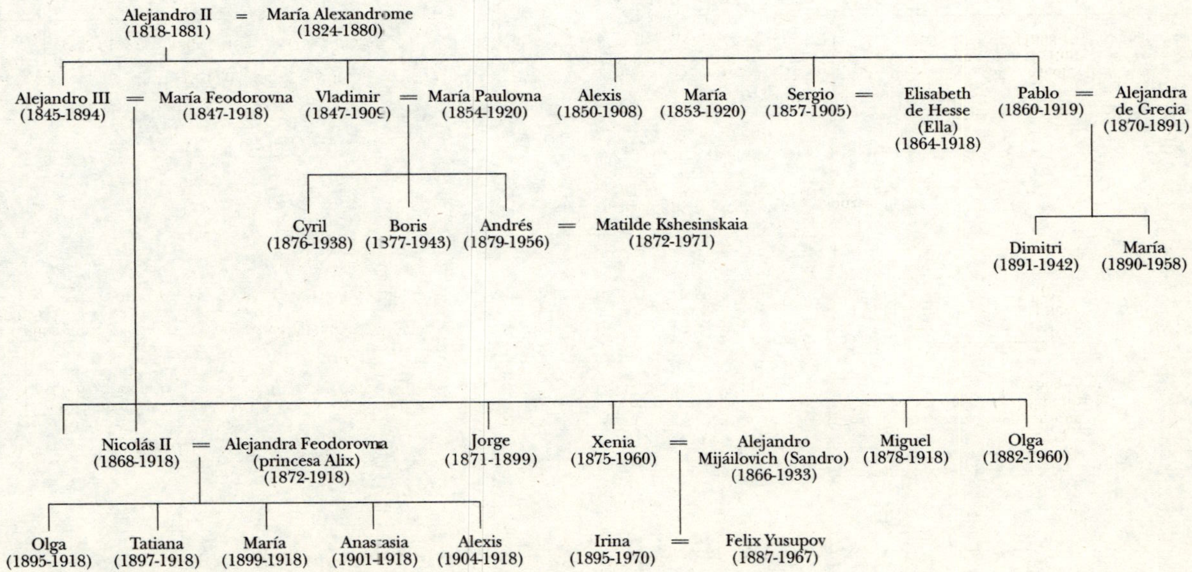

1

Nos han despertado en mitad de la noche a gritos porque nos espera un nuevo viaje. Nicolás se ha levantado, ha abierto la puerta y a través de ella, semicerrada (yo aún en camisón, el Nene asustado y confuso), ha hablado con el comisario Yurovski.

—¿Qué ocurre?

—Nada, no se preocupen, no se alteren. Obedezcan con la mayor presteza posible y todo saldrá bien.

El Ejército Blanco, el nuestro, se aproxima. Temen que en los enfrentamientos entre los Rojos del pueblo y los Blancos, los primeros tomen represalias contra nosotros. Nos llevan, por nuestra seguridad, a otro emplazamiento, y para ello nos esperan en el sótano de la casa dentro de un cuarto de hora.

Ni con nuestros mejores deseos podríamos estar abajo en quince minutos. Mi marido está despertando a las niñas, y Alexis y yo nos vestimos con calma, como podemos, como un par de inválidos. Si se cruzan nuestras miradas, sonreímos. Ya estamos acostumbrados a los viajes secretos, a que nos muevan como si fuéramos peones esenciales para un juego de ajedrez entre Blancos y Rojos.

—Tengo sueño...

—Yo también, mi vida.

—Tengo mucho mucho sueño.

—Yo también también.

Mi hijo, con los ojos cargados de oscuridad y de bostezos, parece mucho menor. Se transforma cuando duerme, con su rostro relajado, en mi bebé, en mi niñito pequeño. Desaparece su seriedad, esa costra de dolor y de paciencia contrariada que se le ha adherido como si fuera mugre.

Tienen miedo a que escapemos. Por eso nos trasladan otra vez, supongo. La casa, rodeada por una doble empalizada, parece una fortaleza para revolucionarios girondinos. ¿Cómo podríamos huir, con el niño enfermo, conmigo y mi silla de ruedas, con cuatro jóvenes hermosas y llamativas, con un hombre al que toda Rusia conoce, al que se han aferrado en las monedas de los últimos años? ¿Adónde?

Miremos a donde miremos, solo podemos encontrar una tierra desconocida, y tundra, y bosques que nunca hemos visto. No tenemos amigos ni dinero. Nos lo han arrebatado todo. Han saqueado nuestros tesoros. El anterior comisario nos robó todas las joyas que encontró, incluso las cadenitas de oro que permitían que nuestros iconos religiosos colgaran de las paredes, con lo que ya no nos protegen nuestros santos.

Las niñas, la doncella y yo hemos conservado algunas gemas con métodos arteros, de viejas avaras, cosidos en los dobladillos de la ropa y entre las ballenas del corsé. Nos impiden respirar con la facilidad acostumbrada, pero cuando seamos libres esa esmeralda que se nos clava en las costillas puede suponer la diferencia entre un día de hambre y otro con sopa caliente, una operación para el Nene o que sufra sin morfina y sin alivio.

Olvidan además que no queremos escaparnos, tan solo que esto acabe y que decidan qué va a ser de nosotros. No pedimos mucho. En realidad, no pedimos casi nada. Que, por caridad, nos permitan vivir en una finca retirada, donde podamos envejecer sin molestar a nadie, lejos del mundo. Nosotros solos, ciudadanos Romanov a secas. Preferiríamos quedarnos en Rusia, si eso fuera posible. Pero si ni así nos quieren, no nos importaría encontrar un futuro en otra nación. Cualquier cosa, siempre que nos permitan mantenernos juntos. No, no vamos a escaparnos. No nos queda más remedio que confiar en quienes nos custodian, y obedecerles, aunque hasta ahora cada movimiento haya sido a peor.

Todo es feo a nuestro alrededor. Horrible el cuarto que compartimos mi marido y yo con mi hijo, siniestro aquel en el que se apiñan mis cuatro hijas, mezquina y sucia la cocina y los cristales tintados que nos impiden asomarnos al exterior. Pasan las semanas y nada mejora, y la esvástica que he dibujado en el marco de la ventana de mi cuarto envejece: indiqué bajo ella la fecha en la que nos encerraron en esta casa, el 17 de abril, y estamos ya a 16 de julio.

La tracé a escondidas, en secreto. Siempre la he considerado un símbolo de buena suerte, traído desde la India por los santones que cuidan del alma y descuidan el cuerpo, y dondequiera que mi hijo ha dormido, a falta de un icono, lo ha acompañado la cruz solar. Y así vamos pasando día a día, procurando mantener el buen humor entre todos, y sin pensar demasiado.

A veces los recuerdos me salvan del dolor. Otras me resulta demasiado difícil recordar nuestra vida pasada, que nunca resultó sencilla, pero sí más cómoda. El ser humano, si lo sostiene la fe, puede soportarlo todo. Todo, la muerte, la ruina, la enfermedad, la traición. Mis años me han enseñado que cuando el límite se ha rebasado, aparece aún uno más; que todos nosotros somos, hombres y mujeres, extraordinarios. Que el alma en los malvados es esquiva y huidiza como un venado, pero que aparece de pronto en los ojos, en un gesto que la delata.

El pequeño Levka, el pinche de cocina, ha sido liberado esta mañana. Al principio sufríamos por él, porque nos hemos acostumbrado a vivir cada cambio como el anuncio de algo peor, pero nos han contado que el destacamento de su tío ha acampado cerca de aquí y que lo ha llamado, y el niño ha corrido feliz fuera de esta casa. Alexis lo ha visto marchar sin decir nada. Era el único amiguito que tenía. Tanto él como yo esperamos, por su bien, que no regrese nunca. Pero su salvación, su felicidad futura, condena a mi hijo a la soledad, que nunca se aleja demasiado de él...

Todo vanidad. Todo todo vanidad. ¿Por qué no renunciamos a la riqueza en nuestro momento?, ¿por qué tuvimos que sufrir que nos fuera arrebatada?, ¿qué lección no comprendimos? Se aproxima el fin del mundo. Los reyes caen, la guerra que no cesa arrasa regiones, países enteros, en Rusia los hermanos se matan entre sí, los santos son asesinados y los villanos se pasean por los palacios.

Sí, el mundo se acaba; el mundo que conocimos, al menos. Me parece adecuado, por tanto, que esa catástrofe me encuentre aquí, en el último rincón de la Tierra, sola con los seres que más he amado. Cuando pienso en eso, no tengo miedo a morir.

—No dobles así la manita, corazón.

—Es que no puedo atarme los botones.

—Espera entonces un momento a que venga papá y te ayude. No vayas a hacerte daño.

Qué extraña vida la mía. Cuando nací, en Darmstadt, Hesse, en una Alemania ahora enemiga, el 6 de junio de 1872, el mundo comenzaba a complicarse tanto que en poco tiempo nadie reconocería en qué nos habíamos convertido. El mismo día de mi nacimiento se inauguraba la primera línea ferroviaria en Japón, otra nación que se convirtió en mi enemiga. Darwin, ese coleccionista de escarabajos, publicaba el mismo año *El origen de las especies*, que tanto revolucionaría la sociedad de mi abuela, mecida apaciblemente con las bellas pinturas prerrafaelitas que los poemas de Tennyson o las novelas de Dickens o de sir Walter Scott inspiraban.

El mundo pertenecía a mi abuela; ella, con su majestuosa figura, sus joyas imperiales y su frente siempre alta, fue la mujer más influyente del siglo, y sin duda, también de mi vida. Había, por supuesto, otras emperatrices, como Elisabeth de Wittelsbach, la hermosa emperatriz de Austria, que despertaba pasiones pese a su rebeldía, su amor por los caballos y el griego o sus extrañas dietas que la mantenían esquelética y silenciosa. O Eugenia de Montijo, otra belleza que obedecía a los cánones clásicos.

Pero la reina Victoria de Inglaterra, emperatriz de la India, dueña de medio mundo, las superaba a todas. La abuela. Solo ella llegó al trono por derecho propio y no por matrimonio. El abuelo Alberto, que murió cuando yo tenía dos años, no era más que un príncipe, por mucho que ella lo amara. Las mujeres de todas las clases sociales vestían siguiendo su gusto, con cuellos altos, mangas de bombacho, gorgueras, encajes y muselinas, flores diminutas y camafeos. Como ella, llevaban una vida práctica y sensata. Quizás aburrida, pero en Inglaterra al menos no se suicidaban como les había dado por hacer en París; las mujeres creaban acogedores hogares de cretona y flores, con fundas cálidas, tenían hijos, muchos hijos, y se sentían protegidas y seguras.

De todo esto, de todas estas magníficas emperatrices, ya no queda nada. A la bella Elisabeth la asesinó un anarquista en 1898. Eugenia sigue viva, en España, viejísima y arruinada. La pobre perdió a su único hijo, su trono y sus esperanzas. La gran Victoria murió en 1902, con su imperio ampliado a toda Europa, en la que reinábamos algunos de sus cuarenta nietos.

¿Quién sino ella podría escribir al káiser, que le envió una carta subida de tono, una nota como esta?: «Dudo de que un soberano haya escrito jamás en ese tono a otro soberano, especialmente cuando este soberano es su propia abuela». Nadie, por mucho que Guillermo se lo mereciera. Todos somos primos, nos hemos matado en el seno de la familia, y ahora Nikki y yo mendigamos a alguno de esos parientes afortunados que nos saque de aquí y nos ponga a salvo.

Y así será, porque si algo aprendimos de la abuela fue que todo, el poder, la gloria, la riqueza, se encontraba al alcance de nuestra mano; y que todo, incluido el poder, la gloria y la riqueza, debía ser administrado teniendo en cuenta la moralidad, la caridad y la decencia.

Hay que tener esperanza. Hay que mantener la fe.

Nikki ha entrado de nuevo en nuestro cuarto y ha cerrado con cuidado la puerta a sus espaldas.

—Las niñas se están vistiendo —me dice—. ¿Necesitas que te ayude?

Le devuelvo la sonrisa y niego con la cabeza. Luego le hago una seña en dirección a la cama del pequeño. Él levanta las cejas.

—Ven, hijo —dice mi marido—. Échame una mano, que yo no puedo. Átame como es debido los botones de la camisa, y a cambio, te ataré yo los tuyos.

2

Nací en Alemania, de sangre inglesa, como una copia inversa de mi abuela, inglesa pero de sangre alemana. Ella se llamaba Alejandrina Victoria. Yo, Victoria Alix. Soy hija del gran duque Luis IV de Hesse-Darmstadt y la princesa Alice de Gran Bretaña e Irlanda, que fue la segunda hija de la reina Victoria. Mi vida, esa sucesión de presagios y giros y extraños sucesos, comenzó pronto a augurar mi futuro: mis padrinos fueron los príncipes Alejandro y María Romanov, los herederos al trono ruso, que veinte años más tarde serían mis suegros. Como yo, mi madre se casó en mitad de un momentáneo alivio de luto. Ella había perdido a su padre. Yo, a mi suegro.

Nada cambió en mi entorno cuando nací: de todos modos, Hesse era una región donde nunca nada cambiaba demasiado. Se encontraba varada entre los preciosos bosques alemanes, en un tiempo casi legendario, donde la tranquilidad era sinónimo de paz, y los cambios, de inquietud. La gente atravesaba nuestro pequeño ducado sin darse demasiada cuenta de que estaban allí, y raras veces lo recordaban.

Tampoco cambió gran cosa en mi familia: ya tenía tres hermanas, Victoria, Elisabeth (Ella) e Irene, y dos hermanos, Ernesto Luis y Frederick. Luego vendría la pequeña May. Ernesto Luis sería el heredero, y Frederick, *Frittie*, murió cuando yo tenía un año, al caerse por una ventana en un descuido de mi madre, de manera que solo suponíamos un problema las cinco niñas, cinco anillos en busca de maridos, de alianzas. Únicamente cuando encontráramos marido, nuestra vida, nuestro destino, nuestra patria adquirirían consistencia. Mientras tanto, vivíamos de prestado, en una tierra de nadie pasajera. Así nos habían educado; éramos princesas, y nietas de Victoria.

Me llamaban Sunny, 'solecito', porque era rubia y rosada y me reía sin cesar. Ahora ese apodo lo ha heredado mi hijo, que tiene, el pobre, menos razones para reír que yo, pero sigue caldeando nuestros días. Yo, me cuentan, me deshacía en sonrisas y mostraba mis hoyuelos, y así debe de ser, porque recuerdo aquellos primeros años hinchados de una felicidad casi explosiva, como si cada momento estuviera iluminado por el sol.

Sí, aunque me dicen que es imposible, algo recuerdo, una especie de emoción que se ha repetido en algunas ocasiones, pero claramente distinta a la de otras alegrías que he sentido ya siendo una mujer. Como un eco de alguien que fui, unas borrosas nociones de algo perdido, y sobre todo ello, claro, el rostro precioso de mi madre.

No solo me sentía querida y adorada, sino que era, además, la nieta preferida de la abuela, que no se cansaba de decir que era la niña más bonita que había visto jamás. Después, para que no me envaneciera, añadía:

«Sunny y May. No sé cuál de las dos es más preciosa. Qué niñas más lindas».

Éramos pobres, porque la dote de mamá se había empleado en construir nuestro palacio y en constantes obras de caridad. Igual que yo, mamá hubiera querido ser enfermera. Admiraba a Florence Nightingale. Por supuesto, al casarse, su vocación estaba fuera de toda lógica: pero además de a sus hijos, se dedicó en cuerpo y alma a proteger la salud de las mujeres y a difundir la higiene y la enfermería. Lo que luego he llevado a cabo yo no ha sido sino una pálida sombra de lo que ella organizó en Hesse.

«Eres demasiado seria —le decía su madre, como luego me dirían a mí—. Intenta divertirte, hija, los días luminosos pasan pronto, y luego lamentamos no haberlos disfrutado.»

«La vida fue hecha para trabajar, mamá, no para divertirse», contestaba ella.

No se entendían demasiado bien. Mamá, por ejemplo, defendía la lactancia materna y nos dio el pecho a todos nosotros. La abuela protestó horrorizada.

«Debes saber que he bautizado, en tu honor, con tu nombre, a una de mis vacas de Windsor —contaba en una carta con clara e hiriente intención—. Espero, por vuestro bien, que las dos deis mucha leche.»

Cuando cumplí cinco años mi padre heredó el título de gran duque y con él, sus rentas, pero hasta entonces los siete hermanos vivíamos sin lujos, ni dulces, ni comodidades, ni mimos excesivos. Nos daban un penique de paga semanal, lo que era una fortuna para mí, pero despertaba amargas quejas en mis hermanas. Crecí comiendo búdines de arroz y manzanas asadas, y sabiendo qué debía hacer a cada hora. Nuestras habitaciones parecían las de los reclutas de un ejército en miniatura, y Orchie, nuestra estricta niñera, no nos reñía demasiado si nos manchábamos, porque nuestras ropas estaban pensadas precisamente para eso. Mamá era una mujer práctica, y Orchie también.

Orchie se llamaba en realidad Anna Orchard, y aunque la adorábamos, era insobornable. Ni la zalamera Ella ni mi encanto podían disuadirla de un castigo. La habitación de mamá, cubierta de retratos de nuestros parientes ingleses, estaba próxima a nuestro cuarto, y se nos permitía jugar allí mientras ella atendía sus asuntos. Nunca la dejábamos tranquila. Nos colgábamos de sus piernas, suplicábamos besos, le escondíamos las tijeras y solo cuando veíamos que Orchie se acercaba para poner un poco de orden, echábamos a correr y nos escondíamos. A papá no lo veíamos muy a menudo, pero si tenía ocasión jugaba con nosotros y cuando nos venía a buscar, comenzaba una fiesta.

Creo recordar que era más traviesa que mis propios hijos, y es el momento de reconocer que Anastasia tiene a quién parecerse. Nuestro jardín, un parque con tilos y castaños centenarios, ¡era tan grande! ¡Tan tentador explorar el mundo más allá de las verjas! Cuando tenía seis años, me estrellé contra los paneles del invernadero y me corté en las piernas. Debió de ser grave, porque no me riñeron, y yo no lloré; solo perdí el conocimiento, y cuando desperté en mi camita, con las piernas vendadas, nadie volvió a hablar del incidente. Desde entonces, sin embargo, me paseaban en un carrito con un pony, y un criado de librea caminaba a mi lado vigilándome.

Muy de vez en cuando nos regalaban algún juguete o una muñeca, pero lo cierto es que apenas les hacíamos caso. Preferíamos pescar los peces de colores del estanque. Teníamos a nuestros perros, que se movían con más ingenio que las muñecas, y a nuestros primos, que nos visitaban a menudo y venían a pasar con nosotros unas Navidades puramente inglesas, o íbamos nosotros a Balmoral. Y, por encima de todo, nos encantaba disfrazarnos con las lujosas ropas que mamá había traído de Inglaterra.

¡Aquellos armarios infinitos! ¡Aquellos baúles sin fondo! Sedas, chales orientales e inmensas crinolinas, sombreros, plumas sueltas, encajes no muy valiosos que mamá guardaba como recuerdo o como una futura herencia para las hijas. Arrasábamos con todo en nuestros juegos y en nuestras obras de teatro... En realidad, ahora que lo pienso, Anastasia tiene de Hesse más de lo que yo estaba dispuesta a admitir.

De pronto el sol desapareció. En el invierno de 1878 todos, menos Ella, contrajimos la difteria. Estuve a punto de morir, con la garganta como si fuera de lana y el aire pesado, muy pesado, en los pulmones. No se podía hacer nada salvo cuidarnos. La abuela fue uno de los primeros niños del mundo en vacunarse contra la viruela, pero aún no existe nada que arranque de la muerte a los niños cuando los asedia la difteria o el tifus, como hace muy poco recordé, amargamente.

En noviembre murió May, mi pobre hermanita, siendo aún un bebé. Mamá, que nos había velado a todos sin descansar un instante, se contagió a principios de diciembre y falleció en seis días.

Así, en seis días, se nos arrebató lo más precioso, lo más querido de nuestra vida. Y al dolor de perderla se añadió la mala intención de la gente. El cotilleo, las leyendas falsas que nos han perseguido siempre. Comenzaron a decir que Ernesto, mi hermano, le había dado el beso de la muerte. Qué crueldad. Qué mala intención.

Ernesto, que se encontraba algo recuperado, adivinó por los susurros y las idas y venidas que la pequeña había muerto y rompió a llorar. Mamá, deshecha en lágrimas, lo abrazó para consolarle y lo besó. Esa fue la historia que se extendió rápidamente y el horror que pobló la vida de mi hermano. Había matado a mamá, publicaron los periódicos. Una historia cruel y falsa. Mamá también hubiera muerto sin ese beso.

Puede que cuando murió May le fallaran las fuerzas. O puede que su corazón, como ahora el mío, no fuera tan fuerte como parecía.

Toda mi vida recordaré cómo me asomaron a la ventana para que viera, desde lejos, la procesión fúnebre que se llevaba a mi madre, y con ella, sin remedio, la belleza y la tranquilidad de mi familia.

«No lo olvides —me dijeron—, ella te quiso muchísimo.»

La desgracia irrumpió sin previo aviso, como cuando murió Alejandro III o la pobrecita niña de Ernesto, o con el anuncio de la enfermedad de Alexis. Mamá murió muy joven, a los treinta y cinco años, y con ella llegó la oscuridad a nuestra vida. Una gran nube negra se instaló sobre el palacio y cubrió el sol para siempre. Entonces, los cuentos que Orchie nos leía cobraban sentido; los bosques, antes tan serenos, escondían monstruos, y sufríamos en carne propia la soledad de los huérfanos y el miedo a que una madrastra llegara a nuestras habitaciones, malvada, bella y retorcida.

La madrastra nunca apareció. Era imposible que quien la hubiera conocido olvidara a mamá, y nadie vino a imponernos nuevas reglas ni a ocultarnos sus retratos o recuerdos. Papá permaneció siempre fiel a su memoria.

Cuando mamá se casó y fue a Hesse, tan joven, llena de energía, acostumbrada al reino más próspero del mundo, encontró una región primitiva, rústica, que se había incorporado muy recientemente a Alemania. Hizo construir con su espléndida dote nuestra casa, el palacete rodeado de tilos y castaños, tan inglés en su forma y en sus costumbres, pero también erigió hospitales y refugios, y si murió combatiendo una enfermedad fue porque durante toda su vida había luchado contra ellas, como si el deber que había contraído por ser una princesa privilegiada estuviera por encima de todas las cosas, incluida su salud.

La amaban porque, aunque vivía para papá y para nosotros, nunca se olvidaba de los demás. Encontraba en la dedicación a los otros el sentido de su vida. Cuando Frederick murió, se recuperó del dolor lo antes posible para atender al resto de sus hijos y aprovechó la relación que nos unía a Inglaterra para conseguir que los últimos avances médicos llegaran a Alemania.

En cuántos momentos de mi vida he añorado la mano de mi madre sobre mi frente, su consejo. A veces miraba su retrato y le consultaba algo:

«¿Qué harías tú, mamá? ¿Qué me aconsejas?».

Nunca recibí respuesta, si he de ser franca. Pero sus bonitos ojos, su rostro de tristeza sutil y delicada me transmitían una serenidad que me faltaba en los momentos áridos.

Desde que nací he sentido que alguien, en todo momento, me estaba protegiendo del mal y de las peores desgracias; hasta que llegué a Rusia no supe que existían santos que se encargaban de ello, que las almas de los muertos velaban por nosotros para que nada malo nos ocurriera. Primero fue Frederick, el pobre. ¿Cómo explicar si no que no me matara contra aquel invernadero? Luego, durante muchos años, ese ángel bueno fue mi madre. Después mi padre. Ahora, el espíritu de Nuestro Amigo nos abraza, y nos mece, como a niños muy pequeños y necesitados de consuelo...

Papá no quiso que nada cambiara; cuando mamá murió él aún estaba muy enfermo, y a nosotros nos enviaron con unos familiares para que no recayéramos. Creo que eso lo decidió la abuela Victoria, que actuó desde entonces como nuestra madre en la distancia y que se ocupó de elegir incluso a nuestros preceptores. Al fin y al cabo, al ser casi adoptados por la abuela, regresamos a la fuente de nuestra educación. Fuimos sus nietos preferidos, y ni ella ni mi padre cesaron durante el resto de sus vidas en su intento de que creciéramos sin demasiadas penas.

Creo que eso mismo hemos hecho nosotros, Nikki y yo, con los niños. Con las chicas lo hemos conseguido (a veces Olga me mira con sus ojos imperturbables, y pese a su sonrisa vacilo un momento y dudo de la felicidad de mi hija mayor), pero con Alexis el reto es mayor: él no ha perdido a ningún ser querido, pero siente, creo yo, que él mismo se pierde, que intentamos retenerlo a fuerza de cariño, que lo tratamos, cuando no nos damos cuenta, como una pérdida presente.

Mis afectuosos mayores perdieron conmigo la lucha por la alegría.

«Qué suerte tienes —me decían—, ahora tú eres la nena menor. ¿Verdad que eres afortunada? Todo para ti.»

Yo no quería nada. Apenas recordaba la muerte de Frittie, pero con May había jugado y reído y peleado, y la echaba de menos a cada momento. Aunque mis hermanas crecieron pronto y se transformaron en tres madres cariñosas para mí, mamá se había ido, y con ella, la chiquitina May. Cada vez que las recordaba el pecho se me hinchaba con una pena inmensa que ni siquiera me dejaba llorar.

No tenía con quién jugar en el cuarto de los niños, y aunque hubiera podido entretenerme sola no me gustaban los nuevos juguetes, pero los viejos habían sido quemados tras la epidemia de difteria para evitar infecciones. Me dejaron más libertad, y vagabundeaba sola por el parque, por las habitaciones, tras la sombra de mi hermano Ernie. Cuando no me hacían caso (Ernie estudiaba, mis hermanas estaban ocupadas en sus cosas, quién sabe dónde estaba papá, todos tenían algo que hacer salvo yo, a la que aún permitían jugar) me asomaba al jardín para ver los pececitos del estanque.

Me cuentan que la casa se volvió silenciosa: faltaba el bebé, faltaba la agitación de mamá, y yo, que había sido ruidosa y traviesa, también me apagué. Entonces descubrieron una timidez nueva en mí, y el rictus triste, cargado de dolor, que muestro en la mayoría de las fotografías apareció por primera vez tras la muerte de mamá y se quedó allí oscureciendo mis ojos y empequeñeciendo mi boca.

Con el tiempo supe que no todo era alegría en la casa cuando mamá vivía. En sus últimos años el dolor físico, que tan incansable ha sido en asediar a mi familia, la cercaba. Sufría jaquecas constantes y un reuma prematuro. Trabajaba demasiado, y posiblemente sin demasiada ayuda ni comprensión. Papá, que la adoraba, no entendía esa obsesión por arrebatar a los otros, incluso a los desconocidos, de la muerte.

«Es ley de vida. ¿Qué más da antes o después? Mientras no se sufra...»

A mamá le asaltaban a veces pensamientos premonitorios, el miedo a morir joven y dejarnos solos, sin protección.

«La vida es una batalla —escribió en su diario—, y solo quiero equipar a mis hijos con todo el amor y la felicidad posibles, para que se los lleven como armas.»

Y aunque yo la recuerde siempre dispuesta para mí, siempre dulce, la melancolía había comenzado a devorarla cuando perdió a Frittie. Un segundo, una mirada que se desvía del niño, una ventana abierta.

«¿Se murió del golpe?», preguntaba yo a los mayores, fascinada, como todos los niños, por lo que no comprendía.

«Comenzó a sangrar y no pudieron pararlo», dijeron, y yo imaginaba las piernas y los brazos de mi hermanito abiertos como grifos y a los médicos a su alrededor intentando cerrarlos.

Tardé muchos años en recordar cómo había muerto mi hermano, y solo cuando fui madre comprendí la espantosa amargura de la mía ante su hijito, ante las moraduras que no sanaban, las articulaciones hinchadas, las heridas que no dejaban de sangrar. Y entre lágrimas, abracé ese dolor como la hubiera abrazado a ella, como lo habría hecho con mi hermano si hubiera podido.

3

Qué frío hace en esta casa: siempre, incluso a las horas más soleadas. Hay que asomarse al patio para que se templen los huesos y escoger algún lugar protegido de la corriente. Las noches se eternizan, la temperatura baja de madrugada y amanecemos con las ventanas cubiertas de vaho y de lagrimones de rocío. Me alegro de salir de aquí: no nos pueden llevar a sitio peor que este.

Pero estaba hablando de mi vida, de los eternos días que siguieron a la muerte de mamá. Supliqué a papá que me dejara estudiar. Él, riendo, dijo que nunca había esperado que uno de sus hijos tuviera tanto interés por los libros, y menos su pequeña Sunny. Imploré que me dejara ocupar mi tiempo, como los demás, y cuando me permitió estudiar con mis hermanas, me entregué a ello con tanta energía que pronto me pusieron de ejemplo para las perezosas mayores, que se escapaban cuando podían de las sesiones de costura.

«Qué tonta —me decía Irene—. Aprovecha ahora, que se te permite todo. ¡Qué ganas tienes de crecer!»

Miro ahora mis manos curvadas por la edad, hinchadas por los fríos, y me cuesta pensar que en algún momento fueron ágiles sobre un piano, o con las agujas de bordar que ahora no soy ni siquiera capaz de enhebrar. Se pasan los años veloces, mi hija menor ha cumplido dieciséis años, y si la situación fuera normal, en breve se presentaría en sociedad con María, y comenzarían a coquetear y a tejer planes de amores y futuro. Sobre todo María, para la que no casarse sería una crueldad.

Tengo que recordarles a las niñas... No, qué tontería. Se acordarán perfectamente de lo que hemos hablado. Tatiana habrá supervisado con cuidado la ropa, debo relajarme...

Soy yo la que ha de dar ejemplo. Pasaremos sobre esto como sobre un mal sueño. He vivido otros momentos terribles, y todos pasaron.

Ya volverán los buenos tiempos, regresaremos al oeste, a Crimea posiblemente. Perderemos de vista estos yermos horribles y estos rostros adustos. Y los años siguientes endulzarán el recuerdo que Anastasia y María tienen de esta primera juventud.

¿Qué se esperaba de mí, de la menor de las duquesitas de Hesse, a la edad que tienen ahora mis niñas? Más o menos lo mismo que de la hija de cualquier familia burguesa: una obediencia ciega a mi padre y un pudor extremo en mi conducta. Un poco más adelante me casaría, tendría hijos a los que educaría para convertirse en útiles caballeros para la sociedad y el resto de mi tiempo lo ocuparían la casa, el orden, la limpieza, las bonitas tapicerías y las flores.

Suponían (nadie lo dijo jamás, pero ese silencio, tan frecuente en la casa de mi abuela, lo daba por hecho) que me casaría con un aristócrata, con un hombre de posición más o menos desahogada; alguien se encargaría de lavar la ropa, o de ir a por leña en mi lugar, pero a mí me correspondería administrar el dinero doméstico y las tareas del servicio. Orchie, Dios la premie por ello, no me ahorró que hiciera la cama o que aprendiera a remendar o a cocinar. Yo he hecho lo mismo con mis hijas. Si algún mal aqueja a la juventud rusa es que sus cabecitas, en especial las de las chicas, están llenas de pájaros. Se esperaba de mí que me sacrificara por la familia: si no quedaba azúcar o carne, yo sería la que me privaría de esos alimentos. En eso he fracasado, qué cosas... La mejor parte de la comida que ahora nos dan es siempre para el Nene y para mí.

Nos educaban para sufrir y callar, y para desconocer en todo lo posible el mundo real. Sabíamos que algo secreto ocurría cuando una mujer se casaba, que había misterios que tenían lugar por la noche, en los cuartos más lejanos de los mayores. Y nosotras, las niñas, las mujeres, éramos las que debíamos custodiar nuestro nombre y nuestra virtud. Los hombres, nos decían, no podían controlarse. Y lo veíamos a diario: mi padre, furioso por a saber qué, gruñía sin dar explicaciones; mi hermano se atracaba de las comidas que precisamente más daño le hacían, sufría un cólico y volvía a hacerlo. No podían controlarse. Nosotras, las chicas, sí podíamos. Debíamos.

Cuando miss Jackson, la institutriz de mis hermanas, me habló con mayor claridad sobre lo que me esperaba una vez que me hubiera casado, pasé varios días callada, mirando al vacío, atónita por el secreto que me había confiado. Entonces entendí el pavor que sentíamos ante las enfermedades hereditarias, la tuberculosis, el alcoholismo, la locura. Comprendí, como si me alcanzara un relámpago, por qué se bajaba la voz al hablar de las mujeres malas, o de las que los hombres habían echado a perder. Y fui consciente de una manera casi dolorosa de mi cuerpo, de cómo la vida se complicaba de un momento a otro, de cómo yo era importante para que el orden se mantuviera.

Todo lo que yo poseía, lo que yo era, estaba reservado a un marido invisible, a una sombra cercana que no se revelaba. Incluso el sucio ritual de sangre y trapos con el que la edad me obligaba a cumplir cada mes se le debía ocultar bajo cualquier circunstancia. Sin embargo, ya casada, hablaba de eso con total naturalidad con Nikki, que, como padre de cuatro hijas, estaba en su derecho de comprender por qué tantas mujeres a su alrededor cambiaban de humor y lloriqueaban a la menor provocación.

Entonces yo no podía imaginar a quién estaba destinada, y mi timidez me impedía participar en las quinielas que mis hermanas hacían con sus pretendientes europeos. Yo sería una mujer bonita (no había razones para pensar lo contrario, mi madre y mis hermanas lo eran), posiblemente algo severa, algo rígida, pero siempre ansiosa de aumentar mis virtudes. Me forzaba a ser generosa, porque sabía que de natural no lo era. A ser alegre, pese a que nunca lograba convencer de ello a los demás. A interesarme por lo que me enseñaban, aunque hubiera preferido fantasear y escuchar durante horas a miss Madgie Jackson.

Ella era, posiblemente, la mujer más inteligente que yo haya conocido nunca, y esperaba de nosotras que lleváramos nuestro pensamiento lo más lejos posible. Miss Jackson no lo mencionaba, pero mucho antes de todo aquel futuro dorado que el matrimonio nos ofrecía, algo nos hacía levantar ya la cabeza con orgullo; éramos nietas de Victoria.

«Seréis reinas, seréis princesas, y no podéis permanecer ajenas a las cuestiones políticas que vuestros maridos deberán resolver. Si enviudáis jóvenes, a vosotras os corresponderá defender los derechos de vuestros herederos y mirar por sus intereses. Os rodearán las intrigas y los rumores, y tendréis que aprender a zanjarlos cuando aparezcan a vuestro alrededor.»

Mi hermana Ella y yo nos mirábamos, incapaces de imaginarnos casadas, y mucho menos viudas.

Miss Jackson se jubiló cuando cumplí los quince años, y mucho tiempo más tarde, en los años difíciles de la guerra, recordé sus palabras con más frecuencia de la que hubiera sospechado, y habría dado cualquier cosa por escuchar de nuevo sus consejos y haberla tenido más años a mi lado. Aunque lloramos cuando nos abandonó (ella se mantuvo serena, y su mirada seria mientras se despedía nos dejaba ver que no aprobaba aquellas exageraciones), no sabíamos aún el apoyo que perdíamos.

Si entonces hubiera sabido lo mucho que me haría falta, me habría esmerado más con el francés. Al menos, he intentado que las niñas lo dominen, y el profesor Gilliard, pobrecillo, no arrojó la toalla hasta el último momento. ¡Ay, el francés, qué terrible tortura, y qué vergüenza he sentido cada vez que he tenido que emplearlo! Creo que una de las razones por las que no me han querido en Rusia ha sido por no hablarlo bien. ¡Son tan injustas las razones por las que alguien resulta amado! A mí se me complicó la vida por no tener buen oído. Ni destaqué en idiomas (aún ahora hablo con mi familia en inglés, la lengua que siempre ha sido mi hogar), ni supe nunca cantar bien. Una mala herencia de mi madre, que se quejaba de que los niños nos escondíamos debajo de la cama cuando cantaba (los míos no lo hacen, aunque sospecho que no les faltan ganas a veces, y Nikki, el muy grosero, sale del cuarto con disimulo cuando empiezo a entonar una canción).

En cambio, uno de los placeres más continuados de mi

existencia ha sido tocar el piano, las largas horas gastadas con Vyrubova en el saloncito, la melodía a cuatro manos que, a fuerza de repetirla, cobraba sentido. A la abuela le gustaba escucharme, y cuando me obligaba a tocar en público (una de sus artimañas infantiles para mostrarme en puja pública), fingía no darse cuenta de que yo estaba a punto de desmayarme. ¡He sido siempre tan tímida! Los conciertos me dolían tanto como las ocasiones en las que, en las cenas con políticos y filósofos, me veía forzada a demostrar lo que había aprendido de historia, geografía o literatura.

Aunque desde niña estaba acostumbrada a tratar con personas de edad, y eso me había hecho crecer de forma prematura, una madurez que me alababan de continuo, nunca me gustaron los desconocidos. Cuando me rodeaba mi familia, la timidez desaparecía y yo volvía a ser la pequeña Sunny. Si no era así, si debía elegir entre encontrarme con extraños o recluirme, prefería la soledad. Aparte de mi piano, me gustaba leer novelas y rezar, y bordar y coser, y como mi madre me había enseñado, había una multitud de necesitados que esperaban mi ayuda. Y el resto del tiempo fantaseaba y volaba constantemente a Rusia...

4

¡Rusia! Desde Alemania, Rusia apenas parecía existir. No resultaba más real que cualquiera de los reinos míticos de los que nos hablaban en los poemas, Shangri-La, o Liliput, o el país del hada Titania. ¡Rusia! Recuerdo cuando me dijeron que viajaríamos al este y que pasaríamos algún tiempo allí. Me encogí de hombros como si me dijeran que pasaríamos un día en el campo. Me encontraba en esa edad imposible en la que mi mayor deber era sacar de quicio a mis mayores.

Yo tenía solo doce años cuando viajamos para acompañar a Ella a San Petersburgo para entregarla a su futuro marido, el gran duque Sergio Romanov, y la alegría de mi hermana, y la de toda la familia, se contagió al paisaje y a las fiestas que se organizaron.

Aquel viaje fue, además, una de las pocas ocasiones en las que nos unimos de nuevo. Mis hermanas mayores, que habían sido presentadas en sociedad un poco antes de lo habitual, apenas paraban en casa, con tantas invitaciones como su agenda y su energía permitían, y como a mí aún no me dejaban acudir a fiestas, las veía arreglarse y marchar sin envidia, pero con el corazón pesado; las seguía con la mirada por la ventana y luego me dirigía muy despacio hacia mi asiento y continuaba leyendo. Ernesto Luis estudiaba en la universidad, y casi no lo veíamos. Papá y yo sabíamos que se avecinaban cambios, pero en el fondo nos aferrábamos a la sensación de que aún nos respetarían por algún tiempo.

Nos engañábamos, y lo sabíamos. Mis hermanas eran ya tan renombradas por su belleza (Victoria, con su gran estatura y sus facciones clásicas; Ella, tan rubia y hermosa; Irene, esbelta y delicada) que muy pronto se prometieron. Victoria se casó en abril de 1884 con el primo Luis, de los Battenberg, en Darmstadt y entre lágrimas. Una boda triste en la que echamos de menos tanto la figura de mamá, tan refinada, como si hubiera muerto apenas unos días antes.

Pero para la boda de Ella, mi favorita y creo que la de todos, con el hermano del zar («seréis reinas, seréis princesas»), la familia al completo viajamos a San Petersburgo.

¡Era tan hermoso el país que veía a través de las ventanillas! ¡Tan distinto de todo lo conocido, tan exótico! Ríos anchos como lagos brillaban bajo la luz del amanecer, que hacía danzar las hojitas tiernas de los álamos. Los bosques se perdían hasta donde alcanzaba la vista, inacababIes sucesiones de troncos blancos de abedul, o de negros triángulos de pinos majestuosos. Los rayos de sol, muy oblicuos, muy claros, con una luz transparente como nunca había visto, iluminaban el paisaje, que parecía recién salido de la mano del Creador.

De vez en cuando una mujer con una anticuada falda roja o un anciano acarreaba una gavilla de hierba seca en una horca, posada en el hombro, con la que reparaban los tejados de sus chozas; veíamos a pastores inmóviles y con los pies envueltos en trapos entre los rebaños de ovejas grises. Niños muy rubios daban gritos a los gansos que cuidaban. En mitad de la nada una iglesia ortodoxa se alzaba contra el cielo plano e incoloro. El campo, mucho más llano que en Alemania, casi infinito, se encontraba notablemente más atrasado, pero mientras atravesábamos las marismas plagadas de pájaros desconocidos que rodeaban San Petersburgo todas esas imágenes primitivas me evocaban las escenas de los cuentos de hadas.

Y la hermosa e irreal ciudad que se alzaba sobre las aguas parecía también una invitación a los sueños. De hecho, había nacido de los sueños de un genio de voluntad de hierro, el zar Pedro el Grande. A él le debía Rusia su apertura a Europa y aquella ciudad de canales, palacios barrocos, bulevares amplísimos y muros de granito rojo. Al llegar a ella, la primera impresión transmitía una falsa modernidad. Muchos no llegaban nunca a descubrir qué se escondía bajo ese estuco y regresaban a sus países occidentales convencidos de que Rusia no se encontraba tan lejos ni tan en el pasado.

«Parece que estuviéramos en Roma», dijo mi padre en varias ocasiones.

«En Londres», pensaba yo. «En París», decía mi hermano.

San Petersburgo, tan cerca del norte que su horario se regía por los husos nórdicos, tenía un alma rusa y un cuerpo occidental. No sabía aún que el invierno prolongaba las noches durante jornadas inacabables, y que de palacio en palacio los trineos iluminados por teas y guiados por el tintineo de los cascabeles de plata transportaban a los incansables nobles para continuar las fiestas que comenzaban en un lado del bulevar y podían finalizar días más tarde en el otro extremo.

Y aquellos palacios de aire italiano, con mármoles de colores en cada habitación, parecían esconder tantos encantos, tantos secretos... Incluso las iglesias excedían en mucho el lujo de las nuestras. Los ortodoxos procesionaban con las hieráticas imágenes de Nuestra Señora y su Hijo sobre fondo de plata o de oro, con coronas en las que brillaban topacios, rubíes y granates del color de la sangre o el vino. El incienso no permitía pensar con claridad ni ver con nitidez, y los centenares de velas parpadeaban a cada movimiento de la túnica del sacerdote que, con su aspecto medieval, debía detenerse cada pocos pasos por las calles para que unos u otros le besaran la mano.

Ya sabía que no podría participar en todas las celebraciones, pero las escenas que llegué a presenciar eran tan hermosas que parecían existir solo en la imaginación. Nos esperaban en la estación, casi en las afueras, con la pompa debida a una princesa. Así, Ella entró en San Petersburgo en una carroza dorada tirada por caballos blancos. Recibió su primera bendición en la catedral de Nuestra Señora de Kazán y a su salida, incluso antes de la boda, comenzaron las fiestas.

La nobleza rusa bailaba durante la noche y cazaba durante el día. Vivían para divertirse y para lucir el vestido más bello, el caballo más brioso. La zarina María, mi madrina, se movía con la vivacidad de una ardilla joven, el pecho cuajado de diamantes, y llevaba a mi hermana, que le sacaba una cabeza, de la mano.

«No te sientas abrumada —le decía, aunque sabía bien

que eso era imposible, y hacía gala de una seguridad ganada a lo largo de los años que resaltaba aún más la confusión de Ella—, pronto nos conocerás a todos. Van a adorarte, pequeña, a adorarte.»

Su hijo, el zarévich Nicolás, era un muchachito de dieciséis años con los ojos de un azul luminoso que me recordaba más a su hermosa madre que a su padre y a sus tíos, unos hombres gigantescos que ya entonces no me resultaron muy simpáticos.

Aunque yo no cumpliera ningún papel relevante en la boda, para la ocasión me habían cortado varios vestidos blancos, de un tul vaporoso, y mis hermanas me peinaron con tirabuzones larguísimos y rosas blancas prendidas entre ellos. Un estilo un tanto anticuado incluso para la época, pero que siempre ha favorecido a las niñas que se encuentran en esa edad ingrata en que el cuerpo cambia y el corazón galopa.

«Pareces un ángel», me dijo Victoria.

Pero era la opinión de Ella la que me importaba. De todas nosotras, era la que mejor gusto tenía, a veces expresado de una manera irónica e hiriente. Y su juicio severo e insobornable me parecía aún más determinante ahora que sabía que vería a mi hermana en muy pocas ocasiones.

«Vas a romper muchos corazones, Alix», dijo Ella distraída con su propio tocado.

Aquella tarde, durante el té que se sirvió para todos los jóvenes, supe por primera vez del temblor de resultar bonita, de ser elegida. Mientras mordisqueábamos en el jardín el pan con mantequilla que nos habían dado, el zarévich Nicolás se acercó a mí y, sin casi mediar palabra, depositó algo en mi mano.

«¿Qué...?», pregunté, pero ya se había alejado y cerré la boca.

Era un broche, un prendedor pequeño salpicado de perlas diminutas. Jamás me había regalado algo un hombre que no perteneciera a mi familia, y mucho menos una joya. Desde que recuerdo, las perlas eran mis piedras preferidas, porque procedían del mar y no de los yacimientos oscuros donde no cabe la vida, y supe que aquella hilera nacarada realzaría mejor que nada mis vestidos nuevos.

«Gracias», dije, al aire, en su dirección, demasiado entusiasmada como para sentirme tímida, y me levanté para alcanzar otra rebanada de pan.

Mi padre charlaba con uno de los grandes duques Romanov, y no me pareció de buena educación interrumpirlos para enseñarles mi tesoro. Enseguida me di cuenta del error que había cometido. ¿Cómo podía haber aceptado sin más protocolo el regalo de un desconocido, y de un príncipe extranjero por añadidura? Imaginé el ceño de mi abuela, la decepción de mi hermano ante mi coquetería. El broche comenzó a quemarme en la mano. Busqué al zarévich, que me miraba apoyado en el muro del estanque, y fui hacia él.

«Me siento muy honrada, pero no puedo aceptarlo.»

«¿Cómo? —exclamó él con su precioso acento británico—. No es más que...»

«Lo lamento, pero no puedo aceptarlo», repetí y le embutí la joya en la mano antes de echar a correr.

Desde ese día evité al zarévich. Ya no me gustaba cómo me miraba y descubría intenciones oscuras en su sonrisa. Si antes me sentaba donde quedara un sitio libre, aprendí a hacerme la remolona, a olvidarme algo en el otro cuarto y a llegar a la mesa, al jardín, al té, cuando ya todos estaban distribuidos. Me acerqué a las chicas, me hice amiga de sus hermanas, Xenia y Olga, y sobre todo, disfruté del éxito del que gozaba Ella en su nueva familia. Era muy feliz, se sentía muy enamorada del gran duque Sergio, y esa dicha calaba en los demás como llovizna. Los zares la adoraban y la trataron enseguida como a una hija más, hermosa y reluciente como las propias zarevnas no serían nunca. Muy pronto se dijo que solo había dos mujeres hermosas en la realeza europea, y que las dos se llamaban Elizabeth: la extravagante emperatriz de Austria y mi hermana.

A María esta historia la enloquece. He perdido la cuenta de las veces que me ha pedido que se la repita. Los niños sienten fascinación por la historia de cómo sus padres se conocieron, como si encontraran en ella claves secretas de cuando no existían y entendieran que hubo un mundo antes de ellos, que sus padres y sobre todo sus madres vivieron días en los que ni siquiera se imaginaban su presencia.

En ocasiones creo que en la repetición constante del relato de ese primer encuentro quisieran colarse a la fuerza una especie de fantasías en forma de intuiciones que yo, al menos, estaba muy lejos de sentir.

«¿Y cómo supiste que le querías?»

«No lo supe tan pronto.»

«¿Y cuándo supiste que te casarías con él?»

«Aún faltaba mucho...»

«¿Y tú, papá?»

Nikki sonreía siempre ante esa pregunta, sus ojos azules perdidos entre las arrugas que se le formaban cuando fumaba.

«Yo lo supe entonces. Lo supe siempre.»

Y mis hijas ponen los ojos en blanco, con horror, con resignación o con júbilo, depende de la edad a la que lo escuchen, y alguna de ellas, la que se encuentre en esa franja propicia al sentimentalismo, deja escapar un suspiro:

«¡Qué romántico!».

No importa que le haya dicho que no conviene alentar en una niña sensible y un poco cursi como es María la idea de que un matrimonio feliz puede fraguarse cuando la novia conoce, por azar, a los doce años, a un muchachito que le atrae. A Nikki le gusta tanto contar la historia de esa manera como a las niñas escucharla.

A nosotros nos funcionó, cierto, nosotros fuimos una pareja fraguada en lo alto y que vino mecida por la mano de Dios. Pero no les ha ocurrido lo mismo a las niñas, lo que no quita para que todas ellas, en especial la dulce María, hayan fantaseado desde los doce años, o antes quizás, con ese amor que, no importa cuántas veces nos empeñemos en contarlo, imaginan a su manera, adaptado a sus propósitos.

5

Alemania y las clases de historia parecían grises y lentas, el reino nublado de los caracoles que se arrastraban con toda calma sobre briznas de hierba, cuando regresamos. Irene se había convertido en la señora de la casa, y a mí, después del fascinante viaje a Rusia, no me quedó más remedio que esperar a que mi presentación en sociedad me hiciera visible y me permitiera tomar parte en la vida pública.

¿Quería? ¿No quería? No lo recuerdo. Creo, de una manera muy vaga, que me aburría ser una niña. Desde que mamá murió, ya no quise serlo. Me sentía una adulta encerrada en un cuerpo diminuto que no me correspondía. El hecho de que los demás no pudieran verlo me irritaba y aumentaba mi aire de suficiencia, que me corregían a menudo.

Eso no ocurrió hasta que me confirmé a los dieciséis años. La mayor parte de mis amigas anhelaban confirmarse porque a partir de ahí ya nos consideraban adultas y nos permitían acudir a fiestas. Para mí, en cambio, aceptar de nuevo mi religión no tenía nada que ver con un evento social. Mamá nos había educado como fieles luteranas, como cristianas conscientes de que cada decisión es un hecho moral que puede llevarnos al bien o a la condenación.

Ya entonces, tan joven, estaba segura de que lo real, la verdad, solo podía proceder de Dios, y que pese a nuestra predeterminación al nacer, para Nuestro Señor no hay nada imposible: los milagros existen y yo he sido premiada con presenciar muchos. Para mí, la salvación de mi alma y la promesa de que en algún momento me reuniría con mi madre y mis hermanos en otra vida era lo más importante que podía sucederme.

Los que me rodeaban, en cambio, solo apreciaban mis cambios externos. A esa edad yo era alta y esbelta, y los retratos, que tanto odiaba, me mostraban con una expresión melancólica, muy de moda entonces. Me parecía a Ella, como ahora Tatiana se parece a mí, y en la boda de Irene con el príncipe Henry de Prusia dijeron muchas cosas agradables de mis ojos grises. Yo en cambio me aburrí mortalmente. ¿Cómo no parecer melancólica cuando la vida era tan monótona como los días de diario, tan frívola como los de fiesta?

Tras esa boda llegaba mi baile de presentación; mi adorada Ella, que vino a Darmstadt de forma exclusiva para organizarlo, lo convirtió en un éxito. Se había familiarizado con el lujo y la moda de la frívola corte rusa a una gran velocidad y con tanta naturalidad como si nunca hubiera conocido otras costumbres, e insistió en vestirme de muselina blanca, con adornos de lirios del valle en el pelo y en el traje.

«Pero esto es transparente», decía yo mientras sostenía al trasluz un retal.

«¿Qué sabrás tú? Transparente es el tul. La muselina es...»

«Transparente», insistía yo.

Conservo una fotografía de ese momento, las dos frente al espejo del tocador con una sirvienta. El tiempo me ha cambiado mucho, pero entonces tenía un bonito perfil, con el cuello largo, la nariz recta y la cintura estrecha. Por suerte, nunca tuve mucho apego a mi belleza. Hubiera sufrido terriblemente al perderla, en lugar de dar gracias a Dios por continuar viva.

La fiesta fue considerada un éxito, y Ella le arrancó sin mucho esfuerzo a papá la promesa de que la visitaríamos pronto en San Petersburgo; quería discutir con él serios asuntos religiosos. No había gran cosa de la que preocuparse en Darmstadt en aquellos años, y cuando pasaron las Navidades Ernesto Luis, papá y yo, los solteros de la familia, viajamos de nuevo a la corte imperial, al palacio que Ella y su marido tenían en la avenida Nevski.

Ella organizaba fiestas y bailes muy a menudo, y mantenía siempre la casa animada y llena de gente de su edad. Si yo había sido Sunny de niña, ahora era mi hermana Ella quien llevaba la luz a quienes la conocían. El zarévich Nicolás, ya con barba de cadete, los visitaba con frecuencia, y él y mi hermano Ernie se hicieron muy amigos. Yo enrojecí cuando lo vi de nuevo y comprobé que no se había olvidado de mí y que en los bailes reservaba siempre un hueco para bailar conmigo.

«Ha preguntado por ti muchas veces», me dijo Ella.

«Es muy cortés.»

«No, en realidad es bastante tímido. Yo creo que le causaste una impresión muy favorable en mi boda.»

«Pero si entonces era una niña», protestaba yo, que nunca le había revelado a nadie el incidente del brochecito.

«Bueno, ahora ya no lo eres. No seas boba y aprovecha el momento. Hay un momento para los bailes y otro para mirar cómo los otros bailan.»

Ah, los bailes rusos... Todo San Petersburgo hablaba del famoso baile negro que había tenido lugar hacía poco. Aquel éxito debería haberme alertado sobre la personalidad de la zarina, mi vivaz y algo avasalladora madrina, pero entonces se contaba como uno de los logros de su ingenio.

Las monarquías europeas se encontraban en pleno duelo. La muerte del archiduque de Austria, Rodolfo, el hijo de Elizabeth la Bella, que se había suicidado junto con su amante María Vetsera, había provocado un luto nacional e internacional. Pero este había encontrado un tibio eco, a regañadientes, en la nobleza rusa, que además del escaso afecto que sentía por los austriacos, se encontraba en plena temporada: ya era una tragedia que un heredero imperial tuviera poco juicio y mala suerte, pero ¿por qué debían pagarlo sus aliados y renunciar a los bailes, las fiestas y los cotillones? La zarina María solventó el posible conflicto entre países organizando un gran baile negro, en el que los invitados vestían sus mejores prendas negras, sobre las que los diamantes refulgían aún más.

No creo que tenga que aclarar quién lució más diamantes, ni de mayor tamaño, ni con un agrado más evidente...

La temporada de bailes y fiestas se extendía a lo largo de todo el invierno. La Pascua marcaba una pausa en la rutina de la corte rusa que, agotada, sustituía los palacios por las catedrales. Durante aquellos días más íntimos, en los que se repartían huevos como regalo y las casas permanecían siempre abiertas, a la espera de invitados, el zarévich y yo nos vimos lejos de las miradas curiosas y de las intrigas de salón. Salimos a patinar y a deslizarnos en trineo sobre los lagos helados. Él era encantador, casi tan tímido como yo, pero mucho más alegre y sociable. Cuando le recordé la escena del broche, se echó a reír.

«No sé si me comporté como una tonta al aceptarlo o al devolverlo.»

«Quien más lo agradeció fue mi hermana Xenia. Me enfurecí tanto cuando lo rechazaste que se lo regalé a ella, y te aseguro que entonces la pobrecilla no estaba acostumbrada a demasiadas delicadezas por mi parte. Alix —me dijo—, me encantaría dar un baile en tu honor.»

«¿En mi honor? ¿Por qué?»

Él me besó la mano enguantada.

«Nadie se lo merece más que tú.»

«Y entonces ¿se organizó el baile?», me han preguntado durante años las niñas.

«Sí —les he respondido siempre—, porque tu padre así lo quiso, y como nunca pedía nada para él, le fue concedido. Y bailamos bajo las severas miradas de los dioses de los frescos de las paredes y nos prometimos que mantendríamos el contacto.»

El baile se organizó ante la insistencia de Nicolás, y fue también mi fiesta de despedida. Años más tarde me enteré de que los zares aceptaron muy contrariados y pagaron los blinis y el caviar de la cena de mala gana, sin ver la necesidad de tanto jaleo en torno a la sosa hermana de Ella, por muy ahijada suya que fuera. Pero entonces yo solo vi caras amables, me despedí entre lágrimas y risas y regresé a Darmstadt con la promesa de contestar a todas las cartas del zarévich, bajo pena de cárcel. Ya nunca dejamos de escribirnos.

Con Irene casada, yo era la única hija soltera que le quedaba a mi padre y me correspondía actuar como la dama de la casa; eso suponía presidir cenas, recepciones y bailes, visitas a hospitales y a escuelas, y aquellas obligaciones, salvo las relacionadas con la caridad, comenzaron a pesarme. Mi ánimo oscilaba de continuo. No me gustaba nada de lo que conllevaba mi rango pero me sentía feliz continuando las obras de mi madre, y como mi asignación no era muy grande, confeccionaba yo misma los regalos que luego repartía entre los criados y la gente del pueblo.

«Pídele más dinero a papá —me instaban mis hermanas—. Acabarán burlándose de ti.»

«Papá ya tiene suficiente de lo que preocuparse.»

No tenía ni un momento de descanso y la ciática comenzaba a darme problemas, pero aun así no dejaba de pensar en el zarévich. Ni la distancia ni el tiempo transcurrido desde aquellos encuentros disminuían esa emoción. Yo bordaba delantales para Orchie mientras con la imaginación patinaba de nuevo por las calles rusas o recordaba cada una de nuestras conversaciones hasta el agotamiento. A menudo el aire me traía una bocanada de su aroma y creía verlo en cada rincón. Él me dijo, yo le dije. La casa se me hacía pequeña, el palacio aburrido, con sus terribles obligaciones y las cartas que llegaban, escasas y pobres. Me bastaba recordar su cara para que se me entrecortara la respiración. Tenía diecisiete años. ¿Cómo no soñar?

Los tiempos han cambiado mucho pero las muchachitas continúan fantaseando con amantes que van a rescatarlas de la rutina. De mis cuatro hijas, una es enamoradiza y dos han vivido ya amores contrariados. La otra es demasiado joven... No creo que se les pueda ahorrar esas experiencias, ni tampoco que sea conveniente que no las vivan.

«Pero tú ya le querías...»

«'Querer' es una palabra muy grande, mi vida.»

«No te dejes engañar. Tu madre ya me quería.»

Ernesto Luis organizaba grandes bailes de disfraces, tal y como dictaban los usos sociales de la época, cada vez que regresaba de la universidad, en sus vacaciones, pero en ninguno de ellos conocí a nadie que llamara mi atención. Uno de aquellos bailes se inspiró en las fiestas del Renacimiento, y me disfracé de terciopelo verde y plateado, con perlas entreveradas en el cabello; pero ni en las fiestas de disfraces ni en las obras de teatro, ni siquiera durante los conciertos más animados, me apetecía sonreír, aunque sabía que eso desesperaba a quienes me rodeaban. Sí, el buen tono alentaba ese dichoso aire melancólico, pero no una tristeza auténtica. ¿Por qué demonios estaba yo triste?

6

Aunque lejos de mí, la abuela Victoria se preguntaba eso mismo, y en su omnisciencia llegó a la conclusión de que yo debería casarme. Me encontró un novio ideal, mi primo Alberto Víctor, *Eddie*, el hijo del príncipe de Gales, e hizo todo lo que estaba en su mano para convencerme de que si aceptaba, algún día yo sería reina de Inglaterra, como ella. Yo me imaginaba casada con Alberto Víctor y se me rompía el corazón.

«Piénsalo, Sunny. ¡Haríais tan buena pareja! ¡Harías tan feliz a esta anciana!»

La anciana tenía una voluntad de hierro y una capacidad de convicción casi irresistible. Pero cada vez que insistía, a mí se me cerraba más y más el estómago.

«Abuela —le dije al fin—, siento mucho darte este disgusto, a ti y a todos, porque sé que toda la familia desea este enlace, pero no puedo casarme con Eddie. Lo quiero muchísimo como primo, pero no sería feliz con él, y él no sería feliz conmigo. Si me fuerzas a hacerlo, lo haré, pero yo seré desdichada y le haré a él desgraciado, y si me lo permites, le escribiré con todo mi cariño diciéndole esto mismo.»

«¿Sabes a lo que te estás negando, Alix? —respondió ella después de un silencio. Me miraba con un interés renovado, como si fuera un alimento nuevo, quizás indigesto, quizás venenoso—. Ninguna mujer en el mundo podría aspirar a una posición más elevada. Estás demostrando mucha firmeza de carácter, pero quizás no demasiada cordura.»

«Creo que sí, abuela.»

«Dios nos salve. Rechazar con esa alegría al rey de Inglaterra. Así rueda el mundo.»

La abuela se equivocó. El pobre Eddie murió en 1892 y no fue nunca rey de Inglaterra. Lloré mucho por él y, desde luego, nunca he podido olvidarlo. Pero jamás, ni por un segundo, me arrepentí de haberlo rechazado.

El siguiente verano viajamos de nuevo a Rusia para pasar unos meses en la casa de campo de Ella y Sergio; se encontraba muy cerca de Moscú, en Illinskoe, y era, para resumir, magnífica. En ella llevábamos una vida sin etiqueta, mucho más relajada, con huéspedes que se quedaban durante semanas y un contacto muy estrecho con los campesinos que trabajaban en los alrededores.

Como ya había intuido en la primera ocasión en la que visité el país, la vida de la Rusia rural no se parecía en nada a la de la Europa que yo conocía. El zar Alejandro II, el abuelo de Nicolás, había abolido la servidumbre más o menos por la misma época en la que Estados Unidos prohibía la esclavitud, pero aquella decisión no había supuesto demasiados cambios.

Rusia continuaba gobernada por Dios a través del zar, y entre el zar y los campesinos, que no sabían ni leer ni escribir ni recibían atención médica si su señor no era compasivo, se interponían los nobles, los médicos, los abogados. Gran número de comerciantes y doctores habían sido judíos, pero en 1882 un decreto del zar obligó a que se concentraran en la zona occidental, y muchos de ellos emigraron. A los Romanov nunca les gustaron los judíos.

No vi a Nikki en aquella ocasión: sus padres lo habían enviado con su hermano Jorge a un viaje por Oriente. Jorge enfermó de tuberculosis cuando era muy joven, y con una dureza de corazón inexplicable sus padres lo enviaron al Cáucaso, a un clima más saludable, en una casa donde vivía solo, rodeado de criados. Bajo esa excusa, lo mantenían en el lugar que más le convenía, a menudo durante largos meses; los dos chicos, que se querían muchísimo, aprovechaban viajes y compromisos oficiales para encontrarse.

Durante esa estancia, en cambio, me convencí de que realmente lo amaba, que lo adoraba a través de aquellas praderas rusas, de cada frambuesa que recogíamos en nuestros paseos, o de los aldeanos que formaban parte de su pueblo y que se quitaban el gorro cuando sonaban las campanas o cuando nos veían pasar. Nikki era Rusia, y yo comenzaba a sentir un amor infinito por su país. No he olvidado nunca aquel verano en el campo, al que no he tenido ocasión de volver. Aunque quién sabe, quizás ahora...

Mi hermana Ella sí, Ella se sintió siempre a gusto en Illinskoe; le encantaban las costumbres rurales, la sumisión absoluta de los campesinos y la aparente soledad, o quizás fuera la ausencia de protocolo. Se las ha arreglado siempre para convertir cada casa en un eje de la vida social.

Cuando regresé a Alemania, después de pasar unos días en Moscú para hacer compras, yo no sabía que ya solo regresaría a Rusia para quedarme. Y sin embargo, si me lo hubieran dicho, no me habría sorprendido.

Mi vida pareció ralentizarse entonces: mis obligaciones me retenían en casa. Era joven, pero no me permitían disfrutar de las diversiones propias de mi edad. Estaba soltera, pero tenía que comportarme con tanta moderación como si llevara años casada. Mantuve la costumbre del viaje anual a Inglaterra, realicé unas cuantas visitas a mi hermana Irene y reanudé mi amistad con algunas amigas de infancia. Por otro lado, papá no se encontraba tan bien como debería y pronto ocupó toda mi atención. Nos dejó el mismo año en que murió Eddie; sufrió un ataque al corazón, y aunque sobrevivió nueve días y lo cuidé con tanto amor como me fue posible, Dios quiso llamarlo a su lado.

Aún ahora su recuerdo me llena los ojos de lágrimas. Como de casi todos los dolores intensos, he sido incapaz de hablar de aquella muerte. Mi padre queridísimo me dejó el alma llena de dolor y de angustia, pero se llevó todas mis quejas. Yo ya no era la niña pequeña de nadie, no tenía padres ni más guía que la abuela.

En el aspecto oficial, nada había cambiado. Cuando Victoria, Ella e Irene se marcharon, después de ayudarme a organizar el entierro y los nuevos planes, yo continuaba siendo la mujer más importante de Darmstadt, como hermana del gran duque Ernesto Luis. Por suerte, mi relación con Ernie era tan armoniosa como con papá e hice todo lo que pude por ayudarle hasta casi caer exhausta.

No he sabido nunca hacer las cosas de otra manera, sin entregarme, sin dar hasta la última gota de sangre. Quizás sea un defecto. En agosto de aquel año mi hermano decidió que yo necesitaba descansar y me envió al balneario de Schwalbach, y luego de viaje con la abuela a Italia, para que mejorara de mi otitis y mi ciática. Desde entonces no he dejado de estar enferma. Mamá se llevó mi alegría, y papá, mi salud.

Creo que no fui una buena acompañante: me torturaban el recuerdo de mi padre y el del zarévich. Mi fe me servía de consuelo para la primera pena, pero agudizaba la segunda: si llegaba a casarme con Nicolás, tendría que renunciar al luteranismo, y no podía dejar de pensar en ello, y en cómo por no molestarle no me había atrevido a pedirle su opinión a mi padre. El silencio me pesaba. Cuando Ella se había convertido a la religión ortodoxa, él se había opuesto, más aún porque lo hizo por voluntad propia: su marido no estaba en la línea de sucesión y Ella podría haber conservado su religión, pero al poco tiempo de vivir en Rusia renunció al luteranismo.

Nicolás me escribía continuamente y preguntaba a Ella y a Sergio por mí. Ellos, encantados, alentaban nuestro romance todo lo que podían. Cuando quiere, Ella puede resultar muy persuasiva, y sé que habló maravillas de mí. Sin embargo, no pudo evitar la sospecha de que quizás de quien en un principio se hubiera enamorado Nikki fuera de Ella, y luego, al conocerme, debido a nuestro parecido, se hubiera consolado conmigo. Mi hermana estaba convencida de que enamoraba a todos los hombres que la conocían (en muchas ocasiones era cierto) o de que al menos la admiraban como caballeros medievales. Tardé mucho en descubrir por qué necesitaba desesperadamente esos coqueteos.

Pero siendo justos, Ella hizo bien su trabajo. Mientras Nicolás insistía, dudaba y deliberaba con su padre, mi hermana lo mantenía al tanto de los avances de mi compromiso con Eddie y ocultó mi rechazo hasta el último momento.

«Vuestra tía fue una excelente casamentera. Mintió como una comadre, y yo aún recuerdo las noches sin dormir, con los ojos enrojecidos, mientras pensaba: "Voy a perderla, va a casarse con Eddie, va a casarse con ese imbécil".»

Ella le hizo ver que mi situación difería en todo respecto a la de un hombre; no iban a consentirme ni un desliz y tampoco podía permitirme rechazar pretendientes eternamente. Le habló también de mis dudas. Yo lo amaba, pero casarme suponía abandonar la fe en la que nos habíamos criado y que me había auxiliado en las experiencias más dolorosas. El tiempo apremiaba; fue idea de mi hermana que debíamos casarnos lo antes posible. Se le metió entre ceja y ceja. Era un plan descabellado pero la decisión, como todo en nuestro romance, no dependía de nosotros.

En otoño de 1893 Ernie se comprometió con Victoria Melita, *Ducky*, princesa de Sajonia-Coburgo; y además de que mi cuñada y yo no simpatizábamos demasiado, la boda me dejaba en una situación aún más vulnerable: no había lugar para dos abejas reinas en un ducado tan pequeño. Nikki me escribió una carta eufórica, diciendo que nos veríamos en esa ocasión, que se las había arreglado para acudir a la boda. Ducky era su prima hermana.

«Hablaremos —me escribió—. Tenemos que tratar algunos temas de relevancia sin que las ceremonias o los compromisos nos distraigan.»

Yo no lo sabía, pero Nikki ya hablaba con cierta seriedad de casarse conmigo. Mi padrino el zar no aprobaba nuestra unión: yo pertenecía a la nobleza menor alemana, y él pretendía casar a su heredero con alguna aristócrata francesa. No los había impresionado en absoluto. Les parecía linda, pero también demasiado seria, demasiado adusta, con unos vestidos feos y modestos que se eclipsaban por contraste con el lujo ruso. Seria, seria, seria. La etiqueta que siempre me ha acompañado. Eso fue todo lo que me llegó de lo que opinaban de mí los Romanov. El resto lo sabría mucho más tarde.

Abril de 1894 me encontró en el andén de una estación de Coburgo esperando impaciente el tren en el que la familia imperial rusa, con los temibles tíos Romanov incluidos, asistía a la boda de Ernie. Nicolás vestía de uniforme, y me estremecí al verlo.

«Ella llevaba un abrigo blanco con una capucha de piel de marta, y se me cortó la respiración.»

«¡Qué romántico!»

«Sería por el frío.»

«¡Qué boba eres!»

Esa noche las dos familias cenamos juntas y asistimos a una opereta. Pese a la presencia de mi abuela y de nuestro primo el káiser, tan ruidoso y tan invasivo, pudimos hablar, aunque muy poco. Nos mirábamos y temblábamos. Apenas pude dormir, de tanta felicidad, por la pura alegría de sentirme correspondida y de tener cerca a Nicolás.

Pero cuando a la mañana siguiente Nicolás se declaró oficialmente, me deshice en lágrimas. Él, acongojado, no sabía cómo consolarme. Hablamos hasta el mediodía, sin que uno pudiera convencer al otro.

«Pero, Alix, no puedes negarte —me dijo él muy pálido—. Nuestra única salida es que aceptes.»

«No puedo hacerlo... No puedo hacerlo...»

«Querida, piénsalo con calma.»

«Nikki, no hay salida. Tengo miedo a condenarme si me caso contigo.»

«Pero...»

«No me interrumpas. Y sé que viviré desgraciada hasta mi muerte si no lo hago...»

Es curioso comprobar cómo a veces la felicidad está tan cerca del abismo. Durante esa mañana estaba firmemente decidida a rechazar a Nikki y, como temía, a ser infeliz de por vida. Nikki me dejó sola para que reflexionara. Él se mostraba desesperado y yo me sentía fuera de mí, además de culpable por ser tan desgraciada en el día de la boda de mi hermano. Sabía que todos estaban pendientes de nosotros y pensaba que Victoria Melita no me lo perdonaría jamás.

De hecho, así fue. Ducky no se olvidó nunca de esas tensiones secretas que recorrían como ballenas invisibles de un corsé los días en los que ella debería haber sido el centro de atención, y así, medio en broma a veces, otras completamente en serio, me lo ha hecho saber siempre que ha podido.

La abuela me hizo llamar antes del primer turno de cena;

éramos tantos de familia que teníamos que repartirnos. Yo no hubiera probado bocado, y la abuela cenaba tarde.

«¿Qué está pasando aquí, exactamente? —preguntó—. Niña —me dijo después de escuchar mis razones durante largo tiempo—, yo no siento ningún aprecio por los Romanov. Los considero unos brutos, unos zafios sin control sobre sus pasiones. Pero Nicolás es un muchacho estupendo; él y su hermano Miguel son los únicos que me parecen unos caballeros. Y míralo, está tan enamorado de ti que sería una lástima contrariarlo. Me gusta que mis nietos sean felices, y tú lo serías con él. Y, por otra parte, no olvides que es el zarévich de Rusia. Sería un buen enlace para ti, y conveniente para todos. En una familia como la nuestra, Alicky querida, debemos superar los condicionantes comunes.»

Yo no podía estar más confusa.

«Pero, abuela, ¿cómo puedes tú, precisamente, liberarme con tanta facilidad de mi fe?»

«Si se vive de acuerdo con la conciencia, la fe no es tan importante.»

«¿Cómo que no? La has convertido en una clave de tu vida, de tu reinado...»

«Bueno bueno..., el ortodoxo y el luterano no se diferencian tanto... Resulta vulgar hacer un drama de esto.»

Cenamos en silencio, y a los postres Ella y el káiser Guillermo se sentaron junto a nosotros. Ella me habló de su ejemplo, de la belleza de su nueva religión; estaba un poco tensa, como si temiera que todos sus esfuerzos se diluyeran, y muy triste, porque recordaba la furia de papá ante su conversión. Guillermo me explicó, con una paciencia desusada, las diferencias reales entre la fe luterana y la religión ortodoxa; si algo le debo a ese hombre malvado es que en esos momentos alivió mi conciencia como nadie había sabido hacer.

«También podrían, eeehhh... —dijo cuando ya se iba—, dulcificar las fórmulas de renuncia religiosa tradicionales para que puedas adaptarte mejor.»

Agotada, pero con ese rayo de esperanza, cedí. Aquella fue mi primera renuncia personal; aunque entonces la agradecí, me sorprendió la falta de coherencia y de sinceridad de mi familia. Incluso Nicolás, que me compadecía de verdad, estaba demasiado decidido a salirse con la suya como para entenderme. Yo hubiera sido capaz de enterrar su amor en un nuevo silencio y de permanecer soltera el resto de mi vida. Creo que entonces fui transparente como el agua, y sin embargo, me consideraron misteriosa y difícil.

7

El 20 de abril de 1894, al día siguiente de la boda de Ernie, nos prometimos. Era tan feliz que no podía expresarlo con palabras. Por fin, después de cinco años tan tan tristes llegaba aquel momento radiante. Nos dejaron solos, un ratito, a las diez; los dos lloramos y luego reímos, y con el nerviosismo, lo único que él podía repetir era:

«Dios mío, qué peso me he quitado de encima...».

Yo no dejaba de reír mientras Nikki tartamudeaba.

«Y tú, ahora, estás tan alegre y cambiada... Camino como en sueños, sin comprender del todo lo que me ha ocurrido.»

Antes de que nos diéramos cuenta nos llevaron a desayunar con la abuela Victoria, que nos otorgó su bendición, y poco a poco nos presentamos como prometidos al resto de la familia. La abuela, que disfrutaba como una niña cuando en el aire flotaba el amor, se olvidó de todo lo que había dicho sobre los Romanov y se dejó abrazar efusivamente.

«Bueno, de una boda sale otra... Qué alegría me habéis dado. Esta niña es mi perla, mi nieta predilecta. La quiero tanto como a una hija, y os la entrego. Cuidádmela.»

En medio del aturdimiento nos reunimos todos, tomaron fotografías en las que yo miro con expresión torva y el traje de Nicolás parece mal cortado. ¡Qué fotos tan espantosas! Se nos adivinaba el susto en la cara. Pronto comenzaron a llegar los telegramas de felicitación y las flores, y nos sentamos, los dos, a responder a las tarjetas.

«No se acaban nunca —se quejó Nicolás—. Parece que aumentan en lugar de disminuir. Pero ¿es que todo el mundo en Rusia ha enviado flores a mi novia?»

Mi madrina, la zarina María, ante los hechos consumados,

me envió unas palabras cariñosas dándome la bienvenida a la casa Romanov, y junto con la carta adjuntó joyas impresionantes, una pulsera de esmeraldas y mi primer huevo de Pascua de Fabergé cubierto de piedras preciosas. Yo le contesté en una carta medio incoherente, en la que me dirigía a ella llamándola «tiita-mamaíta»: ella, para mi decepción, respondió a Nikki con bastante frialdad:

«Dile a Alix que la considero ya una hija más, pero que no quiero que me llame "tiita-mamaíta". Si me llama "mamá", será ya suficiente. Y pregúntale, para que lo sepa en un futuro, qué piedras le gustan más, si las esmeraldas o los zafiros, de manera que pueda acertar mejor con sus preferencias, porque me he vuelto loca intentando adivinar sus gustos».

Por el mismo precio podría haberla llamado «suegrita-madrinita». La zarina, de soltera otra princesa pobre, Dagmar de Dinamarca, había desarrollado una irrefrenable pasión por el lujo desde su llegada a Rusia y trató de envolverme desde el primer momento en ese mismo ambiente. Pienso que creía que así se ganaría mi favor. Yo, en cambio, creía que me querría si veía que su hijo era feliz conmigo. Las dos estábamos equivocadas.

Los siguientes días pasaron muy deprisa. Salíamos a pasear con el resto de la familia, aunque en un cochecito solo para nosotros.

«Apenas podemos hablar, siempre hay extraños a nuestro alrededor —se lamentaba Nikki en voz baja durante las comidas— y tengo que callarme tantas cosas...»

Una de aquellas tardes, sin embargo, tuvimos tiempo suficiente como para que Nicolás me hablara con libertad y me confesara episodios de su vida que no había querido contarme por carta.

«Voy a revelarte algunas cosas que a una novia le desagradarán, pero que una esposa debe saber. Pido tu perdón de antemano y te aseguro que nada me duele más que reconocer ante ti esta parte de mí.»

«Me estás asustando.»

«Yo también estoy asustado.»

Sabía que Nicolás se había conducido siempre como un

joven serio y responsable, y teniendo en cuenta el libertinaje que abundaba entre la familia imperial, se había revelado de una discreción poco corriente. A sus tíos no había por dónde cogerlos. Pero Nikki parecía pertenecer a otra raza. Era muy guapo, de complexión delgada y un metro setenta de altura, y tenía esos bonitos ojos azules que yo veía en sueños; lucía una barba a la moda, pero se preocupaba poco por sus trajes.

Sus primos, más coquetos, intentaban remediarlo, pero en cuanto se descuidaban, Nicolás elegía vestiduras de campesino, blusones sueltos o uniforme militar, que incluso aquí ha llevado con orgullo. A punto estuvo de hacer que nos fusilaran hace unas semanas por no prescindir de sus charreteras.

He dicho que Nicolás era serio, y quizás esa fue la razón por la que me atrajo cuando lo conocí. Él sabía que era bastante soso. Su hermano menor, Jorge, era el gracioso, y Miguel, el pequeño, su preferido. Hubo otro hermano, que murió casi al nacer, y las dos hermanas, Olga y Xenia, que le hacían poca compañía. Como yo, se crio con hermanos pero en soledad. Jorge se encontraba alejado por la tuberculosis; el Cáucaso era un lugar remoto y Nikki lo extrañaba. De niño anotaba todos los chistes que su hermano se inventaba, y más de una vez lo he visto riéndose a solas, con la cajita donde los guardaba en la mano.

Alejandro III tenía costumbres de campesino; María Feodorovna, de emperatriz. Ella hubiera preferido vivir en el palacio de Invierno, pero su marido los había llevado a la gélida mansión de Gatchina, a las afueras de San Petersburgo, pues así creía prevenir mejor los atentados.

Esa era la pesadilla de mi familia política, un miedo desconocido para mí. El abuelo de Nikki, Alejandro II, el liberador de los siervos, había escapado con suerte de los anarquistas en varias ocasiones, pero en 1881, unas horas después de otorgar un parlamento al pueblo, le arrojaron una bomba. La explosión destrozó el coche e hirió a varios lacayos, pero ni siquiera rozó al zar. Mientras Alejandro II se recuperaba, ayudaba a los heridos y se interesaba por el estado del terrorista, un segundo anarquista le arrojó otra bomba directamente a los pies.

«¡Demasiado pronto para dar gracias a Dios, Alejandro Romanov!»

Tuvo aún fuerzas para pedir que lo llevaran a su casa. Nicolás acudió a verlo; su padre lo obligó. A su abuelo le faltaban las dos piernas y un ojo y tenía el torso destrozado. Nadie de la familia olvidó nunca aquella escena ni aquel asesinato. El pueblo ruso podía olvidarse de un Gobierno liberal. La muerte de Alejandro II promulgó la autocracia para siempre.

El padre de Nikki era también un autócrata en su casa: sus hijos se bañaban en agua fría y madrugaban (solo a la zarina se le permitía zanganear por las mañanas).

«Comíamos tan poco que pasábamos hambre —ha contado en muchas ocasiones mi marido—. Entonces estaba en boga la teoría de que comer frugalmente alargaba la vida. A mí me rugía el estómago a todas horas, y mis hermanas robaban comida a escondidas. Menuda infancia.»

Como nuestras hijas, ellos dormían en catres militares, y se esperaba de los chicos que realizaran la instrucción militar. Su tutor durante años fue el mismo que el de su padre, Constantino Petrovich, un hombre leal, furiosamente monárquico, al que Nikki adoraba, pero a quien yo nunca pude coger cariño por su fanatismo, su oposición radical a cualquier tipo de reforma de protocolo, normas o política y por su antisemitismo sin sentido. El muy impío se las daba de ortodoxo riguroso mientras propugnaba el exterminio de todos los judíos rusos.

«No olvidemos, no olvidemos nunca que ellos derramaron la preciosa sangre de Nuestro Señor.»

«Nuestro Señor era también judío», solía replicarle yo, para aumentar su indignación.

«Madame, no podéis hablar en serio...»

Cuando cumplió los veinte años, Nikki protagonizó alguna calaverada: trasnochaba, patinaba, bebía más de la cuenta, acudía al teatro y a la ópera; en definitiva, se lo pasaba lo mejor posible. Aun así, tendía por naturaleza al orden y a la moderación. Como a muchos tímidos, le fascinaba la disciplina del Ejército. Llevaba un diario muy minucioso y le hubiera encantado que su vida transcurriera entre soldados.

Tampoco tenía nada mejor que hacer. No existían obligaciones específicas para un zarévich, salvo completar su educación, que en el caso de Nikki fue esmerada, y esperar a que su padre se muriera, y Alejandro III derrochaba salud. Además, todos los Romanov compartían la sensación de que Nicolás era demasiado joven, demasiado débil, y lo apartaban quizás de manera inconsciente de las labores que podría haber ejercido.

Alejandro III se sentía decepcionado con sus hijos: no adivinaba en ninguno de ellos la energía que un zar necesitaba. Él se hizo cargo del trono cuando asesinaron a su padre y había hecho de la mano dura su lema. Le hacía falta para dominar a sus ruidosos hermanos y a los revoltosos liberales. La causa más frecuente de mortalidad entre los emperadores era el asesinato.

Nicolás se movía con suavidad en una vida apacible; era muy dulce y solo se alteraba cuando sentía que no era tratado con igual consideración. Aquella tarde me contó que su estilo de vida se vio trastocado cuando se encontró de nuevo conmigo. Desde que me había conocido había decidido que nos casaríamos. Se decepcionó terriblemente cuando supo que yo solo visitaría a Ella en el campo, lejos de la corte, y aún más cuando sus obligaciones lo llevaron a un viaje por Oriente.

«Si no la veo ahora —pensaba—, tendré que esperar otro año entero, y será tan duro...»

Pero sus padres fueron inflexibles y lo enviaron a que acompañara a su hermano Jorge en un crucero; pensaban que a este le beneficiaría por razones de salud y a Nicolás, por razones políticas. Durante los nueve meses del viaje tendría ocasión de curtirse en misiones diplomáticas.

Las cosas no salieron exactamente como habían pensado: tras visitar Grecia y Egipto (donde vieron a las famosas bailarinas del vientre..., creo que desnudas) llegaron a la India, y Jorge, con la humedad y el calor, empeoró. Regresó a la soledad del palacio del Cáucaso en el que su familia lo recluía.

Nicolás continuó el viaje con menos entusiasmo, sin la compañía ni los chistes de su hermano, y llegó a Japón, donde sufrió su primer atentado. Un japonés se arrojó sobre él en plena calle y le asestó un mandoble de espada en la cabeza. No se supo por qué, quizás estaba loco, o quizás Nikki ofendió alguna de las sutiles leyes japonesas. La cicatriz de aquel ataque resulta visible y la herida le hace padecer jaquecas; además, ya nunca pudo mirar con simpatía a los japoneses. Después de pasar por Vladivostok y de poner la primera piedra del Transiberiano, regresó a su plácida vida en la corte.

«¿Y eso es lo que debía perdonarte?»

Nada de aquello me resultaba desconocido o hiriente. La auténtica confesión vino entre tartamudeos. Mientras su corazón me pertenecía, su cuerpo se entretenía con Mathilde Kshessinskaya, una joven bailarina que pronto ascendió a *prima ballerina assoluta*.

«¿Cómo? ¿Una bailarina?»

«Una *prima ballerina*», dijo, como si aquella aclaración fuera necesaria.

Se conocieron en marzo de 1890, cuando Nicolás asistió a la fiesta de graduación de la Escuela Imperial de Baile. La chica le gustó, pero no fue más allá, y durante algún tiempo su relación fue amistosa y platónica.

«No puedo disculparme —me confesó—. Descubrí algo desconcertante en mí: no sabía hasta entonces que en el mismo corazón pudieran coexistir dos afectos. Llevaba tres años enamorado de ti y albergaba la esperanza de que me casaría contigo algún día. Y sin embargo, al invierno siguiente me enamoré locamente de Olga Dolgorukaya, y en verano, de Kshessinskaya.»

En un principio, repitió, fue un amor platónico. Ella tenía diecisiete años y era la mejor bailarina de su promoción. Toda la familia real había acudido a ver la ceremonia de graduación del ballet imperial, y allí la jovencita apenas le llamó la atención. Mathilde, en cambio, se había enamorado de él apasionadamente. Ella fue la que inició el romance. Lo perseguía, forzaba coincidencias en el hipódromo, en el teatro y en las funciones que ella protagonizaba; lo que en un primer momento fueron ramos de flores se convirtieron con el tiempo en joyas y obsequios de mayor valor.

«No pude evitarlo —dijo, y yo le atravesé con una mirada glacial—, no... no sabía qué hacer.»

Cuando Nicolás regresó de Oriente continuaron viéndose, ya con otras intenciones, y él terminó por alquilarle una casa en la avenida Inglesa de San Petersburgo porque la muchacha, de solo dieciocho años, vivía aún con sus padres. En aquella casita la visitaba con sus amigos y organizaban fiestas con música y baile. En algunas ocasiones pasaban la noche juntos.

«Llevábamos una vida tranquila. En realidad, era poco más que una amiga querida.»

Nicolás me juró que le hablaba de sus sentimientos hacia mí, y que Mathilde no pudo albergar nunca esperanzas de convertirse en zarina, aunque sin duda aspiraba a mantener su puesto como amante durante largos años. Era ambiciosa. Oh, sí, muy ambiciosa. Su padre ya le había advertido, alarmado cuando dejó su casa para mudarse a la de la avenida Inglesa, que de ese sendero no se regresaba y que no comprometiera su reputación de esa manera, pero Mathilde, todo un carácter, respondió que eso no le importaba y que se metiera en sus propios asuntos.

A principios de 1894 Nicolás rompió la relación; según le dijo a la bailarina, aspiraba a comprometerse conmigo. Si he de ser sincera, no demostró mucho tacto, ni demasiado valor, porque terminó con ella en plena calle; la chica iba en su carruaje, él a caballo, a su costado. Cuando terminó de explicarse, cada uno se fue por su lado, Mathilde llorando desconsolada y Nicolás muy aliviado.

«Ya —pensé yo con sorna—. Qué peso te quitaste de encima, ¿verdad?»

En fin, le regaló la casa de la avenida Inglesa. Mathilde se consoló enseguida con el gran duque Sergio, y ahora vive con otro gran duque, el joven Andrés, siete años menor que ella. Tienen un hijo de la edad de Anastasia. La familia de Nikki siempre ha sentido debilidad por las bailarinas. Si tienen el pecho grande, mejor.

Siempre he odiado a esa mujer y la he envidiado profundamente por haber sido la primera amante de Nikki. Sin embargo, gente que la conoce bien me la ha descrito como avariciosa y sin corazón, y ha recalcado su ambición desmedida. En San Petersburgo se la llamaba «la Diablesa de ojos negros».

«Lo pasado, pasado está —dije ante su mirada contrita—. Todos tenemos tentaciones, y no siempre podemos resistirlas cuando somos jóvenes... Gracias por tu confianza. Intentaré ser digna de ella.»

Nicolás me destrozó con aquella confesión. Le perdoné, como hay que hacer con quien se arrepiente. Así lo dice la Biblia y yo no soy nadie para contradecir esa ley. Sé que el zar alentó aquella relación, que Nicolás era un hombre y debía comportarse como tal. Pero muchas tardes perdidas he fantaseado con aquella mujer y sus encantos y me he preguntado cómo pudo ser que el amor de Nikki no se pudiera resistir a aquellas frases banales, a aquel acoso tan medido, y sobre todo, tan evidente. He de reconocer que le perdí un tanto el respeto y que, aunque perdonada hace tanto tiempo, nunca pude olvidar aquella infidelidad.

8

Nikki me contó también sin tapujos la oposición de sus padres a nuestra boda. Habían intentado casarlo con Helena de Orleans, la hija del pretendiente al trono francés. Ninguno de los dos quiso. Luego le eligieron a Margarita de Prusia, tan fea que Nikki casi se desmaya.

«Qué exagerado. No es tan fea.»

«Por favor. —Nikki se estremeció—. No me lo recuerdes.»

«Es rica.»

«No lo niego. Y feísima.»

Tampoco funcionó. Las discusiones entre Nikki y sus padres arreciaban, y finalizaban con la desesperación del padre y la suave tenacidad del hijo. Cuando la boda de Ernie y Victoria se acercaba, mostró su última carta: si no le permitían casarse conmigo, no se casaría jamás. Su madre lloró.

«¿Cómo nos puedes amenazar con eso?»

«No os amenazo, mamá. No soy más que fiel a mi conciencia, como me habéis enseñado.»

«¡Yo no te he enseñado a desobedecerme!», rugía su padre. Nikki callaba, estoico. Su madre insistía.

«¿Has pensado cómo se integrará esa niña, tan tímida, en una familia dada a las emociones excesivas, de hombres gritones y mujeres apasionadas?»

«Su hermana Ella lo ha logrado.»

«Alix no es Ella.»

Nikki se mantuvo firme ante su padre por primera vez en su vida. El zar Alejandro era un hombre enorme, con un endiablado carácter, al que no resultaba fácil resistirse; Nicolás nunca había provocado un quebradero de cabeza serio en la familia. Y había que creerlo, la familia Romanov era muy dada a crear quebraderos de cabeza. Sus tíos organizaron un escándalo considerable, amenazaron, gritaron y abogaron nuevamente por Helena de Francia, pero Nicolás insistió con sus amenazas de celibato. El zar, aterrado ante esa posibilidad, cedió. Al fin y al cabo, también él se había casado por amor. Nada indicaba que ese matrimonio fuera peor que uno concertado.

Posiblemente si mi suegro no hubiera comenzado a sufrir achaques de salud, nunca habría dado su bendición. Creo que tuvo una intuición, que supo que no viviría mucho y que quiso disponer quién iba a heredar su trono. Quizás fue eso. A los milagros no cabe buscarles explicación.

Fuera como fuese, nos prometimos, y Rusia se volvió loca de la alegría. En Darmstadt el entusiasmo fue menor; los ciudadanos me conocían y me querían, y mi marcha a una Rusia que ya les había arrebatado a otra princesa y que había sido capaz de asesinar a un zar no prometía buenos augurios.

Nicolás regresó a San Petersburgo en un día de lluvia, lleno de tristeza pero veteado de alegría. Cada poco tiempo se quedaba mirando el anillo que lucía en su mano.

«Es como si te tuviera a ti ya —decía—. Me molesta, en realidad. Es la primera vez en mi vida que uso un anillo. Pero me encanta esa molestia. Ya me acostumbraré.»

Yo partí con la abuela a Windsor para continuar estudiando los puntos en común entre las dos religiones y las renuncias que debía afrontar en mi conversión. El confesor del zar, el padre Yanishev, viajó a Inglaterra para instruirme y para contestar a las preguntas, en ocasiones difíciles y puntillosas, que le hacía. Pero yo había tenido toda mi vida para cuestionarme mis creencias y las explicaciones que me daban para justificar aquel cambio.

«A veces me acorrala —decía el pobre padre—, y no puedo hacer más que arañar como un gato para salir del atolladero en el que me mete.»

Comencé a estudiar ruso, y al mismo tiempo, regresaron mis dolores de ciática. Quien no los haya sufrido no sabe lo horribles que son, de qué manera reducen el ánimo y la movilidad. Y yo he tenido la desgracia de padecerlos desde jovencita, y de que se agudicen con la tensión o los nervios. Solo podía permanecer inmóvil, con las piernas en alto, sin moverme, y aguardar a que la inflamación bajara.

Cuando Nicolás se enteró de que estaba enferma, dejó Rusia y vino a visitarme.

«En quince días te veré. Pasado mañana. Mañana te veré..., estoy loco de alegría», me escribía.

Los más felices días de mi juventud fueron aquellos, los que pasamos en Walton on Thames Nikki y yo. Qué tonta soy, aún me emociono... Logramos escaparnos de los compromisos familiares, de las felicitaciones y los desfiles que la abuela organizó para Nikki creyendo que le halagaban, y pasamos tres días en una granjita. Y sin embargo, nada de lo que hicimos se salió de lo normal.

Paseábamos a las orillas del río, cogíamos flores, salíamos de pícnic, nos sentábamos junto a la chimenea y nos mirábamos durante horas. La abuela asumió personalmente la tarea de carabina y se empeñó en no dejarnos solos ni un momento. No había manera de dar esquinazo a la familia, a no ser que Nikki hubiera aprovechado su parecido con el primo Jorge, que es ahora el rey de Inglaterra. Los confundían constantemente. Los dos eran de complexión delicada y lucían el mismo corte de barba, y trajes de corte parecido.

Fue también el momento de presentar los regalos formales; el anillo de compromiso, del que nunca me he desprendido, lucía una espectacular perla rosada a juego con un magnífico collar. Recibí también un brazalete con una inmensa esmeralda y un broche de zafiros y diamantes, y la estrella de la colección, un aderezo de perlas de Fabergé, el más caro que hasta entonces habían encargado los zares.

A la abuela no le gustó aquel alarde.

«Bueno, sin duda es lo que os gusta a la juventud, pero yo lo encuentro un tanto vulgar... Creo que desde que yo fui joven se ha perdido el buen gusto. Que no se te suba a la cabeza, Alix, que no se te suba a la cabeza.»

Éramos jóvenes y estábamos muy enamorados, y cada uno de nuestros gestos resultaba adorable a los ojos del otro: yo irrumpía sin avisar en sus habitaciones y él dejaba lo que estaba haciendo para abrazarme. Yo le hacía llegar apasionadas cartitas de amor, y a cambio, él me dejaba leer su diario, donde comencé a intercalar anotaciones cariñosas. Contagiamos nuestro amor a toda la corte. Dios te bendiga, Nikki, tantos años más tarde aún me estremezco al recordarlo y saber que estás a mi lado.

Cuando Nikki se marchó, yo no me sentí triste. Dentro de nosotros el amor cantaba, y era para siempre. La realidad se imponía. Yo debía continuar con mi instrucción religiosa, y a él le aguardaba la boda de su hermana Xenia; además, las noticias que llegaban sobre la salud del zar comenzaban a ser preocupantes: los doctores le ordenaron que viajara a Crimea y que guardara absoluto reposo en su palacio de Livadia. Le diagnosticaron nefritis y lo sometieron a una dieta estricta, con la que no podía probar la carne, ni los helados, que le volvían loco.

«Nena, bonita —le suplicaba a su hija Olga—, sé buena y tráeme un poco de helado..., sé que hay en la cocina.»

A veces la pobre Olga le complacía. Ni su circulación ni sus dolores de cabeza mejoraron, y las cartas de Nicolás resultaban cada vez más desesperadas, hasta que en el mes de octubre me pidió mediante telegrama que me uniera a él en Crimea. Inmediatamente organizamos el viaje. Yo regresaba a Rusia, esta vez para no volver.

9

Toda mi vida, desde que yo recuerdo, he tenido que cuidar a seres enfermos. Sus piernas, sus riñones, su corazón fallaban. O eran enfermedades invisibles, esas que manda Dios como una prueba para la paciencia y la santidad. He pasado más tiempo arrodillada junto a la cama de un doliente que frente a un altar. Ha sido mi particular manera de rezar y de servir a los santos.

Ahora la enferma soy yo, y el niño al que he dado a luz. Lo veo estirarse con cuidado, moverse sobre su pierna enferma como si en cualquier momento fuera a romperse. Observo cómo mi marido le evita, y aun de espaldas siente por su calor dónde se encuentra el niño y se aleja para no rozarlo, mucho menos aún golpearle en un movimiento brusco.

Desde el susto que nos dio hace unos días, no nos atrevemos a preguntarle cómo se encuentra. Yo sigo pensando con firmeza que fue un accidente, que mi hijo jamás atentaría contra su vida. Se caería. Su mente es inquieta, se aburre. Sabía de sobra que no debía arrojarse escaleras abajo sobre esa tabla. Ya no es tan pequeño, conocía muy bien el riesgo de muerte que corría, a estas alturas la enfermedad es una presencia constante de la que él mismo debe ocuparse. Y aun así, se tiró de cabeza.

Está en la edad de esos desafíos. Cualquier chico normal lo haría..., pero los otros chicos no saben a qué se exponen. Viven como si el peligro no existiera. Alexis, en cambio...

Pero no, ¿por qué querría quitarse la vida? Me duele el pensamiento como si fuera una parte del cuerpo. No, no un hijo mío. No un nieto de Alejandro III.

El zar, aquella fuerza de la naturaleza a la que esperaba

conocer mejor tras mi boda, en quien confiaba para que nos guiara durante largos años hasta encontrarnos preparados para el gobierno de mi tierra adoptiva, languidecía, si es que un roble de ese tamaño puede languidecer. Al principio con molestias menores, que apartaba de sí con un encogimiento de hombros, y después con dolores severos. Unos meses antes de la fecha fijada para nuestro matrimonio era innegable que empeoraba con rapidez, y toda la familia se había congregado en torno a su lecho en la residencia imperial de verano. La corte rusa había enloquecido y los mensajes de Nikki resultaban cada vez más acuciantes.

La abuela, sin embargo, fue cauta y no me dejó marchar hasta que tuvo claras dos cosas: una, que Alejandro III se encontraba en peligro de muerte, y dos, que mi ajuar podía prepararse en mi ausencia.

A mí me desesperaban las dos premisas, pero la última me resultaba incomprensible. La abuela, con los hombros cubiertos por dos o tres echarpes (teníamos el mismo tono exacto de tez y a menudo nos servíamos como modelos para apreciar el color de los tejidos), sostenía un bastón con empuñadura de marfil y asistía impávida a las pruebas inacabables de mi ajuar, apenas conmovida por mis quejas.

«Tú no lo entiendes porque aún tienes una visión del bosque limitada por los árboles, pero con esto te juegas tanto la opinión que tenga tu nuevo país sobre ti como tu reputación.»

«Tienes razón, abuelita. No lo entiendo.»

«Porque te miras a ti misma como si te vieras en un espejo, de cerca, pero no percibes cómo te verán los demás. Vivimos tiempos complicados, hija, y los tuyos se complicarán aún más. Las comunicaciones prosperan, el tren acorta las distancias, hay telégrafos. La prensa habla de todo sin control, y más aún esa infame prensa del corazón, que se cebará contigo. De todo se opina, de todo se cotillea. Nos encontramos tan expuestos a la curiosidad pública y a la especulación como en tiempo de la Revolución francesa. Antes, en mi juventud, no era así. Aún contábamos con el respeto del pueblo, y sobre todo, con su miedo. Los cambios les habían hecho sufrir mucho. Pero el tiempo ha pasado, nada se olvida con mayor rapidez que el dolor, y hay que recordarles con tacto, pero sin cesar, quién manda. Los hombres tienen las leyes, Alix. Las mujeres, sus vestidos.»

Levantó una mano gruesa, cargada de ópalos y esmeraldas muy oscuras.

«No me interrumpas. Antes no eras tan impaciente. También yo tuve que doblegarme, aunque no abandonaba mi país, aunque era soberana por sangre y no por matrimonio. Es verdad que yo escogí otros colores, más prácticos. Azul marino y castaño, en lugar de esos lilas que se arruinarán con una llovizna, o este pecho de pato, o estos marfiles tan delicados. Pero la moda ha cambiado: nuestra única distracción era caminar y, como mucho, montar a caballo, y para eso bastaba una cretona suave o una lana oscura. Ahora, con tanto deporte moderno y con esas bicicletas endiabladas, y con la moda de cambiaros de traje tres veces al día...»

«Abuelita, yo no me cambiaré de traje tres veces al día ni...»

«Tú te cambiarás las veces que haga falta —dijo la abuela irritada, y al separar algunos de los cortes de seda con el bastón, los rollos de tela cayeron en cascada sobre uno de los perritos, que se sobresaltó y levantó las orejas como si tuviera que cazar algún patrón perdido—. Si son tres, tres. Si son cinco, cinco. A eso me refiero con que no te ves cómo los demás te apreciarán. Ahora te debes no solo a tu marido, sino también a tu cargo. Y una princesa en Rusia debe ser adorada a distancia, como si fuera una figurita en un altar. Pero al mismo tiempo, los cortesanos te observarán muy de cerca. Los que no te oigan hablar, los que no se beneficien de tu generosidad o tus caprichos te juzgarán por tu apariencia. Pide consejo a tu suegra. María es una buena conocedora de su país, los rusos la adoran, y le ha tomado el pulso al gusto de la corte.»

«¿Y mi personalidad? ¿Dónde quedará, si me doblego ante todo?»

La abuela se rio y acarició con la punta del borceguí el lomo rizado de su perrito preferido, que ni siquiera abrió los ojos.

«¡Si estás escogiendo tú misma los colores! ¿Qué más personalidad quieres? ¡Ya me hubiera gustado a mí, a tu edad, gozar de tanta libertad! Por cierto, hijita, que toda tu ropa parece de alivio de luto. Muy práctica, pero qué tristeza da verla...»

«Es la moda», gruñí porque no se me había ocurrido hasta ese momento, pero la abuela tenía razón: no había ni una prenda roja o verde o azul pavo; los colores suaves y moderados me sentaban mejor.

«Bendita sea la moda. Ah, por fin traen las medias.»

Yo me sentía abrumada con las pruebas y con el inacabable desfile de modistas y de artesanos. Me daba igual que la abuela me asegurara que, una vez tomadas las medidas y elegidos los colores y cortes, el resto marcharía solo: era una pérdida de mi precioso tiempo, y la pierna derecha, al permanecer de pie inmóvil tanto rato, se me hinchaba y dolía. Solo me consolaba, lamento decirlo, la sorda pero muy sonora envidia de Ducky, que me pedía explicaciones sobre mi ajuar, sobre el que yo no me ahorraba detalle; y me alarmaban las cartas de Ella, insaciable: «¿Solo seis cestas de medias? Son pocas, necesitarás más. ¿Solo nueve? Más, más».

Ella sabía de lo que hablaba y se entendía directamente con la abuela. De todas maneras, las medias eran, de todas mis prendas nuevas, mis preferidas, aquellas de las que no me quejaba de escoger personalmente o incluso de encargar algunos diseños nuevos. ¡Y qué preciosas eran, y cuántos pares encargaron a los artesanos de Nottingham!

Tuve incontables pares de seda muy fina para los vestidos de noche de media etiqueta. Eran rosa claro, azul pálido, grises, con un leve tono plateado, y algunas verdes y de un delicado gris de Francia. Todas estaban bordadas con hilo de seda finísimo, en los mismos colores o en un elegante contraste.

«¿Qué nombre has escogido, por fin?», me preguntó la abuela antes de encargar las iniciales.

«Catalina.»

«Como Catalina la Grande. Un buen nombre. No te pega en absoluto, pero es un buen nombre.»

«Será Catalina Feodorovna. Todas las conversas de la casa real adoptamos el patronímico de Feodorovna.»

«Una C y una F. Qué feo. Qué difícil de entrelazar, qué sucio queda el diseño. Dejémonos de iniciales. Están ya muy vistas. Vamos a escoger algún emblema bonito, como se ha hecho siempre. Coronas imperiales y águilas bicéfalas por todas partes.»

Luego estaban las medias de seda de diario, negras, más gruesas y prácticas, con un bordado geométrico en el empeine del pie, que me duraron años y años. Otras de seda negra, más finas, pensadas para los vestidos de tarde, los que llevaría para recibir visitas, servir el té o estar con los íntimos, algunas de ellas bordadas con florecitas. Otras, muy de moda entonces, eran negras pero con un bordado a cuadros en rojo y seda color bronce. Eran muy originales, y el diseño favorecía a todos los pies, grandes o pequeños.

Escogí también unos pares plateados, bordadas con líneas y con lunares de un gris pálido que parecía, por contraste, casi blanco. ¡Me encantaban esas medias! Y no olvidemos las que llegaron en último lugar, porque el bordado hacía juego con alguno de los vestidos de ceremonia; esas eran siempre negras, con flores de seda: hojas de trébol, anthurium, gloxíneas malvas y vincapervincas.

Y no acabábamos: faltaban las más maravillosas de todas, las negras de seda con tiras en el más exquisito encaje del mismo color, superpuesto sobre el tejido, como un finísimo bordado. Encargué otras menos finas, pero también con un encaje con textura de tela de araña, con un bordadito sutil donde se prendían en el liguero. Estaban, desde luego, las que irían a juego con el vestido de terciopelo estuardiano, una reliquia familiar de la que no nos librábamos ninguna de las nietas de la abuela; en esas, que estaban festoneadas en blanco y negro, habían ordenado bordar una A en rojo con una coronita principesca, porque ese sería mi nombre y mi rango siempre en la familia de mi abuela, princesa Alix. Y por último, estaban las docenas de seda corriente, las de lana de uso diario, muy suaves y cálidas, algunas bordadas y otras lisas.

Otra de las cosas de las que no me quejaba era de los guantes, y tampoco lo hacen las niñas, por cierto, que han heredado algunos de ellos. Eran de cabritilla muy fina, con pespuntes planos en el mismo color que, por lo general, oscilaba entre el amarillo y el tostado, o como mucho, gris. Para ocasiones especiales me hicieron los de gamuza, claritos, en lo que entonces se estilaba llamar «tonalidades champán». Un color que no era del todo un color. Y a esos se les unían los blancos, grises, tostados y cremas. Los de ante, típicamente británicos, suaves más allá de lo imaginable, y duraderos, y otros más resistentes de piel de antílope, especiales para montar y para conducir. Había aún otros más, confeccionados con cuero de Rusia, curtidos en Crimea, pero de manufactura inglesa.

Y todavía nos faltaban los velos.

«No podemos olvidar los velos.»

«Claro que no, abuela. ¿Cómo olvidarnos de los velos?»

Y con toda mi mala intención, le describía por escrito a Ducky el listado de los tules adaptados a mis tocados y mis sombreritos. En blanco, en negro, en gris. Los de malla ancha y lunares muy gruesos. La nueva moda en velos, que parecían de punto de Alençon, los de encaje de Bruselas y, finalmente, los muy delicados velitos marfil, que tanto favorecían a las pálidas.

«Debes de sentirte muy agobiada con tanta parafernalia», me escribía ella, la letra temblorosa por la envidia.

«No lo sabes tú bien. Agobiadísima», respondía yo.

El resto de lencería delicada incluía unas preciosas chaquetillas matutinas de sarga muy fina en tonos pálidos, con cuellos de encaje, y otras de corte marinero también con inserciones de encaje. Había otras magníficas blusas de satén ribeteadas de terciopelo o encaje. Mi preferida era una con puntillas españolas negras en el canesú y en las mangas, desde el puño hasta el codo. Usé esa blusa durante mi primer año de casada, hasta que, literalmente, se pulverizó. Había otro vestido para el té, de sarga de seda con entredoses y encaje crudo.

Respecto al resto del ajuar, corría menos prisa porque se esperaba de una novia real rusa que dejara en la frontera sus vestidos, junto con su anterior vida, y se vistiera con atavíos rusos de pies a cabeza en una pequeña ceremonia que se realizaba en público; o al menos, el resultado se hacía público. La norma no se llevaba a cabo al pie de la letra, pero sí se presuponía que gran parte del ajuar fuera confeccionado en tierras rusas, o lo que era lo mismo, que se encargara, ya de casada, a

París o a las modistas de San Petersburgo. De manera que, además de unos pocos vestidos imprescindibles, solo me quedaba encargarme de los camisones, que ordené en fina batista, con bordados y encajes de Honiton.

«Espero que te asignen una buena doncella, y que María Feodorovna tenga el ojo fino para elegirla —gruñía la abuela—, porque de lo contrario, te destrozará todo esto en dos lavados. Que planche bien y peine bien. Llévate a Gretchen von Fabrice, de momento. Todo lo demás es accesorio.»

Entre las pruebas y las elecciones de modelos, yo no perdía el tiempo: respondía a las cartas y los telegramas que me llegaban, las de Nikki eran diarias, estudiaba ruso y francés, me aplicaba en doctrina ortodoxa con el padre Yanishev y dejaba en orden mis propios asuntos, tanto en Inglaterra como en Hesse.

Con el tiempo supe que aunque creía que había dejado cuerpo y alma en estos quehaceres banales, no había sido suficiente. Mi hermana Ella ocultó su decepción por mi ajuar y su falta de espectacularidad y fue testigo de cómo mi suegra se sentía en cierta medida agraviada por mi gusto, que consideraba mediocre y poco refinado. Para encontrarse devastados por el dolor, analizaban mi presencia con ojo crítico y no se les escapaba un detalle. La expectación que había despertado en la corte la presencia de dos zarinas se desplomó bruscamente: María Feodorovna era la clara ganadora.

Nada de aquello me importaba, pero se esperaba de las princesas y de las emperatrices que cumpliéramos nuestra parte del sueño de lujo y oropel de la realeza. Todas ellas, incluso las más rebeldes, habían comprendido que podían actuar como desearan siempre que fueran hermosas y estuvieran bien vestidas, y el juicio si no se estaba a la altura podía ser muy cruel. Cuando me tocó el turno, yo no lo estuve.

10

«Ven. Papá muy enfermo.»

Mi futura familia había pasado el verano en el palacio de Livadia, en Crimea, donde el clima suave y los alimentos frescos habían permitido que el zar mejorara de su nefritis, un descanso pasajero que cesó bruscamente en pocos días. El deterioro de mi suegro era tan rápido que viajé con rapidez, en tren, hacia Sinferopol, con Gretchen como única compañía; confiada en la esperanza que daba la fe, telegrafié a Nikki para pedirle que preparara de inmediato mi ceremonia de conversión a su religión. Creía que al menos esa leve alegría confortaría a Alejandro.

Cuando llegué a Sinferopol, me enteré de que tendría que haber viajado en un vagón especial y no como una pasajera normal, pero al ministro correspondiente, desbordado por la enfermedad del zar, se le olvidó mencionármelo. Nicolás me esperaba con un carruaje que nos llevaría hasta Livadia. Los tártaros de la zona nos arrojaban sal, uvas y flores.

«¿Qué hacen?»

«No te asustes, es la tradición. Ya te acostumbrarás.»

Cuando llegamos al palacio, los dos serios, pero inmensamente felices de reencontrarnos, el carruaje estaba tan lleno de fruta y de flores que no pudimos salir sin ayuda. El mayordomo del palacio se encargó de repartir los regalos entre los pobres de la localidad.

No pude disimular mi horrorizada sorpresa cuando vi en qué se había quedado el gigante Alejandro III. El pobre hombre me recibió con absoluta amabilidad. Me esperaba sentado a duras penas en un sillón y había insistido en hacerlo con uniforme de gala completo:

«Es la única forma en la que el zar de Rusia puede saludar a la futura emperatriz».

Pálido, amarillo, ojeroso y muy debilitado, nos unió las manos, nos pidió que nos arrodilláramos y murmuró una bendición formal.

«Ahora, id a saludar al resto de la familia, y acercaos a la iglesia.»

Mi ruso era aún deplorable pero hice lo que pude y asistí al primer oficio ortodoxo de mi vida para rogar por su salud. Durante diez días fui una sombra más en aquel palacio que giraba en torno a los médicos y a las disposiciones que la zarina María dictaba. Me atravesaban punzadas de dolor y estallidos de alegría al mismo tiempo, y sobre todo, sentía vergüenza. Nadie me prestaba atención, mi suegra ocupada con su marido, los tíos entretenidos en discutir, y lo que era peor, nadie tenía en cuenta a Nicolás, que se había convertido nuevamente en un niño desvalido. Yo observaba y callaba, y entre los rezos intentaba encontrar tiempo para animarle a que mostrara más determinación.

«No puede ser que los médicos no te informen de nada, Nikki... Exige que te vean todos los días y ser siempre el primero en enterarte de cualquier novedad. Muestra un poco de carácter... Perdóname que sea tan franca, mi amor, pero eres el hijo mayor de tu padre y el futuro zar, y es a ti a quien deben consultar.»

Fue la primera de las muchas veces en las que le aconsejaría algo similar. Dios mío, llevo veinticinco anos repitiendo las mismas frases... Comenzaba a conocer el carácter de Nicolás y el de la corte rusa, e intuía los problemas a los que tendría que enfrentarme.

Los tíos Romanov, algunos con el cabello pegado al cráneo por la brillantina, otros con espesas capas de caspa sobre los hombros, entraban y salían, y casi tropezaban con nosotros.

Recé fervorosamente por la curación de mi suegro, noche y día. Dios sabe que mi corazón era sincero y mi intención pura. No sirvió de nada: el zar moría el 1 de noviembre, y Nicolás se convertía en Zar de Todas las Rusias. La zarina se desmayó mientras le suministraban la unción, y fui yo la que la auxilió y atendió mientras Nicolás permanecía en pie junto a la cabecera, con los ojos llenos de lágrimas.

«Dios te acoja», musité mientras agradecía el inusitado regalo de que la última mirada de mi suegro fuera para mí.

La habitación quedó en silencio. El reino, huérfano. Nosotros, desvalidos.

Al día siguiente me convertí oficialmente a la religión ortodoxa y recibí el nombre y título de gran duquesa Alejandra Feodorovna. No Catalina, como habíamos planeado, sino Alejandra, para honrar a mi suegro muerto. Para Nikki y para mí comenzaba una vida nueva, y un súbito cambio de identidad.

Ah, si el zar no hubiera muerto tan joven..., si nosotros hubiéramos podido ganar un poco más de experiencia... Nikki solo tenía veintiséis años, y ninguna experiencia en los asuntos de Gobierno. Su padre lo había mantenido voluntariamente apartado, sobreprotegido. Él, un hombre que medía uno noventa y doblaba tenedores de plata hasta hacerles un nudo para impresionar a los embajadores extranjeros, pensaba que su hijo era débil y sin voluntad, y lo había convencido de ello.

«Dios mío —susurraba Nikki, y su mirada se perdía más allá de los ventanales, entre los viñedos enrojecidos y deshojados y el rumor constante del mar—, ayúdanos. Somos demasiado jóvenes. ¿Qué vamos a hacer, Dios mío, qué vamos a hacer? ¿Qué nos va a ocurrir a mí, a ti, a mis hermanas, a mamá, a toda Rusia? No estoy preparado. Nunca quise ser zar. ¿Cómo me voy a enfrentar a los ministros?»

No estábamos preparados para ser zares. Hicimos lo que pudimos, guiados por nuestro amor a la patria y los consejos de quienes creíamos fieles amigos. Desde aquí, veo a esa Alix sonrojada, ansiosa por dar lo mejor de sí. Cuántas equivocaciones, y sobre todo, cuántos años ya pasados... Todos haríamos las cosas mejor si nos fuera permitido regresar a nuestra juventud.

Los días siguientes fueron caóticos: las decisiones se discutieron mientras los cañonazos de los barcos de Yalta disparaban salvas y competían con el viento huracanado que se había levantado. Realmente, el fin del mundo parecía haber llegado. La nueva situación exigía nuevas decisiones, y una de las primeras que tomamos fue adelantar la boda, que en un principio habíamos planeado para la primavera: Nicolás no toleró ni hablar de un nuevo regreso a Darmstadt. Queríamos casarnos inmediatamente, con discreción, con el cuerpo del zar aún bajo nuestro techo.

Sin embargo, los tíos Romanov opinaron que un nuevo zar no podía tomar esposa a escondidas, sino en San Petersburgo, con el lujo que ello exigía. Estábamos demasiado agotados, y accedimos. Mientras Moscú se preparaba para el funeral, nosotros atendíamos a las ceremonias por el eterno descanso de Alejandro III, y besábamos sus labios muertos y embalsamados dos veces al día.

Cuando se consideró que todo estaba listo, partimos en un tren cubierto de crespones negros hacia el Kremlin. Fue una larguísima procesión. El tren se detenía en cada ciudad importante para mostrar el cadáver en las catedrales y que la nobleza le rindiera pleitesía. Al mismo tiempo aprovechaban para presentarme. Día y noche, el tren corría entre hileras de campesinos que se agolpaban junto a las vías bajo el granizo para verlo pasar.

Nikki y su madre lloraban juntos, y a mí me parecía indecente pensar en la boda y en todos los preparativos, que se superponían a los del entierro. Como en *Hamlet*, tenía la sensación de que el asado del entierro serviría de fiambre en los esponsales; sin embargo, así era mi nuevo país, excesivo en los dolores y las alegrías, amante de la ostentación hasta en lo más íntimo. Cuando los funerales en Moscú hubieron finalizado, nos dirigimos a San Petersburgo. El zar sería enterrado en la Fortaleza de Pedro y Pablo, después de un desfile fúnebre acompañado de tambores y campanas, en el que la familia real recorría toda la ciudad.

Yo aún no pertenecía a los Romanov, ni tampoco nadie de mi familia me acompañaba, de manera que el protocolo dictó que caminaría sola, detrás de todos, vestida de negro e intentando reprimir las lágrimas. El contraste con la boda de Ella no pudo resultar más evidente. En lugar de pasacalles y una carroza, me precedieron letanías, misas y ritos fúnebres.

«Mirad —dijeron algunos sin esforzarse por bajar la voz—, nos llega detrás de un ataúd. No puede traernos buena suerte.»

El cuerpo aún estuvo expuesto dos semanas más, y miles de rusos desfilaron ante él para decirle adiós. Nosotros continuábamos acudiendo dos veces al día. Aunque estaba muy bien embalsamado y mantenía una expresión serena, día tras día su rostro se modificaba y aparecían pequeñas manchas moradas. Todos nuestros parientes fueron al entierro, salvo la abuela, que envió al primo Jorge en representación. Nicolás se sentía agotado, siempre ocupado, y mi suegra apenas podía mantenerse en pie. Yo no tenía gran cosa que hacer salvo esperar. Cuando todo terminó, nos agobiaba la sensación de que hacía años que paseábamos detrás de un muerto.

11

«Nunca nos has hablado de vuestra boda», me requirió una tarde, hace no demasiado tiempo, Tatiana.

¿Cuánto puede hacer de esa petición? Se pierde con extrema facilidad la noción del tiempo en esta pequeña caja de zapatos. Veamos: la guerra ya había comenzado, porque nos encontrábamos enrollando vendas las cuatro niñas y yo en mi gabinete. Anna no nos acompañaba. El Nene debía de estar con su padre, en el frente. Tuvo que ser, por fuerza, antes de que Nuestro Amigo muriera, porque no existía aún entonces esa desesperanza que luego me ha acompañado. Hará unos dos años, entonces. ¿Puede ser? Todo un mundo.

«¿No?», dije yo distraída.

Los cuatro rostros de mis hijas se volvieron hacia mí desde cuatro puntos a mis pies, sus enormes ojos bordeados de unas pestañas oscuras y rígidas de distintos colores, como cuatro gatitos de angora curiosos e inquietos. Después llegaría el tifus y los cabellos ondulados de mis bellezas caerian bajo la tijera, y luego otras enfermedades, y la necesidad, y las ojeras. Pero entonces las tenía reunidas a mi alrededor, calentitas y seguras, junto a mi chimenea.

«Yo no conozco esa historia», dijo Olga.

«Yo tampoco», añadió María.

«Nos has contado mil veces la historia del dichoso broche de perlas —dijo Anastasia—, pero nunca la de la boda.»

«Bueno —dije yo—, podemos remediar eso ahora mismo. ¿Estáis preparadas para una de las empalagosas historias de vuestra madre?»

«¡Sí!», contestaron con distintos grados de entusiasmo.

Anastasia fingió contener las náuseas y luego asintió con la cabeza.

«Debió de ser un día triste —dijo Tatiana—, con el abuelo muerto.»

«Todos los días importantes en la vida mezclan la alegría con la tristeza. La muerte nos deja un rastro de lágrimas, pero la satisfacción de que nuestro difunto será acogido entre los ángeles. Los dolores de parto se olvidan cuando nos ponen en brazos a un bonito recién nacido. Cuando el té es muy amargo le viene bien un poquito de azúcar. Y para que los dulces de merengue no empalaguen, se les añade a las claras un poco de vinagre. Y aquella boda fue así, también, los ojos lloraban y la boca reía.»

Fue horrible. Una pantomima espantosa que me hacía preguntarme a cada minuto si aquello era real y si duraría mucho tiempo. Pero no podía contarles algo así a las niñas.

Nuestra boda estaba planeada para el 26 de noviembre, apenas una semana después del funeral. Coincidía también con el cumpleaños de mi suegra y parecía una buena ocasión para aliviar el luto. Además, a la familia extranjera le resultaría más cómodo permanecer en Rusia unos días más y no regresar más tarde. El tío Eduardo y el primo Jorge habían acudido en representación de la abuela Victoria.

Ahora que reparo en ello, ¡me casé el día del cumpleaños de mi suegra! ¡Y con mi consentimiento! ¿Cómo no iba a ser ella la protagonista en el día más importante de mi vida? Qué estúpida fui. Qué ingenua. Como yo no tenía la cabeza para casi nada, creía que también los demás se encontraban en el mismo aturdimiento. ¡El día de su cumpleaños! Me entran ganas de reírme.

La mañana de la boda amaneció gélida; hubiera podido ser una bonita ceremonia de invierno, con miles de velas encendidas en globos de vidrio y guirnaldas de hojas secas y de bayas rojas, de crujientes coronas de abeto y piñas como adorno ante los iconos. No hubo nada de eso.

No es que yo quisiera nada de eso. En honor a la verdad, no sé si lo hubiera querido o no. A nadie se le ocurrió que podría gustarme. El protocolo indicaba que las dos zarinas marcháramos hacia el palacio de Invierno. Allí mi suegra me ayudó a vestirme frente a un espectacular espejo dorado que empleaban todas las grandes duquesas, en el vestidor de malaquita.

«¿Qué consejos te dio la abuela en esos momentos?»

«Ninguno. Estábamos demasiado nerviosas, o demasiado emocionadas, para hablar.»

Las dos vestíamos de blanco: mi traje, un antiguo vestido de la corte real rusa, confeccionado en tisú de plata, se remataba con una larga cola ribeteada de armiño. Como hacía muchísimo frío, me cubrieron con un manto imperial tejido en oro, también adornado con armiño. Olía raro: no mal, sino con un olor húmedo y penetrante, muy característico, a flores ajadas, quizás, puede que de los líquidos con los que limpiaban o trataban el hilo metálico. Aún tengo ese olor metido en la cabeza, vuelve a mí cada vez que recuerdo mi boda, y me duró mucho tiempo impregnado en la piel.

En aquella ocasión lucí las joyas más relucientes que nunca había visto; por un momento me pareció ridículo aparecer ante mis familiares con unas gemas tan enormes que casi parecían falsas; y la propia zarina María me colocó la diadema nupcial de diamantes de las novias reales.

Las vestiduras resultaban tan pesadas que era incapaz de moverme sin la ayuda de los chambelanes reales, y mis movimientos mientras avanzaba hacia la capilla parecían torpes y rígidos, como debieron de ser los de las zarinas de antaño. Dignidad, serenidad, parsimonia.

Con la ceremonia de la misa en el mismo ruso plañidero que aún no comprendía bien, tenía la sensación de continuar en el funeral, salvo que en lugar de vestirme de negro, lo hacía de blanco.

La boda resultó agridulce... Echaba de menos a mis padres, y de vez en cuando, como una punzada, regresaba el dolor por la muerte del zar. Su mirada en la agonía, los ojos que le cerré con compasión. Nicolás, vestido con uniforme de húsar, tenía los ojos llenos de lágrimas. Sin embargo, los dos nos sentíamos radiantes.

«No creo que nadie, nunca, se haya casado más enamorado de lo que nosotros lo hicimos. De ese amor habéis nacido vosotras. Habéis sido un milagro.»

Las niñas se pasaban de mano en mano el marco con una de las imágenes de la boda, un cuadro que fue reproducido hasta la extenuación.

«Llevabas el pelo suelto...»

«Sí, en dos crenchas que caían sobre el pecho.»

Cogieron también las fotos del compromiso: la primera, realizada en Coburgo, en la que yo llevo el traje con mangas jamón, y Nikki, un abrigo espantoso. Y otras, las oficiales, que nos sacaron ya en Rusia. En ellas se cuidaron de sentarme, para que no se viera que, incluso con poco tacón, le saco unos centímetros a Nikki; él viste de uniforme, y yo, un vestido de seda blanco y varias ristras de perlas prestadas. Y si su expresión es de tristeza, la mía denota a las claras que no deseaba en absoluto estar ahí.

«Qué mal sales siempre en las fotos, mamá —dijo Anastasia—. Con lo guapa que eres, y no tenemos ni una en la que sonrías.»

«No me gustan las fotografías oficiales. Y esos días no teníamos muchas ganas de sonreír.»

Pero después de aquel día ya nada podría separarnos. Estábamos unidos por Dios en esta vida y en la otra, y cuando di mi consentimiento, no me hubiera importado morir a continuación. La ceremonia tuvo lugar por la mañana y no fue seguida por celebraciones ni festejos. El luto lo impedía. Tampoco tuvimos luna de miel. Aun así, el pueblo se congregó para vitorearnos en el trayecto desde la catedral hasta el palacio Anichkov.

«¿No hubo luna de miel?»

«No.»

«¿Ni convite?»

«No, mi amor. A los invitados se les sirvió un almuerzo frío con fiambres y té y vodka, y se les regaló un icono como recordatorio.»

Mis hijas me miraron horrorizadas.

«Hace veinticinco años las bodas no se celebraban como las de ahora. Nos tomábamos las cosas más en serio, no se habían convertido, como hoy, en una excusa para que la novia se exhiba y las familias se emborrachen.»

La zarina madre nos esperaba con el pan y la sal de la hospitalidad, y con otra montaña de telegramas por responder. Eso tampoco se lo conté a las niñas.

«Cuanto antes nos libremos de esto, mejor —dijo y nos colocó en la mesa un servicio de té y un samovar, junto a la pila de telegramas—. Te ayudaré a quitarte el vestido y podremos comenzar cuando queráis.»

Yo no podía concentrarme, y las manos de Nikki temblaban. Comenzó a dolerme la cabeza, con el olor a marchito clavado en el cerebro. Nos miramos y le suplicamos a mi suegra su bendición para acostarnos temprano.

Las niñas rompieron en risitas.

«Esto no nos lo va a contar.»

«¿Por qué no? —las provoqué yo—. ¿No os han explicado nada las institutrices? ¿Tengo yo que contaros lo que pasa entre un hombre y una mujer?»

«¡Mamá, por favor!», suplicó Olga.

Nunca pude sospechar a través de las frías palabras de miss Jackson que el amor entre un hombre y una mujer pudiera provocar una felicidad tan completa. Desde aquella noche solo he vivido la alegría con él. Incluso ahora, apagada la juventud y ajados los cuerpos, cuando se acerca a mí me estremezco, y mi mente corre a los momentos que seguirán a los primeros besos, y doy gracias a Dios por habernos dado cuerpos que puedan sentirse tan cercanos a los de los ángeles.

«Soy tuya —le dije antes de que me llevara a la cama—, tuya tuya tuya. En este mundo y en el otro. Te quiero. En estas dos palabras te entrego mi vida.»

Luego, por primera vez, sus manos recorrieron la piel de mis hombros desnudos, sus ojos se entibiaron y ardieron, y todo pasó para convertirse en mi más bello recuerdo.

«Mamá.»

«Dime, hija.»

«No nos cuentes esas cosas. Que solo soy una niña.»

12

Entre tantos preparativos, o más bien con la prisa por avanzar hacia la nada, no había dado tiempo a que nos encontraran una casa, y se decidió que nos instalaríamos provisionalmente con mi suegra en el palacio de Anichkov, en los seis aposentos que antaño había ocupado Nikki de soltero.

La intención de Nicolás era que recuperáramos el palacio de Invierno, un edificio gigantesco que en los últimos años se había destinado principalmente a bailes y grandes fiestas, y con esa intención iniciaron las obras para adecuarlo. Después nos pareció demasiado frío y ceremonioso y nos dirigimos al palacio Alexander en Tsarskoye Selo, mucho más asequible en todos los sentidos. Yo solo puse dos condiciones: que nuestras habitaciones estuvieran decoradas en *art nouveau* y que al menos una estuviera tapizada en mi color preferido, el malva.

Mientras tanto, vivíamos apiñados en las habitaciones de Anichkov: no podíamos conceder audiencias simultáneas, no teníamos comedor, por lo que desayunábamos y cenábamos con mi suegra, y no podíamos recibir visitas; pero éramos muy felices y estábamos juntos siempre que nos era posible. Cuando no era así, yo hacía compañía a mi suegra, o estaba con las damas de compañía que me habían asignado, aunque todas eran rusas y no las conocía. Estudiaba mi nuevo idioma durante muchas horas, me gustaba leer e incluso traduje algunas obras rusas al francés o al inglés. Nikki tenía la costumbre de leer en alto en sus ratos libres y poco a poco dejó los textos ingleses por las obras literarias rusas.

A veces, cuando nevaba, Nicolás pedía el trineo y me llevaba con él, envuelta en pieles, a recorrer San Petersburgo. Sin embargo, sus tareas eran absorbentes, aunque yo estaba acostumbrada a anteponer los intereses de los hombres de mi vida a los míos propios y procuré convertirme en la esposa ideal para un zar. Nos adorábamos y compartíamos el mismo sentido del deber, aunque el mío me recluía en casa, lejos del despacho de mi marido. Entonces aún no hablábamos de política, y en todo caso él consultaba algunos asuntos con su madre.

De hecho, consultaba todo con ella. Mi suegra se había convertido en el centro de nuestra existencia. Los dos estábamos muy preocupados por María, porque la muerte de su marido la había sumido en un dolor inconsolable; ella, tan pequeña, tenía completamente dominado a su marido, que le dejaba hacer lo que le venía en gana, pero de pronto se sentía perdida.

«Recuerdo —decía entre lágrimas— una ocasión en la que yo no tenía ningunas ganas de terminar la fiesta. Tu padre echó a todos los invitados con una señal, y luego a los criados. Luego les pidió a los músicos que se fueran, pero yo obligué a un violinista a que siguiera tocando. El pobre hombre obedeció, tembloroso, y yo continuaba girando y girando, hasta que tu padre, furioso, apagó la luz, y allí nos quedamos el violinista y yo, a oscuras, hasta que me cansé. —Reía a carcajadas, y luego se le perdía la mirada—. Ay, Dios mío, le hice sufrir mucho...»

No nos unía nada, pero yo estaba dispuesta a encontrar una madre en ella y a tratarla como no pude hacerlo con la mía. Así me lo recomendaba mi abuela.

«Piensa, Sunny —me escribía—, en la suerte que tienes de encontrar una madre después de haber vivido tantos años sin la tuya, y una que es tan amada por su pueblo y que tanto puede enseñarte en ese camino que Dios te ha deparado. Me cuentan que en la boda admiraste a todo el mundo y que te comportaste como una emperatriz. Pero recuerda que no es más que el primer paso, y que ganarte a tu suegra puede suavizarte esa senda.»

Me di cuenta enseguida de que no sería posible. No era una mala mujer, se compadecía de las debilidades humanas y tenía un estupendo sentido del humor, pero pese al cariño aparente con el que trataba a todo el mundo, era distante, frívola, mundana. Dejó que sus hijos se criaran solos, sin afecto. Las malas madres raras veces resultan buenas suegras.

Tenía solo cuarenta y siete años, aparentaba diez menos, y la corte la idolatraba. Le encantaba la vida de palacio, y ellos la correspondían con idéntica pasión. En cuanto se terminó el periodo de luto se presentó de nuevo en sociedad, con vestidos aún más magníficos; encargó un trineo nuevo con dos espectaculares caballos negros y se pasaba el día recorriendo la avenida Nevski. Sin embargo, exigía que comiéramos con ella todos los días, y en cuanto los platos desaparecían de la mesa, hacía evidente que yo sobraba, y aconsejaba y sermoneaba a Nikki como si fuera un niño.

Según el protocolo, ella tenía un rango superior al mío, de manera que en las ceremonias públicas se colgaba del brazo de Nicolás, vestida de blanco, como yo, pero mucho más enjoyada, y me dejaba sola, detrás, acompañada por alguno de los tíos Romanov.

«Pero, Alix, querida, no puedo comprender que eso te moleste —me dijo en una ocasión en que insinué que me sentía postergada—. De verdad, no puedo comprenderlo. El protocolo lo estipula clarísimamente.»

Desde entonces insistió en que cenáramos también con ella, de manera que mi tiempo con Nikki se redujo aún más: él se pasaba el día trabajando y todas las horas libres con su madre, a la que era incapaz de negarle nada. Yo comencé a llorar a escondidas. No quería competir por un hombre con su propia madre.

Durante las Navidades una fiesta de presentación (mi presentación a los nobles y a las familias aristocráticas) rompió el rígido luto de la corte. Las damas, vestidas con el traje tradicional de la corte rusa, me saludaban en una hilera multicolor interminable, y los enviados y representantes de cada región del país nos entregaron regalos de boda. Yo lucía el traje de gala, un manto de tejido en plata con perlas y diamantes, muy parecido al del día de mi boda.

Ella, por supuesto, me eclipsó. Llegó tarde, fingió confundirse de lugar, saludó a todos con enérgicos movimientos de abanico. Se sentía tan a sus anchas, movía su diminuta figura con tanta gracia, y sobre todo, brillaban tanto sus esmeraldas que pronto todos olvidaron que aquella fiesta era en mi honor.

Pero el incidente que colmó el vaso fue su negativa a devolver las joyas imperiales. Eran las más espléndidas y no le pertenecían a María, sino a la corona, y por lo tanto, me correspondía usarlas en algunas ocasiones. Yo no dije nada, pero entre los temas pendientes de la sucesión, la entrega de las joyas se planteó como prioritaria. Aunque el tesorero se las reclamó varias veces, tuvo que ser Nikki quien se las pidiera. Ella chilló, pataleó y se negó a desprenderse de ellas.

«Pero ¡esto es una indignidad! ¡Alix no tiene el menor interés en estas joyas, y yo soy tan zarina como ella, de manera que me corresponden por derecho! ¡No pienso devolverlas!»

«¡Por mí, está bien! —grité yo humillada—. ¡No volveré a pensar en esas joyas, y de todas maneras, nunca me pondría algo que no es mío!»

Nicolás acabó por convencerla de que sería un escándalo público que yo no apareciera con las joyas de la corona y que ella continuara luciéndolas. Ni la corte ni la familia lo entenderían. María, entre lágrimas, acabó por entregarlas, pero no volvió a dirigirme la palabra más que cuando era imprescindible, hasta que le revelé que esperaba mi primer hijo.

A aquella mujer extraña se le iluminaron primero los ojos, y luego reaccionó con frialdad.

«Bueno, pues es una noticia excelente. Esperemos que sea niño. De momento, el heredero imperial es mi pobre Jorge, y no sabemos cuánto tiempo más vivirá...»

Yo sabía que mi obligación era alumbrar un varón, desde luego. Pero nada, ni la torpe mezquindad de mi suegra, me privaría de la alegría de esperar con mi marido a que naciera mi primera hija.

Como en el entorno en el que había crecido un embarazo era algo que debía disimularse y fingir que no existía, no podía imaginarme los cuidados y los mimos que pueden dedicarse a una mujer embarazada en privado. De pronto todo eran atenciones.

Los primeros meses fueron malos; se me hincharon las piernas, y las náuseas y los mareos eran constantes. La vieja Orchie me cebaba a remedios tradicionales que vomitaba, y aunque el bebé crecía en mi seno a gran velocidad, yo parecía delgada y demacrada. Los cambios de humor también fueron una tortura. Sentía miedo si Nikki no se encontraba a mi lado: a perderlo, a que se encontrara con una antigua amante, a que un atentado me lo arrebatara. Lo mandaba llamar de urgencia, y cuando él dejaba sus obligaciones y venía a verme, alarmado, no sabía qué contarle.

«Entiendo que no te sientes bien, y que han sucedido muchos cambios en muy poco tiempo —decía él mientras me apretaba la mano con una paciencia conmovedora—, pero no podemos continuar así, ni al bebé le favorecen estas alteraciones de humor. Tienes mucho que hacer para amueblar la casa. Entretente con eso. Los tapiceros están esperando. Supongo que ahora mismo sentirás más interés por la ropita de bebé que por la tuya propia. Pero los meses pasan con rapidez, llama a las modistas, que mi madre te ayude...»

Yo decía a todo que sí, pero después dejaba que las horas pasaran con calma en mi pequeño huequito, primero en sus habitaciones, luego en las mías de Tsarskoye Selo. En aquellos meses de felicidad me hice un propósito firme: no importaba qué lobos aullaran fuera ni qué ocurriera en la corte. Mi obligación como esposa sería que Nikki regresara siempre a un hogar feliz y que mis hijos crecieran no en un palacio, sino en una casa en la que, como deseaba mi madre, se los preparara con amor y ternura para las batallas de la vida.

María Feodorovna, que vio cómo Nicolás se alejaba de ella para gravitar hacia mí en pocas semanas, me visitó una tarde y se sentó en una silla blanca junto a mi diván. Se posó como un pájaro, en el borde, con la espalda muy rígida y la boca contraída. Era evidente que, de la misma manera en la que le había espantado mi ajuar («Medias grises —se había lamentado ante una de mis damas—, ha encargado medias grises, como si fuera una institutriz.»), apenas podía soportar encontrarse allí.

«Ahora debemos llevarnos mejor —dijo—, por lo que va a nacer y por lo que nos espera.»

Yo la miré con compasión. Ni siquiera iba a pretender que yo pudiera gustarle.

«Mamá —le dije—, yo voy a hacer muy feliz a Nikki. Puede perder ese miedo.»

Ella, a su vez, me devolvió la mirada con sorpresa.

«Sí, claro —dijo escandalizada—. Eso ya lo sé. Pero lo importante es que cuando el niño nazca, nos encontremos todos aquí. Tendréis que elegirle una madrina...»

Mi marido y yo nos mudamos a Peterhof para pasar el verano allí, en la costa, lejos de las miradas indiscretas. La costumbre de no dejarse ver en público en la corte durante el embarazo me pareció encantadora; los boletines oficiales no informaban de los cambios de salud ni, de hecho, de nada hasta el nacimiento, de manera que la prensa también me dejó en paz, y además, Ella vino a hacerme compañía.

La zarina madre, sabiendo que nuestras tensiones podrían resultarme perjudiciales, se marchó, nunca supe si por decisión propia o por insinuación ajena, y se dedicó durante varios meses a visitar a su familia en Dinamarca, y sus cartas volvieron a ser cordiales y graciosas.

«Por Dios, advertidme en cuanto se acerquen las señales del parto —decía, su amor maternal redoblado por la distancia—, y yo me convertiré en pájaro para volar a vuestro lado. Queda claro, ¿verdad? No os preocupéis, ni os enteraréis de que estoy ahí. No os molestaré. Solo quiero ser la primera en ver a mi nietecito.»

Entre las patadas de la criatura y el crecimiento de mi vientre, que siempre había sido plano, gracias al afán de mi suegra por estar presente en el parto comprendí la importancia de aquel nacimiento: Dios no solo transmitía la vida a través de mí, sino que además otorgaría a Rusia un futuro zar. Aquel embarazo no me pertenecía: era una más de mis obligaciones, la más esencial.

Cada vez me sentía más cercana a mi nueva religión, de la que mi esposo sería nombrado líder oficial. También para Nicolás su lugar al frente de la Iglesia ortodoxa rusa constituía uno de los mayores privilegios de su existencia. En aquellos meses tomamos conciencia de lo radicalmente distintos que éramos de quienes nos rodeaban, no solo por el rango sino también por nuestro carácter.

13

«Me cuentan que no has hecho ninguna amiga, y eso me duele y casi me escandaliza. ¿Cómo es posible que en los meses en los que has vivido en los distintos palacios, rodeándote de gente muy distinta, no hayas encontrado a nadie de tu agrado? Me dirás que no favoreces las amistades rápidas debido a tu carácter y a la prudencia que le debes a tu posición. Todo eso estaría muy bien si no fuera porque en tu estado y con tus futuras obligaciones los escrúpulos deben quedar a un lado y debes escoger con rapidez aliados que te permitan consolidar tu influencia en la corte, y desahogar tu corazón, algo que nos es muy necesario a las mujeres. Me dirás también —continuaba la abuela en una carta dura, la primera en ese tono que recibía— que el carácter ruso es intrincado. Eso ya lo sabías antes de casarte. Además, si una corte bulle de presencia extranjera es la de los Romanov. ¡Por Dios, encontrarás de todo ahí! Francesas, polacas, alemanas, nórdicas. Y por último, puedes excusarte en que, sí, hay muchas mujeres de tu gusto, algunas incluso de tu agrado, pero se encuentran de paso. ¡Para eso estamos en la era de la comunicación! Escribe, telegrafía, intercambia palomas, haz lo que sea. Pero deja de cultivar esa soledad a la que tan naturalmente tienden las mujeres mientras están esperando y haz amigas. No te hablo ya como una abuela a su queridísima nieta, sino de una emperatriz a otra.»

Estas palabras me hicieron llorar y apreté y releí la carta varias veces. La abuela, en la que siempre hallaba consejo, se aliaba ahora con esa presión constante que ejercía mi entorno. No tenía que preguntarle quién le había informado de que pasaba gran parte del día en una soledad muy anhelada, casi sin dejarme ver. Mi hermana Ella, o mi marido, o cualquiera de los mil espías familiares que nos unían podrían habérselo dicho. Por no mencionar la red de embajadores, cónsules, formales o informales, que suministraban información útil, impresiones y cotilleos.

Era cierto que el embarazo me hacía sentir todo con una intensidad y una rudeza mayores (los olores, por ejemplo: ya solo toleraba flores inodoras, como las orquídeas, que me rodeaban en cestas, porque se había corrido la voz de que me gustaban y me cubrían de ellas; o el tacto, creía que el roce de un tirante me estaba amoratando la piel cuando no era así; o cualquier gesto o palabra hosca). Pero sé que mi reacción fue urticante ante esa carta porque había verdad en lo que leía. Comenzaba a descubrir a una nueva Alix (Alejandra, podíamos llamarla con toda propiedad), y no siempre me sentía satisfecha con ella.

Mientras vivía en Hesse mi reserva no había sido nunca un problema. Mis hermanas se burlaban de mí, nunca fui un gran imán en las reuniones sociales ni las busqué, pero Orchie y miss Jackson alentaban cierto aire distante, en contraste con las avecillas entrometidas que me rodeaban y que nos hacían perder muchísimo tiempo útil.

Sin embargo, sí tenía amigas. Lo que ocurría es que debían tomarse su tiempo para conocerme, para que me abriera y confiara en ellas. Con la edad eso cambió y aprendí a fiarme de mi intuición y a manifestarla. Si alguien me gustaba, como me pasó con Lily o con Masha, ya no dudaba en aceptarlo. Pero entonces era una recién llegada, ni siquiera tenía demasiado claro qué era correcto decir o alentar. Prefería observar y mostrar cautela.

Además, yo quería estar con Nicolás. Para eso me había casado, para compartir mi vida con un hombre, y no las horas muertas con amiguitas de paso.

«Pero al menos no pegues un respingo cuando te habla la gente», decía mi hermana, que no me mostraba mucha comprensión.

«¡Es que se me echan encima!»

Algo a lo que no me acostumbraba (ni tenía la menor intención, la verdad) era a la forma en la que los rusos se acercaban a mí para hablarme. Sus faldas tocaban las mías o, en el caso de los hombres, las mías cubrían sus pies. Sentía su aliento en mi rostro, el calor corporal, que variaba enormemente según los individuos, los perfumes que se alzaban en oleadas desde los pies hasta las plumas de los sombreros. A menudo yo, sin darme cuenta, retrocedía un poquito, y entonces mi interlocutor avanzaba y yo daba otro pasito atrás, hasta que me topaba con un mueble o una puerta y me acorralaban contra ella. Como ni yo pude nunca encontrar agradable esa costumbre ni ellos renunciaban, tomé por hábito llevar una sombrilla o un abanico largo, o incluso una gran Biblia o un ramo de flores, para crear un espacio de seguridad en torno a mí.

Y luego esa espantosa costumbre de entrar sin llamar y a cualquier hora en nuestras habitaciones me desquiciaba. Cuando se lo expliqué a Nikki, él me miró estupefacto.

«¿Quieres que llamen a la puerta antes de entrar en una habitación? —Estalló en carcajadas hasta que casi se le saltaron las lágrimas—. ¡Ay, pobre Alicky! Eso va a ser digno de ver.»

«Quizás no todo el mundo, pero sí al menos los que no son de la familia.»

«Pero, mi amor, si todos son de la familia.»

O al menos, todos se consideraban de ella. No solo la nobleza mayor, que era innumerable, y la menor, que se extendía hasta el infinito: hasta el menor parentesco con la familia imperial se hacía valer para distintas prerrogativas.

«Por suerte —me explicaba Nikki—, mi padre no tuvo amantes. Eso simplifica considerablemente la situación. Mi abuelo nos dio seis o siete Romanov ilegítimos, cada uno con sus circunstancias y sus manías. Ten cuidado, todo el mundo dice que soy clavado a él.»

«¿Seis?»

«O siete. Seis fueron los legítimos. Espera. El tío Vladimir, el tío Pablo, el tío Sergio, la tía María...»

A esos los conocía, a los tíos Romanov, «los grandes muy grandes duques», como los llamábamos en la intimidad. El tío Sergio era, de hecho, el marido de Ella. Pero el resto, además de algunos tíos abuelos que vivían y que eran también legión y respetados como reliquias, se me desdibujaba.

Tampoco podía resultarles extraño. Al mes de casarme, pasados los festejos de Navidad, organizaron una recepción en la que me presentarían a las principales damas de la corte. Todo correcto; por mi parte, pregunté cómo debía vestirme y a qué hora y dónde vendrían a buscarme. Debería haberme imaginado algo cuando me dirigieron a uno de los salones formales del palacio de Invierno; pero cuando supe que debía recibir a quinientas cincuenta mujeres, mirarlas a los ojos, decir su nombre y darles mi mano a besar creí que me desmayaría.

«Bueno —me dijeron mis cuñadas en el té de ese día, con el corpiño aflojado y las piernas sobre almohadones, mientras mandaban a por una masajista de Crimea que debía atenderme después de esos casos—, poco a poco las irás conociendo a todas.»

Se me encogía el pecho de angustia al pensar que mi vida iba a ser así en lo sucesivo. Entonces aún no era consciente de la maledicencia, de que no bastaba con hacer bien las cosas, sino que, ante los más de mil ojos que me observaban, debía ofrecer una imagen satisfactoria. Enérgica pero amable, divertida pero sin perder la compostura, vivaz pero piadosa. Yo nunca sería así.

«Debes pedirle consejo a mamá para saber cómo lo hace —me dijo mi cuñada Olga—. Desde luego, nosotras no somos capaces.»

«*Oh, she is a natural* —dijo Xenia—. No podrá ayudarte. Ni siquiera sabría por dónde empezar. Tiene ese don y ha caído en el lugar adecuado. La tía Alejandra es igual.»

La tía Alejandra, la hermana de mi suegra, era también mi tía: se había casado con el hijo mayor de mi abuela y era, precisamente, la madre de mi primo Eddy, con quien habían planeado unirme. De manera que, de una forma o de otra, parecía estar destinada a haber tenido como suegra a una danesa. Sin embargo, la tía Alejandra, que en efecto destacaba por su encanto personal, no era la mujer fría y desapegada que yo había descubierto en mi suegra. Había llegado a conocerla bien: cuando mi suegro murió, pasó dos semanas en San Petersburgo con nosotros, en especial con su hermana, acompañándola y consolándola. Era una de las pocas personas que, de vez en cuando, reparaban en mí y me dedicaban unas palabras de ánimo.

«Ay, mamá es extraordinaria», decía Xenia, y nadie lo ponía en duda.

«De todas maneras, Alicky, no te preocupes demasiado. Al principio te criticarán por todo. Si permaneces seria, dirán que eres una sosa. Si sonríes, se preguntarán si te estás riendo de ellos. Si te ríes, que es una falta de respeto por papá. Dales su tiempo y tómate el tuyo, y todos nos amoldaremos poco a poco.»

No era un mal consejo, pero no me servía: para ellas nada había cambiado. Continuaban siendo grandes duquesas, en un cómodo segundo plano; antes detrás de su madre, y ahora también bajo mi sombra. No las habían arrojado al escrutinio público, como a mí, no habían abandonado nada.

Una de aquellas tardes en las que Nicolás despachó pronto el trabajo y se acercó a verme me encontró recortando sellos no timbrados para reutilizarlos en otras cartas. Me avergoncé: era una manía de ahorro que arrastraba conmigo desde Darmstadt, una de esas costumbres que sacaban de quicio a mi suegra.

«Ya sé que ahora somos ricos, pero...»

«No conocí nunca una fortuna que no comenzara por el primer rublo.»

«Tu madre desaprueba...»

«No quiero ahora hablar de mi madre. ¿Cómo estás tú, mi ángel?»

«Necesitamos una casa propia, y una vida distinta a la que han llevado tus padres, Nikky. Los nuevos tiempos necesitan nuevos monarcas. Ni tú ni yo nos sentimos cómodos con lo que les gustaba a ellos.»

Él se sentó a mi lado.

«Tienes razón. Yo no soy mi padre, ni puedo soportar que me comparen con él. A mi familia les gustan los zares gritones, que levantan mucho polvo y mucho ruido, pero hay otras formas de ser y eso no me convierte en un mal monarca. Confunden mi calma con falta de carácter.»

«Mi amor, todos intentan manipularte, todos, y ninguno por una buena causa.»

«Creen que pueden manipularme. Pero no será así. Cambiaremos algunas cosas: todas las cortes están adaptándose a los nuevos tiempos, y se lo debemos, además, al bebé que esperas. El poder nos llega antes de lo que hubiéramos deseado, y no queda más remedio que aceptarlo con humildad, pero sin resignación.»

Yo le escuchaba embobada. Tenía veintidós años, vivía en una salita de prestado e íbamos a cambiar el mundo.

«Estaré siempre a tu lado —le prometí—. Siempre siempre.»

«Además, tienes razón —dijo de pronto—. Entre todos hemos convertido a mamá en una criatura insoportablemente malcriada. No sé por dónde comenzaremos, pero todo va a cambiar.»

14

El 15 de noviembre nació Olga, mi primera, mi adorada hija. Mi hermana Ella y mi suegra, que había acudido a toda velocidad, emocionada y jurando de nuevo no molestar, se encontraban presentes. El parto fue larguísimo y muy doloroso, realmente una prueba, y la niña resultó enorme: más de cuatro kilos.

La esperábamos para mucho antes, en octubre, y durante las últimas semanas el peso y la incomodidad casi no me dejaban moverme. Si reía, acababa tosiendo. Si tosía, sentía un dolor punzante en las costillas y temía ponerme de parto. Pero aun así, no podía parar de reírme.

El verano en Peterhof quedaba ya en el pasado como un sueño delicioso, después del enclaustramiento en Anichkov con mi suegra y de las inacabables obras de nuestra casa nueva. Aunque hizo un calor inusual, que cuarteaba la tierra hasta que expulsaba a las lombrices y las pobres plantas necesitaban que las regaran dos veces al día, los jardines del palacete (en realidad, era poco más que una dacha de verano, un refugio muy sencillo) se mantenían frescos gracias a las fuentes, de las que manaba el agua en cascadas, y a la corriente del golfo de Finlandia. Sabíamos que la guardia nos protegía de manera constante, pero no veíamos nada más que los setos, los irregulares caminos del jardín inglés, con sus guisantes de olor y sus campanillas y, de vez en cuando, un conejo que saltaba. Eran una plaga, esos conejos.

Allí, junto al mar, era el momento de fantasear sobre mi bebé y nuestro futuro, de acariciar la mano de mi marido y posarla sobre mi vientre cuando se movía. Mis embarazos han sido periodos de molestias y de malestar, pero ¡tan hermosos, tan deseados! Pequeñas vacaciones de mis asuntos, durante las que nadie me molestaba y en las que, por lo general, me sentía tan acompañada por el niño en mi seno, por las atenciones de Nikki, que al contrario de otros maridos se transformaba en el ser más amable, más atento que nadie pueda imaginarse.

Como debía pasar muchas horas sentada o tumbada, salvo los paseos prescritos junto al mar, retomé la costura y el dibujo. Creo que fui la primera zarina que cosió trajecitos para un zarévich, pero había tejido tantas colchas y cortado tantos baberos para los hijos de otras que no quise renunciar a esa satisfacción.

Y sí, el parto fue tan terrible como me había imaginado: duró casi un día, en el que mis fuerzas se agotaron; Nikki entraba y salía de la habitación con un aire tan apesadumbrado que casi hacía gracia. Luego me confesó que se escondía para llorar, porque no soportaba verme sufrir tanto y estaba convencido de que me iba a morir. Nadie se fija en los maridos en esas ocasiones, ¿verdad? Mi suegra, que, por una vez, se portó de manera intachable, me refrescaba la frente con agua de lavanda, me tomaba la mano y me frotaba la espalda y las piernas, que casi no sentía después de cada calambre.

Al final fue necesario recurrir no solo a madame Günst, la partera de la corte, sino también al doctor Ott, el mejor ginecólogo del momento, que ya estaba advertido de que podríamos requerir sus servicios. Hubo que usar fórceps y recurrir al cloroformo, porque yo no podía más, pero por fin Olga vino al mundo.

¡Era tan preciosa, tan grande y fuerte! Nos volvimos locos de la alegría, y solo más tarde reparamos en que no era el heredero esperado, sino una niña. ¿Qué más daba? Cuando mi hermana me la puso en brazos, cuando le conté los deditos de los pies y de las manos y cuando pude confirmar en mí misma lo que veía en la expresión de mi marido, ya no podíamos ser más felices. ¡Una niñita nuestra! Por un instante vi en los ojos de Ella un destello de pena. ¿Podría ser? Llevaba ya muchos años casada y no tenía hijos.

El pueblo, sin embargo, aguardaba los trescientos cañonazos que anunciarían el nacimiento del zarévich, y cuando la artillería de la Fortaleza de Pedro y Pablo se detuvo en ciento uno perdieron rápidamente el interés.

Eso ocurrió porque no podían ver a mi preciosa Olga, con sus bucles rubios y su sonrisa constante. Por supuesto, me encargué yo misma de criar a la niña, y aunque la abuela envió desde Inglaterra a una niñera de confianza, y además contábamos con otra rusa y con la vieja Orchie, yo misma la alimentaba y la bañaba.

«Pero, por favor —gemía la abuela—, ¿no acabaréis nunca con esa primitiva costumbre de amamantar vosotras a los niños? Hasta la más pobre campesina intenta ahorrarse esa molestia, y mis hijas y mis nietas tienen que ser distintas, y arruinar así su belleza y su salud...»

«Intenta explicárselo tú», le supliqué a Nikki, que en temas de higiene y crianza infantil estaba completamente de acuerdo conmigo.

Y sí, lo hizo. Para siempre.

«Queridísima abuelita: Sabemos que no apruebas que Alix alimente al bebé. Las nodrizas eran una buena solución para los viejos tiempos en los que la mujer perdía sangre y vigor durante los partos. Pero ahora las cosas no pasan así, y los jóvenes pensamos de otra manera. Por mi parte, no se me ocurre nada más natural y más bonito que pueda hacer una madre por su bebé, y es más, me parece un ejemplo excelente para mi nación. Te diré que, de todas maneras, siguiendo tus consejos, buscamos un ama de cría local. No te creas, seleccionamos a docenas de ellas, todas sanas y con varios hijos, aunque no demasiados, tez morena y buena dentadura. Al final dimos con una que nos gustó, y te reconozco que fue una suerte tenerla, porque la primera vez que pusimos a nuestra Olga al pecho de Alix, la niña no se prendió. Lo intentamos una y otra vez, pero fue en vano, la niña comenzaba a lloriquear y a mover sus manitas con impotencia.

»Entonces la nodriza le tendió su hijo a Alix y cogió a nuestra princesita, que se aferró a ella como si estuviera muriéndose de hambre. Pero el hijo de la nodriza no pareció tener tantos remilgos, comenzó a mamar sin problemas de Alix, y así pasaron un buen rato, el bebé moreno en el seno blanco y la niñita rubia con la oscura nodriza. ¡Fue muy gracioso!

»Estamos muy satisfechos con esta sociabilidad de Olga, porque tanto su madre como yo somos tímidos, y confiamos en que la desarrolle con éxito en un futuro.»

La respuesta de mi abuela fue inequívoca:

«Dile a tu marido que nunca, jamás, bajo ningún concepto, se atreva a enviarme una carta en parecidos términos a la anterior. Que no olvide nunca que hay escenas que una venerable anciana, una reina y una abuela no debería tener en su cabeza».

«A partir de ahora te encargarás tú de esos trámites complicados —le dije muerta de risa—. Se te da muy bien.»

«No te creas. Mientras la lacraba me preguntaba si era una buena idea enviar esa carta. De todas maneras, ¡en qué mundo tan pacato y tan limitado vive la gente de esa edad!»

«Mi amor, es la mujer que inventó el concepto "victoriano".»

Aun así, Nikki continuó escribiendo a Victoria, a partir de entonces con detalles más del gusto de nuestra abuela, que iba a ser, por poderes, madrina de nuestra niñita: el color exacto de sus ojos y de su pelito, lo bien que dormía (fue un bebé buenísimo), los gorjeos de ángel que nos dedicaba. Las horas se nos escapaban mirando sus uñitas de cristal, la manera en la que de pronto nos reconocía. No puede explicar ni entender ese goce más que quien haya sido madre y, ante la perfección del piececito de su bebé, se haya sentido atravesada por la certeza de que haría cualquier cosa, cualquiera, por ese piececito.

La cuna de la niña estaba en nuestro cuarto, como la de todos mis hijos, y esa cajita con puntillas que mecía a Olga fue mi remedio para la soledad tras aquel primer año en Rusia. Mi suegra, desagraviada, suave como el budin de arroz, fue la madrina del bautizo en representación del resto de los seis padrinos. Y la primera aparición de mi princesita tuvo lugar en una carroza imperial, cubierta con un manto dorado. Sin nosotros, que, siguiendo la tradición, no aparecimos en el bautizo, pero en brazos de una mujer que la protegería y a la que adoraba toda Rusia.

En realidad, Olga no era una princesa, sino una gran duquesa. Matices. En fin. Una tontería. Lo que me inquietaba entonces era encontrarle una buena nodriza, una tarea mucho más complicada de lo que parecía; yo quería una *nanny* inglesa, y la inmensa mayoría de ellas se negaban a viajar a un país que consideraban atrasado y salvaje. No importaba que las requiriera una familia real ni lo que cobraran. La llegada de esa perla rara que la abuela me había prometido enviarme ocupaba toda mi atención: eso y que Orchie volviera a hablarme, porque se había sumido en el silencio y el sordo rencor cuando le insinuamos que era demasiado mayor para criarla.

«Pero tú las supervisarás a todas ellas, Orchie.»

«Fenomenal —suspiró Nikki—, ahora tendremos una guerra abierta en el cuarto de los niños.»

Para colmo, la *nanny*, la señora Inman, no le gustó a nadie. Lo primero que hizo, pese a mis ruegos, fue llevarse a la nena a otro cuarto e imponer unas normas con las que no podíamos estar de acuerdo. Ella era quien decidía si podíamos ver a la niña, y si conmigo cedía porque aún le estaba dando el pecho, a Nicolás lo expulsaba de allí como a un colegial.

«Pensé que un poco de disciplina inglesa no nos vendría mal, pero esta dictadura...»

La soportamos un poco más porque la temporada social comenzaba, nosotros debíamos trasladarnos al palacio, la coronación resultaba inminente y, como para el verano planeábamos un viaje a Inglaterra, podríamos sustituirla allí si lo creíamos conveniente. Qué antipática era, y qué maleducada. Me resulta increíble que nos doblegáramos ante ella de esa manera. Demasiados frentes abiertos, demasiadas preocupaciones a las que atender.

15

Aquel invierno, ya finalizado el luto por el zar Alejandro, la temporada de la corte rusa se reanudó con todo su esplendor con las celebraciones de Año Nuevo. He de reconocer que aquello me asustaba. Cuando llegaba ese momento, la aristocracia regresaba de sus mansiones de Italia o del sur de Francia, y mientras los hombres retomaban sus aficiones por la ópera, el ballet o el hipódromo, las señoras, con sus vestidos recién comprados en París, remoloneaban por la mañana y renovaban la lista de escándalos y de presas disponibles.

Comenzaban los bailes, tanto los privados como los nuestros; en los bailes blancos se presentaba a las nuevas jovencitas, en los rosa los matrimonios jóvenes probaban sus dotes como anfitriones, y por suerte, salvo el extravagante baile negro que dio mi suegra, no había bailes de más colores.

Los que organizaba la familia imperial tenían lugar en el palacio de Invierno, sin duda el mejor palacio de Europa para esos fines; hasta tres mil personas podían bailar sin problemas en sus galerías y coquetear entre las columnas de malaquita y jaspe o en la impresionante escalinata de entrada. Aunque ahora hablo de esas cifras sin pestañear, por lo general no eran tan concurridos: los bailes de gran gala convocaban a dos mil personas, los otros a cerca de ochocientas, y el protocolo no permitía que eligiéramos entre ellos a los más interesantes para charlar, sentarnos o pasar los ratos muertos.

Eso hacía que no nos divirtiéramos demasiado: entre las libreas de los sirvientes, los criados tártaros ataviados con túnicas y los ropajes deslumbrantes de la corte, me sentía perdida y abrumada. El idioma oficial era el francés y era preciso mantener, se entendiera todo lo dicho o no, exactamente esa conversación superficial que detesto. Frente a los cientos de personas que pugnaban por vernos y hablar con nosotros me mantenía silenciosa, y muchas veces enrojecía si me sentía observada por alguien en concreto.

El baile comenzaba a las ocho y media, cuando el maestro de ceremonias nos anunciaba con tres golpes de su báculo de marfil. A las doce se servía la cena, habitualmente ensalada de langosta, volovanes de pollo con crema y postres regados con champán, pero el baile no se cerraba hasta que nos retirábamos a la una y media. Los nobles invitados dejaban un rastro de copas vertidas, orquídeas marchitas y jirones de raso y encaje desgarrados por las espuelas de los uniformes: en muchas ocasiones, al día siguiente las damas solicitaban que les permitieran recuperar los encajes, que eran muy costosos y podían repararse.

En los bailes particulares podíamos retirarnos antes, pero eran igual de aburridos. Para estos últimos sí me sirvieron los vestidos de la dote. Para los anteriores descubrimos que no eran en absoluto adecuados y, como temía Ella, partimos de cero. Mi suegra había consagrado a Worth como el modisto de cabecera para los bailes imperiales, y yo seguí sus pasos sin pensar demasiado.

Aquel año casi todos los bailes contaron con nuestra presencia, porque tras una temporada de ausencia y tantas novedades, no podíamos decepcionar a nadie. Por protocolo, el zar solo podía abrir las danzas con la polonesa, que odiaba, y yo únicamente podía aceptar de los caballeros ciertos bailes prescritos, que tampoco se me daban muy bien. Las señoras comentaban, no sin envidia, que había recuperado con rapidez la figura tras el nacimiento de Olga y me sonreían por detrás de los abanicos de plumas.

En realidad, me había puesto como una vaca, lo que no era demasiado conveniente para mi espalda ni mis piernas, pero me encontraba bien, robusta y con buen color. Y como a los rusos les encantaban las figuras imponentes y con curvas, se puede decir que aquella temporada gocé de un moderado éxito.

El carácter de las damas rusas era mucho más desenvuelto

de lo que yo pensaba, e incluso cuando las recibía en audiencia privada me abrumaban. En constante comparación con mi suegra, yo resultaba arisca y poco cercana. Me preguntaba si, de haber gozado como ella de catorce años sin que la atención recayera sobre mí, yo hubiera tenido tiempo para adaptarme a las costumbres de la corte, de esa tradición que no dejaba demasiado espacio para el trato personal.

Llegué a la conclusión de que no. Había que nacer así. Ni cuarenta años me harían a mí disfrutar de esas risitas tontas con mujeres desconocidas. Junto a ellas echaba mortalmente de menos a mis amigas. Además, me encontré sin apenas mujeres de mi edad en el entorno, salvo mis cuñadas Xenia y Olga. Mi hermana Ella vivía en Moscú, y el resto de los miembros de la familia eran muchachos jóvenes y disolutos, o los parientes mayores, que se llevaban muy bien con mi suegra y me miraban como si no acabaran de habituarse a que yo estuviera allí.

Por otro lado, los parientes de Nikki continuaban con la costumbre de irrumpir en nuestras habitaciones a cualquier hora sin pedir permiso. Pese a que ya quedaba poca sangre rusa en sus venas, se comportaban como una familia típica del país, unida hasta lo inexplicable, ruidosa y amante de las reuniones y las discusiones. Yo no entendía del todo aquella invasión incesante de sus tíos, y desde luego, no me daba tiempo a recomponer mi expresión de sorpresa cuando de pronto la mole del tío Miguel aparecía junto a la cuna de la niña para hacerle cucamonas.

Había llegado el momento de tomarme en serio el árbol genealógico de la familia y mostrar un mínimo de interés por ellos. Por fin comenzaba a distinguir a los Romanov, que, en efecto eran muchos, y casi todos enormes: por un lado, estaban los cuatro hermanos de mi suegro, Vladimir, Alexis, Sergio y Pablo. Había una hermana, María, casada con uno de mis primos, el duque de Edimburgo, que no contaba.

El tío Vladimir Alexandrovich se las daba de gustos refinados y, de hecho, era presidente de la Academia de Bellas Artes. Lo peor de él era su mujer, la estridente María Paulovna, que intrigaba constantemente a favor de sus hijos Alejandro, Cyril,

Boris y Andrés. Con los años, no nos dieron más que disgustos. El tío Alexis no solo era alto, estaba tan gordo que no podía ni montar a caballo. Coleccionaba orgulloso todo tipo de vicios: si su hermano Vladimir era un *gourmet*, él presumía de comilón. Si a Vladimir le gustaban las bailarinas más elegantes, él prefería las gitanas ostentosas. Tenía un hijo.

Luego venía el marido de Ella, Sergio, que podía resultar encantador a condición de no presenciar alguno de sus estallidos de cólera. Incluso mi hermana, una reputada domadora de leones, me confesó que se asustaba cuando Sergio perdía la calma. Era el gobernador de Moscú, que gestionaba como otra finca privada, con constantes pogromos antisemitas y mano durísima. No tenían hijos, pero se habían hecho cargo de Dimitri y de María, los niños de Pablo.

El tío Pablo era el predilecto de Nikki, al que solo llevaba ocho años, pero fue un hombre de elecciones poco afortunadas. Su mujer, la madre de Dimitri y María, murió de parto, y él se enredó pronto en escándalos con amantes. Terminó por casarse con una divorciada, Olga Karnovich, y vivir exiliado en París. Para mi desgracia, fuimos Nikki y yo los que actuamos prácticamente de padres con Dimitri. No quiero pensar ahora mismo en Dimitri. Todo ese amor acabaría volviéndose contra nosotros.

Pero además estaban los primos y tíos segundos, el tío Bimbo, el historiador de la familia, y el tío Nicolasha y el primo Sandro, y toda una red de nombres repetidos, de hombres con jarreteras rodeados de bailarinas y de mujeres de Romanov empeñadas en agasajarnos, entrometerse en nuestras vidas y estrecharnos en fortísimos abrazos rusos.

A todos invitamos, a todos repartimos regalos o les aumentamos su asignación, y todos admiraron la despierta mirada y la sonrisa eterna de Olga.

«Qué bendición de niña.»

«Sí, sí lo es.»

«Que el cielo os traiga muchos más, y si Dios quiere, un hijo.»

Era una fórmula ceremonial a la que yo casi no prestaba atención; pero un día alguien la dijo de una manera diferente, con un tono más frío o con mayor intención, y un velo cayó ante mis ojos. Mi pequeña Olga había sido una decepción y la toleraban como un monito, como una prueba fallida antes de la realidad definitiva. «Desde luego, estamos todos muy contentos —había escrito una de mis cuñadas a mi hermano—. Sobre todo sus padres. Es una pena que sea una niña.»

Aquello me indignaba: la abuela había sondeado con delicadeza a Ella acerca de cómo se lo había tomado Nikki. «Está encantado —dijo—, no podría ser más feliz.» Podía comprender esa mentalidad en la abuela, pero que el resto de la familia la compartiera me dolía. Tendríamos más hijos. Éramos muy jóvenes, no nos preocupaba. Sabíamos que cuando naciera el varón tendríamos que compartirlo con el país. Así al menos nuestra primera hija era completamente nuestra.

16

—¿Qué ocurre ahora?

—Nada, mi vida. Tenemos que esperar.

—¿Las niñas están...?

Nikki cierra la puerta, mueve con la bota el paño que hemos colocado en el hueco para evitar la corriente.

—Les he pedido que no cogieran equipaje, solo las almohadas, pero creo que...

Los dos nos miramos. Él se encoge de hombros.

—Qué desgracia.

—Qué desgraciados somos.

Alexis ya conoce el juego y sonríe con anticipación.

—Tantos hijos, y tan desobedientes.

—Tan malos.

—Y tan feos.

No creo que nos tengan esperando eternamente. Fuera, en la noche, no se oye un ruido.

Entre baile y baile y alguna cena para romper la monotonía, se acercaba la primavera de 1896, en la que estaba prevista nuestra solemne coronación. Unos días antes viajamos al palacio Petrovski, en Moscú, para cumplir con las meditaciones y el ayuno rituales. La ceremonia no tenía solo importancia política; representaba la amnistía casi general, se suspendían los impuestos y las deudas se condonaban, de manera que los súbditos pudieran compartir la alegría de los zares y comenzar a amarlos por el bolsillo. Un detalle importante que ningún monarca debe menospreciar. El tío Sergio, el marido de Ella, se encargó de que los edificios estuvieran recién pintados y las calles cubiertas por la bandera imperial.

La fiesta se extendía a toda Europa y los príncipes de las distintas casas reales recibían su invitación para asistir a Moscú. Los reyes no: en la coronación se festejaba a los zares, y nosotros debíamos acaparar toda la atención. Otra merienda familiar, pero sin que los padres nos vigilaran.

El 25 de mayo, cuando llegamos de San Petersburgo, el pueblo llenaba las calles; no solo la ciudad entera, toda Rusia, desde los Urales hasta Tartaria, estaba allí, y como si Moscú fuera una feria cercana, súbditos de todos los rincones, todos los colores, todas las costumbres, nos aguardaban vestidos de domingo.

La procesión real se dirigía hacia el Kremlin con el zar a la cabeza sobre un caballo blanco. Cabalgaba solo y vestido con humildad, como un soldado pobre antes de ser elevado a un gran honor.

Las zarinas lo seguíamos, detrás de los grandes duques rusos y los príncipes extranjeros, en dos carrozas distintas del siglo XVIII. Es decir, la zarina María, que conocía bien el ritual porque años antes había sido ella la coronada de la misma manera, venía inmediatamente después, en la carroza dorada de Catalina la Grande, tirada por ocho caballos blancos. Y después se podía ver mi carruaje, menor, con menos caballos, como correspondía a la zarina aún sin coronar. Sola también.

Yo vestía de blanco, con una túnica muy sencilla pero recamada de piedras preciosas y con un collar de inmensos diamantes. El pueblo nos vitoreó durante horas, hasta que los aristócratas entraron en el Kremlin. La coronación tendría lugar al día siguiente en la catedral Uspenski, una de las más hermosas de Rusia, y hasta entonces heraldos y mensajeros vocearían en los distintos idiomas oficiales que pronto tendríamos un nuevo zar. Para la ocasión se mostrarían los iconos más venerados, las joyas más preciosas del patrimonio religioso ruso.

Nos levantamos al amanecer, un amanecer precioso, azul y claro, mucho más nerviosos que el día de nuestra boda, y mientras nos vestíamos ensayábamos los movimientos y las frases ceremoniales. El peluquero me amonestó porque no paraba quieta:

«Madame, si no os sosegáis, esto va a ser muy complicado para todos».

«No te preocupes, amor mío —me susurraba Nikki—. Haremos un esfuerzo. Todo habrá pasado antes de lo que imaginas, y ya no tendremos que volver a sufrirlo nunca más. A partir de ahora, todo va a ser mucho más sencillo.»

A mí se me escapaban los suspiros, muy a mi pesar, y abotonaba y desabotonaba los broches del vestido. El peluquero acabó clavándome una horquilla de diamantes, sospecho que a propósito. En esos momentos Nikki y yo nos sentíamos siempre como dos colegiales en un examen y nos mirábamos para inspirarnos confianza, ya que a partir de un determinado momento no podríamos hablar.

Llegamos a pie a la catedral, cada uno bajo un palio distinto; para esta ocasión no lucí más joyas que un collar de perlas rosadas, porque mi vestido, pesadísimo, antiquísimo y de tisú dorado, no necesitaba más adornos. El zar vestía el uniforme del regimiento militar más antiguo de Rusia. Con gesto solemne, Nikki se sentó en el trono diamantino de un antiguo zar, un mueble-joya que lucía ochocientos sesenta diamantes incrustados. Pobrecillo, estaba muy incómodo. A mí me reservaron un trono bizantino de marfil, un poco menos ostentoso pero mucho más confortable.

La ceremonia se prolongó durante cinco horas; no la olvidaré jamás, por muchas razones. El altar resplandecía, todos los sacerdotes cantaban al unísono y los rezos se perdían hacia las cúpulas. Nos arrebataban el alma con sus voces, y subían a lo alto, enredadas con el humo del incienso. En aquel rito bellísimo sentí que la búsqueda de mi identidad había finalizado: era, entonces y para siempre, rusa.

Nicolás se sometía además a una ceremonia muy similar a la toma de hábitos, que incluía los santos óleos, y lo nombraban sacerdote de la Iglesia; en ese momento, cuando Nicolás se dirigía al altar, se le cayó al suelo la cadena de la orden de San Andrés. Desde donde yo estaba, solo veía el resplandor del sol ornando la cabeza de mi marido. Él me lo contó más tarde: «Fíjate en qué país absurdo vives. Cuando se me cayó la cadena, la recogieron inmediatamente, y todos los oficiales que lo vieron han jurado mantener el secreto, para que no se interprete como un mal augurio».

«Pero ¿es un mal augurio?»

«Según la superstición, sí.»

Nicolás tomó la corona de Catalina la Grande de manos del metropolitano y se coronó. Por un instante se tambaleó. Pesaba cinco kilos y su borde rozaba la cicatriz del ataque japonés. Ya no se podría deshacer de ella en todo el día. Nos hubiera gustado emplear otra corona más sencilla, la venerable Monomaj, que solo pesaba un kilo, pero el protocolo lo hizo imposible. Luego se la quitó y la colocó suavemente sobre mi cabeza. Nos miramos, casi sin sonreír. Ya éramos zares.

Me la quitó, se la puso de nuevo, me entregó una más pequeña. Aun así, la mía pesaba tres kilos. Después me besó, tomó mi mano y nos dirigimos juntos hacia los tronos para recibir el homenaje de los nobles. Cuando la ceremonia terminó, las campanas sonaban en todas las iglesias de Moscú y los cañones disparaban salvas. Saludamos al pueblo inclinándonos tres veces en lo alto de la escalinata roja, como señal de respeto y de servicio. El escándalo era ensordecedor, pero a ratos el latido de mi pecho lo eclipsaba.

Había siete mil invitados al banquete de la coronación, muchos de ellos procedentes de países muy lejanos, y solo un grupo vestía con ropas vulgares: eran los descendientes de los hombres que habían salvado la vida de los zares rusos en distintos años: su presencia me pareció tétrica, como la de los esqueletos en los banquetes romanos, como si nos recordaran constantemente que íbamos a morir. Nikki y yo comíamos en una mesa aparte, perdidos en nuestros pensamientos. Ya nos habíamos acostumbrado a no hablarnos en público. Los platos se sucedían, y por lo general, no comíamos más que unos pocos bocados de cada uno: *borsch*, sopa de pimientos, empanadas de carne, pescado hervido, un cordero entero, que se retiraba después de haberle raspado unas virutas de carne, unas chuletillas o un suspiro de la pierna. Yo ni lo miré: aborrecía el cordero desde que me di varios atracones durante el embarazo. Después venía el faisán, con su leve olor a putrefacción, la ensalada con espárragos, la fruta, y finalmente, los helados y sorbetes.

Aquella noche, después del baile de coronación, se inauguró la iluminación eléctrica de Moscú; yo pulsé el interruptor, oculto en un ramo de rosas, y miles de bombillas se encendieron a la vez. Durante el resto de la noche, que ya no era noche, bailamos y nos divertimos, esa vez sí, en uno de los bailes más esplendorosos, más memorables a los que yo haya asistido. Todo salió bien, todo resultó hermoso, el pueblo nos amaba, nosotros nos amábamos aún más, y ese amanecer nos tendimos el uno junto al otro, sudorosos y exhaustos, convencidos de que era la noche ideal para engendrar al heredero al trono.

Las celebraciones debían alcanzar también al pueblo, y Sergio había planeado una verbena al aire libre en la pradera de Jodynka, a las afueras de la ciudad. No era el mejor de los lugares, porque aquella zona había servido como campo de maniobras del Ejército y había trincheras que recorrían el terreno en varias direcciones, pozos y varios fosos, pero se esperaban muchos miles de asistentes y no había espacio suficiente para todos en otro sitio.

La masa desbordó todas las expectativas: durante toda la noche se agruparon millares de personas, y cuando amaneció había más de quinientas mil esperándonos. Muchos de ellos ya estaban borrachos y casi ninguno había dormido, porque se habían pasado la noche cantando, lanzando bendiciones a nuestra familia y asando patatas y carne en pequeñas hogueras. Sergio había dispuesto que se repartieran tazas y recuerdos de la coronación, así como barriles de cerveza.

Pero de pronto algunos hombres comenzaron a gritar porque se dieron cuenta de que no llegaría el alcohol para todo el mundo, y la gente echó a correr para conseguir su premio. Algunos cayeron en las trincheras; los niños, que aguardaban en primera fila para poder ver a sus zares, resultaron pisoteados. Fue una carnicería; los huesos crujían mientras la multitud, aterrada, no sabía hacia dónde dirigirse. La Policía intentaba contenerlos, y se dice que incluso dispararon contra los pobres infelices, que se les echaban encima.

Hubo tantos muertos y heridos que las autoridades apenas pudieron calcularlos; para colmo, a la ineptitud se unió la cobardía, y, sin saber cómo darnos la noticia, tardaron todo el día en informarnos. Para entonces los centenares de víctimas se apiñaban en los hospitales y sus familiares aullaban cuando reconocían a un nuevo muerto.

Mi primera reacción fue echarme a llorar. La de Nikki, suspender inmediatamente la fiesta de esa noche, un baile que tenía lugar bajo el auspicio del embajador francés; pero el desaire a Francia, nuestro único aliado europeo, hubiera sido tan grande que los consejeros, y sobre todo los tíos Romanov, nos obligaron literalmente a que asistiéramos.

Nos reunimos con ellos y con los consejeros, todos con el rostro pálido. Las cifras que llegaban de la pradera resultaban cada vez más difíciles de asumir. En un momento dado me pidieron amablemente que saliera del salón y permitiera a los hombres deliberar y discutir con más crudeza.

Aquella noche bailamos sin apreciar la vajilla de plata ni las cien mil rosas que el embajador había ordenado traer de París. Yo me secaba los ojos de vez en cuando con una servilleta, y Nicolás estaba demudado.

«Esto ha sido un error», musitó cuando abrimos el baile.

En cuanto nos fue permitido visitamos a las víctimas y distribuimos entre ellas dinero y regalos de nuestro bolsillo. Nicolás se empeñó en que cada cadáver tuviera una tumba individual y no se perdiera en la fosa común, y destinó mil rublos a cada familia. Fueron unos días terribles, terribles, y aunque los festejos continuaron hasta el 7 de junio, habían perdido toda su gracia. Ya no nos divertíamos, ya para siempre esa fiesta estaría asociada para nosotros a la desgracia, que no pudo preverse, y a los malos consejos, que desde luego debían evitarse.

Los rumores de mala suerte continuaban y el pueblo comenzaba a culparme de ello a mí, a la zarina extranjera que bailaba mientras los rusos humildes morían. Nunca pude perdonárselo a los tíos, jamás.

17

Inmediatamente después de la coronación, se suponía que para aprovechar la ola de fama y popularidad que nos proporcionaría y el buen tiempo veraniego, se esperaba de nosotros que lleváramos a cabo varios viajes, primero por el interior, para inaugurar la Exposición Universal en Nizhni Novgorod, y luego al extranjero, a Viena.

Allí visitamos al emperador Francisco José y coincidimos también con la emperatriz Elisabeth, que aunque vivía retirada de la corte desde la muerte de su hijo, hizo una excepción para conocernos. Apareció tarde para el almuerzo, lo que de forma instintiva hizo que la asociara con mi suegra y me desagradara. No se excusó, no se dirigió a su asiento (su marido ya la había disculpado con aire resignado), sino que rodeó la mesa para dedicarle a su marido una caricia fugaz en la mejilla y para saludarnos.

Era en efecto muy hermosa, de movimientos muy bellos, como tatuajes en el aire, y nos fue imposible resistirnos a su encanto. En algunas fotografías parece incluso más joven que yo, pese a que ya habían pasado los años de su juventud y vestía de negro; resultaba inolvidable. Toda Europa conocía su obsesión por su larguísimo cabello caoba, sin una sola cana, por las culturas clásicas y los viajes, y conocían la tragedia que perseguía a su familia y que, poco más tarde, la alcanzaría también a ella.

La emperatriz se mostró amable y atenta conmigo, contrariamente a su costumbre, y me invitó a tomar el té en un pequeño saloncito privado, rosa y dorado.

«Tienes una hijita», me preguntó, o más bien afirmó.

«Sí, una niña. Se llama Olga y...»

«Sé cómo se llama. Todo el mundo sabe cómo se llama. Entre nosotras podemos hablar con claridad, por suerte. Y bien, ¿eres feliz, Alejandra Feodorovna?»

Me alegró encontrarme con alguien que pasara por alto con tanto entusiasmo como yo las cuestiones formales. Sin embargo, en su mirada, en su tono de voz, con un inglés perfecto pero algo ronco, adivinaba algo muy distinto a lo que yo conocía, una pena al rojo vivo, muy distinta a la melancolía de buen tono en la que se sumía mi familia.

«Cuando estoy a solas con mi marido y con la niña, sí.»

«Eso ya es algo. Ya es mucho. ¿Te interesa el estudio? ¿La religión?»

«He sido una buena estudiante, pero... —Me callé porque estaba hablando con una mujer que se había empecinado en aprender húngaro, el idioma del diablo, y lo había logrado, que tomaba todos los días lecciones de griego clásico y a la que consideraban tan formada como cualquier filósofo—. Mi nueva religión me interesa mucho, sí.»

«No me gusta dar consejos, porque siempre se recuerdan cuando es demasiado tarde y, por lo general, llegan cuando es demasiado pronto. Pero sí me gustan los secretos, y te revelaré uno. Yo llegué también a una corte extraña. Quizás no tanto como la tuya, solo tuve que desplazarme unas millas, pero todo el protocolo de trescientos años de los Romanov apenas alcanza para una cena de gala de los Habsburgo. Me casaron a los dieciséis años, con mi primo, que ha resultado ser un buen hombre. A tu edad era madre de tres niños y había perdido a mi primogénita. He padecido a la peor suegra del mundo, una ogresa con una piedra de pedernal por corazón. A las emperatrices todos nos envidian pero nadie nos entiende. Quizás otra emperatriz. Pero están demasiado ocupadas en sacarse las espinas de los pies.

»El estudio es bueno, es una puerta por donde puedes escaparte. La religión es otra, siempre que seas capaz de encontrar a Dios más allá de la Iglesia, y de los curas y de esas ridículas celebraciones. Yo era católica. Ahora soy cristiana, sin más. Amo los árboles, los ríos, los animales, el mismo cielo que hizo en los primeros días el Creador. Amo a mi pueblo, porque es más puro y más santo que cualquiera de sus señores. Dios me lo ha puesto muy difícil, pero debe de ser porque le gustan los juegos y quiere jugar conmigo. Estudia y busca a Dios, y viaja siempre que puedas.»

«Tengo muy mala salud.»

«Sí sí, eso he oído. ¿Te extraña? Lo sabemos todo. Si te interesa, a poco que muestres interés descubrirás que hay alguien que te puede informar de todo. Yo no me preocupo por esas cosas, pero tardaría menos de una tarde en saber qué perfume escondes en tu tocador, y eso sin moverme de Viena, ni tú de San Petersburgo. No te angusties: prefiero los métodos sencillos; ¿qué perfume usas?»

«Rosa Blanca, de Atkinsons.»

«Espléndido. Ahora ya lo sé. Sí, es bien conocido que eres enfermiza, pálida y frágil como una flor. ¿Y qué? Yo también. Créeme, la otra puerta es el viaje. Yo lo descubrí por casualidad cuando, moribunda ya, me mandaron fuera de Viena y reviví. Escápate. Esto es una trampa.»

Suspiró, sonrió y miró a su alrededor. Junto a la puerta cerrada, una doncella esperaba sus indicaciones.

«Sírvete confites. Su fama es merecida.»

«¿Vos no coméis nada?»

«No, no me interesa la comida. No como nunca. Lo sabes, te lo han dicho, no finjas. Mira, te contaré otro secreto: a mí me lo contó Carmen Sylva; ¿sabes quién es Carmen Sylva?»

Sonaba a nombre de bailarina: me extrañaba que, incluso con todo su desparpajo, la emperatriz Elisabeth se relacionara con una bailarina, de manera que negué con la cabeza.

«El seudónimo de la reina de Rumanía Elizabeth de Wied. Debes leerla. Es una magnífica escritora. Loca, naturalmente, absolutamente demente y fuera de este mundo, pero todas las personas interesantes lo están. Ella fue la que me dijo: "Sissi, la moda fue hecha para quien carece de gusto, la etiqueta para quien carece de educación y las iglesias para quienes carecen de fe". Y ahora te lo digo yo.»

«La etiqueta es lo peor —dije aferrándome a una de aquellas frases que iban y venían con rapidez, sin aparente relación entre sí—. Nikki y yo aliviaremos algunas de esas tradiciones...»

Levantó una mano.

«Sí, los jóvenes vais a cambiarlo todo... Mira, Alejandra Feodorovna. No habéis descubierto nada. En mi primera cena de gala, aquí en el Hofburg, me dije: "Voy a darles una lección a todos". Esa noche pedí cerveza al criado que atendía la cena. Se lo tuve que repetir varias veces, pero me trajo una jarra de cerveza. Me quité los guantes, me reí como una loca, y cuando veía las miradas de horror de los viejos, me reía aún más. Ninguna cerveza me ha sabido tan bien jamás. Después de la cena mi suegra, con la voz temblorosa de indignación, me leyó la cartilla. Había hecho todo mal, todo.»

«Entiendo lo de los guantes, pero ¿la cerveza?»

«Ah, manías austriacas, entonces solo los plebeyos bebían cerveza. En la corte se tomaba vino. Y ¿sabes qué le contesté a mi temible suegra, ante la que emperadores y embajadores se inclinaban? "Tendréis que aceptarme tal y como soy, porque me niego a cambiar. Jamás comeré con guantes. Es una tontería y un absurdo. Esa etiqueta debió de iniciarla una emperatriz con una enfermedad en la piel. Pues yo no. Inicio una etiqueta nueva: a partir de ahora, será parte del protocolo comer sin guantes."»

Callé, admirada.

«¿Y os hicieron caso?»

«Esa noche, solo durante la cena, fíjate —dijo traviesa—. "¿Quién se iba a oponer a la emperatriz?", pensé. Con el tiempo, dejé de emprender esas luchas pequeñas. Me arrebataron a mis hijos. Me prohibieron leer, y hasta pensar. Mi familia, uno tras otro, comenzó a morir. Me di cuenta de que todo lo que se encontraba fuera de mí me provocaba sufrimiento, y me dediqué a poner orden en mi interior. Ese es el mayor secreto, joven emperatriz. Mantente en paz contigo misma y todo lo demás seguirá con facilidad.»

No era un consejo sencillo de seguir. Mis nervios, mi timidez, mi sensibilidad exagerada no desaparecerían únicamente porque me sintiera en paz. De hecho, me robaban esa paz y solo me la concedían por breves momentos.

«He de irme —me dijo y se levantó como lo haría un gato—. ¿Has traído a la niña contigo?»

«No —contesté—. En unas semanas partimos para Inglaterra, y allí sí que me la llevaré, para que conozca a su bisabuela.»

Le mostré una de las fotos recientes, con sus mofletes rosados, el mechón de pelo que le atravesaba la frente y sus ojitos redondos.

«Cuídala. Cuídala mucho. Los hijos no nos pertenecen, aunque creamos que sí. Nos los prestan un tiempo, y luego se los llevan, otros amores, o la muerte. Se van, se los llevan siempre.»

Recordé el horror y el silencio de la muerte de su heredero, el misterio Vetsera, el trono austriaco que pasaba a unos sobrinos grises por los que nadie parecía sentir demasiada simpatía. Mis propios fantasmas ululaban a mi lado, y ella pareció sentirlo.

«Ah, y otro secreto, otro secretito de emperatriz. No descuides tu belleza, no dejes nunca de ser hermosa.»

Abrí los ojos sobresaltada.

«Sí, no te sorprendas. Resulta increíble la cantidad de torpezas que nos perdonan si somos guapas. Tú eres aún muy bonita, pero careces de coquetería, no prestas atención a tu piel, ni a tus manos. Las arrugas, aunque te parezcan muy lejanas, llegarán, las manos se cubrirán de manchas. Con cada hijo perderás un poco más el talle y el rostro se relajará, muy levemente al principio, luego sin piedad. Vístete con todo el esplendor del que seas capaz, y mantente joven y bella. Cuando se comienza, parece que es una lucha contra el tiempo en todos los frentes, pero después, con la costumbre, los ejercicios para los brazos o para el cuello forman parte de tu rutina. Te vendrán bien si sufres de ciática. No eres una mujer, Alejandra Feodorovna, no intentes serlo más que para los tuyos. Al resto, ofrécele una apariencia de estatua griega, despliega tus joyas y tu belleza y haz que te admiren.»

«A mí me gustaría que me admiraran por mis virtudes.»

«No hay nada más aburrido para el pueblo que la virtud. Salvo la generosidad. La generosidad sí la valoran, les gusta un soberano que reparta regalos, que condone penas, que proclame amnistías. Pero el resto, querida niña..., el resto, sé hermosa, viste bien y haz lo que quieras.»

Esa noche dudé si coger un par de guantes o no. No me habían dado ninguna indicación al respecto, y casi por inercia había planeado mi atuendo con el abanico, los guantes, las joyas. Al final decidí llevarlos conmigo. Si finalmente la corte austriaca comía sin guantes, siempre podría librarme de ellos con discreción o apelar a mi desconocimiento de extranjera.

El lugar de la emperatriz se encontraba reservado y con su servicio colocado. Hasta que la cena finalizara no sabrían si nos acompañaría o no. Era imprevisible, y en eso radicaba parte de la fascinación que despertaba. En esa ocasión no apareció. Los platos y el largo y previsible ceremonial español (era cierto, mucho más complejo y pesado que cualquier otro) se sucedieron en el orden establecido. Las damas manejaban los cubiertos con habilidad, sus deditos protegidos por los guantes que, en todo país, en toda ocasión, una dama debía llevar.

Sentí mucho su muerte, y cuando en 1898 aquel anarquista le atravesó el corazón en Ginebra recé por ella y recordé con cariño aquel único encuentro con la legendaria Elisabeth de Austria, que acudió a mi mente en muchas ocasiones, con sus secretos, su mirada ardiente y su destino de emperatriz triste.

18

Alemania nos aguardaba después, con el grosero de nuestro primo Guillermo, una persona insufrible rodeada de más mandatarios igualmente insufribles; luego Dinamarca, donde visitamos al rey Cristián, el abuelo de Nikki, y por fin, Inglaterra.

¡Gran Bretaña! ¡Septiembre en Balmoral, con los míos, con la familia que me conocía sin máscaras, ni matices, ni ceremonias! Mientras aún nos encontrábamos en Viena, estuve a punto de llorar de frustración: las noticias que llegaban de la inteligencia británica desaconsejaban el viaje a Londres, aunque fuera una visita privada. El movimiento anarquista se encontraba descontrolado y no garantizaban nuestra seguridad. Comenzaron los cambios. Nos dirigimos a Escocia, entonces, a un lugar controlado y reducido. En nuestro yate *Standart*, en lugar de por tierra. Atracamos en Leith, donde nos esperaban con banderolas y vítores a la pequeñita, pese a la lluvia.

«Maldita, repelente lluvia —maldecía Nicolás—. No se puede vivir aquí.»

Mientras Nikki cazaba y se empapaba, o más bien no cazaba y se empapaba, muerto de aburrimiento, yo pasaba horas enteras con la abuela y la pequeña Olga.

«Niña mía, no podría estar más contenta de verte —me dijo mientras agitaba un sonajero sobre la nariz de Olga—. Qué delgada estabas antes de la boda, qué torturada..., y aquel ataque feroz de ciática... Esperemos que a partir de ahora las relaciones de Inglaterra con Rusia mejoren. Mientras vivía Alejandro III no podían ser de otra manera... Era un monarca al que nunca pude considerar un caballero. Y la niña... ¡La niña es el bebé más precioso que he visto jamás! ¡Más incluso que tú cuando tenías su edad! Y mira cómo se comporta. Si es ya toda una personita. Debemos prometerla pronto. Hay que casarla aquí, en Gran Bretaña.»

Me despedí de ella entre lágrimas. La encontré mayor, y con mi nueva vida, no sabía si volvería a verla. Nikki, que al cabo de unos días estaba enloqueciendo por el aburrimiento y por un dolor de muelas que le impedía hasta hablar, me consoló como pudo. Yo sabía que aquellos días habían sido un generoso regalo y oculté mi pena.

Luego nos encaminamos a Francia, la parada más importante y el objetivo real de todo el viaje. París nos estaba concediendo generosos créditos para que modernizáramos el Ejército y tendiéramos línea férrea. Querían una Rusia fuerte y presente en Occidente que contrarrestara el poder de Alemania. Mi suegro había abonado el terreno para nosotros, y los parisinos se volcaron. La prensa recogía los detalles más insignificantes de la visita y Olga, sobre todo, despertaba el fervor más entusiasta.

No hubo niña más admirada, más querida, más fotografiada. La ciudad se adornó especialmente para la ocasión, e incluso se cubrieron los castaños de los paseos con flores artificiales. A mi juicio, algo exagerado teniendo en cuenta que era septiembre, pero así eran entonces los franceses.

«¿Sabías que los imperdibles de Olga son de oro, y cada uno de ellos luce una perla india del tamaño de una avellana?», me decía Nicolás después de leer los periódicos locales.

«No tenía ni la menor idea —contestaba yo—. Qué niña tan afortunada.»

«Muy afortunada. Al parecer, también está prometida a su primo David, el hijo de los duques de York.»

«Me parece muy conveniente —decía yo mientras me sentaba sobre sus rodillas—. Creí notar algo en Balmoral, cuando los dos comían tierra juntos. Cierto entendimiento sin palabras. A la abuela le entusiasmará la idea.»

Sí, París se rindió a nuestros pies. Nos pidieron que pusiéramos la primera piedra del puente dedicado a mi suegro sobre el Sena. Allí estábamos los dos, yo con mi vestido de raso azul, mi hijita en brazos de una niñera sofocada ante los vítores que también la alcanzaban a ella, y un pueblo que gritaba tan fuerte y casi con tanta sinceridad como el nuestro propio:

«*Vive madame le bébé!* —E incluso—: ¡Viva la zarinita!».

Aquella noche dormí en los cuartos de María Antonieta, en Versalles. Desde entonces ha sido mi emperatriz preferida.

Cuando volvimos a Rusia, estaba de nuevo embarazada. Mientras Nicolás desaparecía entre las montañas de documentos oficiales que lo esperaban y procuraba evitar a sus tíos, yo, alertada por mi experiencia del año anterior, me dispuse a entretenerme por mi cuenta. De todas maneras, el tiempo se pasó muy rápidamente: una mañana desperté con dolores tan fuertes en uno de los costados que comencé a llorar, temiendo un aborto. Güsnt y Ott, que también en esa ocasión me atenderían, me obligaron a guardar cama durante siete semanas.

Los expertos (las tías, las criadas, las nodrizas) decían que eso se debía a que esperaba una niña, pero yo continué de buen humor y dispuesta, si lo peor ocurría, a querer al bebé tanto como a Olga. Cuando pude por fin levantarme, de nuevo sufrí un ataque de ciática, como si la abuela lo hubiera invocado, que me mantuvo atada a la silla durante otras cuantas semanas.

Mi salud, en general, no era buena, y empeoró con los partos y con el amamantamiento. Todos mis hijos, excepto Olga, nacieron en primavera y verano, y eso me hacía imposible mostrarme en público durante la temporada de la corte.

Además, referirse al estado de salud de los zares iba en contra de la etiqueta, de manera que mi ausencia, como luego la de Alexis, raras veces se justificaba. No es que aquello me contrariara demasiado: me sentía mejor cuidando de la niña y pendiente de Nicolás. Nada me movía a una vida social que aborrecía y que, al menos por unos meses más, podía evitar. Además, Nikki se portó como un ángel conmigo. Incluso mi suegra me atosigaba:

«Come jamón crudo..., a mí me iba bien contra las náuseas. Que no se te enfríen los pies. Quéjate un poco más, Alix, ten a tu marido pendiente de ti. Aprovecha estas ocasiones, te digo por experiencia que se presentan pocas en la vida para ser mimada así».

Ya que no podía hacer nada por cambiar mi situación, dediqué gran parte de mi segundo embarazo a trazar un plan claro para organizar mis obras de caridad y completar la labor de la Cruz Roja. Era algo con lo que soñaba desde que llegué a Rusia. Me recomendaron que creara una fundación que llevara mi nombre, elegí la construcción y el patrocinio de asilos para pobres a lo largo de todo el país, una fundación que recibiría el nombre de Ayuda a través del trabajo.

No siempre he sido de mente idealista y soñadora; a veces puedo resultar práctica y eficaz. Todos los que trabajaban conmigo se contagiaban, antes o después, de mi entusiasmo y conseguimos grandes logros en poco tiempo. Tramitamos la acogida y adopción de niños, que morían por centenares en el campo, y creamos escuelas para enfermeras, maestras y niñeras, porque me horrorizaba el modo en que los pequeños rusos eran educados. Por esas fechas Nicolás aprobó una ley general que limitaba las horas de trabajo de los obreros adultos y de las mujeres; fuimos el primer país europeo en hacerlo. De manera que con timidez, como nosotros éramos, con cautela, como correspondía a nuestro carácter, pero los cambios y la modernidad comenzaban.

Enemigos por todas partes: la inercia, la enorme burocracia y la oposición a las nuevas tendencias se alzaron ante mí. Además, la estructura de la sociedad rusa hacía difícil conseguir fondos, porque se suponía que las obras de caridad corrían a cuenta del emperador, y a las grandes familias les molestaba que les solicitaran donaciones. Cuando intenté organizar un comité de caridad entre las aristócratas con el compromiso de que cada una de ellas tejiera tres prendas de abrigo para los pobres al año, les faltó reírse en mi cara.

Creo que alguna lo hizo. O se las arregló para que sus doncellas lo hicieran. ¿Ellas, tejer? ¡Por favor! Más adelante pude ver en muchas ocasiones, durante la guerra, en los peores momentos, en qué consistía su caridad. De manera que gran parte de mis proyectos se financiaron con dinero que pertenecía a mi asignación. Mi fortuna privada no era grande, pero una enorme porción se destinaba a la caridad. Durante la hambruna de 1898, por ejemplo, que atajamos por todos los medios, para que no se repitiera el horror de Irlanda, doné 50.000 rublos a las zonas más castigadas.

«Gastas demasiado», me decía el tío Sergio.

«Pero no lo gasto en mí.»

«Eso es lo peor. Por lo menos, no derroches para otros, quédatelo.»

Los Romanov distábamos mucho de ser pobres, pero Nicolás, como cabeza de familia, mantenía a gran parte de sus alborotadores tíos y primos. Además, había que abastecer al personal de los siete palacios oficiales, que sumaban quince mil personas, los bailarines del Ballet Imperial (incluidas, en fin, las *primes ballerines*), los trabajadores de los teatros reales, los conductores de los trenes oficiales y, por supuesto, la tripulación del *Standart*. A eso había que añadir las obras del palacio de Invierno y de Tsarskoye Selo, y sabe Dios cuántas cosas más. Cada vez que Nicolás me veía entrar en su despacho y detenerme junto a la puerta me preguntaba:

«¿Qué va a ser hoy, mi adorable pedigüeña?».

Y hoy era un orfanato, o un hospital, o una petición particular que me había llenado los ojos de lágrimas. Al menos no pedía, como mi suegra, un millón de rublos para pagar las deudas de juego de una de sus amigas.

«¿Un millón de rublos?»

«Como lo oyes.»

«Tu madre ha perdido el sentido de la realidad. No puedes darle ese dinero.»

«No, claro que no. Nos arruinaríamos en tres años. Pero no sé cómo hacérselo entender.»

En junio de 1897 nació Tatiana, la mejor hija, la más dulce que una madre haya podido soñar. Nuevamente los rusos se decepcionaron al escuchar el número de cañonazos. Nikki y yo mirábamos a la morenita, y a Olga, que asumía su papel de hermana mayor con mucha seriedad, y reventábamos de satisfacción. Sin embargo mentiría si dijera que no viví ese nacimiento con angustia. Todo a mi alrededor me aseguraba que sería un varón. Durante una temporada solo nacieron en la familia chicos. Algunas personas queridas habían encargado rituales religiosos para asegurarlo. La niña fue algo menor, el parto, menos largo, aunque hizo falta cloroformo, del que me desperté gritando. Cuando vi los rostros tristes de los médicos y de Nikki comencé a llorar.

«¡Ha sido otra niña! Por favor, no..., ha sido otra niña...»

Ni siquiera se me pasó por la cabeza que la nena hubiera podido morir, o nacer con alguna deformidad. ¿Qué iba a decir la gente? ¿Qué iba a pensar la corte?

«Ya nos lo imaginábamos —dijo mi suegra resignada mientras me apretaba una mano—. Te habías puesto horrible durante los últimos meses. Yo, cuando esperaba un chico, no me volvía tan fea.»

Nos consolamos pronto. La niña era preciosa, había salido a mi familia en esta ocasión, y tenía una boquita adorable y un carácter encantador. Nikki me aseguró que era completamente feliz, y así se lo repetía a todo el mundo.

Debía de ser el único. La decepción era palpable, hasta el punto de que a los tíos les parecía una irresponsabilidad el que Nikki se mostrara tan tranquilo.

«Si das la impresión de que te da igual, tu mujer no se esmerará para la próxima vez.»

Todos parecían creer que había sido una niña por culpa mía, o incluso por un capricho. Incluso la abuela contestó con un brusco:

«Bueno, ya nos lo esperábamos».

En mitad de tanta incomprensión solo mi cuñado Jorge, desde el otro lado del Cáucaso, tuvo unas palabras cariñosas y divertidas:

«Lamento mucho que la nueva niña no pueda relevarme de mis obligaciones de zarévich en funciones —telegrafió—. Yo confiaba en poder jubilarme, pero veo que no podrá ser en esta ocasión. ¡Continuaremos esperando con buen ánimo!».

El pobre Jorge murió dos años más tarde debido a su tuberculosis. Solo había cumplido veintisiete, y se fue con la sensación de que su vida no había servido para nada. Para entonces, apenas dos meses antes de su muerte, había nacido otra niña, y yo comenzaba a desesperarme y a sentir exactamente lo mismo que él.

19

Solo una madre puede comprender la salvaje emoción que nace ante un bebé que ha estado en su seno y su sorpresa al comprobar que ese amor surge nuevo, multiplicado, si otro hijo más viene al mundo. Y ni siquiera todas las madres. Con una sonrisa de Olga la habitación entera se iluminaba. Con las de Tatiana, el sol ya no resultaba necesario.

Las nobles rusas me criticaron por criar yo misma a los niños, pero ¿cómo podía permitir que otra mujer se llevara ese orgullo? Cuando mis hijos tuvieron hambre, lloraban por mí, no por una extraña. Cuando se despertaban llorando por las noches, gritaban llamándome. Cuando dijeron su primera palabra, o se cayeron al gatear demasiado pronto, yo estuve a su lado.

Esas mujeres no tenían corazón. Daban a luz con indiferencia, maldecían los dolores del parto y entregaban sus hijitos recién nacidos a nodrizas, por miedo a que se les estropeara el pecho. Lo necesitaban para lucirlo en los cotillones y quizás para conquistar a otro marido. Las rusas se casaban y se divorciaban con una facilidad escandalosa, como si sentir les ocupara tanta porción de su tiempo que se olvidaran de pensar. La cabeza de las jóvenes de la corte estaba ocupada únicamente por oficiales, y la de las maduras, por generales. Y ni una de ellas, ni una sola, era capaz de seguir una conversación inteligente.

Recuerdo, por cierto, hablando de cotillones, una ocasión, recién presentada en Rusia, en la que no sabía realmente adónde mirar, tan profundos eran los escotes de los vestidos. Había una chica muy linda y muy joven que mostraba casi todo el pecho, y envié a una de mis damas de compañía a pedirle que se cubriera y que para la siguiente fiesta se vistiera con más decoro. La vi mirarme desafiante, recolocarse el vestido sin subírselo lo más mínimo, y mi dama regresó avergonzada y silenciosa.

«¿Qué ha contestado?»; tuve que insistirle bastante.

«Que os acostumbréis, señora, que en Rusia nos vestimos así.»

Yo no soy tan mojigata como han intentado pintarme, ni mucho menos. Soy bastante moderna. He aprobado divorcios en mi familia y entre mis amigos cuando la situación era insostenible. He alentado romances y me he divertido con sus avatares, pero siempre entre solteros y con buena intención. No estoy en contra del matrimonio morganático, como a veces se ha dicho, si se asumen las responsabilidades que conlleva: el amor es sagrado. Me hubiera casado con Nikki si en lugar del zarévich hubiera sido un jefe de estación en el Transiberiano, pero nunca habría mendigado un título para mi marido de mi hermano Ernie, ni me hubiera empeñado en conservar el mío de princesa de Hesse. Resulta muy sencillo jugar con las reglas solo cuando conviene.

Esos inconvenientes, innegables, se encontraban fuera. La mayor parte de mi tiempo yo vivía feliz en Tsarskoye Selo, al fin terminado. Me gustaba pensar en el palacio de Invierno como en mi Versalles, y en Tsarskoye Selo como en el Trianon de mi familia, un poco rústico, un poco artificial, una miniatura de lo que debería ser el mundo si todo funcionara como debía.

Nos encontrábamos a veinte kilómetros de San Petersburgo, unidos por el ferrocarril y por algunos tramos de canales navegables, rodeados de cosacos leales y de cinco mil soldados de infantería que, sin embargo, parecían invisibles. Para los niños era un paraíso: tenían un lago artificial en el que navegar, una pagoda china, un pequeño zoológico con sus animales preferidos y todo el espacio que desearan para correr y esconderse en los jardines. Yo tenía mis invernaderos de flores exóticas y más salones de los que podría desear. El palacio Alexander, donde viviríamos hasta que los bolcheviques nos echaran de allí, había sido construido en forma de U, siguiendo el gusto clásico italiano, y tenía más de cien habitaciones.

Cuando un zar moría o dejaba de vivir en el palacio, las habitaciones que había ocupado se sellaban y, sin que se moviera un jarrón, quedaban sin usar. A los niños les encantaba explorar aquellas salas, y nosotros mismos las recorrimos para salvar de ellas lo que nos gustara para nuestra casa. Habitamos una de las alas. El resto quedaba reservado para las recepciones oficiales y para las viviendas de ministros, damas de compañía y el servicio.

Las puertas que daban acceso a nuestra parte se encontraban protegidas por cuatro guardas inmensos que desalentaban el paso con solo mirarlos. Además, en el exterior del estudio de Nikki y de mi salita malva, estaban *los etíopes*, dos parejas de negros fornidos vestidos con babuchas, bombachos y turbantes de colores vivos, sabe Dios gracias al capricho de qué zarina amante de lo exótico. No eran soldados, no eran criados, tan solo estaban allí y abrían las puertas. Ni siquiera eran verdaderos etíopes. Uno de ellos era norteamericano y se llamaba Jimmy Hercules. Cada dos años regresaba a Estados Unidos de vacaciones y volvía cargado de tarros de confitura de guayaba y de ñame para los niños.

Nuestra habitación era un cuarto muy grande, con dos enormes ventanas que se abrían sobre el parque. Se encontraba en la primera planta, de manera que no hubiera escaleras que me agotaran. Los niños dormían en la planta superior, y para llegar a ella habíamos instalado un ascensor con un sistema hidráulico; cuando llegaron los revolucionarios y cortaron el agua, el ascensor dejó de funcionar. Mis hijos estaban enfermos de tifus, febriles e incapaces de levantarse de la cama, y recuerdo cada uno de aquellos escalones como un puñal clavado en el pecho. Yo subía y bajaba como una autómata, con María y con Lily Dehn ayudándome, y la angustia cada vez mayor de no saber qué nos ocurriría cuando amaneciera.

En lugar de en esta cama mezquina dormíamos en un gran lecho doble cerca de las ventanas. Había aprovechado un hueco del cuarto para construir una pequeña capilla cerrada: allí tenía mis iconos, mi Biblia y unas lámparas de aceite de rosas. A Nikki le habían asignado un vestidor y a mí el mío, aunque mis vestidos se guardaban aparte, en unos enormes armarios a los que tenían acceso las doncellas encargadas de plancharlos y conservarlos.

Salvo los trajes para las grandes ceremonias, he intentado siempre vestirme con sencillez; conjuntos de blusas y faldas, o los comodísimos vestidos para el té, aquellas *négligées* que estuvieron tan de moda. He llevado cuando he podido zapatos de ante, blancos o de color bronce, con muy poco tacón. Los zapatos de satén me obligaban a estar constantemente pendiente de ellos, de si alguien me pisaba o los manchaba, y pronto los deseché de mi armario. No sé si hice demasiado caso al consejo sobre la belleza de Elisabeth de Austria. Sí, sí lo sé. No lo atendí. No me preocupé nunca por las tendencias, ni me pareció importante ni divertido. Creo que he transmitido a mis hijas ese gusto por lo sencillo, lo práctico y lo útil, aunque fracasara con muchas de mis amigas.

Recuerdo que en una ocasión Lily Dehn vino a verme con una falda *hobble,* un horror extravagante y sin duda muy caro.

«Pero... esa falda ¿te gusta de verdad, Lily?»

«Señora..., *c'est la mode.*»

«Qué débil excusa. Por muy de moda que esté, no puede ser cómoda. Vamos a ver, Lily: corre.»

«¿Cómo?»

«Corre. Ve de aquí allí. Demuéstrame lo rápido que puedes moverte con esa falda.»

La pobre Lily no volvió a ponérsela jamás. Eso que salió ganando. Y luego, los corsés..., esos terribles corsés que se ponían de moda cada dos meses, sin casi tiempo de encargarlos antes de que apareciera uno nuevo y más doloroso. No, no puedo estar a favor de que mis hijas, jóvenes sanas y bonitas, vivan esclavizadas con esas tonterías. Un corsé suave que proporcione una bonita figura, que no impida la respiración ni el movimiento, es más que suficiente para ellas.

Tampoco he compartido nunca la pasión rusa por las joyas. Aparte de las muy cacareadas joyas imperiales, que no me pertenecen sino en custodia, no poseo demasiadas. Las que he logrado conservar quizás nos salven la vida a mí y a los míos en un futuro, y ahora sí desearía que tuvieran más valor. Me gustan las perlas, y es cierto que tengo varios collares muy hermosos, aunque me gustan más los anillos y los brazaletes. Este que llevo siempre, una banda de oro, me lo regaló mi tío Leopold. Lo he lucido durante tanto tiempo seguido que ya no puedo ni sacármelo de la muñeca. Suelo usar mi anillo preferido, el de la gran perla engastada, y mi cruz de zafiros. Eso es todo.

En aquellos días de mis primeros años de casada acuñé las costumbres que durante muchos años nos acompañaron. Cuando me lo permitían los embarazos o las enfermedades, me levantaba pronto. Me gusta madrugar, aunque por lo general nunca tanto como a Nikki. En Tsarskoye Selo tenía a mi disposición a seis camaristas, que hacían turnos de tres días. Nunca me vieron desnuda (otra herencia de mi abuela). Prefería que me encontraran ya en ropa interior, con una bata o con mi kimono de seda, lista para peinarme.

Cuando mi lencería inglesa, la que traje conmigo en mi ajuar, se ajó, no volví a usar prendas de seda, sino de lino muy delicado, con bordados pero sin extravagancias. Nunca dejé que me rizaran el pelo con tenacillas y me gusta peinarme con sencillez. A Tatiana le encanta hacerme trenzas y aderezarme a su gusto.

A las nueve, ya vestida, desayunaba con mi marido, y después él se retiraba a trabajar y yo subía a ver a los niños. A veces, a esa hora ya estaba alguna de mis amigas en palacio, generalmente Anna, y supervisaba conmigo a las niñeras. No sé si por mi influencia o por una caprichosa moda, las *nannies* inglesas se habían puesto de moda en los últimos años, habían desbancado a las niñeras alemanas y ya resultaba más sencillo encontrarlas. Por mi parte, me alegré: siempre confié a rajatabla en la educación a la inglesa, en su seriedad y solidez.

Comíamos a la una, o a las doce y media si era domingo. Daba un paseo a pie o en mi carrito, o atendía reuniones oficiales, y para entonces ya había llegado la hora del té. A los niños les encantaba el té, porque nos reunía a todos, incluido su padre, y más todavía la cena cuando no era oficial, porque a Nikki no le gustaba cenar siempre en la misma habitación, de manera que un rato antes de las ocho decidía dónde se dispondría la mesa aquella noche. A partir de ahí ya no nos separábamos. A las niñas les gustaba hacer puzles, y muchas veces Nikki leía en alto mientras yo cosía. Me gustan mis manos, que entonces eran finas y bien formadas, pero sobre todo porque nunca cesan de trabajar. También Nikki siente debilidad por ellas, tal y como son, él que aborrece las manos de muñeca con manicura perfecta, manos de mujer inútil y frívola.

Creo que nadie nos acusaría de frivolidad ni de insensatez, aunque posiblemente mi patria me habría perdonado que fuera libertina como Catalina la Grande, si a cambio hubiera estado a la altura en los demás atributos que exigía a una emperatriz. Al no ceder a sus demandas, no me perdonaron ni siquiera la cercanía a Nuestro Amigo.

Tampoco soportaban que me gustara el color malva... ¿Por qué? Nunca llegué a entenderlo. Pese a los intentos de algunos nobles, el *art nouveau* no ha calado realmente en este país. Creo que llamó la atención cuando se mostraron fotografías de nuestras habitaciones, de recién casada, pero veinte años más tarde ridiculizan mi gusto y piensan que hace tiempo que debí haber cambiado la decoración. ¿Cómo desprenderme de mis recuerdos, de esta amada tapicería de flores de nuestra habitación, o de mi precioso gabinete malva? Sobre todo, teniendo en cuenta la velocidad a la que trabajan los artesanos reales, a los que muy bien les puede llevar semanas arreglar un muelle suelto en un sofá.

Creo que no les ha gustado porque no les gustaba yo. Esa es la razón. Por esa mezcla de envidia, odio, resentimiento y mezquindad que ha hecho que me arrebataran todo aquello por lo que he sentido pasión, amor genuino. Por la misma razón por la que aún me lo intentan robar todo. Porque no soy como ellos, ni lo seré nunca, y lo que no entienden, lo pisotean. No hay que buscar más respuestas.

20

Durante mucho tiempo fue la habitación más conocida de todo el país. Y durante mucho tiempo, también, solo existió en mi cabeza, en bocetos sueltos y en trocitos de tela que acumulaba mientras estaba embarazada de Olga.

Mandé decorar mi gabinete en distintos tonos de malva, con muebles de estilo Hepplewhite de madera de limonero en color marfil; era un cuartito recogido y cálido, con cortinas drapeadas, que incluso en invierno olía a las lilas y los lirios del valle que me enviaban cada día de Crimea y de la Riviera Francesa. Eran mis flores preferidas cuando no estaba embarazada, aunque todas me valían, las glicinias, los rododendros, las magnolias...

Con el tiempo, las paredes se cubrieron de cuadros: un retrato de mi madre, una Anunciación, una santa Cecilia, una pobre María Antonieta de Francia, tan incomprendida, y una mesa entera cubierta de marcos con fotografías de familiares, con la de la abuela Victoria en el centro. Y muchos iconos, cruces y preciosas esvásticas orientales. Durante muchos años sacamos allí las fotos de los niños, y de año en año hay series casi idénticas, sentados en el suelo o en el sillón preferido de Nikki. La verdad es que nada salía de allí una vez que había entrado. Se fue convirtiendo en un batiburrillo de cachivaches bonitos y de baratijas, de regalitos que me hacían las niñas y que me negaba a tirar. Una auténtica habitación de madre.

Todo giraba en torno a mi asiento predilecto, una *chaise longue* lila, protegida de las corrientes tras un biombo y siempre confortable por los numerosos cojines de encaje. A su alrededor crecían las niñas, algunos helechos y varias palmeritas enanas.

Siempre había libros, mi Biblia, por supuesto, pero también novelas recién publicadas y tratados de filosofía, algunos de ellos tirados por el suelo, cuando las niñas terminaban de leerlos o los olvidaban, aunque la biblioteca estaba a un paso. Aquellos años fueron pródigos en nuevos autores, una auténtica edad de plata rusa, y a todos nos gustaba leer. Y cuando lograba que no se acumularan los libros, eran las cestas con los juguetes de los niños.

Allí escribía gran parte de mis cartas, aunque lo cierto es que como me gustaba escribir, en casi todos los cuartos tenía papel y tinta, y si no encontraba mi papel, muy sencillo pero con mis iniciales y la corona imperial, cogía sin demasiados escrúpulos el de las niñas. Me ocurría con las cartas lo que a Nikki con la cena: no podía prever dónde me atraparía el deseo de escribir.

Qué lástima haber perdido las más hermosas, las que él y yo nos enviamos durante nuestro compromiso. Le supliqué a Lily que las quemara junto con mis diarios. Me horrorizaría que llegaran a caer en manos extrañas, ahora que la vida ha cambiado tanto.

Nunca me atreví a preguntar lo que costó amueblar aquella salita con todas las sillas de madera de limonero tapizadas en seda. Esas cosas no se discutían en palacio, y menos aún conmigo. Debió de ser muchísimo, porque a lo largo de los años los niños, los perros, los gatos y los invitados descuidados causaron muchos destrozos, y hasta que me fui, hubo siempre rollos de seda violeta y de alfombra pistacho para reparar los daños.

Aquello estuvo a punto de acabar con mi paciencia de incipiente ama de casa, porque no estaba acostumbrada a comprar sin saber el precio, y el chambelán no se atrevía ni a confesármelo ni a llevarme la contraria, de manera que acabé por olvidarme del asunto, por reparar los muebles cuando se estropearan y por llenar la salita de flores sin remordimientos.

El gabinete malva era mío, pero la familia podía también reunirse en la sala de dibujo, un cuarto mucho más grande, verde, con un balcón que en primavera se llenaba de violetas. También allí colgaban retratos, en este caso los de Nikki y míos, y unas miniaturas muy bellas que Kaulbach hizo de las niñas. Nada de retratos oficiales con la corona, el manto y la postura hierática, sino bellas imágenes privadas de una familia grande y cariñosa. Que los campesinos, que adoran al zar por ser zar, tengan en sus salones las imágenes de armiño y poder.

Nikki trabajaba en un estudio francamente horrible, para el que había aprovechado los muebles más pesados y anticuados de su padre y su abuelo. Había pintado las paredes de rojo, y pronto, siguiendo mi ejemplo, instaló un diván en una esquina, donde a veces dormía la siesta o incluso toda la noche si tenía que trabajar hasta tarde. En las paredes había retratos de caballos y de los Romanov. No siempre era fácil distinguir quién era quién... El trabajo lo volvía irritable y meticuloso, su mayordomo tenía un mapa para saber cómo ordenar su escritorio, y ni siquiera yo tenía autorización para cambiarlo.

Había más salas, pero casi siempre acabábamos en esas. Nuestra comida era pública, o casi pública, en un comedor formal: al principio, siempre presidía la mesa junto con Nikki y el padre Vasiliev, que tenía, como obligación, bendecirnos a nosotros y nuestros alimentos. Según pasaron los años, me daba pereza verlo incluso a él.

Cubat, el cocinero real, me preparaba una bandeja aparte todos los días, por si prefería comer a solas. Para Nikki preparaba platos sencillos, populares: la cocina internacional, por la que los aristócratas se daban de bofetadas, nos aburría. A Nikki le valía cualquier carne asada o pescado al vapor acompañados por un poco de rábano picante, un vaso de oporto, siempre que lo precediera una sopa contundente de repollo o de remolacha, o un guiso de trigo sarraceno. El pobre Cubat estaba desperdiciado por completo con nosotros.

Para colmo, tampoco podía lucirse con el té. El té, que se tomaba invariablemente a las cuatro, era invariablemente sagrado, e invariablemente aburrido: se servía una canasta de pan recién hecho con mantequilla y unos bizcochos ingleses sobre sencillos manteles blancos. Día tras día, año tras año, exactamente lo mismo, sin pastelillos, ni licores, ni fruta escarchada, ni bombones. A nadie nos gustaba, salvo porque nos daba la ocasión de reunirnos un ratito, solos, pero nada podía hacerse. ¿Por qué? Protocolo. A menudo recordaba la cerveza de la emperatriz Sissi y sonreía.

En nuestras habitaciones y en las de las niñas, cada mañana y cada tarde se disponía una cesta con fruta, galletas, bizcochos y con algunos pasteles salados fríos. Así, en cualquier momento podíamos tomar un bocado si nos entraba hambre, y si recibíamos una visita inesperada no la forzábamos a esperar hasta que nos atendiera el servicio.

La espontaneidad no era posible: cualquier movimiento mío, suyo o de las niñas obligaba a un despliegue de seguridad y de preparativos que resultaba molesto cuando se hacía con eficacia, y paralizante cuando iba algo mal. Como debíamos informar de nuestro destino y este casi siempre se hacía más o menos público, nos encontrábamos a menudo con nobles que fingían sorpresa o con campesinos y ciudadanos en apuros. Todos perseguían el mismo objetivo, contarnos una pena y que se la resolviéramos. Nikki solía complacerlos a menudo, y a veces visitaba las aldeas de los alrededores de Tsarskoye Selo y se informaba con antelación de las cosechas previstas y de los problemas que se avecinaban. Con el tiempo, todo aquel control me desalentó: prefería quedarme en mi gabinete. Si alguien sentía la urgente necesidad de verme, siempre podría acercarse si tenía el suficiente interés.

No era solo que no quisiera complicarme la vida, que podíamos hacer tan sencilla, tan familiar, tan al margen de lo obligatorio: era que me resultaba más fácil sentirme a gusto y, por lo tanto, ser amable y alegre con mi marido y las niñas, y con todos los demás, si no se entrometía el resto del mundo. Y si no se imponía una distancia, jamás dejarían de entrometerse.

Además, nadie deseaba verme por una razón sincera. Buscaban un privilegio, un favor, una prebenda, un cotilleo. Yo no sabía muy bien cómo comportarme con ellos y, sobre todo, con ellas. Cualquier gesto o palabra mía era sopesada, no ya como ocurría en las fiestas, como una fuente de entretenimiento, sino como un veredicto de su progreso o su desgracia.

«Necesito traductores, y no solo para el idioma», acabé declarando.

«Bah —decían mis cuñadas—, intrigas. No te metas y no pasará nada.»

«Pero ¿qué ocurre cuando me entero de que ya estoy metida?»

Las pocas visitas agradables que recibía eran una ocasión perfecta para exhibir a Tatiana, dormidita o silenciosa en su cuna, o a Olga, que corría imparable por el palacio y que era muy simpática y sociable. Hablaba como un lorito, y hubo que dar órdenes a los centinelas para que no le siguieran la conversación, porque los distraía y ella regresaba al cuarto de juegos alterada e ingobernable. Le encantaba enseñar sus muñecas y sus zapatos, y de vez en cuando algún embajador que venía a despachar con Nikki se encontraba charlando con una señorita de dos años que retorcía su falda en una mano y con la otra señalaba sus zapatitos:

«¿Te gustan?».

A modo de añadido sobre todo lo anterior, siempre he creído que el no saber entretenerse sola era signo de baja inteligencia. No lo puedo remediar, es lo que creo.

«¿Tampoco tienes planes esta tarde?», me preguntaba Nikki a la hora del té.

«No.»

«Esto no puede seguir así, Sunshine.»

«Sí, ya lo sé. Es que Tatiana está un poco resfriada, y no quiero dejarla sola.»

A las cinco en punto Nikki nos dejaba para atender sus obligaciones, pero de la misma manera puntual, a las ocho reaparecía. Los métodos con los que se las arreglaba para dejar a sus interlocutores con la palabra en la boca variaban; pero a esa hora lo esperábamos ya, yo vestida para la cena con sus joyas preferidas y los ojos chispeantes porque si su madre no estaba en el palacio, lo tendría todo para mí: solíamos acostarnos hacia las once, después de una última taza de té y de haber rezado las oraciones con los niños.

Compartíamos habitación y compartíamos la cama, como los matrimonios modernos; así no ahorrábamos los cuchicheos de la servidumbre, pero sí las idas, las venidas y las esperas insidiosas que conocíamos bien de los palacios en los que el zar y la zarina aún debían ocupar sus habitaciones individuales.

Podía parecer un pudor tonto, pues todo el mundo sabe lo que ocurre tras la puerta cerrada de un matrimonio, pero para mí esos momentos representaban lo más hermoso y lo más secreto que nos unía a mi marido y a mí, y no deseaba que nadie obtuviera ni la más diminuta sobra de ello. Nos entregábamos el uno al otro a menudo, y no solo por la obligación de que, por fin, naciera el niño. Nos deteníamos en cada pliegue, olíamos, como criaturas primitivas, la piel, el pelo, el aliento del amado. Del amor, ni del físico ni del otro, yo nada sabía. Todo me lo enseñó Nikki, y todo nos lo ofrecíamos, casi cada noche, con la esperanza de que nos concedieran la gracia de un niñito.

Como él decía:

«Para que un niño nazca, hace falta mucho amor. Para que sea varón, aún más, para purgar de antemano sus pecados. Pero para un zarévich..., un zarévich necesita incesantes provisiones de amor».

A mí me asustaba a veces que se aburriera de mí. Que el forzoso, casi obligado, disfrute del matrimonio acabara por convertirse en una rutina que no se interrumpe porque ni siquiera se tiene conciencia de poder abandonarla. Pero para suerte mía, eso nunca ocurrió.

Mi Nikki, mi amor, mi pasión...

De todas maneras, esta familia ha preferido siempre la compañía de los suyos a la intimidad. Olga y Tatiana compartieron siempre el mismo cuarto, y María y Anastasia, cuando llegaron, otro contiguo. El de las mayores era verde, con una cenefa de papel pintado de libélulas. El de las pequeñas, rosa con mariposas. Las niñas me imitaban en la cantidad de fotografías, cojines e iconos que cubrían las paredes, y no tenían más lujo que la luz. Alejandro I dictaminó que las hijas de los zares no debían dormir en camas confortables hasta que se casaran, y a mí no me parece mal que no todo a su alrededor sea comodidad, de manera que han descansado hasta ahora en literas de campaña.

Las niñas ayudaban a sus doncellas a limpiar sus cuartos y el de su hermano, compartían también el baño y el vestidor, y organizaban auténticas batallas campales cuando pasaban horas en la bañera por la noche. Bastaba seguir el rastro del perfume para saber quién había pasado por el palacio: Olga olía a rosa de té; Tatiana, hasta hace muy poco, cuando se le acabó el frasquito, a jazmín; María, a lilas, y Anastasia, a violeta.

21

«Corres el riesgo, hija mía, de volverte impopular. Haz un esfuerzo por dominar tu carácter y mostrarte un poco más sociable.»

Ahora puedo permitirme una sonrisa cuando recuerdo las palabras que mi abuela Victoria me remitía mientras me encontraba embarazada por tercera vez, pero en su momento me hicieron llorar. Aquel fue un embarazo espantoso: náuseas, dolores, ciática. No solo hube de retirarme de la vida pública, es que ni siquiera me encontraba con fuerzas para levantarme de la cama. Pasé gran parte de esos meses en silla de ruedas que el pobre Nikki empujaba, resignado, por los jardines del palacio de Livadia, donde residimos durante los primeros meses del embarazo, porque allí el clima me sentaba, al menos, razonablemente bien.

Sin embargo, lo que recuerdo con mayor espanto es el miedo, la angustia con la que vivía, como si fuera una de esas torturas medievales en las que sentaban a una bruja en una silla metálica que calentaban con brasas, para comprobar cuánto tiempo podía soportar el dolor.

Incluso la visión de las niñas me agitaba el corazón. Cuando dormían a mi lado, rendidas de correr de un lado a otro, porque les pedía a las nodrizas que me las trajeran a mi cama para echar la siesta, las escuchaba respirar, me detenía en sus movimientos y sus parpadeos inconscientes. Entonces, de golpe, un alfiler de miedo me atravesaba la garganta y me preguntaba qué sería de ellas, de mis niñitas, si no nacía un heredero.

¿Y si me faltara Nikki? Durante esos meses amargos entendí por primera vez por qué la abuela se había enterrado en vida cuando murió el abuelo: como un ritual respetuoso hacia quien no estaba, Victoria ordenaba que cada día se preparara la ropa del difunto, su plato, su cubierto, como si fuera a entrar en la habitación de un momento a otro. Nicolás pasó incontables horas a mi lado, pendiente de mí, leyéndome libros, noticias, o acariciándome el cabello si no tenía fuerzas ni para hablar. Si me faltara...

«No puedes continuar alentando esos pensamientos», me decía él, pero los presentimientos siniestros continuaban.

Tenía pesadillas en que mi hijo nacía muerto, en que los anarquistas mataban a Nikki y me tiraban a los pies su cabeza, llena de sangre y barro. A menudo no sabía si me había quedado dormida o si aún despierta sufría esas alucinaciones: solo sé que parecían muy reales y que me conducían a una infelicidad constante.

En esa ocasión me negué a coserle ropita o a pensar en un nombre, de niño o de niña. No quería ni pensar en su sexo. La convicción de que algo horrible ocurriría durante su nacimiento resultaba tan abrumadora que estaba segura de que el bebé o yo moriríamos. No quería hacer ningún plan. Solo Dios sabía cómo iba a resultar aquello.

«Entiendo tus supersticiones —me dijo Nikki—, aunque entre mamá y tú me vais a volver loco. Si no quieres coser, me parece fantástico. Además, los comercios de ropita infantil te lo agradecerán. —El muy malvado se refería a que yo compraba un único modelo para Olga y luego me divertía copiándolo para Tatiana. El rumor llegó a las tiendas, a las que no hizo ninguna gracia el que yo, incluso a un nivel tan modesto, les hiciera la competencia—. Pero necesitamos, por fin, una niñera: vete buscándola.»

No le faltaba razón: después de algunas dudas, la elegida fue una irlandesa de referencias sólidas y prácticas, Margaretta Eagar, una mujer encantadora con un único vicio: la política. Según parece, es una pasión muy extendida entre sus compatriotas. En fin, no me podía quejar; nuestra suerte con el servicio había sido irregular. La niñera a prueba que contraté para Olga bebía. Cuando olí el alcohol en su aliento la primera vez me sorprendí tanto que estuve segura de haberme equivocado. Pero no nos cupo la menor duda cuando la sorprendimos (la sorprendieron; yo, por suerte, me ahorré esa visión) en la cama con uno de nuestros cosacos, ambos generosamente empapados en lujuria y en vodka.

La señora Eagar no se encontraría sola: la esperaba un pequeño regimiento de enfermeras y cuidadoras que se turnaban con las niñas, todas ellas vestidas de blanco y con una pequeña cofia de tul, menos las nodrizas, que lucían el traje típico de su región natal, en su versión un poco más elaborada, la de los días festivos.

Pero llegó el día del nacimiento y mis negros presentimientos no se cumplieron. Nada horrible aconteció, sobreviví a él, fue rápido, pese a que el bebé venía mal colocado y era enorme. Nada horrible, salvo que era otra niña.

En ese parto Nicolás no estuvo conmigo. Aguardaba fuera. Cuando le anunciaron el nacimiento, mi marido se marchó a dar un largo paseo, solo y preocupado. Pero cuando regresó su rostro había recuperado la serenidad y la alegría y entró a conocer a su niña y a besarme.

«¿Cómo atrevernos a una sola queja, habiendo tanta felicidad en la Tierra? ¡Si tengo un tesoro, Alix, a ti y a estos tres angelitos preciosos!»

Yo lo miraba a los ojos mientras intentaba detectar si me mentía o no. Pero se mantenían tan claros y risueños como siempre. Realmente se sentía feliz, y yo no me merecía un hombre tan bueno a mi lado.

«No hay heredero. Toda Rusia lo esperaba.»

«Tendremos que volver a empezar. Yo solo puedo dar gracias a Dios por tenerte a ti y tener a esta niña.»

¡Y era tan bonita María, mi niña! ¡El pueblo podía estar decepcionado y rumorear todo lo que quisiera, pero quien la conocía se enamoraba de esa muñeca! Sus enormes ojazos azules parecían contener todo lo bueno y todo lo bello del mundo. Y aunque sus dos hermanas eran niñas buenas, María era, y es, tan cariñosa y tan dulce, y de un fondo tan noble que las ensombrece a todas.

«Esta niña nació sin pecado original», llegó a decir su niñera.

Tiene esa suerte de ser querida de manera natural, porque cuando nació me preocupó mucho su destino y la manera en la que la familia, e incluso la corte, le negó la menor atención.

«He de quererla yo un poco más por todos los que no la quieran», pensé. Y pese al ejército de niñeras blancas con sus cofias, yo continuaba tan presente en el cuarto de las niñas como si no tuviera ayuda. María, que había pesado al nacer cuatro kilos y medio, comía con auténtico placer, y no tuve el menor problema para darle el pecho. La mirábamos arrobados, aún sorprendidos de ser cinco, y las niñas rivalizaban por cogerla en brazos y comérsela a besos.

«Un ejemplo de madre moderna —dijeron algunas revistas femeninas de la época—, una auténtica mujer que no se conforma con ser un maniquí.»

Ese comentario venía envenenado: algunas de las revistas ilustradas de ropa me habían tomado a mí como modelo. Sí, en las planchas con creaciones de Worth que compraban todas las mujeres y copiaban todas las modistas, el rostro de los figurines era el mío. La carcajada de Nikki aún debe de resonar en algún lugar del mundo.

A la anterior generación no le gustaba, en cambio, mi faceta maternal. La abuela, mi suegra, los tíos, prácticamente todos los mayores de cuarenta años consideraban que una zarina debía ser más zarina y menos madre.

«Por Dios, si no te quieres separar de las niñas, al menos llévatelas a los actos que tengas comprometidos, déjate ver, muéstralas —decía mi suegra—. Los nobles no entienden qué mal te han hecho para que no quieras ni cruzarte con ellos. Te lo estoy advirtiendo muy seriamente, Alix, tesoro, es posible que pronto necesitéis otros apoyos, y esos no se ganan de un día para otro. No tienes por qué danzar de palacio en palacio, pero entrevístate con gente, sal de Tsarskoye Selo, organiza alguna reunión para jóvenes madres... Yo he tenido cinco hijos y nunca he desatendido esas labores.»

Había tenido cinco, pero solo le quedaban cuatro. Ya he contado que por esas fechas, con María muy pequeñita, en agosto de 1899, murió mi cuñado Jorge, en Abastumani. Lo encontraron agonizando junto a su motocicleta volcada. Si el accidente fue lo que desencadenó su muerte, o si se encontraba tan débil que no fue capaz de controlar la máquina, nunca lo sabremos. Hacía mucho tiempo que Jorge estaba condenado a muerte por la tuberculosis. Si mi suegra lo sintió, lloró más bien poco en público y menos aún en nuestra presencia. Su cabeza inquieta y conspiradora ya avistaba la siguiente dificultad, y la encontró pronto.

Las dudas sobre si yo sería capaz de alumbrar un niño se recrudecieron. Hasta entonces, con Jorge como heredero provisional de Nikki, no había más problemas que los que daban algunos vocingleros o la presión que yo soportaba; pero la muerte de Jorge trajo, sin que lo previéramos, otro problema. El zarévich, el heredero, pasaba a ser Miguel, el hermano menor de Nikki, al que todos adorábamos. Hasta entonces.

Y digo hasta entonces porque quiero ser sincera. Misha se llevaba diez años con Nikki y era un niño encantador, bien educado, el orgullo de todos nosotros. El año anterior al nacimiento de María había cumplido los veinte años, había llegado a la mayoría de edad y lo celebramos por todo lo alto: también yo acudí, y se me llenaron los ojos de lágrimas al escuchar su juramento de lealtad al zar, por encima de su vida y por encima de su muerte.

Pero con la muerte de Jorge todo cambió. Nosotros, haciendo caso a la frase de Nikki «Habrá que volver a empezar», logramos que pronto, pasado el tiempo prudencial que mi salud necesitaba, esperáramos otro bebé. Confiábamos en que naciera en el verano de 1901, un zar del nuevo siglo, que desempeñara un reinado sabio y justo, lo que un país cada vez más grande necesitaba.

Entonces Nikki enfermó. No sé cómo pudo ocurrir, si yo estaba siempre pendiente de él, de su salud y de sus necesidades. Fumaba mucho entonces (como ahora, que ha vuelto a recrudecer ese vicio), pero salvo eso, se alimentaba con sobriedad, hacía muchísimo ejercicio y llevaba una vida regular. Aun así, se me puso enfermo. Al principio parecía una gripe fuerte. Le dolían las articulaciones, sobre todo las piernas, y sufría horribles dolores de cabeza.

Una tarde, sin embargo, vi algo extraño en su expresión.

Le llamé por nuestro apelativo más íntimo, «maridito», y no se inmutó. Empapado en sudor, sus rasgos habían cambiado.

«Dios mío —pensé—, esto no es una gripe.»

Fue tifus, una fiebre tifoidea que al parecer era frecuente en Livadia, donde nos habíamos vuelto a refugiar al saber de mi embarazo.

Cuando me lo comunicaron sentí un dolor sordo en la sien y, a continuación, un calor inmenso que recorría mi cuerpo.

«Va a morir —musité—, me lo va a arrebatar la muerte si no presento batalla.»

Y la presenté. Mandé a las niñas fuera del palacio, a una casa de confianza, sin ni siquiera despedirme de ellas. Como un fantasma enlutado, mi madre, con May de la manita, se inclinaba ante mis ojos para darle un beso a Ernie. Entre lágrimas, me volví a mi marido y me entregué a él.

Me senté a su cabecera noche y día. Solo permití que Bryatinskaya, nuestra enfermera de confianza, me ayudara. Se acabaron los despachos oficiales, sentencié, nada iba a molestarle. Estaba convencida de que si no hubiera tenido que lidiar con tal carga de trabajo, su salud habría sido más resistente. Lo lavé, le di de comer cucharada a cucharada, sostuve su mano y la mantuve apoyada contra el vientre en el que nuestro cuarto hijo crecía.

«Te estás poniendo en peligro.»

«No me importa.»

«¿Y el bebé?»

«El bebé está bien aquí, protegido por mí. Y tú estás bien aquí, protegido por mí.»

«Dios te bendiga —decía él—. Dios te bendiga. Nadie podría cuidarme mejor.»

Todos los días las niñas venían a vernos. Nos las mostraban a distancia, desde el otro lado de los ventanales, con sus sombreritos de terciopelo y sus abriguitos a juego. Cuando comprobábamos que estaban bien y que agitaban aburridas una muñeca o un juguete, las saludábamos con la mano y se las llevaban.

22

Mientras mi marido y yo luchábamos por mantener una vida tan preciada como la suya, fuera de nuestro palacio se libraban batallas muy distintas. Los codiciosos cortesanos, los políticos arteros, nuestra propia familia se preparaban para un cambio de escenario.

Nicolás era joven y fuerte, pero como cualquier otro mortal podía enfermar, podía morir. Estaba enfermo, de hecho. Se encontraba a las puertas de la muerte, de hecho. Y en ese caso, Miguel sería el nuevo zar.

«Si llega el caso —me dijo Nikki—, habrá que resignarse y deberás llevarlo con paciencia.»

«¿Con paciencia? —repliqué sin dar crédito—. ¿Con paciencia? Tienes tres hijas, y otro bebé que llevo en el seno y que será, si Dios quiere, varón. ¡No puede ser así! Si mueres, el niño debe ser nombrado zar. Aunque nazca póstumamente. Nikki, me espanta hablar de estas cosas, pero es necesario.»

Y era cierto. Tocaba en el bolsillo, por el interior de mi falda, una pequeña reliquia de madera santa, para que nos protegiera del mal de ojo.

«No hay antecedentes de nada así, Alix.»

«No me importa. ¿Tú confías en mí?»

«Más que en nadie, y lo sabes.»

Me miraba con sus ojos de hombre bueno enrojecidos por la fiebre, con los labios cuarteados. Se me iba. Se me iba.

«Entonces, dispón que yo ejercería como regente durante la minoría de edad del niño. En caso de la desgracia mayor, sería espantoso que por un lapso de unos pocos meses fuera Misha quien heredara el trono.»

Nikki asintió. Pese a nuestro cariño por él, Misha no se encontraba en absoluto preparado para acceder al trono de los zares. Y además, era tan confiado, tan fácilmente manipulable...

Sin embargo, esa idea convenía a muchos de los partidarios de Miguel.

«No hay antecedentes históricos de ninguna clase —indicaron, en especial Witte, el ministro de Hacienda, que sería más tarde primer ministro— de que una zarina sea nombrada regente bajo la base de un futuro nacimiento. La ley marca claramente que el zarévich Miguel continuaría la dinastía. Y así debe ser.»

No me querían. Y en vista de que corríamos peligro de perderlo todo, decidí darlo todo, hasta la última gota de sangre, por salvar a Nikki. Y para mi decepcionado espanto, no podía contar ni siquiera con aquella a la que le había perdonado todo porque creía que, por encima de sus defectos, defendía a su hijo. Mi suegra me sorprendió al mostrarme solo un tibio apoyo cuando le revelé los planes que teníamos para la regencia.

«¿Qué ocurre? —le pregunté desesperada—. ¿No estás con nosotros? ¿Preferirías a Miguel como zar?»

«No es eso, Alicky —dijo insegura—. Pero como madre debes entenderme. Amo a todos mis hijos por igual y no puedo tomar partido por la descendencia de Nikki para perjudicar a Miguel.»

Nunca hasta entonces le había levantado la voz a María Feodorovna, y sabe Dios que me habían sobrado ocasiones para ello. Pero entonces, con mi marido enfermo en el cuarto contiguo, no me importó el respeto, ni el recato debido, ni la educación recibida.

«¿Tú? ¿Precisamente tú, que me ridiculizas por ser madre y no ser zarina, te excusas ahora con esa frase vacía? ¡Tú no tienes hijos! ¡Eres, por sangre y por juramento, la primera súbdita leal al zar Nicolás, y el resto no importa! ¡Y Miguel se encuentra sujeto al mismo mandamiento!»

Ella cambió de color. La vi flaquear por primera vez. Una sensación inesperada, pero satisfactoria. Muy satisfactoria.

«No te enfades así, hija. No te enfades así en tu estado. Piensa...»

«No. ¡Piensa tú en tu nieto! Hasta ahora te tenía por una zarina íntegra, por un ejemplo. ¡Intenta comportarte como tal!»

Tras esas discusiones me sentí cada vez más y más responsable de mi destino. Comencé a suplicar noche y día, a todas horas, que me mandaran un niño. Pero también reparé en algo desconocido: me era permitido exigir. Si hasta entonces había callado y obedecido, porque así había creído cumplir mejor con mi cometido, mi deber como zarina incluía también pedir cuentas a los demás y asegurarme de que las presentaran.

Nicolás sobrevivió. Sin embargo, fue otro miembro de la familia quien falleció: la reina Victoria de Inglaterra. La abuela de los cien mil hijos y las cien mil decisiones moría en Osborne, al final de un reinado próspero y largo. Con eso me quedaba definitivamente huérfana. No pude asistir al entierro por el embarazo, pero ayuné y lloré a la abuela con una amargura inconsolable, porque sabía que con su desaparición comenzaba una nueva era y una nueva Gran Bretaña. Y no sabía qué iba a pasar con nuestra Rusia. La corte se puso de luto (era enero y cortábamos de cuajo la temporada, pero no me importó en absoluto), y encargamos una fastuosa misa memorial en la iglesia anglicana de San Petersburgo.

Allí no pude contenerme y lloré en público. Me preparé para las críticas y los hachazos posteriores, pero para mi sorpresa esa vez no fue así. Quizás, pensé en aquel momento, quizás pese a nuestros miedos no resultaba tan mala idea que presenciaran nuestros sentimientos. Al menos el pueblo. El pueblo nos comprendía, lloraba, gemía, amaba como nosotros. Perdía a sus abuelas, rezaba por sus antepasados. Para mí era evidente que el protocolo era una mordaza y un error.

Aquellos meses no me dieron tregua. Sanó Nikki y enfermó Olga, de tifus también. Tuvimos que aislarla en la planta alta del palacio durante cinco semanas, mi pobre niña, donde hacía un calor asfixiante y a mí me costaba un mundo subir. Perdió muchísimo peso y tuvimos que cortarle su delicioso pelito rubio, porque se le caía a mechones. Pero mientras yo estuviera a su lado, no se quejaba.

«No te vayas hasta que me haya dormido», suplicaba como todos los niños del mundo.

Era la primera enfermedad de mis hijos, la primera vez que mi corazón sangraba esas diminutas gotas de dolor. Pero Dios cuidó de ella y pudimos llevarla de nuevo con sus hermanas, que lloraron como ante una extraña, porque no la reconocían.

«¡Soy Olga, soy Olga! —comenzó a decir ella entre lagrimones y me miró llena de dudas—. ¿No soy Olga?»

Yo estaba tan convencida, tan segura de esperar un chico. Si no hubiera tenido la certeza de que iba a ser así, me habría ahorrado los enfrentamientos y los disgustos de la regencia. Me encontraba sorprendentemente bien, apenas había engordado, mi rostro brillaba; era de los denominados «embarazos de belleza», que auguraban siempre hijos. Me enfrentaba sin miedo a los preparativos, como una mujer ya madura y experimentada, y me dispuse a sentir la alegría de acoger en mis brazos al heredero.

El 5 de junio de 1901 nació otra niña: Anastasia. Cinco kilos doscientos gramos y apenas tres horas de parto. La alegría de una vida nueva. La oleada inmediata, irracional, de amor por aquel pequeño ser y la renovación de mi agradecimiento, mi delirante agradecimiento por mi esposo. Luego la decepción, las lágrimas, la reflexión.

Nadie ocultó su disgusto. Para qué. Todos, del primero al último ciudadano ruso, se sentían estafados, defraudados conmigo y con mi estirpe. Mientras me visitaba, mi cuñada Xenia rompió a llorar.

«Perdóname, perdóname —decía entre sollozos—, es una niña preciosa, pero ¡una cuarta hija! Que me perdone Dios por sentir esta tristeza, pero ¡esperábamos que esta vez fuera el varón! ¡Y otra niña!»

¿Qué podía decir yo? ¿Cómo podía acallar los rumores, los cotilleos sobre el mal de ojo que alguien me había echado o que yo misma atraía, qué podía hacer con mi cuerpo, con mi voluntad, para que se callaran? La alemana distante y recogida, la loca del malva, fracasaba de nuevo.

«Y habrá que intentarlo de nuevo», repitió Nikki como una broma privada.

Durante los días que siguieron al nacimiento y el bautizo de la pequeñita perdí el norte. Había mantenido una actividad frenética durante los meses anteriores y me encontraba agotada. Y todo, ¿para qué?

«Vamos, Sunshine, debemos tomar el control de esta situación. Vamos, Sunny, hemos de seguir.»

Nicolás había encontrado más tiempo para reaccionar y había preparado, a mis espaldas para no desanimarme, toda una estrategia si nacía una niña. Sería el símbolo de nuevos tiempos. ¿Acaso no acabábamos de cambiar de siglo?

Escogimos para ella el nombre de Anastasia, que significa 'resurrección'. Decidimos que el bautizo sería celebrado con todo el esplendor posible para demostrar lo orgullosos que nos sentíamos de ella. Aunque sujetos a las normas del protocolo, lo estiramos al límite y Nicolás dispuso una amnistía más que generosa, así como festejos que se asociaran durante años al nacimiento de una gran duquesa. A mí me cubrió de joyas, más de las que pudieran esperarse como regalo. Una malla de perlas diminutas que se convirtió en una de mis tiaras predilectas, unos pendientes de diamantes de ensueño. Pero estaba triste y sentía que me inclinaba cada vez más hacia la obsesión.

Cuando miraba a las mujeres solo podía pensar en si tenían hijos o no. Cuando Nicolás comenzó a perfilar una reforma que permitiera a Olga ser la heredera, en lugar de sentir cierto alivio, aún me atenazó más la certeza de no cumplir con mi deber. Continuaba pasando muchas horas en el cuarto de las niñas, pero mi atención no se encontraba allí. Miraba a mis hijitas, a María, que era el objetivo preferido de las maldades de sus hermanas, con sus piernas llenas de hoyuelos, o la boquita delicada de Tatiana, y solo hallaba una burla del destino.

Ya no rezaba por otra cosa. Comencé a ayunar más y a suplicar en mis oraciones únicamente un hijo. El resto de los problemas quedaron aparcados, ya tendrían quien rezara por ellos. Había desperdiciado demasiado tiempo y me hacía vieja. Necesitaba ese hijo.

Por primera vez me acostaba con Nikki sin alegría, casi por compromiso. Algunas noches una intuición me hacía cantar y mostrarme cariñosa. Otras miraba al techo y rezaba para mis adentros, o ni siquiera rezaba, y murmuraba una y otra vez: «Un niño, un niño, un niño»...

Me deshice de todos mis prejuicios. Era preciso un milagro y lo buscaría. Incluso peregriné a la canonización de distintos santos, como la de san Serafín de Sarov. No olvido aquellas peregrinaciones; largas, tediosas, plagadas de una esperanza siempre truncada. Pero en aquella en especial encontré un curioso alivio, y tiempo más tarde, aunque nunca supe a quién debía el milagro, consagramos una iglesia a san Serafín.

«Ya te lo habíamos advertido —me dijo mi suegra, y mis cuñadas asintieron en silencio—, las peregrinaciones son increíblemente eficaces. Pero no quisiste hacernos caso.»

Levanté la cabeza.

«¿Cuándo me habéis recomendado una peregrinación?»

«¿No recuerdas que el día antes de tu boda te sugerimos que rezaras ante uno de los iconos de la catedral de Kazán?»

No, no lo recordaba. Casi no recuerdo nada de aquel día, y menos aún los centenares de consejos y supersticiones que me imponían. Aquel icono era de la Virgen Madre, una devoción a la que yo, recién convertida, ni siquiera estaba acostumbrada. Pero así era, la tradición decía que quien no se inclinara ante ella no tendría hijos varones. De manera que, con cuatro hijas de retraso, me dirigí a la catedral de Kazán, caí de rodillas ante el icono y con todo el fervor de mi corazón oré, oré y oré.

Rezaron sobre mí, agitaron incienso y velas de cera virgen, dormí sobre algunas reliquias y caminé descalza sobre las tumbas de innumerables santos. Los sacerdotes me miraban primero con piedad y después con cierta rabia, al no atinar con el milagro preciso. Encargaron misas en mi nombre y bajo otras identidades, por el nacimiento de un zarévich y el de un hijo de una pareja que deseaba un niño, sin más.

Pero nada ocurría. Cada mes, ante mi ropa interior manchada de sangre lloraba cada vez con menos lágrimas y más gemidos. Pasaron dos meses, tres, y nada ocurría. Entonces me sequé las lágrimas, llamé a mis cuñadas y les pedí:

«Traedme un mago».

23

Las expertas en magia de mi entorno eran dos muchachas encantadoras, hermanas, Militza y Anastasia, *Stana*, de Montenegro, princesas por sangre y rusas por matrimonio. Cada una de ellas se había casado con un primo de Nikki y se encontraban, como yo, algo desplazadas en la corte, y también igual que yo, al menos con el consuelo de una hermana próxima.

Había sentido una simpatía natural por Militza y Stana porque, sin apenas cruzar más que unas frases con ellas, había podido detectar su gran delicadeza y un marcado interés por la espiritualidad. Como a mí, les interesaban muy poco las bajezas de este mundo, y mucho más la eternidad y sus misterios. Sin embargo, ellas no se consideraban, como yo, creyentes, o al menos no en lo mismo que yo. Eran místicas y ocultistas.

Toda la corte andaba obsesionada en los últimos años por el ocultismo: cada rama de una familia noble contaba con uno o más brujos, echadores de cartas o visionarios. Las profecías de determinados monasterios se pagaban con monedas de oro y con medidas de aceite, y algunos santones vagaban de pueblo en pueblo leyendo el futuro y adivinando el presente. Era algo en lo que los rusos de toda condición creían: los augurios, los fantasmas. Algunos se encontraban dentro de la Iglesia; otros, en un límite confuso, y otros más, claramente fuera.

Ya había comenzado el auge del espiritismo y las mesas parlantes, aunque no con la intensidad con la que se manifestó en la guerra, en la que la desesperación por comunicarse con los seres queridos muertos alcanzó a todos, ricos, pobres, ignorantes y cultivados. En esas sesiones se descubría tanto a parlanchines como a personas misteriosas, con dones inexplicables. Las estafas se encontraban a la orden del día, y yo creo que muchos de los nobles que contrataban a las llamativas pitonisas de moda lo hacían sabiendo que no tenían el menor poder, como una diversión más.

Militza sabía distinguirlas, porque aunque su búsqueda del alma y de Dios fuera distinta a la mía, compartía la misma honestidad y rigor. Muchas noches había regresado decepcionada de alguna *soirée* anunciada con toda pompa, porque lo que allí había visto la ofendía y entristecía.

«Yo creo en la magia —me contaba— y la he presenciado, y creo que la reparte Dios como una manera de facilitar esta vida triste y árida. Pero ¿cómo puede desperdiciarse en preguntas sobre apuestas o amoríos? La aristocracia rusa está moralmente arruinada, y se arruinará por completo en todos los demás aspectos porque se apoya en pies de barro.»

Hablé con las hermanas montenegrinas con franqueza, y ellas escucharon con una calidez que había olvidado que existiera en el ser humano. Les estreché la mano, me confié, guiada por una intuición irrefrenable, y les pedí ayuda, como mi última esperanza.

«Haremos cuanto podamos», contestaron las dos sin aspavientos.

El consejo de Militza fue que recurriéramos a un doctor que ya conocíamos, el francés Philippe. Era médico, lo que me inspiraba una enorme confianza, pero además, Dios le había dotado de poderes psíquicos. Lo acompañaba una brillante reputación labrada en París, e incluso había publicado algún libro sobre los cuidados durante el embarazo. Según contaban, toda la aristocracia francesa lo consultaba.

Pero nada de eso me hubiera convencido de no ser porque Militza había visto con sus propios ojos una curación casi milagrosa en la persona de su propio hijo, Roman, mientras se encontraban de vacaciones en la Costa Azul.

«Cuando vi que el niño resurgía de las tinieblas —me contó— me dije que no podía dejarlo escapar. Y nos lo trajimos a San Petersburgo. Háblale con franqueza, él logrará lo imposible.»

En realidad ya habíamos conocido, muy superficialmente, al doctor Philippe durante una cena con Militza y su marido, Pedro, mientras me encontraba embarazada de Anastasia, pero salvo que nos había causado muy buena impresión, no recordábamos casi nada de él.

«¿No te pronosticó que tendrías un niño? —me preguntó Nikki cuando le hablé de él—. Juraría que sí, que algo así dijo durante la cena.»

«No —dije yo—. No no, en absoluto.»

Nikki no añadió nada más, pero revisó en su diario qué había escrito sobre aquella cena: «Esta noche hemos conocido a un francés asombroso; hemos estado largo tiempo hablando con él».

«Me he debido de equivocar.»

No era extraño. Aquellos meses, entre su recuperación, la enfermedad de Olga y la tensión, habíamos escuchado tantas cosas que mezclábamos unas con otras. Quise verlo cuanto antes y ponerme en tratamiento con él.

El doctor era un hombre pequeño, de aspecto inofensivo, frente despejada y unos ojos que rebosaban inteligencia. Su voz bellísima me calmaba al instante y todo lo que decía se encontraba cargado de sensatez y bondad.

«No curo cuerpos —aseguraba—. Los cuerpos se curan solos o se los lleva Dios. Yo soy un médico de almas.»

Eso era precisamente lo que yo necesitaba, un poco de alivio para mi pobre alma. El doctor dominaba la hipnosis y la sugestión, era un médico hermético y un experto en reencarnaciones. Sin embargo, no se valía de ello. En alguna ocasión le pregunté si no era posible que se pusiera en contacto con mi abuela y que me mandara algún mensaje, y él, con su bondadosa expresión, negó con la cabeza:

«Madame, las cosas no son así, y si alguien os asegura que se puede poner en contacto con cualquiera de vuestros difuntos, os miente. Son ellos, no nosotros, los que nos buscan, y solo se ponen en contacto con nosotros si no hallan la paz. Dad gracias de no saber nada de la emperatriz, ni de vuestra madre o padre. Viven todos en la Gloria con el Padre».

«¿Mi familia está en la Gloria?», pregunté atragantándome

con las lágrimas. Y cuando él asintió con la cabeza me sentí también yo más cerca de Dios, más ligera.

Como era de esperar, la familia de Nikki gritó, se escandalizó e intentó en todo momento quitarnos ese consuelo.

«*Ese hombre* —me escribió mi suegra indignada— no es ni siquiera un médico. Lo he hecho investigar y nunca estudió medicina: es un mozo de carnicería que ha hecho fortuna a base de aprovecharse de las esperanzas ajenas y la desesperación, y que no ve más espíritus de los que yo pueda ver. Por el amor que te tengo, te suplico que te libres de él. He pedido a la Ojrana que lo investigue y te adjunto las conclusiones, que son evidentes y patéticas. Por Dios, Alicky, recupera la cordura y no permitas que saque beneficio ni logre influencia sobre vosotros.»

Me dirigí hecha una furia hacia mi marido con el informe en la mano.

«¿Con qué autoridad manda tu madre que la Policía Secreta investigue a Nuestro Amigo? ¿Desde cuándo una zarina actúa a espaldas del zar?»

Nikki ojeó el informe y me miró atónito.

«Mi madre es increíble. No te preocupes, hablaré con ella.»

«No, no quiero que hables con ella. Quiero que despidas al agente que lo ha redactado y al jefe que aprobó esta difamación. Ya no solo me equivoco en todo lo que hago, sino que también quieren controlar mis amistades. No pienso tolerarlo. ¡Ya he soportado demasiado!»

Nicolás ordenó que rodaran cabezas en la Ojrana, y la familia cerró filas en un sepulcral silencio. Comenzaban a darse cuenta de que no resultaba tan sencillo manejarnos como creían. Las opiniones del doctor eran tan sensatas y tan mesuradas que si las escuchábamos lo hacíamos porque obedecían a un hombre formado y a una corriente general en la clase media.

«No sancionéis nunca la Constitución —nos recomendaba—. Puede ser conveniente para otros países, pero Rusia es medieval en muchos sentidos, y los países medievales no comprenden una Constitución.»

¿Se puede ser más prudente?

Fuera como fuese, a finales de año, apenas cinco meses tras el nacimiento de Anastasia y con la ayuda de las sesiones de relajación y los consejos del doctor, me quedé de nuevo embarazada. Cuando pasé diciembre, enero y febrero sin la menstruación, me puse de rodillas y agradecí a todos los santos, a todos aquellos a los que había rogado, la merced concedida. Muy discretamente dejé de usar corsé. Me encontraba bien, mejor que nunca, aunque engordaba con visible rapidez. El bebé nacería en agosto, y como comenzaba a ser evidente, en abril Nikki se lo quiso comunicar a su madre y a la familia.

«No —dije yo—, no les digas nada, ni escribas. Quiero decírselo yo en persona cuando regrese a San Petersburgo la semana que viene.»

Nunca, salvo con mi madre o con Nikki, me había sentido tan serena, tan protegida por un ser humano como por el doctor Philippe. A diferencia de otros médicos, no me auscultaba ni me inspeccionaba. Me tomaba el pulso, escuchaba la velocidad de mi respiración y era capaz de diagnosticarme y de curarme con la misma eficacia que los cirujanos invasivos que me habían tratado. Durante todo el tiempo que me visitó no me molestó la ciática, no sufrí jaquecas, ni el menor trastorno. Tampoco se repitió la euforia de mi primer embarazo. Tras las sesiones de hipnosis con el doctor, la tranquilidad se extendía a mi estómago, a mi vientre, y me sentía en paz con el mundo.

Desde luego, no iba a tolerar que otros médicos trastornaran esa calma. Como en los anteriores partos, me atenderían, llegado el momento, Ott y Günst, pero hasta entonces, si nada se torcía, nadie me pondría un dedo encima. Era una sensación completamente distinta a las anteriores. De hecho, aunque los primeros meses aumenté de peso, no fue así durante los últimos. Sería un niño, un varón, protegido por Dios y por todos mis antepasados, pequeño, sin duda, y muy amado.

El 16 de agosto comencé a sangrar un poco, pero me negué a que me examinaran y me atuve a mis oraciones y a los sencillos ejercicios de respiración que me había enseñado Philippe. El 19 por la tarde sentí los dolores de parto y llamaron al doctor y a la comadrona. Sangraba a intervalos, pero nada más.

Hacía mucho calor y me encontraba molesta y con una vaga inquietud. Entre dos contracciones me levanté para asearme un poco y caminé hasta mi cuarto de baño, apoyada en una enfermera. Entonces sentí un dolor muy agudo, como si me perforaran el vientre, y algo se desprendió de mi cuerpo.

No era el niño, como en un primer momento pensé. No era la placenta. No era nada. No era más que un pedazo de carne, poco mayor que una nuez y con el mismo aspecto, rodeado de venas fosilizadas. Entonces algo se rompió dentro de mí, una hemorragia que olía a putrefacción y a metal, y me desmayé.

Dos días más tarde se publicó un informe oficial que anunciaba que había sufrido un aborto. El doctor Ott diagnosticó una anomalía, algo que se llamaba «mola hidatiforme». Aquel trozo de carne era un óvulo fecundado en su cuarta o quinta semana de gestación. Después no había continuado. No era culpa de nadie, aclaró, ocurría con cierta frecuencia. A veces se debía a la anemia, otras a la mala suerte. Podría tener más hijos.

En mi alegría, había enviado ya algunas invitaciones a mis amigas más queridas para el nacimiento y para el bautizo. Pero ya no habría bautizo, ni niño. Nada. Solo una decepción más, irreparable, una catástrofe. Los rumores afearon aún más la realidad. Una histeria, un embarazo psicológico, dijeron en mi familia. Una maldición, la zarina ha dado a luz a un zarévich con cuernos y dientes por todo el rostro.

Me encerré en mi dolor. No quise ver a nadie, por vergüenza, por un odio contra el mundo que crecía en mí, sin rastro de la paz que antes me inundaba. Una de las consecuencias terribles de esa situación espantosa fue que también perdimos al doctor Philippe. Pidió permiso para verme en la salita malva y se lo concedí inmediatamente. Me cogió la mano, la estrechó contra su pecho, sin decir nada. Los dos guardamos un silencio solemne.

«Madame, he de irme. Después de lo que ha ocurrido, mi vida corre peligro aquí.»

Asentí. Lo comprendía perfectamente. A mí solo me salpicaban los rumores; a él, a quien todos culpaban de haberme engañado y de manipular incluso al zar, no le esperaba nada bueno. Un accidente calculado, un ataque por sorpresa o el abandono de todos.

«Yo sé que estuve embarazada. El propio doctor Ott lo ha confirmado. Pero todas esas malas voluntades y esas malas energías mataron al niño en mi seno. Usted no podía hacer más de lo que hizo.»

El pobre hombre bajó la cabeza. Sus pupilas negras brillaban entre las pestañas entornadas.

«Os he traído dos regalitos. Su apariencia es humilde, pero que no os engañe. Os dejo dos poderosísimas reliquias. Una, esta campanita de plata. —Me tendió una especie de sonajero, una de esas campanillas de viento, de aspecto común—. Perteneció a san Serafín de Sarov, y sonará siempre que alguien que os quiera mal entre en esta habitación. Colgadla ahí. —Señaló una voluta junto a la estantería—. Y estad alerta. La otra —dijo y me tendió un marquito octogonal que encerraba unas pocas flores ya secas y descoloridas— posee un valor incalculable: me la regaló en pago de un favor enorme, del que no puedo hablar, un personaje de rango altísimo de la Iglesia católica. —Acarició el cristal con respeto—. Estas flores se han conservado en Roma custodiadas por generaciones. Proceden de Galilea y las rozó la mano de Cristo Nuestro Señor.»

Me quedé sin palabras. Siempre he notado algo particular, una especial energía, o tensión o calor, cuando me daban una reliquia verdadera. Frente a las otras, de las que hay miles, me he mantenido impávida. El marquito de flores vibraba en mi mano, chispeante de santidad.

«¿Cómo podemos pagarle...?»

«Madame, en esta vida no se paga lo que nos dan para la otra. Con vuestra amistad he quedado más que retribuido. —Hizo una pausa y me dedicó unas palabras que no olvidé—: Y un día, cuando creáis que todo está perdido, aparecerá un amigo como yo, un amigo verdadero que os hablará de Dios y os confortará.»

Así nos dejó ese hombre único, empujado por la maledicencia y el rencor. Al menos no se fue con las manos vacías. Nikki y yo nos empeñamos, pese a su modestia, en cubrirlo de regalos, dinero para que comenzara una nueva vida y un automóvil a motor que sabíamos que le hacía especial ilusión. No podíamos hacer más por él. Nosotros nos quedábamos solos.

24

Después de aquello la pena cedió poco a poco y la vida se convirtió en una sorda sucesión de actos fijos: por una vez, la rutina de nuestras existencias me permitió deslizarme como un pez, día tras día, en un agua estancada. La tristeza abrumadora que algunas mujeres sienten tras tener un bebé, y que no les permite mirar su carita u ocuparse de él, me invadió a mí tras el aborto. Las tareas más sencillas, que llevaba a cabo desde mi infancia sin dedicarles un pensamiento, me resultaban agotadoras, absurdas.

Hice un esfuerzo porque Nikki así lo precisaba, y porque tenía cuatro niñas preciosas a las que debía dar ejemplo y transmitir mi fuerza. Anastasia, que ya había cumplido un añito, era un revoltijo de nervios que no paraba quieta, preciosa, quizás menos bonita que sus hermanas (desde luego, no poseía la belleza de querubín de María), pero con una inteligencia que saltaba a la vista desde el primer momento.

Pero ¿cómo podemos proteger a los niños de las tristezas y de la pena cuando se cruzan en su camino? Una leyenda oriental cuenta que un rey encerró a su único hijo en una torre para que no supiera lo que era el dolor; pero en un descuido el jovencito se escapó y descubrió en el mismo día la enfermedad, la pobreza, la violencia y la muerte. Así también descubrieron ese año el gran adiós.

La hija de mi hermano Ernie y de Ducky, los cuales se habían divorciado (Ducky fue siempre no solo envidiosa, sino también intratable), Elisabeth, una niña adorable, cariñosísima, había venido a pasar una temporada con nosotros en el otoño de 1903. Mis hijas sentían pasión por su prima mayor y la seguían como borregas. Ella las manejaba bien y se inventaba juegos y canciones para ellas. Era temporada de caza, la pasión de Nikki, y todos pusimos rumbo a nuestra finca de Skierniewice, en lo que en algún momento había sido Polonia, que mantenía un pabellón y un coto de caza fuera de serie.

Las niñas buscaban setas, los niños más mayores, gamos, y las mujeres respirábamos tranquilas al tenerlos entretenidos y al aire libre. Una mañana Elisabeth se quejó de la garganta. No la tenía enrojecida y no la tomamos en serio hasta que vimos que ardía de fiebre y llamamos con toda urgencia a los médicos. Al día siguiente su corazón se paraba, ante los ojos dilatados por el pánico de su padre y los nuestros. Una enfermedad fulminante, quizás infecciosa, se la había llevado. Sacamos a las niñas de allí mientras fumigábamos las habitaciones y yo consolaba a mi hermano, que regresaba a casa con un ataúd blanco y sin una explicación que darle a Ducky, que le culparía siempre de haberle arrebatado a su hija.

Las niñas preguntaron durante meses por su prima, aún sin poder creer que la habían perdido para siempre. Para colmo, no podían preguntarme nada a mí: en Skierniewice había enfermado también, primero de los oídos, un dolor que me taladraba la cabeza como un clavo al rojo vivo, y después contraje la gripe, de manera que tampoco pude verlas ni besarlas. Ellas pasaron las Navidades sin mí, bajo un árbol primorosamente decorado, pero torturadas por las dudas. ¿Me iría yo también, como la prima? Y si me iba, ¿adónde? Si Dios nos quería a todos, ¿por qué se llevaba a algunos y a otros no?

«Vuelve pronto, mamá —me escribía Olga en una postal—. Sin ti no puedo estar contenta.»

«No te preocupes —contestaba yo desde la misma habitación en el último piso donde la había cuidado de tifus algún tiempo antes—, volveré muy pronto. Y quizás el ángel de la Navidad os traiga un hermanito para el año que viene.»

Así era, volvía a estar embarazada. Y aquella vez, pese a las terribles premoniciones que me asaltaron al ponerme enferma y a no poder moverme de la cama, decidí que nada podría conmigo. Si era necesario que tuviéramos seis, siete, ocho hijos, los tendríamos. El heredero llegaría, aunque tuviera que dar la vida por él.

Sin embargo, aunque no se lo conté a nadie, ni siquiera a Nikki, yo tenía una premonición. En la noche en la que concebimos a mi niño (porque supe que era esa noche con una claridad absoluta, sin rastro de duda) hubo algo diferente. Rezamos a los santos convenientes, porque eso habíamos pactado, me situé en el lado izquierdo de la cama, porque eso, todos estaban de acuerdo, garantizaba el nacimiento de un varón. Y hecho todo lo conveniente, nos entregamos a lo importante.

No me avergüenza decir que no he sido nunca tan feliz como cuando me encontraba a solas con Nikki y cuando nos era dado dedicarnos con calma a nuestras obligaciones de marido y mujer. Pero la proximidad a la muerte, el dolor de Ernie, que se encontraba solo y agotado una habitación más allá, nos dotaba de una energía redoblada. Nosotros sí estábamos vivos, era posible sentir el calor y el placer del otro, su mirada sedienta y su cuerpo desnudo. Grité, porque toda esa intensidad me estallaba detrás de los ojos y en la garganta. Y esa noche soñé con Elisabeth, que me miraba sonriente, y según las teorías del profesor Philippe supe que su alma se encontraba libre y que había encontrado acomodo de nuevo en la tierra, entre mis piernas.

Mantuve esa revelación para mí, como es natural. Una no puede contarle estas cosas a casi nadie sin que la tomen por loca.

En 1904, sin que la opinión pública se percatara de cómo habían comenzado las hostilidades, Japón bombardeó nuestro Port Arthur. ¿Qué había ocurrido? ¿Y dónde? Por primera vez en muchos años, Rusia se encontraba en guerra, una guerra extraña y lejana, en la que el país no se sentía especialmente amenazado, porque la lucha se libraba muy lejos, allá donde salía el sol.

La sorpresa alcanzó también al Ejército: no se encontraban preparados para la guerra, ni siquiera en la retaguardia. Los hospitales se saturaron enseguida, y Siberia y Manchuria se hallaban en el otro extremo de Rusia y eran pobres y carecían de reservas. La Cruz Roja pedía ayuda, y no me quedó más remedio moral que prestársela. De manera que, embarazada o no, había que gestionar los envíos de ropa, medicamentos y material de primera necesidad. Alimentos que no se pudrieran, latas, cereal. Había mucho por hacer y yo estaba dispuesta a hacerlo, aunque fuera la única.

Pero no fue necesario: la guerra se puso de moda entre aquella sociedad muerta de hastío y cansada de todo. Seguí el consejo de mi suegra (algunos de ellos eran útiles, decidí) y me llevé a las niñas a todas las reuniones de consejos sanitarios y de los hospitales. La curiosidad por verlas atrajo a algunas asistentes, y la de conocerme a mí, al resto. Como si cumpliera algún plan concebido con mucha anterioridad (en realidad era así, había organizado obras de caridad y hospitales desde que tenía uso de razón), comencé a dirigir comités de damas y grupos de ayuda.

«Son preciosas —me decía alguna de ellas, que de repente, sin sus vestidos de raso y sus joyas centelleantes, parecía una venerable matrona algo entrada en carnes—. Un ramillete precioso.»

«Un trébol de cuatro hojas», aducía yo.

Las cuatro, sus cabecitas de distintos colores inclinadas sobre las muestras de punto y las agujas de tejer, ofrecían una imagen encantadora. De vez en cuando miraban a su alrededor buscándome, o Anastasia, que jugaba con las agujas porque no tenía edad para otra cosa, se hartaba y echaba a correr entre los montones de vendas y de almohadas de campaña.

«¡Detened a esa niña!», gritaba yo a los oficiales que nos escoltaban, en broma, y ellos perseguían a la pequeña, que gritaba de pura delicia.

Entonces sus hermanas corrían también hacia ella, en principio con la noble intención de ayudarla, pero después, contagiadas por el juego, con la de atacar y morder a los pobres oficiales, que se defendían como podían.

«Así jugarás tú —le susurraba yo a mi niño—, y un día dirigirás ejércitos para que horrores como esto no se repitan jamás.»

El 30 de julio de 1904, tras apenas una hora de parto, vino al mundo mi hijo, mi heredero, mi precioso y anhelado Alexis. Era un niño grande, de más de cinco kilos, pero en ese parto no hubo ningún problema. Lo revisé de arriba abajo, palpé sus mejillas, conté sus deditos.

«Madame —decía el doctor Ott casi tan eufórico como yo—, dadnos al niño y reposad un poco, ahora que podéis.»

«No quiero, no quiero. Llamad al zar, ¿dónde está el zar?»

No podía creerme que acabara de dar a luz. Me encontraba estupendamente, en lo alto de una ola que se alzara hasta el cielo. Le mostré el niño a su padre con lágrimas de felicidad y se lo tendí para que lo abrazara y para que, por fin, aliviados del peso que acarreábamos desde que nos casamos, pudiéramos descansar.

25

Nosotros casi perdimos el sentido de la realidad, pero el niño no nos pertenecía del todo. Un niño: su nacimiento hizo olvidar por un momento la guerra y los problemas nacionales, e incluso los que se despachaban en cada casa, en cada granja rusa: desde el siglo XVII no había nacido un zarévich en Rusia.

¡Por fin las trescientas y una salvas que indicaban el nacimiento del heredero, por fin alegría en las calles y brindis por los Romanov, y un poco de paz! ¡Qué tranquilidad, qué sueño alcanzado traía ese niño! Todo cambiaba con él: yo por fin lograba el ansiado papel de zarina principal, por encima de mi suegra. Quien me conoce sabe que no ambicionaba más poder, pero ¡poder al fin callarle la boca, presidir las celebraciones, en lugar de mantenerme en un segundo lugar, caminar junto a mi esposo, y no unos pasos detrás, como si fuera una invitada en mi propia casa, con las niñas a mi lado, como cortesanas de segundo orden! ¡Ah, eso me lo había traído mi niño! Ahora callarían quienes presionaban a Nikki para que se divorciara de mí y quienes inventaban maldiciones asociadas a mi nombre. Se había ganado bien su nombre, que significa 'protector'.

«Hemos tenido suficientes Nicolases y Alejandros», había dicho mi marido mientras rastreaba algún nombre que le gustara en la historia de la familia.

«Después de Anastasia, si buscamos algo poco tradicional nos van a tachar de extravagantes.»

«Que digan lo que quieran. Me da igual. Alexis, Alexis es un buen nombre Romanov, un nombre sólido de hombre bueno. Y eso será mi tesoro, ¿verdad? Sí sí, hablo de ti», decía Nicolás mientras le rozaba la barbilla con delicadeza.

¿Hay algo más hermoso que un niño recién nacido, que la imagen viva de Cristo recién nacido? Sus deditos que buscan el aire, las burbujitas de saliva de sus labios perfectos, los ojos que aún no saben hacia dónde dirigirse pero que intuyen a su madre, a su padre. ¿Existe algo más maravilloso?

Si algo podía representar el amor que sentíamos Nikki y yo eran nuestras hijas, tan bonitas. Pero Alexis... Alexis, con sus ojos azules como el verano, con esos rizos de ángel, era además la esperanza de un pueblo, la alegría de un país. No solo le adornaba la belleza: le había marcado el destino.

Todo, todo lo mejor de nosotros y de sus hermanas lo reúne mi hijo: es el más alegre de todos, menos cuando la tristeza y el dolor lo convierten en reflexivo y maduro antes de tiempo. Es el más niño y el más cuerdo, el más inteligente, el más capaz. No me ciega la pasión de madre; todos los que lo conocen dicen lo mismo: un niño con el sello de Dios en la frente, distinguido de los demás desde el nacimiento.

Por supuesto, si gloriosos habían sido los bautizos de sus hermanas, el suyo no se quedaría atrás: amnistías generales. Si no habían matado, fuera. Si su único pecado era político, fuera. Las cárceles se vaciaron y se repartieron raciones extras de comida entre los que quedaron. ¿Los impuestos? ¿Para qué hacían falta ya? El mayor tesoro ya había llegado; se condonaron varios y se bajaron otros. ¿Regalos? Claro que sí: a los niños que nacieron el mismo día que él, a los soldados, a los sacerdotes. Prohibimos el castigo corporal a los campesinos en todo el país. Y fiestas, todas las fiestas que resultaran necesarias para que olvidáramos por unos días la guerra, la pobreza o la miseria. Mi hijo había llegado al mundo, ¿quién podía ser infeliz?

«Pero... yo no puedo aceptar este regalo —había dicho el honrado doctor Ott, al que regalamos una cajita de Fabergé recubierta de esmalte azul y diamantes—. Yo no he hecho nada de mérito, yo no...»

«Chiss —insistí yo—. Quizás sea nuestra última oportunidad de agradecerle su ayuda. Acéptelo y únase a nuestra alegría.»

«*Por favor* —le escribí a Militza—, tú sabrás mover los hilos para darle las gracias a Nuestro Amigo. Yo no puedo ponerme en contacto con el doctor Philippe, pero sé que él ha intervenido para que esto suceda. Transmítele de alguna manera nuestro cariño y nuestro gozo.»

«Imagino que esto es poco regio, pero soy más feliz por el nacimiento del niño que por cualquier victoria de mi Ejército.»

«Hablas como un padre. Un buen zar no debe ser un mal padre.»

«Este niño no solo nos trae esperanza a nosotros, Alix. Yo puedo descansar ya un poco más tranquilo y mirar al futuro confiado. Significa además un buen presagio para el país. Es una señal de que la guerra terminará bien. Debemos transmitir esa moral a las tropas.»

«¿Qué se te ha ocurrido?», le pregunté, nuestras manos entrelazadas, él sentado al borde de la cama, el niñito en la cuna, con su respiración tranquila.

«Voy a nombrar a todos los soldados del Ejército padrinos de Alexis, a todos los que están ahora mismo luchando en Manchuria. Así sentirán que ha nacido alguien de su propia familia.»

Nosotros no acudimos al bautizo; hubiera sido impropio. Pero sus hermanas sí, cuatro angelitos para las cuatro esquinitas de su cama. Con los ojos muy abiertos y ataviadas como princesas de cuento, vieron cómo Olga, que era una de sus madrinas, lo recibía en sus brazos y lo bendecía. Les habíamos confeccionado unos trajecitos de corte al estilo ruso, de satén azul, bordados en plata, con unos zapatitos plateados y unas condecoraciones en miniatura de la orden de Santa Catalina. Llevaban además esas preciosas tiaras tradicionales, las *kokoshniki*, en terciopelo azul, bordadas con perlas de varios tamaños. Las dos mayores formaron parte del cortejo que llevó al bebé a la capilla de Peterhof, junto con mi suegra, que he de decir que se emocionó con toda sinceridad, y con la anciana princesa Golitsyna, a la que, como dama de la corte de mayor rango, le correspondía acercar al niño hasta la pila.

Golitsyna debió de haber sido joven alguna vez, pero desde que yo la conocía vivía para la tradición, el protocolo y la corte. Sin embargo, con el nacimiento del Nene mostró por primera vez un lado humano.

«Madame, yo estoy mayor y no veo bien, y no me siento segura a la hora de llevar al niñito sobre su almohadón. Esta noche he soñado que lo dejaba caer y me he despertado con tales gritos que me han traído un cordial para tranquilizarme.»

«Princesa, si cree que no le acompañarán las fuerzas, puede ceder el puesto a...»

La mirada furibunda de la venerable señora me hizo callar. A veces parecía tonta. ¿Iba una aristócrata rusa a renunciar a llevar a un zarévich por algo tan nimio como la edad?

«He pensado en saltarme mínimamente el protocolo. Será una pequeña salvedad, pero os lo quiero consultar. Había pensado en atarme el almohadón ceremonial a los hombros con unas cintas. Como el almohadón es dorado, he buscado ya unas cintas de brocado antiguo que no desentonarían. Así, el niño estará seguro y yo me veré auxiliada.»

Intenté contener una sonrisa que se me escapaba.

«Muy sensato. Por mi parte, no puedo sino recomendarlo, porque es un niño grande y pesará seis kilos para el bautizo.»

«Sí, he practicado ya con jarrones de ese tamaño y ese peso. Y hay otro detalle: he pedido a mi zapatero que cubra las suelas de mis zapatos con una capa de goma. Así no resbalaré en el mármol. Dios no lo quiera, yo no resbalaría nunca, pero cualquier precaución es poca. ¿Puedo contar con vuestra aprobación?»

«Con la mía y con la del zar, princesa.»

En ese día de celebraciones a Olga le salió su primer pretendiente, su primo Ioannchik, el hijo del tío Constantino. Muy acalorada, Olga me enseñó un billetito que le envió días después, que había sido debidamente interceptado antes.

«¡Mira, mamá! —Y leyó en alto la nota, que olía un poco más de lo conveniente a perfume de cedro—: "No puedo describir lo que sentí cuando te vi. Me era difícil apartar la mirada de ti, y de cómo se movía tu cabello, y de cómo brillaban tus ojos. ¡Una llamarada me atravesó, un fuego que se aviva con el tiempo! Pero el problema es que soy demasiado joven y no puedo esperar nada, ni tampoco dejar que estos sentimientos crezcan. Además, eres una zarevna, y quién sabe, los mayores podrían pensar que me mueven motivos mezquinos. Pero mientras viva, soñaré con casarme contigo".»

«¿Qué edad tiene el pipiolo?», preguntó Nikki.

«Dieciséis años.»

«No escribe mal para su edad. Enhorabuena, hija. Ya has comenzado a acumular corazones rotos. Ten cuidado, yo a esa edad...»

«¡Papá!», le interrumpió ella, sonrojada y halagada a la vez.

Mi hijo, el milagro de Dios, de los santos y mío, también.

«No es suyo —dijeron aun así algunas malas lenguas—, ha tenido otra hija. Lo sé de buena tinta. La alemana tuvo una quinta niña y la han sustituido por este crío. ¿Por qué si no es tan grande, con doce días? Ese niño tiene más de un mes. Es un nuevo engaño de los autócratas.»

¡Que lo viera todo el mundo! Ahora no me importaba pasear con él o que me visitara quien quisiera. Y las críticas se habían esfumado. ¡Oh, qué delicioso momento fue aquel! Si estaba cansada, alguien me acercaba un escabel, fuera o no protocolario. Por una vez todo les parecía bien. Alabaron de manera unánime que me quedara en Tsarskoye Selo. Los ministros venían a presenciar el baño del zarévich, y en lugar de tratar los asuntos en el despacho miraban arrobados, con un Nikki que no cabía en sí de orgullo, los piececitos de bocado de mi niño.

«¿No es precioso?», les preguntaba, una y otra vez.

Y los serios patriarcas, que como todos los rusos sentían adoración por los niños, contestaban:

«¡Precioso, precioso!».

26

Pero fuera el viento ululaba, helado. Las noticias del frente comenzaron a resultar increíbles por su dureza y su importancia. Y en cuanto empezamos a pensar que perderíamos la guerra, como siempre ocurre, las hienas asomaron su hocico sangriento. Los informes sobre conspiradores y anarquistas comenzaron a colapsar a diario los despachos y los escritorios.

Al principio creíamos que se trataba, sobre todo, de agitadores extranjeros. El pueblo ruso, salvo que lo ahogaran mucho, se dejaba llevar por la resignación; era impropio de ellos mostrarse rebeldes o descontentos. Pero cuando la gota cae durante mucho tiempo sobre la piel, la empapa. Los obreros, y también los estudiantes, vivían mal y no encontraban ninguna satisfacción moral ni patriótica con la guerra. Tampoco se veían capaces de comprender las artes de la alta política. Sin que nos diéramos cuenta, como niños que traman una travesura a espaldas de sus padres, empezaron a conspirar.

Horrible, espantoso, fue lo que ocurrió el Domingo Sangriento a las puertas de nuestro palacio de Invierno. Era enero de 1905, hacía un frío terrible y un viento que congelaba las pestañas y las cejas. Se nos había dicho (más bien a Nikki; entonces yo aún no me involucraba en política, como lo haría más tarde) que algunos obreros, guiados por un sacerdote bien conocido, el padre Gapón, se reunirían para realizar algunas peticiones al zar. Nada fuera de lo normal, ni que no hubiera ocurrido en otras ocasiones. Nicolás se encontraba en Tsarskoye Selo, pero alguien los recibiría en su nombre.

Gapón era un hombre ciertamente oscuro, pero entonces solo sabíamos de él que encabezaba, como sacerdote y hombre de Dios, a unos pobres obreros. ¡Un mal bicho! ¡Un provocador! Él sí sabía qué alcance tenían sus actos y las consecuencias que podrían conllevar. Aun así, entró en el juego.

Nuestros representantes no se encontraron con un puñado de inocentes que querían que se les diera un trabajo mejor: ¡doscientos mil trabajadores se reunieron allí! Algunos llevaban a sus familias. Otros portaban retratos del zar, iconos religiosos prestados; cantaban y se mostraban pacíficos, pero ¡doscientos mil, por el amor de Dios! Un ejército a las puertas.

¡Y lo que pedían! Salarios imposibles, todo lo que habían exigido en las huelgas que, de vez en cuando, organizaron el año anterior pero de las que se desanimaban con facilidad. A estas pobres criaturas les habían lavado el cerebro los bolcheviques. Querían libertad de prensa y de asociación cuando la mayoría ni siquiera sabía leer. Jornadas de ocho horas, cuando mi propio marido trabajaba más, y que la tierra se repartiera entre los campesinos. Y entre tanto sinsentido, una idea que compartíamos: que la guerra terminara.

«¡Preferimos morir a esta miseria! —clamaban—. ¡Acaba con nuestro dolor, padrecito!»

El tío Vladimir Alejandrovich se encontraba al frente del Ejército en esa ocasión: no sé qué vería ni en qué pensaría, pero dio orden de disparar contra aquella masa informe, contra los obreros que llevaban del brazo a sus padres ancianos y con muletas, o que habían subido a sus hijos a hombros para que jugaran con los flecos de los estandartes. A quemarropa. Cayeron como moscas, más de un millar. Casi el doble escaparon, heridos, algunos de ellos de gravedad. Las calles y la nieve se tiñeron de sangre. Miles de personas lloraron ese día, por la orden ridícula y excesiva de un Romanov de la vieja generación.

¿Cómo pudo ser tan estúpido, tan inhumano? ¿No se daba cuenta del peligro en el que nos situaba? Por supuesto, todos culparon directamente al zar, y así como nadie atinaba a prevenir estas revueltas, para afear la reacción con posterioridad todos corrieron con soluciones. El estúpido del tío Vladimir se encogió de hombros y dijo: «Han muerto uno de cada dos mil, y seguro que las cifras se han exagerado; menudo drama, mueren más cada domingo cuando se emborrachan y se congelan en la calle...». Los que escaparon (y fueron miles) contaron versiones cada vez más exageradas. El propio Nicolás, con su manto y su corona, había dado la orden desde el balcón del palacio. Lo habían visto entre los soldados, riéndose a carcajadas, las botas enrojecidas por la sangre del pueblo.

Ese fue el principio del fin. Por muchas razones lo fue: ya no volvimos a recuperar nunca la felicidad de entonces, que tampoco habíamos disfrutado por completo, pero se esfumó del todo. La sangre de los inocentes, así lo he comprendido luego, nunca queda sin castigo; y todas esas lágrimas, y multiplicadas, las derramaría mi familia. Se acabó con la esperanza que nuestro pueblo depositaba en el zar. Perdieron la fe en pedir y comenzaron a exigir, a robar y a asesinar. Son como niños pequeños y se encontraban furiosos. Patalearon, gritaron y rompieron todo lo que encontraron a su paso. Y eso siguen haciendo.

La expresión de Nicolás al enterarse de ello se tornó tan cadavérica que creí revivir lo ocurrido con las fiestas de nuestro matrimonio, pero en ese caso la situación exigía otras medidas: un parlamento, quizás.

«¿Estás loco? —le dijeron algunos de sus consejeros y de sus familiares—. ¿Un parlamento, ahora precisamente que ha nacido un heredero?»

«¿Tú qué opinas?», me preguntó.

«Que el pueblo ruso es noble pero ignorante. Si no sabe qué hacer con una Constitución, ¿qué hará con un parlamento?»

Y así fue: ya no bastaría con pequeñas concesiones; lo querían todo, y lo querían de un modo que se llevaría a mi familia por delante.

No había pasado un mes de la matanza del Domingo Sangriento cuando mi cuñado el gran duque Sergio, el marido de Ella, volaba en pedazos, víctima de una bomba que un desgraciado llamado Ivan Kaliayev le arrojó. Sergio acababa de abandonar la política y su puesto como portavoz en el partido conservador. Era uno de los que con más vehemencia se oponía a las reformas de Nikki.

Sergio no gozaba de la simpatía popular: su carácter podía

resultar tan incendiario como el del resto de los Romanov, decía lo que pensaba sin pensarlo demasiado y era un fervoroso reaccionario. Desde los últimos acontecimientos Ella casi no le dejaba salir de casa, y menos aún sin ella. Cuando oyó la detonación, no tuvo dudas.

«¡Sergio! —la oyeron gritar—. ¡Ha sido Sergio!»

La bomba lo despedazó. Cuando mi pobre hermana llegó allí casi no pudo pasar debido al gentío que se había congregado. Las desgracias y los cadáveres frescos atraen a las aves carroñeras.

«Madame —le suplicaron—, no paséis. Se encuentra irreconocible.»

Ella no escuchó. Con esa peculiar reacción ante el dolor que mostramos en la familia, pidió una camilla, acarició los restos de su esposo y los reunió, pedazo a pedazo, con sus propias manos. Los detalles (y me los dieron, por supuesto) son espeluznantes. Entonces, frente a aquel guiñapo ensangrentado que había sido su esposo, juntó las manos, rezó y regresó al palacio. Me cuentan que pidió a su doncella, por favor, que le encontrara un vestido negro.

«Madame...», contestó ella tímidamente, y antes de marchar le señaló un manchón de sangre reseca en la frente.

Entonces se sentó para escribir varios telegramas.

«Alix —decía el mío—, no vengas. Los anarquistas esperan eso para atentar contra tu familia. Protege a los tuyos, que Dios te bendiga.»

Escribía con la mano temblorosa, pero serena.

«¿Se sabe algo de Efim?»

Efim era el cochero de Sergio, y aunque la bomba no le había afectado de lleno, se encontraba muy grave. Cuando se acercaba la noche le anunciaron que no había esperanzas para él. Mi hermana se puso en pie, se sacó el vestido de luto que le habían prestado y se vistió de nuevo con el azul con el que se había presentado en el atroz escenario para dirigirse al hospital.

«¿Y el señor?», preguntó el pobre hombre, al que habían volado las piernas.

«Está bien —mintió Ella—. Descansa en palacio, lo han

sedado, porque tiene varias heridas graves, pero sobre todo, está preocupado por ti. Quería venir él mismo, pero yo le dije: "Qué locura, hombre, a estas horas, y en tu estado... Ya me acerco yo y le doy tu cariño". De manera que aquí estoy.»

Inclinada sobre el lecho del moribundo, le acariciaba la frente con su mano enguantada.

«Qué susto nos has dado, Efim, qué susto. Ahora descansa tú, que te lo has ganado.»

El pobrecillo murió esa misma noche, en la certeza de que Sergio había sobrevivido.

Mi hermana Ella no limitó a Efim su generosidad. A los tres días del atentado, rodeada ya de la admiración y la simpatía de todos, pidió que la llevaran a la cárcel donde habían encerrado al asesino. Lo habían maltratado, pero le permitieron asearse antes de que Ella lo viera, y se mostraba seguro de sí mismo, satisfecho e incluso halagado por la visita.

«Hubiera podido matarlo antes —dijo—. En varias ocasiones estuve muy cerca, con la bomba preparada bajo el abrigo, pero usted estaba a su lado. Y yo no quería matarla a usted. ¡Usted es un ángel! Usted le salvó la vida varias veces, porque yo no me atreví a tocarlo.»

Ella lo miró, los ojos secos. Una mártir, una santa.

«¿Y no pensó usted que al matarlo a él me mataba a mí también? —le contestó. El asesino no supo qué decir—. Seamos prácticos. Aquí no podemos remediar lo que se ha perdido ya, pero aún tenemos mucho por salvar. Kaliayev, le traigo el perdón de Sergio Alejandrovich. Y el mío, muy sincero. Arrepiéntase, el perdón lo tiene ya ganado. Aquí le traigo el Evangelio, léalo. —Y le tendió un pequeño volumen, bien encuadernado, pero el terrorista la contempló como si no la escuchara, o como si no entendiera el ruso—. Léalo conmigo, recemos juntos.»

«Yo no me arrepiento de nada», replicó él.

«Lea conmigo y pida la merced del arrepentimiento.»

Kaliayev se apartó espeluznado. Como si le repeliera el Santo Libro.

«Señora, yo no necesito el perdón de nadie, y menos el de su marido, ni que me vengan a leer la Biblia como a una vieja de aldea. He hecho lo que he hecho en conciencia, y que ahora venga el juicio humano, que divino ni lo hay ni lo espero.»

«Al menos acepte el libro, y este iconito. Hágalo por mí. Quién sabe, las horas aquí son muy largas, y los corazones se ablandan.»

«¡Llévese eso de aquí! —gritaba el otro mientras ella abandonaba la celda—. ¡Muerte al zar! ¡Muerte a la autocracia!»

«Mi buena intención fracasó —me escribió Ella—, aunque a lo mejor, en el último momento reconocerá su pecado y se arrepentirá de él. Por favor, intercede ante Nicolás por él: es mi deseo que se le perdone la vida.»

Por supuesto, no fue así. Una cosa es ser una santa y otra, un zar en tiempos hostiles. Ella mostró la clemencia y nosotros, el puño. Hubo represiones contra los revolucionarios, y como algunos de ellos eran judíos, también contra ellos. Desde entonces, mi hermana ya no fue la misma. Animosa, valiente, como siempre, como si no se rigiera por impulsos humanos como el resto sino por su obligación y sus altos principios, se dedicó por completo a la Iglesia, vestida rigurosamente de negro, salvo en las festividades religiosas, en las que cambiaba sus vestiduras por otras de un blanco resplandeciente. Poco tiempo después tomó los hábitos en un convento con el que siempre se había mostrado particularmente generosa.

«¿Tu hermana, en un convento? —fue la amable puñalada que le dedicó mi suegra—. ¡Por favor! Lo pondrá de moda, las celdas olerán a muguet y se formarán colas para entrar como novicia.»

La vocación de mi hermana fue firme. Quiera Dios que ahora, dondequiera que esté, se encuentre guiada por su fe. Calló así muchas bocas. Pero he de reconocer que dos meses más tarde de profesar cambió el hábito de la orden. Y para ser sincera, no he visto unas vestiduras de monja más estilosas jamás.

«Qué espantoso cambio puede darse en un instante», le dije, sin saber muy bien por qué, mientras la acompañaba en su luto. Puede que por llenar el silencio.

«Así es —reconoció—. Un segundo antes, mi vida se encontraba ordenada, un día detrás de otro, sin sobresaltos, sin nada en lo que pensar. Y de pronto, sin Sergio, todo carecía de sentido. Se fue mi amor y mi compañero. —Hizo una pausa y luego continuó—: Pero ¿sabes? Incluso en lo espantoso del cambio Dios revela sus planes. La pérdida de Sergio me ha dejado el corazón arrasado, pero por otro lado, en intensa paz. Se acabó la inquietud y la incertidumbre de no saber con qué humor me lo encontraría, las discusiones. Se acabaron los celos, las sospechas. Ya no habrá más sargentos ni más criados guapos a los que despedir, no más discusiones, no más oraciones para que Dios corrigiera su perversión. Se han llevado la mitad de mi vida. Pero la que me queda, con qué paz voy a vivir, Alix...»

27

1905 fue un año terrorífico. Recuerdo que todas las noches despertaba al menos tres veces, espantada por las pesadillas. La posibilidad de un atentado contra nosotros resultaba tan tangible, tan real que, sin haberlo visto, era yo quien recogía en sueños los pedazos dispersos de Sergio. En mayo la paz con Japón nos llevó a una decepción más. Casi toda nuestra flota del Báltico, nuestros acorazados, el orgullo de la Marina, se perdieron en la batalla de Tsushima, un desastre naval en el que nos atacaron con un explosivo infernal, la melinita, que estallaba al contacto de nuestros cascos, cubiertos de algas y de caracolas, después de su travesía por los mares sureños.

«Creí que el nacimiento de Alexis sería un buen augurio.»

«La victoria no es siempre la solución, Nikki.»

«Una paz así tampoco soluciona nada...»

Una paz vergonzante, pero de la que yo me alegré; Rusia no hubiera podido soportar un invierno más en guerra. El Gobierno debía centrar la atención en los problemas internos, que no nos daban tregua: huelgas constantes, levantamientos de campesinos, levantamientos de nobles cuando finalmente Nicolás convocó la Duma, el parlamento. Alguna expulsión de judíos, que yo veía con lástima. Rumores espantosos de hambre en regiones remotas, como era habitual.

Y nosotros debíamos curar nuestras propias heridas, pero de esas, acabábamos de descubrir, manaría siempre sangre.

He regresado mil y una veces a esos momentos antes del diagnóstico. Yo lo sabía. Sí, claro que lo sabía. Una madre sospecha pronto esas cosas. Desconozco por qué, antes incluso de que nada se manifestara, una nube negra apareció sobre la cuna. El niño. El niño. Mi precioso, mi adorado hijo había nacido enfermo.

No lo parecía, desde luego. Sus colores parecían robados a un cuadro, los rosados y los tonos nacarados de un bebé saludable. Se movía con inquietud, pero su expresión permanecía plácida, incluso risueña. Cuando solo tenía un mes y medio tuvimos que consultar a los doctores porque la herida de su ombligo no cicatrizaba; pensé que quizás habían apurado demasiado al cortar el cordón y extremé la limpieza. Yo misma le hacía las curas. ¿Era quizás una manera de impedir que otros lo tocaran, que otros supieran?

No lo sé, pero como primera medida, prohibí a la nodriza que lo fajara. Mariya Geringer era una excelente ama de cría y una bellísima persona, salvo por su tendencia a quejarse de todo.

«El niño es tan grande, come tan bien que me va a dejar en los huesos.»

Le aseguramos que eso no ocurriría, pero por si acaso aumentamos sus raciones.

«¿Cómo puedo tener buena leche si todo lo que me ofrecen está soso? Hierven los alimentos, nada lleva sal aquí, nada se acompaña con salsa.»

«Comes lo mismo que nosotros, Mariya. Literalmente, comida de zares.»

«Los zares comen peor que los pobres de mi aldea.»

En eso nos mantuvimos inamovibles; puede que la comida no le gustara, pero solo le faltaba lamer los platos al finalizar. Aumentó tanto de peso que a mí comenzó a preocuparme, pero para los gustos campesinos era una mujer rolliza y preciosa, de manera que sus razones tenía.

«Entonces, no quieren que faje al zarévich», preguntó atónita.

Ante su expresión decepcionada no pude contenerme y rompí a llorar.

«Ay, Mariya, Mariya —pude balbucir mientras ella me apretaba las manos y susurraba alguna palabra cariñosa—, no, no lo haga. La comadrona lo hizo, lo fajó con energía. Yo oí el grito del niño. Era un grito demasiado fuerte para provenir de un recién nacido. Y esa presión le ha hecho sangrar, ¿lo entiendes? Y durante todo este tiempo ha perdido mucha sangre, una octava parte de la que tenía. Y ahora que ha dejado de sangrar, no podemos correr riesgos. Hay que tratarlo con delicadeza, con mucha delicadeza.»

«Así lo haré. No llore, madrecita, ni el aire rozará al niño si yo lo puedo impedir», se comprometió ella, y pese a su falta de sofisticación, cuidó del niño como lo hubiera hecho yo, o incluso con mayor cuidado.

Cuando cesó el sangrado respiramos con alivio. Yo había rezado tanto tanto para que el niño naciera sano que creí que la aprensión me hacía ver fantasmas donde no los había. Mientras estuvo en la cunita o entre mis brazos, mientras solo tuvo fuerzas para agitar sus piernas gordezuelas, todo fue bien.

Pero entonces comenzó a gatear, y si me quedaba alguna duda, pronto la certeza comenzó a carcomerme. El niño no era torpe, ni débil, pero siempre se encontraba magullado.

«Atiende a tu hermano, Olga —les pedía yo a las niñas—, no le dejes caer.»

«Si no se cae, mamá.»

Moratones y pequeñas manchas, y esas rodillas que habían sido de arcángel empezaron a hincharse y a adquirir ese horrible aspecto que se haría tan familiar. El niño lloraba desesperado por razones que no conocíamos.

«Está muy consentido», decían las niñeras, y parecía ser una buena explicación, porque todos, nosotros, los sirvientes, sus hermanas, lo contemplábamos con adoración, y los niños criados de esa manera se vuelven dependientes de la mirada ajena.

Pobre ángel mío, cómo podíamos sospechar lo que le ocurría. La maldición de los reyes. La temible, la odiosa, la mortal hemofilia.

Yo se la transmití. Junto con tantas otras cosas buenas que le había legado de mi familia, esa herencia pavorosa llegaba envuelta en nuestra sensibilidad, en nuestro sentido moral, en las hebras del amor que nos teníamos. Sobraban los ejemplos: tíos y primos, todos varones, todos frágiles como el cristal.

Yo lo sabía, pero me negué a admitirlo incluso cuando Militza, alertada por una conversación que había mantenido con Nicolás, se lo dijo claramente:

«Te lo ruego, pregúntales a los doctores si hay posibilidad de que tenga hemofilia. No dejo de llorar desde que me he enterado de lo que le ocurre».

«No le ocurre nada —había dicho mi marido—, el niño es robusto y fuerte. Ocurre que el ombligo le deja manchas de sangre, eso es todo.»

«Mi familia conoce bien la enfermedad. Por favor, que se aseguren bien de ello. Entre los parientes de la reina Victoria abundan esos casos.»

«Hemofilia —repitió Nikki sin dar crédito—. No no. El niño está bien.»

Yo lo sabía, incluso antes de que los doctores nos lo dijeran, sombríos, con los árboles genealógicos de la familia en la mano y la desesperación en la otra: nos ofrecían una sima en la que hundirnos sin cura ninguna. Nada curaba la hemofilia, ni siquiera la frenaba. Lo que nos ofrecían eran vagas promesas de atenuar el dolor, que casi nunca funcionaban, y remedios para fortalecer al niño. Ni un consuelo. Ni una sola explicación razonable.

Yo lo sabía, pero me defendí de esa certeza con todas mis fuerzas, hasta que un día, recuperado el Nene de un tobillo inflamado que habíamos tenido que entablillarle para que no lo moviera, lo vi caminar de nuevo, a trompicones, como hacen los potrillos jóvenes o los cachorritos. Ya no sentía dolor, el sol temblaba sobre los arbustos y se volvió hacia mí, vestido de marinerito, sus rizos rubios dorados por la luz, y me sonrió. Hacía meses que no se movía así, con fluidez, como lo hacían mis hijas. Nikki estaba a mi lado, y ante mi expresión de horror se le congeló la sonrisa.

«Es verdad —dije deshaciéndome en lágrimas—, es verdad, Nikki. Alexis está enfermo, y todo es culpa mía. Es todo culpa mía.»

28

«Nadie puede saberlo.»

«Nadie debe saberlo.»

Lo pusimos en conocimiento de la familia más cercana, de algunos médicos de prestigio. Con el tiempo, algún amigo llegó a compartir nuestro pavoroso secreto. El resto continuó especulando. ¿Qué les ocurre, por qué son tan engreídos? ¿Por qué la alemana se cree mejor que el resto? ¿Por qué ya no acuden a Moscú, ni viven ni siquiera una parte del año en el palacio de Invierno? ¿Qué les hemos hecho?

«Sea como sea, hay que proteger a Alexis.»

«El niño heredará el trono.»

«El Nene sobrevivirá.»

«Si se extreman los cuidados y nada ocurre —nos dijeron los especialistas, con el doctor Feodorov al frente—, puede vivir unos doce o trece años.»

«Eso es imposible —negué—. En mi familia hay hombres que han llegado a la edad adulta. ¡Han tenido hijos!»

«La enfermedad tiene grados. El zarévich se ve afectado por una variante grave.»

«¡Mi hijo no morirá! ¿Qué he de hacer? —les suplicaba—. ¿Qué debo hacer? ¡Lo haré todo!»

No se trataba únicamente de las caídas, de que no pudiera golpearse contra nada o de que debía evitar hasta el menor corte: esos accidentes ocurrían y de una manera y otra, sobre todo cuando dejara atrás esa etapa de desasosiego constante que fueron los primeros cuatro años y tuviera mayor conciencia de su enfermedad, si sangraba de forma limpia, casi siempre se podía frenar el flujo de sangre con presión, con vendas y tiras.

No, me explicaron, los peligros aparecían de la manera más insospechada: un cambio de temperatura, por ejemplo, que le hiciera sangrar por la nariz. Estuvo a punto de morir una vez así, por una hemorragia incontenible que ni siquiera le dolía. La aparición de los dientes, que fue una tortura atroz para él y para mí. Y sobre todo, sus frágiles rodillas, sus delicados codos, sus tobillos de porcelana.

Ahí era cuando la sangre, después de un golpe, se acumulaba y ejercía presión sobre los nervios, y cuando le oía aullar de dolor, exangüe, con la piel casi azul y empapado en sudor, y yo no podía ayudar a mi niño. Y pasaba una hora, y otra, y otra más, y nada le aliviaba: un poquito de hielo o de barro húmedo podía aportarle un instante de paz, pero un instante. Daba igual dónde me encontrara, si dormía o si velaba, escuchaba los alaridos de Alexis como si ese cordón que tanto había costado que sanara no se hubiera cortado.

«Mamá, mamá...»

«Mamá está aquí, mi vida.»

«Mamá, mamá...»

«Estoy aquí, Nene, ¿qué quieres?»

No quería nada, solo mi mano, o la de su padre, nuestra presencia, como si pudiéramos conjurar el dolor al aparecer a su lado. Y cada año resultaba más difícil soportar su mirada de decepción al comprobar, en una ocasión tras otra, que no importaba que fuéramos emperadores y dueños de Rusia, que viviéramos en palacios o nos coronaran ante el altar: frente a su sufrimiento no podíamos hacer nada.

«Nadie debe saberlo.»

«Hay enemigos por todas partes.»

«Mi tío. Mi hermano.»

Miguel volvía a aparecer como posible zarévich. Y tras él, que no tenía hijos, el tío mayor de Nicolás, Vladimir, y sus tres siniestros descendientes, que, nos constaba, habían acogido con hostilidad el nacimiento de Alexis y apenas si nos habían felicitado. ¿Qué no serían capaces de hacer para obtener el trono? No, pese al dolor que conllevara vivir, mi hijo viviría.

Es más, añadíamos aún más peso a su tortura: la medicina moderna había descubierto que el efecto de las hemorragias internas era el de devorar por dentro los nervios y los huesos: ante todo, debíamos evitar que el niño se golpeara, pero debía hacer ejercicio diario para facilitar la circulación y adiestrar los músculos, que se deteriorarían menos si estaban fuertes. Pero eso incrementaba las posibilidades de caer o hacerse daño. Debíamos combinar el estiramiento de las articulaciones cuando estaban heridas con masajes, pero eso sin provocar la hemorragia, y además... Todo lo que era bueno en un sentido perjudicaba en otro.

El cuarto que con tanto amor habíamos planeado para nuestro príncipe se llenó poco a poco de artefactos terroríficos, pequeñas jaulas y garfios y aparatos ortopédicos para un niño demasiado pequeño para comprender por qué le hacíamos eso.

«Seré bueno —les prometía a los médicos cuando comenzó a hablar—, seré bueno la próxima vez.»

¿Cómo se le explica a un niño que no se merece ese dolor, pero que, aun así, deberá convivir con él el resto de su vida? ¿Cómo se le educa en la resignación sin que se le acabe la alegría? ¿Cómo puedo enseñarle a amar a un Dios que le ha colocado tal prueba sobre su espalda?

Ese año envejecí; no tanto por fuera, esa decrepitud llegaría más tarde, con otras penas y otros miedos. Pero me despojé de todo aquello que nos ofrece la vida en la plenitud de la edad, y me arrojaron de golpe a la desesperación de la vejez, en la que no se ve más horizonte que el sufrimiento, y allí, al fondo, la muerte.

«¿Qué es lo que sientes, mi amor?»

«A veces nada. Me doy cuenta cuando después de haber saltado, o de haberme caído, comienzo a notar que se me duerme la rodilla, y luego que palpita. A veces siento un sabor a barro en la boca, o a hierro. Como si masticara hierro.»

«Pero eso es imposible.»

«Yo lo siento.»

«Quizás es porque alguna vez, de muy pequeño, sin darte cuenta, chupaste un aparato o te llevaste un poco de barro del emplasto a la boca.»

«No lo sé. Pero si aparece ese sabor en la saliva y se me espesa en la boca, como si fuera sopa, sé que de un momento a otro comenzará todo de nuevo. Y luego llega el dolor. Hay muchos tipos de dolor. Uno es el rodillo: hay una mano invisible que me aprieta y aprieta, y estruja alrededor de la carne como si quisiera romperme la pierna. Otro es el cuchillo. Ese es el de las heridas leves, y por lo general, no aumenta, una cuchillada, eso es todo. Pero no puedo descuidarme, porque en ocasiones cambia y se desplaza. Otro, el fuego. Quizás sea el peor, porque no me da tiempo a prepararme. Otro dolor es la niebla. Al principio resulta engañosa, porque no sientes nada, ni siquiera lo que noto cuando estoy bien. Parece que metieras el brazo en una niebla y dejaras de verlo. Me mareo, siento un vértigo, algunas náuseas. Luego comienza a dar calor, y más calor, y luego duele.»

«¿Te duele mucho? ¿Cuándo te duele más?»

«No te preocupes por eso, mamá, porque cuando más duele ya no lo siento. Es cuando me desmayo. A veces intento forzar ese dolor, aprieto los músculos si me lo permite el aparato, y si me sale bien por un segundo creo que me voy a morir, pero entonces se acabó. Pierdo el sentido. Lo peor es cuando no logro desmayarme y solo he conseguido que la articulación se hinche más; pero siempre juego a ese riesgo, porque merece la pena.»

«¿Y luego?»

«Luego, cuando me despierto, por un momento me enfado, porque no deseo regresar. Quisiera permanecer dormido durante el tiempo en el que se forma el coágulo, porque ni siquiera es aburrido, solo una gota tras otra de dolor, como si la sangre fuera un reloj y cada tictac se notara en las venas. Mamá, ¿cuándo tendré la edad suficiente para tomar morfina?»

«¿Morfina? ¡Hijo! Pero ¿quién te ha dicho eso?»

«Derevenko; Derevenko me ha contado que en la guerra para los dolores y las amputaciones se usa la morfina, y que los soldados no sufren ni sienten que les cortan los huesos. Yo creo que debe de ser algo parecido a lo que yo tengo.»

«No, mi vida, no debes tomar morfina nunca, salvo en un caso extremo. La morfina es una droga; al principio te alivia, pero luego convierte a las personas en piltrafas, en muertos vivientes. A ti te espera un futuro brillante, no puedes correr el riesgo de probar la morfina.»

«Entonces beberé alcohol. El alcohol también quita el dolor. E infunde valor a los cobardes.»

«El alcohol también es peligroso, Nene. Ya aprenderás a beber como un hombre, cuando llegue el momento, pero no podemos dártelo como un alivio.»

«Entonces ¿no hay nada?»

«Algo habrá. Algo descubriremos. La vida es demasiado bonita como para que solo te ofrezca esta cara. Los médicos descubren medicinas nuevas todos los días. Para cuando crezcas, tendremos una cura para tu enfermedad.»

«Yo no tengo demasiada confianza en los médicos, mamá. Creo que os tienen más miedo a vosotros que a hacerme daño, y que aunque saben que algunas de esas cosas que prueban conmigo no sirven para nada, las hacen igual, para teneros contentos, o para mantenerme a mí entretenido.»

«Hijo, hay que tener confianza en algo. O, si se puede, en todo. En los médicos, en las oraciones, en Cristo Nuestro Señor, en tu juventud y tu fuerza, en todo aquello que te mantenga con vida.»

«Mamá, ¿puedo tener un loro?»

«No, no puedes tener un loro. Te hemos montado ya un zoo completo.»

«¿Un loro, no?»

«No.»

«Mamá, y a ti, cuando te duele, ¿qué es lo que sientes?»

29

Las amistades han llegado a mi vida por derroteros extraños. Por ejemplo, ¿quién podría decirme que yo acabaría sintiendo el afecto que he sentido por un profesor de francés, un idioma que no me gusta, que no domino y que agudiza mi reserva?

El profesor de francés en cuestión, Pierre Gilliard, vino a nosotros altamente recomendado: a mí me preocupaba que con la llegada del buen tiempo y con un bebé en casa se relajara la educación de las niñas, y ante todo, que ellas resultaran tan torpes como yo con los idiomas, que recibieran las mismas burlas que yo por mi mal francés.

Fue durante el verano de 1905, quizás a finales, creo recordar... La flota del mar Negro se había sublevado; la primavera, tan terrible, había terminado ya, y nosotros pasábamos unos meses en Crimea, en Alexandria, en mitad de los bellos bosques y el aire puro.

Cogí a Olga de una mano y con la otra a Tatiana, y acudimos al encuentro del profesor: era un hombre tímido que mantenía las formas casi hasta la exageración. Creo que comprendió a Olga casi al primer vistazo; Tatiana, siempre más reservada, tardó un poco más en ganarse su confianza. Por naturaleza, me gusta la gente tímida, pero sufro al verla vencer ese defecto que tanto me ha hecho sufrir. Y decidí observar de qué manera se sabía desenvolver con mis niñas.

Aquella lección, que presencié sentada junto a las niñas, me convenció de que no estaba equivocada: el propio Gilliard había calculado que mis hijas dominarían el francés con más soltura, y los ejercicios que preparó para ellas eran complicados; las niñas ni siquiera sabían por dónde comenzar. Gilliard los dejó a un lado y discurrió sobre la marcha unas frases simples. Las niñas se marcharon cuando terminó la clase y yo me sentí en la obligación de disculparme. ¿Por su ignorancia, por mi pésimo acento? No lo sé.

«Pero, madame, para eso he venido. Los niños deben aprender primero para saber después.»

«Me temo que descubrirá que no son grandes estudiantes.»

«Hay muchas maneras de aprender en la vida, sobre todo los idiomas. El tiempo dirá.»

Gilliard y yo adoptamos la costumbre de hablar sobre la enseñanza de idiomas modernos cuando las clases acababan. Me gustaban esas conversaciones y procuraba mantenerme a la altura del despierto intelecto del profesor. Solo una vez, en los terribles días previos al Manifiesto de Octubre, me encontró distraída. Yo cosía en una sillita baja junto a la ventana e intentaba, con todas mis fuerzas, concentrarme en la letanía de los verbos franceses. De pronto, Tatiana apoyó la frente en mi hombro y me sobresaltó.

«¿Sí? ¿Qué quieres, mi vida?»

El profesor me observaba con sorpresa, y cuando miré el reloj me di cuenta de que hacía más de quince minutos que la clase había terminado y que aquellos tres seres respetuosos (mis niñas, el joven francés) habían aguardado durante todo ese tiempo a que les concediera permiso para moverse.

Me hubiera gustado continuar con mi presencia callada en aquellas lecciones, con la vana fantasía de que algo de aquel idioma imposible entrara en mi cabeza, aunque fuera al cabo de tanto tiempo, pero unos meses más tarde me di cuenta de que ni las niñas necesitaban mi presencia ni Gilliard mi supervisión; pedí a la princesa Obolensky, mucho más ducha que yo con las lenguas, que me sustituyera y que se encargara de que las niñas estuvieran siempre preparadas para la clase cuando llegaba el profesor; sus libros y cuadernos en orden, la mesa limpia y la mente despejada. Dos años más tarde, María comenzó a aprender francés. Y cuando Anastasia cumplió los nueve, se les unió; las vocecitas tan familiares, extrañas de pronto en otro idioma.

Gilliard vivía en San Petersburgo y acudía al palacio

Alexander cinco veces por semana; hubo un momento en el que incluso nos lo llevamos con nosotros a Crimea. Las niñas no progresaban gran cosa y olvidaban durante las vacaciones lo que habían aprendido. Entonces pensaba que ya habría tiempo para que lo practicaran. Pero después de tanto esfuerzo y de tantas horas, no creo que cuando salgamos de aquí se ganen la vida dando clases de francés precisamente. Qué lástima.

Recuerdo la alegría de Gilliard el día en que le llevé a Alexis. Finalizaba su clase con Olga y yo entré en la clase con el niño, que debía de tener por entonces año y medio, poco más o menos.

«Qué hermosa está hoy, madame. El niño es un sol que la ilumina.»

Sé que siempre digo lo mismo, pero ¡era un bebé tan lindo, tan rubio, tan absolutamente adorable! El pequeñito se asustó, se refugió contra mi pecho, e hicieron falta muchos mimos y mucha paciencia para que asomara su carita. Gilliard le cogió una mano. Entonces aún no me había devorado la preocupación como más tarde hizo, los negros periodos en los que un simple roce a mi hijo me hacía levantar de la silla y apartar el peligro, y aún lo mostraba con orgullo. Pobre niño mío, qué pronto habría que ocultarlo.

Y pobre también el francés, que debía de vivir en la desorientación más absoluta; unos días Alexis irrumpía corriendo en la clase de sus hermanas, aburrido de esperar, y seguido de cerca por el marinero Derevenko, que se lo llevaba de allí cargado como un fardo; y otras, el pequeño desaparecía y las niñas se mostraban tristes y con escasísima concentración.

«¿Qué os ocurre?», preguntaba él.

«Alexis Nicolayevich no se encuentra bien», contestaban siempre ellas, bien aleccionadas, sin mentir pero mintiendo, como su madre con sus jaquecas y sus dolores de cuerpo y de alma hacía.

«Pero eso no es razón para que pierdan la concentración, señoritas. Los niños se ponen enfermos a veces, por su proceso de crecimiento, y eso no debe servirnos de excusa en nuestras clases.»

«*Oui, monsieur Gilliard.*»

Alexis tuvo que esperar hasta octubre del año 1912 para incorporarse a las clases de sus hermanas. Nuevamente me sonrojé: mi hijo, a los ocho años y medio, rodeado de una corte que hablaba, intrigaba y actuaba en francés, no sabía una palabra del idioma rey. Recuerdo perfectamente aquella primera clase: de pronto Alexis perdió el color, comenzó a sentirse mal, y Derevenko se lo llevó a la cama.

Pobre hijito, qué pronto, qué pronto debió vivir una existencia oculta.

Sí, las amistades se me han aproximado por donde menos esperaba que surgieran. Lily Dehn, otro ejemplo, era una jovencita de la nobleza rural, descendiente de turcos, cuyo único contacto con nosotros era que su abuela había sido madrina de bautismo de mi hermana Ella. La abuela era una anciana extravagante, rabiosamente enamorada de su país, y que había decidido, con todo un equipo de colaboradoras, preservar las antiguas artes de bordado rusas. Mi hermana había recibido todo un cargamento de bordados exquisitos y delicados como vidrieras venecianas, cuando llegó a Rusia.

De un día para otro, esa nieta desconocida se prometió con un miembro de nuestra guardia personal y también oficial de nuestro yate *Standart*, Charles Dehn, un sueco encantador al que las niñas llamaban *Pekín Dehn*, y por supuesto, quisimos conocer a la novia. Fue durante el verano de 1907, y Anastasia estaba enferma de difteria, de manera que yo me había aislado en el palacio Alexander hasta que el peligro de contagio hubiera pasado.

Allí acudieron a visitarme la pequeña Lily, su venerable y bordadora abuela y el apuesto novio; la terrible princesa Golitsyna, el azote de las faltas de etiqueta, los acompañó hasta mí. Lily vestía de blanco, como yo, y llevaba un sombrero adornado con rosas, y me gustó desde el primer momento.

Nos encontramos en el jardín de invierno, un invernadero cálido y sombreado por las palmeras y las flores tropicales, donde había instalado una casita de muñecas para Anastasia. Despedí a Golitsyna, de manera que la joven pudiera respirar con más soltura, y comenzamos, en el baile de idiomas oficial (francés para la anciana señora, ruso para los jóvenes), a charlar de las tonterías de rigor: los preparativos de la boda, la salud de mi hermana... Y a cada palabra aquella muchacha me parecía más y más cercana. Esperaba que Charles fuera feliz con ella. Cuando ya la visita terminaba, me atreví a pedirle que volviera a visitarme muy pronto, cuando regresara de su luna de miel.

Les regalamos un icono de plata y oro y enviamos un telegrama el día de su boda. Tampoco eso les gustaba a los cortesanos: defendían que los telegramas debían reservarse para las noticias urgentes e importantes. A mí nada me parecía más importante que desearles felicidad y dicha a aquellos nuevos amigos.

Como esposa de un miembro de la guardia personal del emperador, Lily vivió por breve tiempo en el palacio Anichkov, la residencia de mi suegra, antes de mudarse a Tsarskoye Selo. No le tocó hacerlo en un momento feliz. Aún estábamos recuperándonos de los estragos de la guerra ruso-japonesa y la corte se componía de una mezcolanza extraña de familias de luto y de recién llegados ansiosos de lujo y diversiones que se decepcionaban ante mi actitud, más sobria que la de la familia de Nikki. Sus tíos y sobrinos mantenían sus costumbres, inasequibles pese a la guerra, las revoluciones o los atentados que les hacían saltar por los aires: acudían al mismo ballet, se enamoraban de las mismas bailarinas y vestían, comían y festejaban con esa alegría excesiva.

Los nobles decían aburrirse, pero ¿qué faltaba en San Petersburgo? Faltábamos nosotros, los zares, pero salvo eso... Ballet los domingos, el teatro Francés (el escenario perfecto para vestidos lujosos y escotados, y joyas centelleantes) los sábados, restaurantes, orquestas de gitanos, cenas y risas hasta las tres de la madrugada, o si había jóvenes oficiales que pagaran bien, las cinco, o las seis... Entre semana, compras en Druce's, que prometía conseguir los mismos vestidos y perfumes que en Londres, paseos en carruaje o en trineo, los bazares de caridad...

Ah, los bazares de caridad. Cómo me desesperaban. Las damas de la nobleza, entre ellas las hermosas primas de Nikki, vendiendo chucherías que habían encargado a Londres o a París, coqueteando y riéndose como locas y compitiendo por conseguir una mesa mejor situada en la sala, con más flores, más cercana a la de una gran duquesa. Llegaban a cambiarse de vestido tres veces al día.

Bendita caridad. Cuando les apremiaba la sed abrían botellas de champán y bebían hasta que regresaba el brillo a sus ojos. Alguna vez, antes de que me asqueara definitivamente la hipocresía de aquellas damas, monté en la Asamblea de la Nobleza mi mesa, con las demás; se vendían mis bordados y las pequeñas labores de hilo que tejía por las tardes, pensando en quienes recibirían el dinero de su venta. No había fruslerías: todo lo que yo vendía, capas, gorritos, pañuelos, ropa íntima, tenía una utilidad. ¿Cuándo aprenderían las damas rusas la belleza de lo útil?

Ese era mi primer filtro, un sólido sentido común. Otro era que comprendieran el sufrimiento. Así me hice amiga de Sonia Orbeliani, una princesa georgiana preciosa, una criatura rubia, con un carácter estupendo y energía desbordante, que había llegado a la corte con poco más de veinte años. Siempre me había gustado, pero la descubrí cuando cayó enferma, durante uno de nuestros viajes a Darmstadt. De la noche a la mañana aquella jovencita deportista y llena de gracia se vio confinada en una cama sin esperanza ninguna. Su enfermedad afectaba a la columna vertebral, la dejaría poco a poco sin movilidad y terminaría en la muerte. Y con cuánta paciencia soportó los nueve años que le quedaron.

«Ahora solo soy un desecho —me confesó al inicio de su martirio con una sonrisa valiente—, y todos se apartarán de mí. Pero no ha sido mala la vida hasta ahora. La doy por bien empleada.»

«Yo no te abandonaré jamás —le prometí emocionada—. Jamás.»

Sonia se instaló junto a las habitaciones de las niñas, y desde entonces fue casi un miembro más de la familia. Todos los días pasaba tiempo con ella; en los picos de su dolencia, la velaba cada noche. A veces abandonaba el lecho de Alexis para, al menos, dejarme caer unos minutos junto a la pobre Orbeliani, que me lo agradecía con la mirada. Las niñas se acostumbraron a verla en su cama y ni siquiera preguntaban nada.

«No molestéis a Sonia», les reñía cuando saltaban sobre su cama, a su lado.

«No la molestamos. Es nuestra, podemos hacer lo que queramos.»

«Pero ¿de dónde habéis sacado esa idea horrible?»

«De ella.»

«Yo se lo he dicho. Déjelas que salten: me gusta ser un juguete viviente.»

«Eres nuestro conejillo de Indias —le decía Tatiana cuando le regalábamos un carrito nuevo o una silla con la que desplazarse en los mejores días—. Lo que funciona contigo, podemos probarlo con Alexis.»

«Por favor —exclamaba yo horrorizada—, qué cosas se te ocurren.»

Ella, en lugar de ofenderse, se reía.

«Sí, soy vuestra rata de laboratorio.»

Sonia murió en 1915. Se me murió entre las manos, en el hospital en el que atendíamos a los soldados del frente. Esa noche intentaron que me fuera a descansar, pero me negué. Me quedé a su lado, con el ataúd abierto, sus cabellos dorados sobre el satén del almohadón.

«Dejadme estar con ella. Es mi último ratito junto a mi amiga.»

Hice todo lo que pude por ella. Si no podía evitar su muerte, al menos pude endulzar su vida.

30

No obstante, la más querida de mis amigas ha sido Anna, Anna Vyrubova. Anna era hija de una de esas incontables familias cortesanas, de un padre, el buen Taneyev, al que le gustaba trabajar, a diferencia de la mayor parte de la corte. La conocía desde que era una niña: su casa era contigua a la de mi hermana Ella en Moscú y con frecuencia iba a jugar a su casa. Como Ella no tenía niños, invitaba a todos los de la vecindad a tomar el té y los liaba para que buscaran juguetes escondidos por la casa, hasta que, borrachos de diversión y de azúcar de los pastelillos, Sergio acababa por fingir un monumental enfado y los amenazaba con comérselos si no se iban de su casa, como si fuera un ogro hambriento.

Taneyev me gustó desde el primer momento y conté con él para mis planes. Él me ayudó a organizar los primitivos comités enfocados a la infancia cuando nació Olga, aún con fuerzas y con muchas ilusiones por delante. Anna guarda de mí una impresión infantil, que me ha contado mil veces.

«Tan alta, tan hermosa, con la niñita en brazos, con una bata de terciopelo oscuro, ribeteada de piel... La viva imagen de una zarina.»

«Yo juraría que nunca tuve esa bata, Anna.»

«La veo ante mis ojos ahora mismo. Que me muera ahora si no fue así.»

Anna fue presentada en sociedad a los diecisiete años ante mi suegra, que no le encontró nada de particular. Poco después enfermó de tifus y se halló al borde de la muerte. Ella asegura que en sueños se le apareció el padre Juan de Kronstadt, un santón que había conocido de niña, y que suplicó a sus padres que se lo llevaran, o si no, moriría. Los Taneyev telegrafiaron al santo hombre, que efectivamente se postró a los pies de la enferma, oró y la curó.

Desde entonces, aunque había sido una alumna despierta y muy dotada para la música, Anna nunca se comportó del todo con normalidad. La pobre regresó a la sociedad con una peluca que llevó durante muchos meses, porque el tifus la había dejado calva. Poco después yo la recibí en audiencia, supe que tocaba muy bien el piano y la invité a que tocara a cuatro manos conmigo. Nos hicimos inseparables.

Era, y es, una niña grande, exagerada en sus emociones, fiel hasta la muerte, pero capaz de enfurruñarse por una tontería. Incluso su cara es aniñada, con sus ojos azules e infantiles, su nariz respingona como la de un bebé, y su cuerpo rechoncho no parece haber pasado de los doce años. Cuando la conocí pasé, sin saberlo, de tener cuatro hijitas a tener cinco.

Además, no mostraba paciencia alguna con los enfermos. Para comprobar si pasaba mi criba, la puse a cuidar de Sonia Orbeliani durante los terribles momentos del asesinato de Sergio, en que yo pasaba gran parte del tiempo con mi hermana, Alexis era muy chiquitín y yo no podía multiplicarme. Pero Anna se quejaba amargamente.

«¿Por qué no puedo estar contigo? Sonia tiene un carácter podrido, protesta por todo, es una enferma amargada. Las otras damas de compañía me dejan de lado y cuchichean en francés, y saben muy bien que yo no entiendo bien todo lo que dicen.»

«Bueno, así sabrás cómo me siento yo. Ten paciencia, Anna.»

«Sonia me saca de quicio.»

«Es imposible que Sonia te saque de quicio, salvo que no pongas mucho de tu parte para que sea así.»

«Pues me saca de quicio. Encuentra defectos a todo lo que hago. El otro día, cuando me llevaste contigo en el carruaje, a las otras les faltó tiempo para irle a ella con el cuento. Y cuando regresamos, comenzó a torturarme y casi me arruinó el placer del paseo. Me dijo: "¿Qué? ¿Cabías en el coche, o han tenido que coger uno doble para ti?".»

«No me puedo creer tanta maldad de Sonia», contestaba yo riéndome.

«Pues eso me dijo. Y luego continuó: "Si tan amiga eres de la zarina, ¿cómo es que no te ha invitado a las lecciones de baile de las zarevnas? Las tienen ahora. Se ha dado prisa en librarse de ti". Pero ¡lo peor es que sé que si me hubieras invitado, habría sido mucho peor!»

«Anna, ¿tú quieres asistir a las lecciones de baile de las niñas?»

Dejó de hablar, enrojeció de golpe y balbuceó:

«¿Puedo? ¡Me encantaría!».

Nunca le otorgué un puesto oficial. Era mi amiga y quería que continuara siendo así, sin que una ley oficial lo fijara. Creo que hasta una emperatriz debe reclamar el derecho de elegir a sus amigos. No me importa que una persona sea o no sea rica o noble si es mi amiga. Quizás como emperatriz me equivoque, pero estoy segura de acertar como mujer. Damas que se ofenden si no las elijo para dar un paseo, nobles oficiales demasiado orgullosos como para responder al saludo de uno de sus subordinados, con los que ha prometido morir, si lo encuentran por la calle..., ¿esa era la aristocracia entre la que debía elegir a mis amistades?

Anna Vyrubova se casó el mismo año que Lily; antes de casarse se había enamorado del general Orlov, mi íntimo amigo. Él parecía corresponderla, pero ¿no era demasiado mayor para ella? Uno de los grandes errores de mi vida fue desalentar aquel matrimonio para proponer otro: el de la pequeña Anna con el teniente Vyrubov. A primera vista, parecía una buena idea. El chico era un oficial prometedor, de excelente familia, de valor probado... y a Anna no le sobraban pretendientes. Qué terrible desastre fue aquel matrimonio para Anna y cuántas vejaciones debió soportar por mi culpa.

Incluso en vísperas de su boda hubo un pequeño momento en el que todo se hubiera podido corregir. Anna estaba en casa, y Orlov también: los sorprendí juntos en uno de los salones. Ella lloraba. Él, de pie frente a ella, hablaba con voz conmovida.

«Piénsalo con seriedad, Anna, porque ese paso no tendrá vuelta atrás. Piénsalo con calma.»

Me enfadé con él, me enfadé muchísimo. Entré en la habitación, me interpuse entre ambos y dije alterada:

«Orlov, no sé a qué viene esta actitud con Anna. Ella ha dado su palabra y la cumplirá. Todas las novias sienten nervios antes de la boda, a todas les invaden las dudas. Lo que menos necesita esta niña es que la desanimen».

Orlov dejó el palacio con aire contrito, y poco después Anna se casaba en nuestra capilla, pálida y renuente, conmigo como madrina. Creí que se volvía atrás justo antes de entrar en la iglesia y la animé con una sonrisa. Cuando me separé de ella, preparada para la noche de bodas, le dejé una notita cariñosa.

Pero Vyrubov, un héroe de la guerra ruso-japonesa, era un loco violento. Durante días se encerraba en su cuarto sin hablar. Después, borracho, irrumpía en el dormitorio de Anna y, aún sin mediar palabra, le propinaba una paliza tras otra, concienzudamente, hasta que la pobre muchacha, aterrorizada, me llamó entre sollozos una noche, para pedir ayuda:

«Creo que me va a matar —susurró—. Si no salgo de aquí, me mata».

Yo me encontraba vestida para una cena oficial, con traje de noche y ya con las joyas puestas, pero no lo dudé un momento y me presenté en su casa.

«Yo arreglaré esto —le prometí mientras le acariciaba la cabeza y tocaba con precaución su brazo dolorido, para comprobar si había rotura—. No te preocupes, te sacaremos de aquí.»

El matrimonio no se había consumado (quizás por eso Vyrubov se comportaba con tanta agresividad, porque no le gustaban las mujeres..., o quizás sí le gustaban, pero no podía complacerlas, o quizás... Durante horas analizamos cada una de las posibilidades, para llegar en cada ocasión a conclusiones diferentes) y por lo tanto no hubo dificultades en disolverlo. Sea como fuera, yo recuperé a mi amiga, anulamos aquella unión horrible, y Anna, en su condición de casada pero no casada pudo mantenerse a mi lado.

Se construyó una casita a nuestro lado, a unos metros, en el parque de Tsarskoye Selo, una cabañita adorable, sin cimientos, en la que pasaríamos algunas de las horas más felices de nuestras vidas. Era gélida en invierno y se nos congelaban los pies, pero aun así, nos encantaba pasar tiempo allí.

Quise que se hiciera amiga de Lily, y Anna organizó la primera cena en la que coincidimos las tres. De hecho, allí llevé a Nikki y a los niños y nos encontramos con otros amigos en la casita. Y les di una paliza al Halma que aún recuerdo y aún recuerdan. Me encanta jugar al Halma. Es decir, me gusta ganar al Halma. Qué le voy a hacer, me encantaría poseer más humildad y saber perder con gracia, pero ese será otro de los defectos por los que aún tendré que rezar. Nikki, que prefiere el dominó, se burla de mí sin demasiada piedad.

Pronto fue evidente que Lily tendría un niño; coincidía con la época en la que acostumbrábamos a navegar y nos pareció conveniente que Pekín Dehn abandonara el *Standart* para acompañar a su mujer. Eso también sentó mal en la corte, pero me negué a escucharles; al fin y al cabo, solo faltaban quince días para el nacimiento, o eso creíamos. Cuando regresamos a Tsarskoye Selo, bien pasados los veinte días, nada había ocurrido. Nikki preguntaba todos los días al pobre padre:

«Bueno, ¿ha nacido ya?».

«No, señor. Aún no. Lo siento.»

«Bueno bueno, no te preocupes, Dehn. Estas cosas pasan, ¿sabes?»

«Sí, señor —contestaba el pobre capitán cada vez más nervioso—. Lo siento.»

El niño rebelde se mereció ser mi ahijado. Recibió el pomposo nombre de Alexander Leónidas, pero lo llamamos siempre Titi. Su primer bautizo fue luterano, como su madre deseó. Unos cuantos años más tarde la convencí para que lo bautizara de nuevo en el seno de la Iglesia ortodoxa rusa y fui de nuevo de madrina, con doble orgullo esta vez al ver al pequeño aferrado a su velita, hermanos ya él y yo ante los ojos de Dios. Es un niño precioso y creo que su nacimiento me acercó aún más a su madre, que ha sido un apoyo impagable durante estos últimos diez años.

Titi recibía puntualmente su regalo de Pascua y de Navidad, una caja llena de pequeñas sorpresas, y a veces venía a montar con mis hijos el árbol. Las niñas daban saltos para encontrar sus regalitos y luego me pedían que soplara las velas.

«Todas las velas, mamá.»

La verdad es que solía ser así. No sé cómo, pero me las arreglaba para, sin moverme, apagar hasta la vela más alta del arbolito, y eso hacía aullar de contento a las pequeñas.

¿Por qué recuerdo ahora esas cosas? ¿Velas, árboles, competiciones de juego? No es eso lo que echo de menos, sino la suave armonía de aquellos días pacíficos. Desde luego, mi memoria suaviza ahora esos recuerdos. En mitad de todo aquello siempre había riñas de la familia que atender, enfados de Anna, que enseguida se ponía celosa, caídas de Alexis que me dejaban sin respiración y achaques constantes: las jaquecas, la artritis, la ciática. Pero las tenía a ellas, tenía a mi perrito, mi doncella predilecta, que cambiaba de vez en cuando. A ellos los echo de menos, a esos pocos amigos, de los que no llegan cartas o llegan mutiladas. ¿Volveremos a reunirnos algún día, recordaremos con esta misma despreocupada naturalidad aquella tarde en la que les di una paliza jugando al Halma?

31

Algo de ruso hay en mí que tiende a la superstición y a la meditación. No sé hasta qué punto mi mala salud ha causado o ha agravado esa tendencia. Tengo el corazón delicado y he dado a luz a cinco niños muy grandes en pocos años. Creo que una de las razones por las que me sentía tan orgullosa de ser capaz de apagar todas las velas del árbol era que ya entonces en ocasiones me costaba respirar, no digamos ahora... Pero no creo que mis supersticiones sean perjudiciales ni dignas de mención: me gusta viajar en un día que amanezca soleado, no me gusta que me regalen iconos religiosos si provienen de personas de fuera de la familia y considero que mi esvástica me protege. Es el símbolo del cambio eterno e inmutable, de todo lo divino. Ahí se acaban mis manías, aunque sé que mi pueblo las prolonga y las exagera hasta extremos grotescos.

Además, ¿qué otro consuelo me quedaba en mi dolor? La soledad de la madre de un niño enfermo inunda el mundo. No hay otro terreno como él: ni siquiera un marido puede comprenderlo. Solo Dios, solo su Madre ante el cuerpo crucificado de su Hijo precioso saben qué siento cuando miro las heridas del mío. Los ortodoxos creemos en los milagros y en el poder de la plegaria, pero cuando estas no son escuchadas, qué gran consuelo ofrecen, al menos, las pequeñas supersticiones.

A veces, aparte de los míos, había algún bebé más en palacio. Titi acompañaba a su madre a menudo y mis hijas se peleaban por bañarlo y estrujarlo. Era entonces, cuando Lily me confiaba a su hijito, cuando me sentía más madre que una madre, más rusa que la propia Rusia. Más niña que los propios niños. De hecho, así acabó por llamarme Titi, *tía Bebé*, y sabe Dios que no me lo gané ni por mi severidad ni por mi edad.

A veces me asombraba lo rápido que las niñas crecían. Apenas hacía unos días que Olga gateaba cuando ya había sido confirmada, y apenas le habían salido los dientes a Tatiana cuando ya vestía de largo. Mis hijas, tan hermosas, tan dulces.

Olga ha sido siempre amable, amistosa, franca y directa, y al mismo tiempo compleja y más reservada de lo que parece. Posee la capacidad de ser amada al instante por la gente que la conoce. A los quince años se convirtió en una joven muy hermosa, alta, esbelta, con los ojos de un azul oscuro y una espléndida cabellera castaña. Sí, muy hermosa y muy profunda, una niña con capacidad para la reflexión y la abstracción, quizás demasiada para su propio bien.

Ah, qué no daría por un cigarrillo... Nunca había fumado hasta que comenzó la revolución. Ahora me cuesta pasar sin ese mal vicio.

Tatiana se parece más a mí, y en consecuencia, la comprendo mejor. Como yo, es tímida, y a veces parece orgullosa, pero a diferencia de su pobre madre, ha sido capaz de superar esa tara y de emplearla a su favor. Es una auténtica princesa de cuento, idealista y soñadora, defensora a ultranza de la justicia y de la amistad, que tan poco ha podido disfrutar. Las niñas la usan como embajadora entre ellas y nosotros, y es cierto que nos resulta muy difícil negar algo cuando es Tatiana quien lo pide. Demasiado alta, demasiado delgada, como alguna de las mujeres de mi familia, es también muy bella, también con los ojos azules y el pelo castaño oscuro.

María se parece, en cambio, a las Romanov, y como Anastasia, ha crecido siempre más robusta; más rubia, también, de facciones más clásicas. No ha logrado, la pobre, dejar de ser el blanco de las bromas de todas sus hermanas, primero por ser gordita, después porque es incapaz de defenderse. No hay una gota de egoísmo en su naturaleza, y los sueños de justicia de Tatiana se transforman en ella en ensoñaciones románticas. Sería una lástima que no se casara; se enamora fácilmente, pero nunca con ligereza, y si pudiera volcar toda su energía en un hogar y unos hijos, no conocería la pena.

—Cuéntame otra vez, mamá.

—Me niego a contarte cómo nos conocimos, cariño. Otra vez no.

—¿Por favor?

Anastasia, en cambio, tardará en encontrar marido a no ser que se transforme mucho en los próximos años. No creo que un hombre normal sea capaz de soportar sus bromas constantes, esa inquietud que le impide mantenerse más de un instante en un lugar sin cambiar de posición o de tramar algo contra el aburrimiento.

—Niña, por Dios, para quieta.

—¿Por qué? Alguien tiene que moverse por todos los demás.

Incluso ahora es capaz de hacernos reír a todos. Sin ser masculina, se ha comportado siempre como un muchacho, y han hecho falta muchas, muchísimas conversaciones con ella para moderar un poco sus impulsos. Tiene un corazón de oro y le encanta correr de un lado a otro con mis encargos y mis razones. Como si fuera mis piernas, desgajadas de mí. Aún es muy joven, y tanto su carácter como su cuerpo deben evolucionar mucho, pero posiblemente encajaría mejor como actriz cómica que como gran duquesa en la corte rusa.

Dicen que mi favorito es Alexis, y yo no tengo fuerzas para negarlo. Amo a mi hijo como al milagro concedido por Dios que es y como la bendición definitiva de mi matrimonio, y lo amo aún más porque nació frágil y enfermo, y como a todos los ángeles, no sabemos el tiempo que le quedará con nosotros. Nicolás hubiera deseado educarlo él mismo, personalmente, pero eso fue imposible hasta hace bien poco, cuando no nos quedó más remedio que continuar con las lecciones como pudimos; de qué manera tan extraña contenta Dios nuestros deseos.

Ha crecido en soledad, como sus hermanas, y una soledad doble, debido a su enfermedad. Aparte de su amistad con mi ahijado Titi y con algunos niños más, no le ha sido posible llevar una vida normal ni siquiera en sus juegos, en las carreras siempre controladas y las brusquedades de los muchachos. Tiene defectos que pulir, por supuesto. Está lo de la tacañería, claro, lo de acumular por el puro placer de tener. Era también caprichoso y exigente, aunque en los últimos años los dolores de la enfermedad lo han ayudado a moderar la impaciencia y a ser más agradecido. Le gustan los animales y le ha venido bien tenerlos y cuidarlos. Primero fue *Joy*, su spaniel, y después *Zouborvka*, un gatito feísimo y provocador que se entretenía peleándose con el perrito de Tatiana y tirándome todas las fotos enmarcadas de la salita malva. Maldito gato.

El resto de nuestras mascotas no se portaban tan mal: el bulldog de Tatiana se limitaba a roncar por las noches, ante la desesperación de Olga. La gatita siamesa de María era un amor, y *Jimmy*, el pequinés de Anastasia, ha sido un fiero y diminuto guardián de las niñas.

¿Podíamos ser una familia normal? Lo que todos obtienen por naturaleza se había convertido para mí en algo inalcanzable. ¿Normales, rodeados de soldados y escoltas, y de espías que espiaban a los espías? ¿Normales, con la enfermedad de Alexis? ¿Normales, cuando éramos el objetivo de tanta maldad en un mundo convulso? Pero empeñamos en ello nuestros mejores esfuerzos.

«No eres feliz —me dijeron mis hermanas Victoria e Irene, que habían acudido a visitarnos—. Ella ha vivido una tragedia, pero no esconde esa tristeza que tú arrastras.»

«No estoy triste, estoy resignada.»

«Me da lo mismo. Las únicas notas de alegría en esta casa son las que aportan las chicas, y es una responsabilidad demasiado grande para unas niñas tan pequeñas.»

«Eso no es verdad —protesté—. ¡Somos felices, a nuestra manera, con nuestras cargas!»

«Por lo menos, dales un poco más de libertad. No te quedes a supervisarlas en las clases de francés. El pobre profesor está harto de que le cuestiones. Y no les mandéis notitas a las niñas constantemente.»

«Eso es mentira —aseguré en mi defensa—. A Gilliard no le molesta mi presencia en absoluto. Se lo he preguntado en muchas ocasiones. Y a las niñas les encantan las notitas de Nikki y las mías.»

«Alix, a ninguna niña le puede gustar que sus padres les recuerden constantemente: "Sed buenas. Hoy no como con vosotras, pero acabad todo lo que esté en el plato. Recordad que siempre hay alguien que os está viendo”.»

«Ah, dejadme en paz.»

«No les hagas demasiado caso —me decía mi marido—. Si hay algo peor que unas amigas entrometidas, son unas cuñadas entrometidas.»

«¿Qué tienes tú que decir de mis amigas?»

«Nada. Salvo que son unas entrometidas.»

A Nikki le encantaba descolocar a mis amigas y las hacía víctimas de su sentido del humor, que por lo general era más malvado de lo que las pobres ingenuas sospechaban. Anna llegaba llorando a casa para contarme la última barrabasada del zar:

«Me mandó un mensaje falso para que me encontrara con alguien en el jardín».

«¿Y fuiste?»

«No. ¡Sí! Me propuse no ir, pero al final no pude resistirme y salí a ver.»

«¿Y a quién te encontraste?»

Y la llorosa Anna me enseñaba un casco de oficial con una nota pegada, en la que se leía: «el novio de Anna», con una letra inconfundible.

«Pero, Anna, no puedes ser tan ingenua. Ni siquiera tiene mérito engañarte.»

«El zar no debería comportarse así conmigo. No me lo merezco», decía limpiándose las lágrimas.

Quizás por eso él comprendía mejor que nadie a Anastasia, que hacía lo mismo siempre que podía. Algunos lo consideran débil. No conocen por lo que hemos pasado, la serenidad que ha hecho falta para soportarlo y la fuerza de voluntad que Nikki ha necesitado para controlar los accesos de furia que los Romanov le han legado. Ha logrado controlarse a sí mismo. Yo no conozco mayor fuerza. Dicen que no hemos sabido rodearnos de la gente adecuada, de consejeros fieles y honrados. Por mi parte, puedo asegurar que me he pasado veinte años de mi vida buscando consejeros fieles y honrados. Comienzo a dudar de que existan.

O quizás sí existan y hayan impedido que se acerquen a

nosotros. ¿Cómo saberlo? Yo solo tengo un par de ojos, solo veo lo que mi corazón siente. Podemos recibir cien informes de la Ojrana o de cualquier espía, pero ¿cómo podemos estar seguros de que no los guía un interés perverso? A lo largo de los años me han llegado tantos informes infamantes de las personas en las que más confío que ¿a quién creer? Es como si nos encontráramos bajo los rayos de un sol cegador en pleno mediodía. Todo se encuentra ahí, al alcance de nuestra vista, pero no podemos apreciarlo con claridad.

Nikki y yo nos hemos visto forzados a aconsejarnos el uno al otro. Él nunca me ha reprochado mi origen alemán, yo nunca le he dado una recomendación egoísta. Yo sé que jamás ha sido Nicolás *el Sanguinario* (¿sanguinario y egoísta, un emperador que probó en sus propias carnes el nuevo uniforme para su Ejército, que caminó diez kilómetros con él y comprobó cuánto peso real podía cargarse con él?). Él, a quien nunca dejaré ni de amarlo ni de cuidar.

Hemos tenido la fortuna de amarnos sin dudas ni sobresaltos. Nuestros gustos son similares, los dos comprendemos la introversión y la timidez y ansiamos sobre todas las cosas un hogar feliz e hijos risueños. A él le gusta pasar tanto tiempo como puede al aire libre, cazando o navegando. Yo prefiero quedarme en el jardín, mientras leo o fantaseo. Yo no poseo su increíble memoria (es capaz de recordar el rostro y el nombre de un soldado al que haya visto brevemente veinte años antes), pero le gano en intuición y arrojo. Yo fui la primera en detectar, por ejemplo, la abrumadora pedantería y el amor por la ostentación de nuestro pariente el káiser Guillermo. Ni siquiera las niñas lo soportaban. Los oficiales lo sabían y las hacían rabiar.

«¿No sabéis nada de vuestro tío Willie que podáis contarnos hoy?»

Las niñas chillaban:

«¡No es nuestro tío! ¡No digáis eso!».

«¿Por qué? A nosotros nos gusta mucho el tío Willie.»

32

«Hemos conocido a un hombre de Dios, Grigori, de la provincia de Tobolsk.»

Está escrito en el diario de Nicolás el 1 de noviembre de 1905. Sí, ese año horrible nos trajo también ese gran consuelo. Trajo a nuestras vidas a Nuestro Amigo, al hombre que, después de mi marido, mejor me ha comprendido. En muchos aspectos, por supuesto, superaba a Nicolás: un santo, un elegido de Dios. Por eso no lo situaré entre las amistades comunes que me fueron dadas en esos años, sino muy por encima de todas ellas.

Me lo presentó Militza, como a nuestro benefactor anterior.

«Por favor —le supliqué cuando me habló de él—, ten en cuenta que cualquiera que se gane nuestra confianza atravesará un escrutinio cruel y su vida dejará de ser privada. No importa lo recto que haya sido, su pasado será analizado bajo una lupa, bajo varias, y el menor defecto cobrará importancia. No deseo que alguien venerable pase por ello. Se paga caro el trato con los zares.»

«Sé eso de sobra —dijo la montenegrina—, pero no te preocupes. La reputación del padre Rasputin es impecable: le avalan el padre Iván y el archimandrita Teofán. Incluso el metropolitano Sergio me habló de él y lo tiene en alta estima. Conoce la Biblia y la vive. Sus milagros son incuestionables y, lo mejor de todo, es un *staret*: no le importa lo que digan de él. Es más, él mismo te reconoce, con toda humildad, sus pecados y sus debilidades.»

Me revolví en mi asiento molesta. Militza me puso la mano sobre el antebrazo.

«Te convencerá con solo mirarlo a los ojos, Alix. No he visto, jamás, en nadie, una mirada así. ¿Te acuerdas del general ingeniero Lojtin? ¿Recuerdas a su esposa?»

«Vagamente...»

«Una mujer preciosa, una auténtica belleza. Ha sido el alma y el centro de uno de los salones de moda de Petersburgo... y ha estado muy enferma. Dábamos por hecho que se quedaría inválida. Pero ¡no! Rasputin la sanó, la curó por completo la primera vez que la visitó. Y la ha cambiado por completo. La frívola Olga Lojtina es ahora una mujer piadosa.»

«En fin. Tráemelo.»

Militza nos lo presentó en una cena, en lo que creíamos que iba a ser una conversación de apenas unos minutos y que se convirtió en más de una hora. El padre Grigori vestía como un campesino, con una blusa ancha, como las que luego le hice, gris, de tejido grueso, unos pantalones de cosaco y botas recias. Llevaba el cabello y la larguísima barba escrupulosamente limpios, un crucifijo al cuello y un pequeño rosario de mano en un bolsillo.

Esos detalles menudos podrían deshacerse en mi cabeza; pero lo que nunca desaparecerá será su mirada. Militza no había exagerado. ¡Aquellos ojos! Si en algo se adivinaba que ese hombre nos traía un mensaje especial era en su mirada, gris, de pupilas muy pequeñas, que de pronto se fijaban en algo y se dilataban. ¡Aquellos ojos no eran de este mundo!

Con el tiempo he llegado a leer muchas tonterías y algunas barbaridades. Se le ha descrito como un ente diabólico. Incluso los informes de la Ojrana que me pasaron se encontraban plagados de contradicciones y de absurdos: unos lo describían como extremadamente alto y desgarbado, otros más bien como robusto y de talla media. Hay quien dice que sus cabellos rezumaban grasa y que de él se desprendía un olor acre, como de macho cabrío. Qué asco. Otros defienden que, como muchos campesinos, se bañaba a menudo, incluso en baños de vapor. Viejo, joven, cada cual lo recuerda de una manera, pero todos están de acuerdo en que había algo en esos ojos de acero. Dios toca a sus ángeles en la tierra, los marca. Solo hay que estar atentos para descubrirlos.

Quizás esa manera de confundir a los humanos fuera un truco que usara para desorientarnos. Nosotros mismos, esa noche, mientras nos acostábamos, comentábamos nuestras dudas.

«¿Qué edad crees que tendrá? —preguntó Nikki—. No es mayor, pero se nota que ha vivido mucho.»

«Ha peregrinado a Tierra Santa.»

«Vaya, en eso nos lleva ventaja —contestó—. Alix, no comas esas dichosas galletitas en la cama.»

«Dos más. Sí, ha vivido mucho. Militza me dijo que había nacido en 1869.»

Nikki echó cuentas.

«¡Imposible! —bufó—. ¿Treinta y seis años? Si sería más joven que yo...»

Pero si sobre su aspecto no había concordia, ¿qué no se llegó a decir sobre él? Mentiras tan repugnantes que no quiero ni recordar, para no infamar la memoria de un santo difunto. Lo convirtieron en mi amante, en el de mis hijas, ¡en el de las niñas, las pobres inocentes!, en el de Anna. Nos pasaron caricaturas en las que aparecía con cuernos, con dientes de lobo, con un miembro viril de caballo.

«Eso debe de ser cierto —susurró Anna Vyrubova en una ocasión—. Dicen que tiene *eso* descomunal.»

«¡Anna, por Dios! —exclamé escandalizada—. ¿Cómo puede una chica decente como tú hacerse eco de esas bajezas?»

«¡Yo solo repito lo que me han contado!»

«¡Pues te prohíbo que lo repitas más veces!»

Pero el mal ya estaba hecho, y durante la siguiente visita me sorprendí con la mirada fija, sin quererlo, en los pantalones del santo. Así funciona la curiosidad, traicionando incluso las mentes más templadas.

No, nunca creí a quienes decían que el padre Grigori era un mentiroso y un depravado. ¿Qué persona honrada cree esas atrocidades de un amigo? Me precio de ser constante en mis afectos una vez que alguien se ha ganado mi respeto, y lo defendí todo lo que pude. Intenté seguir la estela de mi abuela, la reina Victoria, a la que rodearon de indignos rumores por su amistad con John Brown. Nada malo para mí podía provenir de esa persona, y por lo tanto, como mi abuela, ni las críticas de mi propia hermana ni la maledicencia pública fueron suficientes como para renunciar a una amistad sincera y leal. Ambos, mi amigo y el de mi abuela, han pagado esa intimidad con la muerte.

¿Bebía? Eso me cuentan, aunque yo nunca lo presencié, ni acudió borracho ni con olor a alcohol a ninguno de nuestros encuentros. ¿Qué campesino ruso no bebe, qué sacerdote ruso no lo hace? ¿Se enamoró Anna de él? No lo creo, aunque no hubiera sido una sorpresa, porque mi atontolinada Anya estaba siempre enamorándose de alguien. ¿Le gustaban las mujeres? Eso ocurre, generalmente, con los hombres. Ninguno de mis ilustres cuñados, grandes duques de Rusia, pueden presumir de comportarse mejor, y a ninguno le he retirado el saludo, aunque no me hayan querido ni consolado ni una vigésima parte de lo que Rasputin hizo. Me consta que llevaba una vida frugal, que ayunaba y rezaba, que repartía su dinero y su influencia sin mirar a quién. Y para mí eso es suficiente.

Ni siquiera Nikki sabe esto, no porque sea nada malo, sino porque preferí reservármelo para mí; dos días más tarde de ese primer encuentro, Rasputin se presentó en Tsarskoye Selo. Había venido a visitar a Anna y pidió permiso para verme. Me encontró de milagro en casa, porque a esa hora no solía estar, pero el Nene llevaba dos días inquieto, sin dormir más que a ratos perdidos y con unas décimas de fiebre, y había decidido quedarme cerca.

Nuestro Amigo me saludó con un beso y se sentó sin ceremonias. Muchas veces iniciaba la conversación en mitad de la nada, como si continuáramos una charla interrumpida hacía unos segundos. Era la manera en la que las revelaciones divinas acudían a él, sin previo aviso, casi a empellones.

«Ocultas un enorme sufrimiento, madrecita, una carga muy pesada que nadie comprende. No me lo niegues. Frunces los labios con altivez, pero yo sé leer el corazón de las personas y a mí no me engañas. Ahora mismo estás a punto de llorar.»

Era cierto. Abrí la boca, sorprendida, y volví a cerrarla.

«No tienes que decirme nada. Yo sé qué sientes incluso aunque no lo digas. Me basta con cogerte de la mano, así, y lo sé todo. Dios me ha concedido este don, que supone también un gran agotamiento. Me ocurre como a ti, sobrellevo el dolor de muchas otras personas. Tú, los de tu familia; yo, los de todos los siervos de Rusia. Pero, mujer, ese padecimiento no queda sin recompensa. Créeme: tu recompensa será inmensa.»

«Pero ¿en esta vida o en la otra?»

El padre me atravesó con la mirada por un momento, en silencio. Me ruboricé. Me invadió la sensación de ser transparente, como lo eran mis hijas para mí. Estaba leyendo en mi alma y en mi corazón, tan claramente como en un libro. O más, porque el buen *mujik* casi no sabía leer ni escribir.

«Mucha gente te ha engañado. Has creído muchas falsas promesas. Eres una mujer buena y quieres fiarte de todos, pero has comprendido que no puede ser. Todos esos falsos profetas te han hecho creer que debes callar, que sufras, que no cuentes nada. Te hacen creer que tu premio no será posible en este mundo y que todo es un pago para que compres tu alma. Así te mantienen sometida y haces lo que ellos te indican. Pero yo te digo, te lo digo hoy, no temas, no deberás esperar a la otra vida para obtener una recompensa. Lo que tanto esperas se cumplirá y será antes de lo que crees. Mientras no te apartes de Dios y de sus auténticos mandatos, todo te saldrá bien.»

Entonces sí rompí a llorar. Aquello era exactamente lo que ocurría: cuando hablaba con los médicos, nadie me ofrecía una esperanza. Cuando lo hacía con los sacerdotes, todos me decían que no temiera, que incluso si mi niño moría lo encontraría en la otra vida, que era mi sufrimiento y el suyo en esta lo que nos permitiría ganarnos el Más Allá.

A mí, Dios me perdone, no me importaba el Más Allá. ¿De qué me servía la promesa de otra vida si esta la iba a pasar lejos de mi cachorrito? ¿El sufrimiento no tendría un sentido por sí mismo aquí, entre los vivos?

«Tu fe ha flaqueado algunas veces, pero nunca por tu culpa —continuó—. Es más, hay pocas personas con tu grandeza de alma, pero has estado mal aconsejada. Ni siquiera tu marido, que es un hombre bueno, puede comprender las complejidades de tu interior. Ni tampoco yo, que soy un simple, un pecador, pero Dios sí las ve, y las ama, y te ama a través de mí. No sufras, madrecita. Yo no voy a abandonarte. Ya has sentido lo que tenías que sentir y sabes que no miento. Al padrecito le costará algo más, pero lo verá, también. Pero tú te encuentras más evolucionada que él y por eso se te exige más a ti.»

«Yo solo quiero descansar —gimoteé—. Hace demasiado tiempo que no puedo cerrar los ojos con confianza. He perdido la fe en el mañana. Intuyo cosas, pero no sé si son ciertas, si me las dicta la imaginación o si tengo la capacidad de comprender lo que a otros no les ha sido concedido. Siempre supe que era diferente a los demás, y que los que amo son también distintos, pero ¿cómo puedo distinguir eso que siento de la locura? ¿Me estaré volviendo loca, padre Grigori?»

Su respuesta me dejó sin palabras.

«¿Quién sabe? ¿Qué hay de malo en estar loco? Dios ama a sus locos. Para ser su hijo es requisito volverse un poco loco.»

«¿Por qué me dices eso?»

«Porque le tienes demasiado miedo a lo que no entiendes, y has de perdérselo. Las voces de Dios no se comprenden. Se oyen, son un don. En mi aldea había un hombre al que muchos consideraban un idiota. Se pasaba el día mirando al aire, a veces rezaba y otras se olvidaba de rezar. Entonces, un día llegó a la plaza gritando: "¡El río, el río, el río!". Dios le había enviado una visión, en la que veía el pueblo bajo las aguas. Solo por no oír sus gritos lo siguieron cauce arriba; allí vieron que el ojo del puente se había taponado con troncos y madera y que casi no pasaba el agua. El deshielo se avecinaba y si el agua hubiera saltado por encima del puente, ¿qué habría ocurrido con las casas cercanas? Limpiaron el puente y el agua fluyó como la sangre de una herida.»

«¿Eras tú ese hombre?»

«Eso no importa. Tienes que aprender a confiar en lo que no entiendes. Solo así encontrarás la paz. La inteligencia tiene que callar a veces.»

Sentía deseos de cerrar los ojos, de hacerme un ovillo allí, en el sofá, y de dormir. Algo en su voz me calmaba.

«Padre, quiero confesarme. Quiero abrirte mi corazón.»

«No, madrecita. Soy yo quien te va a contar mi historia. En lo sucesivo escucharás muchas mentiras, algunas verdades y lo peor, que son las mentiras entrelazadas con una brizna de verdad. Quiero que me conozcas bien para que nada pueda interponerse entre nosotros.»

33

«Mi nombre es Grigori Efimovich Rasputin, hijo de Efim y de Anna, campesinos de Prokovskoie, en la provincia de Tobolsk, Siberia. Mi padre era carretero y campesino, dueño de su buena tierra, y no nos faltó nunca de nada. Comíamos pan rico, teníamos una casa de ocho habitaciones y varios caballos para las labores del campo. Caballos y mulos. Nunca me gustó mi nombre: Rasputin significa 'disipado, desenfrenado', y siempre me ha parecido un mal presagio para mi vida.

»Nací el día de san Gregorio de 1869, pero a veces miento sobre mi edad. Nadie confía en un sabio joven. Para ganarse el respeto hay que ser venerable, deben llamarte "anciano". Pero mi alma es vieja. El cuerpo no siempre corresponde a nuestro espíritu.

»Yo tenía un hermano mayor que se llamaba Misha. Yo le quería como solo se puede adorar a un hermano mayor. Corríamos por el bosque y por el pueblo cuando no nos necesitaban en las labores del campo, porque ninguno de los niños de la aldea acudíamos a la escuela. A los sacerdotes no les gustaba que los campesinos quisiéramos aprender. Eso nos podía llenar la cabeza de ínfulas, y por tener sueños, perder nuestra alma. Un día mi hermano se cayó al río. Estábamos jugando, lo empujé sin querer y, al aferrarse a mí, me arrastró también. Luchamos contra las aguas heladas, que nos arrastraban con ellas, hasta que logramos salir. Los dos caímos enfermos, con mucha fiebre y convulsiones. Mi hermano Misha murió. Yo estuve al borde de la muerte, pero una mujer me detuvo.

»Lo juro por la salvación de mi alma. A mi lado apareció una mujer hermosísima, vestida de blanco y azul, que me limpió el sudor y me dijo: "Grisha, debes curarte. Tienes que curarte". Dicen que me senté en la cama, con la mirada perdida, y que grité: "¡Sí sí! ¡Quiero curarme!".

»El pope del pueblo interpretó la visión: "Es la Virgen nuestra Madre, y tú eres un elegido. No sabemos para qué. ¿No te lo dijo?". "No..." "Un día regresará y te lo dirá."

»Desde entonces no fui el mismo. Por fuera parecía que sí, pero algo había cambiado en mí. Me sentía habitado por dos almas, la mía y la de mi hermano. Hablaba con los animales y ellos me entendían, y yo a ellos. Aprendí a curar caballos y bueyes. A veces tenía visiones, pero no sabía cómo interpretarlas. Pronto me dijeron que había más como yo: por el pueblo pasaban peregrinos y santones, *starets* errantes que recorrían el mundo predicando las enseñanzas de Dios. Pronto supe que yo sería uno de ellos. Mis padres me permitieron marchar, pese a ser su único hijo, y visité varios monasterios. Viví en ellos. Regresé convencido de que ansiaba una vida de santidad. Pero era demasiado joven y no comprendía las cosas. A los pocos días ya había arrojado mis intenciones por la borda y me había juntado con malas compañías. El campo, como la ciudad, es un mar donde se pierden las vidas. Me junté con los peores; en la aldea se bebe mucho y se pega fuerte. Mi propio padre bebía sin tregua, al menos algunos años. Algunas de mis peleas más atroces fueron con él. Sí, le levanté la mano a mi padre. Muchas veces. Era lo normal.

»En una ocasión nos juntamos una pandilla para robarle unos caballos a un vecino. Queríamos venderlos y repartirnos después el dinero. Pero me pillaron a mí. Me partieron la nariz con una estaca, me llevaron preso. Y entonces algo cambió en mí. Descubrí el goce de la humillación del arrepentimiento. Mi alma cantaba. Supe que si no hubiera pecado, si no me hubieran descubierto, no habría vivido esa revelación. Atraparon a mis amigos en otros robos, pero yo ya no fui el mismo, no me uní a ellos. A ellos los desterraron. Yo me casé con Praskovia.

»Ha sido una buena esposa. Me ha dado dos hijas y un hijo. Me perdona. Yo no soy un santo, solo soy un humano cargado de defectos. Lo sabe, nos entendemos bien. Hasta los veintiocho años viví en el mundo, estaba con el mundo, amaba lo que había en el mundo como hacían los demás. Entonces escuché la palabra de Dios. No la del cura de mi aldea, que era tan ignorante como yo, sino la de un estudiante de Teología al que escuché cuando trabajaba como carretero. "Dios espera al pecador hasta el último segundo —dijo—. Ni siquiera en el último momento es demasiado tarde para salvarse."

»Empecé a ver a Dios en todas partes, en el murmullo del río, en los pájaros, en cada cosa. Todo está vivo, todo posee un alma. Quise ser predicador, pero en mi aldea no me comprendían. Como a Cristo, me decían: "¿Crees que no sabemos quién eres tú y de dónde sales?".

»Y le dije a Praskovia: "Adiós, sé una buena esposa. Me marcho, pero regresaré".

»Y comencé mi peregrinación por los monasterios; viví de la limosna y de la esperanza. Visité todos los lugares importantes, en especial, el monasterio de san Simeón de Verjoturie.»

«El preferido de mi marido.»

Rasputin se interrumpió sin mostrar sorpresa por mi exclamación.

«Tengo un precioso icono de él. Se lo regalaré. Es un buen hombre, pero hay que ganarse aún su voluntad.

»Como Cristo, comencé a tener mis primeros discípulos. Las primeras en comprenderme fueron las mujeres. Rusia es compleja, madrecita, y su corazón es de mujer. Santa, pero sus raíces se hunden en lo pagano. Las mujeres comprenden cosas que los más elevados sabios ni siquiera sospechan. En todos los pueblos de Rusia se conservan creencias milagrosas: todas son diferentes, pero todas son iguales. Adoramos el fuego, el agua, el cielo, a las madres, a los niños, las cosechas. Todo es lo mismo bajo distintos nombres. El zar gobierna la Iglesia, pero la Iglesia manda sobre la vida del zar. Sin el zar, el pueblo no sobrevive, pero no hay zar sin su pueblo. Son lo mismo, no pueden dividirse, por mucho que lo intenten los nobles, los malditos.

»Aprendí a leer en los rostros. Dicen mucho los rostros, cada arruga, cada gesto. Tus ojos preciosos se inclinan hacia abajo, mujer, tu boca ha marcado surcos tristes. Tu piel es de marfil, pero refleja cada emoción. Hay pliegues en tu cara que indican que conoces bien el placer. No te avergüences, madrecita, no hay nada contra Dios en eso. Dios manda el placer, no el diablo. El diablo manda la culpa. Todo hombre es un Dios, toda mujer es la Madre de Dios. Si no conocieras todo eso, ¿cómo podrías entender nada?

»Entonces me fue concedido sanar no solo a los caballos, sino también a los hombres. Cosas que no había estudiado se manifestaban en mi entendimiento. He estudiado un poco en cada convento, y he estado en muchos.»

«Los obispos hablan maravillas de ti. Teofán me había recomendado tu nombre, pero te llamó de otra manera.»

«Novy, quizás.»

«Quizás, sí.»

«Teofán ha estudiado lo que yo sé, y yo sé lo que no he estudiado. Es otro de los milagros de Dios. Pero nos diferencia otro salto. Ellos son hombres elevados, aspiran a la perfección. Yo no soy así.»

Se incorporó, me miró de hito en hito.

«Yo soy un hombre peligroso. Hay lobos y osos y cuervos dentro de mí, y luchan todos por quedarse con la mejor parte. Me gusta la bebida y el juego y la danza, y cuando me atrapan no soy dado a la moderación. Me atraen las mujeres hermosas y en ocasiones no puedo contenerme, puedo resultar colérico y cobarde, a veces, y destruir aquello que más quiero. Solo me excuso de un pecado: carezco de ambición o de avaricia, no me interesa nada material. Salvo eso, no soy un hombre recomendable.»

Le sostuve la mirada. Muy dentro, en algún lugar entre mis cejas, un nudo de tensión se deshizo.

«No veo ante mí —murmuré— más que un hombre corriente con el valor de reconocer sus defectos.»

«Pero me arrepiento, madrecita. A diferencia de quienes se creen perfectos, yo aúllo cada vez que caigo y me doy cuenta de ello. Ayuno y me mortifico, y rezo porque en esta lucha venza lo que hay en mí de Dios y no de hombre. Y cada vez salgo de esa espiral con mayor fuerza y mayor decisión, porque la mano divina se posa sobre mí y me redime. Y esto no pueden comprenderlo quienes no poseen un alma compleja como la nuestra, quienes se limitan a caminar por un único lado de la vida.»

Cómo me comprendía aquel hombre, con qué sencillez expresaba las luchas que había mantenido desde niña.

«Padecemos mucho, es cierto, pero recibimos a cambio enormes recompensas. La intuición. La sensibilidad. La compasión.»

«Todo eso se paga, sí.»

«Porque es muy caro y muy valioso. Si no se pagara, estaría al alcance de cualquier patán. Lo pagamos con la difamación y las críticas, con el insidioso cotilleo y el veneno de los mediocres. Eso lo has sufrido siempre, madrecita, te lo noto en la frente, y en el mentón, también.»

Incliné la cabeza.

«Siempre. Siempre.»

«Cualquiera te diría que deberías haberte acostumbrado ya, pero no te comprenden. Las manos suaves no encallecen jamás. Pasarán treinta años y te dirán lo mismo, y te dolerá igual.»

«Exactamente igual», reconocí.

Él esbozó una ligera sonrisa.

«Madre, cuando vengan a infamarme, no te enfades. No los culpes. Piensa que, sin duda, habré hecho cosas peores que las que me imputan. O las habré pensado. No pierdas tu tiempo en defenderme. Es demasiado valioso.»

> Rasputin ha sido detenido por escándalo público [...] ha convivido con dos parientes, tía y sobrina, al mismo tiempo, y con ellas ha tenido comercio carnal. Rasputin toqueteó los pechos de la joven Y ante su madre, a las que había recibido en su casa, borracho, y a las que encerró sin dejar salir por el espacio de dos horas. Rasputin es el amante de Anna Vyrubova, a la que visita sin recato en su casa. Rasputin exhibió su órgano reproductor ante las zarevnas y besó luego en la boca a la zarina. Rasputin contrató por dos días una orquesta de gitanos y durante dos días y dos noches organizó una orgía en su casa. Rasputin alardea de los regalos de la zarina y regala las camisas que esta le ha bordado a sus amigos. Rasputin...

¿Qué no leería o escucharía de Nuestro Amigo en tiempos venideros? En aquel momento, en la intimidad de mi salita malva, caí en el error de pensar que exageraba. Qué ingenua. Rasputin no exageraba jamás. Me da miedo pensar en alguna de sus profecías. Mucho miedo.

Estoy en su tierra. Bajo sus leyes, con sus creencias. He comprendido lo que me explicaba con frases tan directas: Todo es lo mismo bajo diferentes nombres. Todo nos lleva al mismo lugar.

«Es tu hijo —dijo de pronto—. Crees guardar bien el secreto, pero no hay llave que yo no pueda abrir.»

Me sobresalté.

«Yo...»

«Yo también tengo un hijo», añadió.

No supe qué decir. Como cuando era niña y descubrían que había hecho alguna travesura, me sentí avergonzada primero, y con una indecible sensación de ligereza después.

«Es su sangre, ¿verdad?»

Asentí con la cabeza.

«Es nuestra maldición.»

«No te preocupes, madrecita. Mientras yo viva, al niño no le ocurrirá nada. Te doy mi palabra.»

Levantó la mano derecha y la posó primero sobre su corazón, y después sobre el mío.

«Ven —le supliqué en un impulso—. Vamos a verlo.»

Lo llevé hasta el cuarto del niño, que se movía de un lado a otro, agitado, exhausto por el cansancio pero incapaz de conciliar el sueño. El Hombre Santo se inclinó sobre su cuna, como tantas veces le vi hacer después al cabo de los años. Su figura, su noble perfil aguileño se recortó en la penumbra.

«¿Qué pasa, precioso? ¿Qué te atormenta? Eres demasiado pequeño para tanta preocupación.»

Le acarició la frente, le pasó la mano ante los ojitos llenos de fuego.

«Chiss, chiss», comenzó a tararear, o más bien a emitir sonidos graves, nasales y tranquilizadores, muy parecidos a los que le habíamos dedicado durante días sin éxito.

El niño fijó la mirada en el techo y entonces, ante mi estupefacción, cerró los ojos y emitió un suspiro antes de caer dormido.

«Duerme tú ahora —me dijo y me indicó el diván junto a la cuna—. Descansa. Te aguardan muchas peleas.»

Le obedecí, y solo recuerdo que me hizo el signo de la bendición desde la puerta y que desapareció antes de reclinarme y de dormir hasta que la niñera vino a despertarme.

Sí, la nuestra fue una historia de amor. Lo fue hasta su muerte, lo será hasta la mía. Pero no como se la han contado al mundo. No como el mundo la ha conocido.

34

«Me temo que tengo malas noticias —dijo Nikki con su tranquilidad habitual, la misma de la que goza ahora. No he podido nunca adivinar la gravedad de lo que iba a anunciarme por su expresión, siempre plácida, siempre estoica—. Acabo de consultar el tema de nuestras vacaciones con el Gobierno. Han sido unánimes en la opinión de que este año no pueden asegurar nuestra seguridad en ninguno de los palacios de verano.»

Los levantamientos de 1905, las huelgas generales y el descontento continuado, por no hablar de los horribles crímenes cometidos, habían limitado aún más nuestra ya rígida rutina. Literalmente, estábamos encerrados en el palacio.

«¡No! —gritaron las dos niñas mayores—. ¡No!»

«Todo puede arreglarse —insistió mi marido—. Si no podemos instalarnos en un palacio, lo haremos en varios. Además, tengo un tren imperial que se está oxidando por falta de uso. ¿No queréis ir a la costa?»

Eso era cierto. Nuestro tren era una maravilla de la ingeniería moderna, con sus vagones azules y su reproducción en miniatura de nuestro palacio. En nuestro vagón particular, además de un cómodo dormitorio, habían diseñado una diminuta salita malva para mí y un despacho para Nikki, con una reproducción de sus espantosos muebles de cuero verde. Las niñas y Alexis gozaban de un vagón para ellos solos, y en el resto del tren, tirado por su locomotora coronada por el águila imperial, había espacio para quienes quisieran acompañarnos o no pudiéramos impedir que vinieran con nosotros. El comedor albergaba una mesa para veinte comensales, con una vajilla completa de plata, de las que las niñas solían escamotear las bandejas grandes para emplearlas como trineos, y los baños eran tan cómodos como los de cualquiera de los palacios.

No obstante la endiablada velocidad que alcanzaba, hasta los cuarenta kilómetros por hora, los viajes se hacían largos y, a veces, pesados, sobre todo durante el verano, cuando el sol recalentaba el metal del tren y lo convertía en un horno. Lo solventábamos deteniéndonos cuando veíamos algún lugar que nos gustara, con un riachuelo, por ejemplo, pero eso solo prolongaba más los recorridos, y con la amenaza terrorista, también eso acabó.

En realidad, el tren imperial tenía un gemelo idéntico que seguía al primero a algunos kilómetros de distancia. Esa duplicación se tramó precisamente para minimizar el riesgo de atentados: nunca se comunicaba, ni siquiera a los más allegados, en cuál de los dos iríamos, y durante el mismo viaje cambiábamos de uno a otro con cierta frecuencia. Los tramos de vía se revisaban con antelación; las bombas se sofisticaban cada vez más y no podíamos evitar cada uno de los peligros.

En privado, Nicolás me comunicó lo que ya estaba decidido: pasaríamos parte de las vacaciones en el *Standart*, nuestro yate preferido. Era espacioso pero pequeño, muy cómodo, seguro y fácil de vigilar, y hasta que los ánimos se calmaran, su tripulación, fiel y comprometida hasta la muerte, sería una garantía de protección.

«Además, a las niñas y a ti os encanta. Tráete a Anna, si quieres. Le vendrá bien un cambio, pobrecilla.»

Era cierto. La vida se simplificaba a bordo; desayunábamos con los oficiales y nos mezclábamos con los marineros, cuyos nombres conocíamos. Yo, los de una buena parte. Los niños, los de todos y cada uno de los casi trescientos tripulantes. Dejábamos a las niñeras en casa: a cambio, era un marinero asignado a cada uno de los niños quien seguía sus pasos. Al final de cada temporada Nikki regalaba a esos cuidadores incansables un reloj de oro.

«Este año pensé que no lo conseguiría —le dijo una vez el marinero a cargo de Anastasia—. No me hubiera gustado perder el reloj.»

«A mí no me hubiera gustado perder una hija», replicó Nikki de buen humor.

Aunque Nicolás no podía descansar por completo y las visitas al barco de dirigentes y de políticos no cesaban durante todo el viaje, invertía el ritmo: trabajaba dos días y descansaba cinco. Yo me encontraba siempre muy a gusto en cubierta si la ciática me impedía moverme, o en alguno de los salones tocando el piano. Cuando las niñas eran muy pequeñas, salían en estampida a tierra, a hacer excursiones; cuando crecieron, comenzaron a turnarse para hacerme compañía.

—¿Os acordáis del *Standart*? —les preguntaba alguna vez a mis hijos, en especial en las noches más frías, en las que mayor necesidad teníamos de aquellos recuerdos.

—Ay, sí —decían.

—¡Ay, nuestro barco!

—Era un lugar precioso incluso cuando naufragaba.

—No seas exagerada. No naufragó nunca.

—A punto estuvo.

Fue en 1907, un día luminoso, durante el té; Alexis era muy pequeñito, pero se movía por todas partes, y cuando el barco chocó contra unas rocas y todo (las mesas, las tazas, los músicos que tocaban para amenizarnos la velada) saltó por los aires, yo grité buscándolo. Fue el único acto de nerviosismo que me permití. Después puse a los niños en los botes salvavidas, hice un hatillo con una sábana rasgada, donde metí mis joyas, algunos recuerdos de los niños y los iconos, y esperé a que todas las mujeres estuvieran acomodadas para abandonar yo el barco.

—¿Y papá? ¿Os acordáis?

—Papá estaba allí, inspeccionando todo, con el reloj en la mano, como si cronometrara un simulacro.

—No entendéis nada, niñas. Estaba calculando cuántos centímetros se hundía el *Standart* por minuto. No sabéis nada de navegación.

Pero nuestro barquito no se hundió: se había construido con la moderna técnica de compartimentos estancos. Esa noche dormimos un poco apiñados en otro barco, y al día siguiente el *Polar Star* vino a rescatarnos. Pero el *Standart* tenía fácil arreglo y se reparó muy pronto. Aún nos daría años de alegrías, y alguna tristeza.

La alegría fue, sobre todo, para las niñas. ¿Qué iba a pasar si juntábamos a cuatro jovencitas con un puñado de marineros jóvenes y guapos? Lo que tenía que pasar. Se enamoraban constantemente. Cuando no era una, la otra venía a hacerme alguna confidencia. Y cuando no era a mí, era a su padre.

«Creo que debemos apartar de su puesto a Saratov.»

«¿Otra vez? —me preguntaba Nikki—. Este año está causando estragos.»

«No es de extrañar. Es un chico apuesto.»

«Déjame que adivine. María.»

«No. Tatiana.»

Nicolás bufaba imitando los gestos de un padre furibundo.

«¿Ahora le gustan los rubios a esa casquivana? Qué desgracia.»

«Somos unos desgraciados.»

«Tantas hijas, y tan desobedientes.»

«Tan malas.»

«Y tan feas.»

«En fin. Informa a Saratov para que se conduzca de la manera adecuada, no vayamos a vivir un drama de incalculables proporciones.»

En una ocasión se nos unió mi suegra. Resultaba extraño verla fuera de su entorno, mucho más mundano, pero parecía disfrutar también del sol y de los vestidos claros. Se entendía muy bien con Alexis, con el que jugaba mucho. Con las chicas dependía. Unas veces una de ellas se convertía en su predilecta y después, sin saber por qué, elegía a otra. Entonces, sentadas la una junto a la otra, yo en mi silla de mimbre, ella en un cojín en el suelo, observábamos a las niñas.

«¿De verdad crees que este tipo de educación es el más adecuado? —me dijo mientras estaba pelándole a Alexis una manzana verde con un cuchillo, y tal y como era su costumbre, me lo clavó en el corazón—. ¿Y quieres luego que no haya rumores?»

«No me importan los rumores», dije, pero ya todo el encanto de la tarde se había disipado.

«Ya se nota, ya.»

Los marineros-niñera fue una idea que importé a tierra cuando Alexis creció un poco. Me parecía que no era conveniente, ni para él ni como imagen suya hacia el mundo, que estuviera constantemente bajo la supervisión de nodrizas que ya no encajaban con su edad. Pero no podía dejarlo sin vigilancia. De manera que prolongué un poco más allá el cometido de los marineros del *Standart* y me los llevé a tierra. Así se unirían a nuestra gran familia Derevenko y Nagorni.

Aquel barco estará siempre asociado a nuestras horas de felicidad. Cosa que no ocurrió con otros espacios. No sé por qué. Quizás el viento marino y el agua salada beneficiaran a Alexis, quizás con más ojos vigilantes a su alrededor no se atrevía a tantas diabluras. Porque las hizo, vaya si las hizo.

Hay dos lugares a los que nunca querría volver, ni siquiera con la imaginación, tan siniestros como esta casa. Uno de ellos es Bialowieza, el pabellón de caza. El otro es Spala, el coto de los antiguos reyes de Polonia. El año, 1912.

Las chicas se habían convertido en elegantes señoritas: Olga tenía diecisiete años y Anastasia era un monito travieso de once. El Nene había cumplido ocho, y gracias a la persistente vigilancia y a la bendición de Nuestro Amigo, no había padecido incidentes de gravedad. Sí, claro, constantes sustos y cuidados, y algunos problemas sin consecuencias. Comenzábamos a confiarnos un poquito.

Si lográbamos que los años venideros fueran así, había esperanzas para Alexis, y más valía, porque donde menos lo imaginábamos, por el lado de Miguel, había aparecido un nuevo peligro: había cometido el grave, el gravísimo error, de casarse sin permiso de Nikki y contra todos mis consejos. La elegida era una mujer de la peor estofa. Divorciada, no una sino dos veces. Una arribista, una seductora. Pero, aún peor, había tenido un hijo con ella. ¡Y era un varón!

A mí no me gustaba en particular esa zona de Polonia; pero en Bialowieza Nikki era feliz: el refugio de caza carecía de comodidades e incluso de buena ventilación, pero no le importaba, porque se pasaba los días en los bosques. Los niños buscaban bayas y setas. Esas selvas imponentes eran el último refugio del bisonte europeo, ese que aparece en la novela de Sienkiewicz *Quo Vadis*, sobre el cual la dulce Ligia Calina es amarrada, ¡desnuda!, y que el fuerte Ursus logra abatir con la única fuerza de sus manos y la gracia de Dios...

«Contra un uro de esos, no hay quien pueda enfrentarse. Eso es novelería, Alix», decía Nicolás para desengañarme.

«Por si acaso, intenta no ponerte a su alcance.»

«Ojalá. ¡Lo que daría por abatir un uro!»

Entonces, uno de aquellos días Alexis tropezó al subir a un bote. Como no podía montar a caballo como sus hermanas y galopar, dada su dolencia, le permitíamos ir a remar al lago todos los días. Esa mañana se golpeó con uno de los remos y se hizo mucho daño en el nacimiento de la pierna.

«No es muy grave», dijo el doctor Botkin.

Pero para el niño se había acabado la diversión y tuvo que guardar cama durante una semana, hasta que la hinchazón de la ingle bajó. Entonces aguardamos unos días más por cautela y después nos encaminamos a Spala, donde Nikki disfrutaba aún más si cabe y donde se preparó para arrasar, con la nobleza local, todo animal de pelo o pluma que se le cruzara por delante.

El refugio de Spala ofrecía aún peores condiciones. Era tan oscuro que dejábamos las luces encendidas todo el día. No había lago cerca, el niño se aburría, jugando solo en casa con unos soldaditos.

«Vamos, mi vida —se me ocurrió—. Voy a pedir que nos preparen el coche y salimos Anna, tú y yo a dar un paseo. ¿Sí?»

«¡Sí!»

Hacía un día precioso, y el niño, sentado entre mi amiga y yo, señalaba hacia todos lados, mientras hablaba con nosotras y con su soldado de juguete. Los caminos eran arenosos y un poco accidentados. Entonces, de pronto, mi hijo se calló.

«Mamá —dijo al cabo de un momento—, mi pierna.»

¿Por qué se me ocurrió sacarle de casa? ¿Cómo fui tan imprudente? Ordené que el coche diera la vuelta. Anna comenzó a llorar. El niño se encogía de dolor, gritaba a cada bache que hasta el momento ni siquiera habíamos notado. Lo tomé en mis brazos, intenté protegerlo con mi cuerpo, como pude. Estábamos a pocos kilómetros de distancia. Cuando llegamos al refugio, mi hijo se había desmayado.

35

Llamamos a todo el mundo, a todos los profesionales. La respuesta era siempre la misma; la hemorragia, muy grave, no se podía detener ni intervenir. Botkin me advirtió que lo peor estaba por llegar. Y así fue. La hinchazón continuó, el niño gemía, lloraba.

«Dios mío, Señor mío, ten piedad de mí. —Después me miraba con los ojos perdidos—. Mamá, ¡ayúdame! Mamá, ¿verdad que me vas a ayudar?»

«Sí, cariño, sí, no te preocupes, descansa.»

Los gritos se convirtieron en alaridos, en un gemido constante que me partía el alma, porque no podía hacer nada, sino sostener su manita y mantenerme calmada. ¿Cómo se puede saber si un corazón sangra? El mío se derramaba con mi hijo.

Durante once días y once noches velé a mi hijo, sin comer apenas, sin dormir más que alguna cabezada. Desde entonces me salieron canas. Nicolás entraba a relevarme, pero lo pasaba tan mal, era tan incapaz de soportar el dolor del niño que prefería que no lo hiciera. Yo estaba más acostumbrada a sufrir. En una ocasión rompió a llorar y salió del cuarto, creyendo que no lo había visto.

«Cuando me muera no me dolerá más, ¿verdad? —decía Alexis—. Quiero que me enterréis aquí, en el bosque, y que me hagáis un entierro muy bonito.»

«Calla, mi vida», solo podía decirle yo.

A nuestro alrededor la vida seguía con aparente tranquilidad. Estábamos fuera de nuestra casa y rodeados de extraños: no podíamos permitirnos que supieran nuestra tragedia. El niño estaba mal, sí, una gripe, una tontería. Las cenas continuaron, los días pasaron con una agónica lentitud. Entre el

6 y el 10 de octubre fueron sin duda los peores. El niño tenía mucha fiebre y convulsiones. No dejábamos que sus hermanas menores entraran a verlo, y las mayores no sabían qué decirles.

María y Anastasia quisieron representar *El burgués gentilhombre*: ni siquiera era la obra entera, sino un par de escenas aprendidas, pero eran tan graciosas, habían trabajado tanto en ello que las observamos como a primeras damas del teatro, y recuerdo que por un instante me reí, que disfruté aquellos momentos con los invitados y con las niñas disfrazadas. De pronto, oí un gemido. Me detuve en seco. Nadie más parecía haberlo oído. Alexis, a varios salones de distancia, volvió a gemir. Apenas pude contener mi angustia. Salí del salón y cuando llegué al pasillo eché a correr, sin darme cuenta de que tropezaba con Gilliard, que supervisaba la obra.

No pude hacer nada. Tampoco entonces pude aliviar el dolor de mi hijo. Lo dejé en aparente calma; se había quejado mientras dormía, y era preferible que continuara así. Respiré hondo, ensayé una sonrisa. Cuando regresé al salón (las risas proseguían, las copas se vaciaban al mismo ritmo), encontré a Nikki en una esquina desde la cual podía divisar la puerta. Me miró con desesperación, y yo moví ligeramente la cabeza, sin dejar de sonreír. No sé si alguien advirtió mi máscara.

Aquella fue, desde luego, una de las últimas noches que la mantuve. Nada, ni siquiera mis deberes como anfitriona ni el respeto debido a mis invitados podrían apartarme del lecho de Alexis. Nikki continuó con sus partidas de caza, con su amable hospitalidad con nuestros huéspedes. Yo, que sabía con cuánto dolor apretaba mi hombro cuando velaba junto al niño, le admiraba cada vez más por su autocontrol, por su amor callado y sacrificado.

El profesor Feodorov llegó de San Petersburgo el 17 de octubre y dos días más tarde el niño tenía tanta fiebre que estuvimos seguros de que moriría. Mi niño iba a morir, y mientras tanto los periódicos, a los que algunos de nuestros invitados habían filtrado noticias injuriosas, inventaban las historias más descabelladas acerca de lo que le ocurría. Nunca nunca debimos permitir que se supiera que había estado enfermo. Nunca.

Entonces entró en agonía. Con el corazón en un puño, advertí a su padre con una nota. Había que administrarle los santos sacramentos. Había que comunicar su muerte al Gobierno y a los periódicos de manera oficial. Lo que ocurriría después ya no me importaba. Mi vida acababa.

Durante todos esos días no habíamos logrado contactar con Rasputin. Nuestro Amigo se encontraba en su remota aldea, sin posibilidad de ser localizado. Aun así, aquella noche desesperada le supliqué a Anna que lo intentara de nuevo y que lo telegrafiara. Que rezara por él. Que lo ayudara. Para nuestra sorpresa, otro telegrama llegó casi de inmediato. Era de él.

«Dios ha visto tus lágrimas y ha escuchado tus plegarias. No te preocupes. El niño vivirá. No dejes que los médicos le molesten demasiado.»

¡El niño se salvaría! Entre las lágrimas, logré esbozar una sonrisa y regresé a su cuarto.

«¡Fuera! —grité y eché de allí a los doctores—. Quiero quedarme a solas con él.»

Cuando amanecía, la hemorragia cesó. Mi hijito, agotado, pudo al fin dormir. Vivía. Nadie pudo explicar qué había ocurrido. Yo lo sabía, por supuesto. En adelante, ya sabría qué hacer.

El sufrimiento no acabó ahí. Fue un mes eterno, un mes lleno de dolor, de gemidos, de fiebre y delirios por la falta de sueño. Por fin, mediado noviembre, nos llevamos al niño, al frágil niño de cristal, a casa, a Tsarskoye Selo, a pasar el invierno. A iniciar un nuevo tratamiento para que los nervios de su piernecita, que durante todos esos días le habían mantenido alzada contra el pecho para dejar espacio a la sangre, no se atrofiara y le causara más daño aún.

Tardó casi un año en poder andar bien; inventaron nuevos aparatos ortopédicos. Todas las imágenes oficiales fueron falseadas, y aun así, en todas aparece con una seriedad recién estrenada. Inició una prematura madurez, falsa, como la de todas las frutas verdes, pues enseguida volvió al griterío y los caprichos de un niño pequeño.

No pudo hacer prácticamente nada salvo ocuparse de su

salud durante los siguientes meses, hasta que en el verano de 1913 nos trasladamos a Livadia, a pasar allí nuestras vacaciones. En Livadia, Alexis continuaba con sus baños de barro y su lenta recuperación, pero me atormentaba el hecho de que creciera salvaje, todas sus lecciones interrumpidas por la mala suerte y la mala salud. ¿Cómo educar a un niño como Alexis, tan quebradizo y tan lleno de energía, llamado a una misión tan alta?, ¿en quién confiar? Después de meditarlo mucho, decidí que su tutor principal fuera el amable Pierre Gilliard.

«Se lo confío. Es mi mayor tesoro. Ahora es suyo también.»

Me lo agradeció más con su expresión que con palabras, y pude ver que por encima del honor, sentía el peso de la responsabilidad que le entregaba. ¡El zarévich! Yo le entregaba al futuro heredero de uno de los más importantes reinos del mundo. Y le entregaba también a un niño inteligente pero nervioso, con un corazón de oro pero mimado y consentido, responsable pero desobediente. Un príncipe, ni más ni menos, excepcional, único y amenazado por la mala suerte.

Fue informado de la enfermedad del niño sin ocultarle su gravedad, y se le advirtió de nuevo de que bajo ningún concepto podría castigarlo de manera física, ni permitir que se distrajera durante las clases con juegos que pudieran herirlo. Y después lo dejé solo con él. Le recomendé que pasearan juntos, que pasara tanto tiempo con él como pudiera, de manera que se ganara su respeto y se convirtiera en su mentor, en su mejor amigo.

Quería que mi hijo aprendiera ruso, francés, inglés, historia, geografía y religión. Que de ninguna forma aprendiera alemán. Bastante había sufrido yo con mi origen. Yo hablaba con mis hijos en inglés, su padre en ruso. A su alrededor se manejaba con fluidez el francés. Las clases tenían lugar durante la mañana, y por la tarde podría jugar en el jardín siempre que el clima lo permitiera.

¿Es mi hijo valiente o rebelde? Nunca he sabido determinarlo. Bastaba con que se le prohibiera un juego para que lo convirtiera en su favorito. Le encantaba patinar y correr con su perro, el que tuviera en aquel momento, y con el burrito *Vanka,* que le habíamos comprado en el circo Cinizelli. A veces Alexis le enseñaba trucos nuevos, precisamente lo que *Vanka* no necesitaba: ¡aquel burro! Sabía sacar comida de nuestros bolsillos, sabía caminar a tres patas..., solo le faltaba hablar, lo juro.

Qué triste ha sido que mi hijo tuviera que jugar únicamente con sus hermanas y con animales. Porque las niñas, por muy masculinas y hasta brutas que hayan sido, no eran varones. Y el resto de los Romanov han criado hijos bruscos y grandes que podrían destrozar a Alexis de un solo golpe.

Quizás me equivoqué en la educación de Alexis, quizás una mayor disciplina le hubiera favorecido. A veces pensaba que si la voluntad de Dios era llevarse a mi hijo, ¿para qué hacerle sufrir? Que al menos los años que le quedaban sobre la Tierra fuera feliz, que hiciera su voluntad, que no se viera restringido, como sus padres, por leyes severas y protocolarias.

Otras me asustaba tan siquiera pensar eso. Que viviera, que viviera a cualquier costa, que ya nos encargaríamos su padre, Nuestro Amigo y yo de protegerlo. Teníamos todo el dinero que quisiéramos, podríamos ampararle. Lo teníamos todo. No teníamos nada.

36

No añoro en absoluto todo aquello. Si hiciera un poco menos de frío y tuviéramos un poco más de intimidad, si no nos vigilaran como ahora, me sentiría tan feliz como lo era entonces. En una ocasión he escuchado a una de las criadas que vienen a limpiar que me tiene lástima:

«Mira esta mujer, y dime si no tenemos razones nosotras para ser felices. Quien nada tiene, nada añora. Debe de sentirse como pez fuera del agua sin sus riquezas».

Qué cruz la mía haber sido malinterpretada toda mi vida. Cuando lloré en la boda de mi hermano, algunas envidiosas llegaron a decir que lloraba de rabia, porque de allí en adelante ya no sería la primera dama de Darmstadt. No es verdad. No estaba celosa. De pronto recordé a mi madre, y ya no pude dejar de verla a lo largo de toda la ceremonia.

¿Cómo voy a echar de menos una riqueza que nunca he valorado? No me la he merecido, ha sido un don de Dios, como la belleza o el amor de mi marido, y a cambio he carecido de otros, como mi salud y la de lo que más quiero. ¿Las riquezas? ¿Algo tan banal y perecedero? Creo que no podría ser más victoriana si hubiera nacido sesenta años antes. Heredé de mi abuela el amor por lo establecido, por el orden, por el deber familiar, por lo tradicional. También es cierto que por parte de los Coburgo siempre hemos sido gente de nuestra casa; la aristocracia rusa nunca ha podido entender por qué demonios su emperatriz tejía bufandas y chales para regalárselos a sus amigas, o elegía para sus santos cortes de tela para vestidos.

Ellos miran el regalo y no tienen en cuenta el amor que se pone en esa prenda, el esfuerzo dedicado a esa amiga. No lo he hecho, como muchos dicen, por tacañería, aunque bien es cierto que me parece un despilfarro gastar dinero en un regalo frío y costoso. A mí me educaron para ser cuidadosa con el dinero y siempre lo he sido. Cuando nos liberen, vivamos donde vivamos, seré una buena ama de casa.

También lo son los niños, aunque creo que por diferentes razones. A Alexis, por ejemplo, sí le gusta el dinero. Lo recibe con unción, lo atesora, lo cuenta y recuenta. Cuando le veía abrir su pequeña caja de caudales y contar los rublos como un comerciante de ganado, tenía que contenerme la risa. Para él, el mayor castigo era privarle de su asignación. Sin embargo, no estoy segura de que posea una conciencia real de qué es ni para qué sirve. No lo ha necesitado jamás: le costará adaptarse a una vida sin tanto regalo. Las chicas también se encuentran preparadas para vivir con frugalidad, y si no lo estuvieran, los dos últimos años las han adaptado rápidamente a una realidad que ni siquiera sospechaban.

El otro día Anastasia llamó a nuestro cuarto porque buscaba un medallón que se le había perdido.

«¿No lo habéis visto?», preguntó con cierta ansiedad.

El medallón no tiene un gran valor, pero es un regalo de uno de sus oficiales predilectos, y aunque ella no sabe que yo lo sé y trataba de disimularlo, le dolería mucho perderlo.

«¿Por qué dejas siempre todo en cualquier lugar, hija? Si prestaras un poco más de atención, no perderías tantas cosas.»

«Es que no está donde lo dejé. ¿Tú no lo has cogido, Alexis?»

«¿Y para qué iba a coger yo un medallón de chica?»

«Pero ¿tampoco lo has visto?»

«Para verlo —contestó mi hijo con desprecio— tendría que interesarme, y yo no pierdo mi tiempo en esas fruslerías.»

«Nene —repliqué—, no le hables así a tu hermana.»

Anastasia estaba más preocupada por encontrar el medallón que por iniciar una pelea con su hermano, y por esa vez, lo dejó pasar. Pero yo continué con los brazos cruzados cuando nos quedamos a solas.

«Me sorprende y me duele esa actitud, Alexis Nicolayevich. —Él se encogió de hombros—. Siempre has sido considerado con tus hermanas. ¿Qué te pasa?»

«Nada. —Repitió el encogimiento de hombros, pero más leve—. Me divierte que en esta situación tengan tiempo para pensar en joyitas y tonterías.»

«Tú sabes que esa medalla se la dio alguien muy especial para ella. Tus hermanas no son tontas.»

«Pues a veces lo parecen.»

«Hijo —le dije y le hice un gesto para que se acercara. Se dejó abrazar de mala gana—, yo sé que es aburrido e injusto para un niño de tu edad encontrarse así, en esta situación, pero has de hacer un esfuerzo. La vida se parece a una noria. A veces se está arriba, y otras se baja.»

«¿Cuándo he estado yo arriba? —gritó él—. ¿Eh? ¿Cuándo? A lo mejor vosotros sí habéis disfrutado de esa vida, pero ¿yo? ¿A mí cuándo me ha correspondido estar en lo alto? ¿O lo he estado y no me he dado cuenta, y lo que me espera ahora es aún peor? ¿He estado en lo alto de la noria cuando tenía cinco años y me ataban la pierna a una guía de hierro? ¿O las tardes en las que he jugado con un perrito porque no tenía amigos? ¿Esa es tu idea de lo mejor y lo más alto de la vida?»

Me quedé estupefacta.

«¡Vosotros sí habéis vivido bien! ¡Habéis viajado, habéis corrido, no habéis tenido nadie que os dijera lo que teníais que hacer! Pero ¿yo? ¡Me hubiera valido más no haber sido el zarévich y haber nacido en cualquier aldea perdida! ¡Así me hubiera muerto ya, y no seguiría sufriendo!»

«¡Alexis! —dije yo indignada—. ¡No digas eso!»

«¡Es la verdad! ¡Aquí nadie dice la verdad! ¡Yo sería más feliz, y vosotros también! Ahora ni siquiera tenemos dinero para mis tratamientos. ¿Qué me espera a mí a partir de ahora? ¿Más dolor? ¿Más hemorragias cuando se me parta un diente? ¿Quién me va a querer, si ni siquiera soy el zarévich?»

«¡Nosotros te querremos siempre!»

«¡Vosotros, vosotros! ¡Me asfixiáis con tanto amor! ¡No quiero ese amor! ¡Yo no pedí nacer! ¡Fuisteis vosotros los que os empeñasteis en tener un hijo! ¿Por qué nací? ¿Por qué no os bastó ya con Anastasia? Yo no soy feliz y tampoco os permito serlo a vosotros. Soy una carga para las chicas; incluso cuando vosotros faltéis ellas tendrán que ocuparse de su hermano inválido. ¡Me hubiera valido más no nacer!»

Tan arraigada estaba en mí la costumbre de no tocar salvo con suavidad a mi hijo que ni siquiera ante esas barbaridades rompí mi autocontrol. Pero las uñas me dejaron una hilera de medias lunas en la palma de la mano. A falta de algo mejor, di una sonora palmada sobre la colcha.

«¡Ya basta! Ningún hijo mío va a permitirse hablar así, y faltarnos el respeto a sus padres y a su Creador. ¡Un zarévich no se expresa así!»

«¡Yo ya no soy el zarévich!»

«¡Serás el zarévich hasta que te mueras, si todo sale mal! Y si las cosas se arreglan y se restaura el orden, quizás puedas llegar a ser zar. De manera que contrólate y no me entristezcas con esa sarta de tonterías, y con esa arrogancia. ¡Tú no sabes lo que dices! ¡Morirte! ¿Tú sabes cómo nos sentiríamos papá y la abuelita y tus hermanas, si te murieras? ¿Sabes qué me pasaría a mí? ¡Me moriría también!»

«No, no te morirías. Llorarías un tiempo, estarías triste, no me olvidarías. Pero continuarías viviendo y estarías mejor sin mí.»

«Hijo de mi alma —contesté—, no me hagas llorar. Mi vida tiene sentido porque tú estás en ella. Tú y tus hermanas sois lo único que me queda.»

«Es lo que te queda a ti —musitó—. Yo no tengo nada.»

Le dejé rumiar su enfado mientras yo lloraba bajito. Esa ha sido la primera vez que no se ha acercado a consolarme. La primera, también, en que he escuchado cómo su rabia tomaba forma y palabras. Se está convirtiendo en un hombre, y en uno, es cierto, que no tendrá una vida fácil.

Unos días más tarde ocurrió el accidente. No sabemos aún bien cómo, estaba jugando, resbaló, cayó por las escaleras. El golpe fue muy grave, las heridas, de consideración. Aún no se ha recuperado.

«Tenemos que vigilarle más», me dijo Nikki.

«Siempre está vigilado.»

«No me refiero a ese tipo de vigilancia. Piensa demasiado.

Le ocurre lo que a Olga, rumia las ideas hasta que se hacen tan enormes que no puede tragarlas. Debemos animarlo a que hable más. La falta de deporte y de aire libre le pasa factura. Una cabeza inquieta que se aburre acaba dándose contra las paredes.»

«No estarás diciendo...»

«No digo nada. Pero prestemos un poco más de atención a lo que dice. He visto casos de muchachos, de soldados en el frente, muy jovencitos, a los que asaltaba una tristeza parecida y que acababan ahorcándose con el cinturón.»

«¡Nikki, por favor! Nuestro hijo es un niño sano y alegre.»

«Para nuestra desgracia, Alexis no es ninguna de las dos cosas.»

«¡Yo conozco a mi hijo!», grité.

Mi marido calló por un segundo.

«Yo ya no conozco a nadie.»

37

Pero Nikki no siempre ha opinado lo mismo. Él, como yo, veía cómo día a día en Alexis se libraba una lucha fuera de lo común: el niño ya no era niño, dejaba paso con una rapidez sorprendente al adulto que mi hijo llegaría a ser. Sus preguntas daban fe de una extraña madurez, de una capacidad de observación sobrenatural, mucho mayor que la de Olga o la de Tatiana. Era incapaz de presenciar el sufrimiento en animales o en seres humanos; lo conocía tan de cerca que no soportaba las lágrimas ni el dolor, por poco que él pudiera aliviarlo.

Y eso sí, como la familia de su padre, gozaba de una llaneza de formas, de una seguridad en sí mismo que no tenía nada que ver con su rango. Con tacto y lindas palabras, Gilliard se quejaba de lo difícil que era gobernarlo:

«El zarévich tiene estallidos de mal humor cada vez más frecuentes. Cuando quiere, es un niño adorable. Cuando no, solo obedece a su padre. Y yo no puedo molestar al zar de Rusia para controlar a un colegial. Necesitamos tomar medidas, madame».

Yo asentía, porque mi amor de madre no me cegaba hasta el punto de no ver lo caprichoso y difícil que en ocasiones podía mostrarse. Pero solo tenía nueve años, era un niño precioso, un niño que robaba todos los corazones... Sabía que Derevenko y Nagorni lo malcriaban y que una criatura de su edad debía aprender a cuidar de sí mismo, sin depender de una niñera-marinero que lo apartara de los peligros..., pero crecería tan pronto, tendría tantas ocasiones para desarrollar el sentido común y para enfrentarse a lo desconocido que por un poquito más, solo un poco más, quería estrecharlo contra mi corazón y protegerlo.

«No podremos protegerlo contra todo —me dijo en una ocasión Nikki. Sí, el mismo que me insta ahora a controlarlo, que me mete ideas negras en la cabeza. Alexis se había caído de nuevo, sin consecuencias esa vez, en un segundo de descuido de Nagorni—. No puede vivir bajo ese control constante. Él se siente humillado. Permitamos que, al menos durante algún tiempo, nadie lo vigile. No puedes defenderlo frente a la vida.»

«No —pensé—. Ni ahora contra los golpes, ni en un futuro contra las mujeres, o las malas decisiones o los ministros dañinos.» Esa noche apenas dormí, como si un segundo parto me alejara a mi hijo. Por la mañana sonreí y me mostré de acuerdo con mi esposo. Él era un zar, y debíamos criar a otro zar.

«Muy bien —le dije—, tú ganas. Tendrá, en lo posible, educación militar. Tú serás responsable de él.»

Alexis se portó bien durante algún tiempo, tan feliz por librarse de la supervisión que se mostró dispuesto a obedecernos en todo lo que deseáramos. Después, de nuevo, el horror. Durante la clase de francés se subió a una silla y se resbaló, y de nuevo la pobre pierna se hinchó, y de nuevo la hemorragia, aquel veneno rojo e intenso, fluyó sin cesar bajo la piel de mi hijo.

Más noches junto al lecho, las miradas doloridas de Nikki y la culpa callada de Gilliard, que casi enloqueció de desesperación cuando se vio incapaz de evitar el accidente. Las niñas entraban de vez en cuando, sobre todo cuando estaba dormido, y le besaban en la frente con una dulzura que me conmovía tanto como el llanto de Alexis.

«¡Mamá! —gritaba, y a mí se me desgarraba el pecho—. ¡Mamá! ¡Mamá!»

¿Qué magia hay en esa palabra, y por qué yo no podía ejercerla? Le acariciaba la frente, le prometía que el dolor se marcharía pronto. Rezaba y rezaba, y guardaba la esperanza de la Virgen, que había perdido a un hijo de una manera tan injusta, arrebatado por la maldad humana, y le pedía que me conservara el mío. Y la Virgen me escuchó. Mi hijo, mi precioso hijo, ha sobrevivido al dolor, los ataques, la humillación del cautiverio, el viaje hasta esta casa gris. No será un gran zar, no si las cosas continúan como hasta ahora; pero será un gran hombre.

Y aquellos médicos... Ah, el doctor Derevenko, el doctor Botkin. No sabían qué hacer, nos volvían locos con sus dudas y sus miedos. Se opusieron, otra vez, a que el niño corriera por ahí sin vigilancia. Pero yo sabía por qué era: no eran capaces de curarlo si lo peor ocurría, y mientras temían que ese día llegara, cada pequeño susto se convertía en lo peor. Torturaban a mi hijo, lo sometían a curas terribles y a dolores que casi superaban los de la enfermedad. Y nada de eso servía. Solo las oraciones del Hombre Santo; el amor tan poderoso pese a la distancia del padre Grigori obraba el milagro.

«En fin —decía mi suegra con su habitual tacto—. Está muy bien que te preocupes por el niño. Nadie te va a quitar la medalla a la mejor madre. Pero esas niñas están creciendo salvajes, pasan los años y nadie se ocupa de ellas.»

«Por favor, mamá —le suplicaba—, no me digas eso. Ahora no.»

¡Mis hijas! Mis niñas guapas, bondadosas, el orgullo de mi casa. De cualquier casa. Hasta de este cuchitril. Cuando levanto la cabeza y las veo juntas, peleándose o riendo, me templan el corazón. Han logrado lo que yo nunca tuve con mis hermanos, una unión indisoluble, una comprensión infinita hacia los defectos y las virtudes de las otras, un amor que solo la muerte podrá relajar. Las imagino siempre juntas, aunque sus matrimonios las distancien y los hijos las absorban. Incluso han creado un club secreto, una asociación a la que han dado el nombre que resulta de sus iniciales. ¡OTMA! Como OTMA firman sus notas cuando vienen de todas ellas, o los regalitos que aún tienen el humor de idear, o las trastadas que de vez en cuando cometen.

Quizás se refugien así, en su fraternidad. Pero a mí no me engañan. Son tan distintas como ya apuntaban de niñas. Puede que las haya intentado vestir igual, pero eso ha sido todo.

Olga siempre ha sido de comprensión rápida, tan veloz que en ocasiones se aburre e inventa interpretaciones nuevas de los conocimientos antiguos. Es la que más sufre por la falta de libros. Le encanta leer, quizás una excusa para encontrar la soledad de la que, en el fondo, es tan amiga, y leía tanto, incluso de niña, que su padre tuvo que censurar algunas de sus lecturas.

«¿Sabes qué me ha preguntado hoy Olga? —me contó una noche Nikki. Yo negué—. El significado de la palabra *merde.*»

Dudé un momento. Luego, cuando recordé yo misma el significado, me sonrojé de golpe.

«Pero ¿dónde ha oído eso?»

«Lo ha leído en *Los miserables.*»

«Entonces —dije— hay que advertir a Gilliard para que sea más cauto en sus recomendaciones de lectura.»

«Ya lo he hecho —replicó Nikki riendo—. Y ya lo ha hecho. Olga le desobedeció y leyó esa página.»

Yo también me eché a reír.

«Estamos criando a nuestras hijas como carreteros...»

«¡Como Romanov!», exclamó él.

Tatiana no es, como las niñas dicen a veces, mi preferida (no tengo preferida, no sería capaz de esa injusticia), pero es, sin duda, aquella en la que más me reconozco. No solo por sus rasgos, tan morenos en comparación con sus hermanos, sino también por esa manera suya silenciosa, reservada, de resolver los problemas. No posee la inteligencia de Olga, pero es más serena y mucho más obstinada, y eso le hace llegar más lejos en sus estudios y en sus observaciones. Es linda, como todas mis hijas, y creo que lo es porque su amabilidad, esa manera de cuidar de que cada uno de los que la rodeen esté a gusto, asoma a su rostro. Se olvida de ella misma, mi hija, para cuidar de quien más lo necesita. Y me temo que, más frecuentemente de lo que desearía, esa soy yo.

También María es la bondad personificada, y por suerte ha heredado todo lo valioso que en la familia de su padre había, incluida la talla y su magnífica piel. Pero para María ser buena surge de manera natural, como emana el frescor del agua o el calor del sol, o los sentimientos nobles de sus ojos enormes y claros. Será una estupenda esposa y una madre demasiado complaciente, si sus hijos aprenden a tomarle el pelo de la misma manera que sus hermanos.

Anastasia debería haber sido un niño, un hijo fuerte y enérgico, porque le sobra vida para limitarse a ser una señorita. A veces no sé si felicitarla por su inteligencia o reñirla por la última barbaridad que ha ideado. Es ingeniosa hasta el extremo de resultar ofensiva y hace lo que quiere con la pobre María, que no ha llegado aún cuando Anastasia ya ha vuelto. Y alegre hasta la exageración, y con unas dotes de convicción que no siempre emplea para el bien. Hay que decir que es la única que ha logrado hablar francés bastante bien y que cuando dirige su talento a las obras de teatro que improvisa, lamentamos que el mundo haya perdido una actriz tan grande. Y que sus travesuras nunca son fruto de la malicia. Creemos. Pero me gustaría que no fuera tan perezosa y que diera un mejor ejemplo a Alexis, y a María, a quien las lecciones le importan muy poco y le cuestan tanto.

Mis niñas no me abandonan nunca; cuando no es una, es otra la que me acompaña. Incluso Olga, la más solitaria, la que más aprecia su independencia y que últimamente está triste y hosca, me cubre de cariño. No, no podríamos soñar con hijas más dulces, más buenas, más devotas. Ninguna de ellas ha llegado demasiado lejos en sus estudios, ni siquiera Olga, a la que los problemas de nuestro entorno han acabado por consumir energías y concentración. Pero lo intentan. Incluso ahora continúan con ello, se ayudan las unas a las otras, se programan sus materias. Se saben manejar bien en la vida y en la corte, son sensatas y razonables, y no creo que se les pueda pedir más en la jaula dorada, en la prisión de seda en la que siempre han vivido.

Con mi quinta hija, en cambio, no lo he hecho tan bien. ¡Ni siquiera la tengo a mi lado! ¡Qué poco he cuidado de mi pobre Anna! ¿Dónde estará ahora? Ha pasado por la cárcel, hasta ahí la ha llevado su fidelidad a mí. ¿Y cómo se lo he pagado? Nunca me perdoné el error que cometí con la pobre Anna. Su lealtad, imbatible, su dulzura y su espiritualidad solo recibieron como premio la presencia de un hombre repugnante, de un borracho que ni siquiera fue capaz de hacerle sentir una mujer.

He cometido muchos fallos en mi vida, muchas decisiones

erróneas. Soy impetuosa, soy leal y apasionada, y por lo tanto, proclive a dejarme llevar por mi primer pensamiento y por mi última intuición. Anna se unió a mí en su desgracia y se convirtió pronto en mi mejor amiga. Hasta en eso me han atacado. Era simple, es cierto, siempre lo ha sido. Sus opiniones casi siempre provienen de una mente de niña y no sabe una palabra de elegancia; pero también resulta cierto que carece de ambición, que no es capaz de intrigar ni de un mal pensamiento hacia nosotros, y eso la convierte en un sorbo de agua en mitad del polvo. En eso no cederé nunca: si nos ha sobrevenido algún mal a través de Anna, fue porque la convirtieron en el instrumento de otros, porque cerebros más fríos y calculadores se aprovecharon de su inocencia. Ella jamás jamás nos traicionará.

El tiempo pasó. A veces para mejor, a veces para peor. Casi siempre para mejor. En ocasiones me consolaba pensando que el carácter de Alexis, tan similar en algunos defectos al mío, resultaría beneficiado por su enfermedad. Comencé a mirar a la hemofilia como a un cruel aliado que lo obligaba a tener paciencia cuando lo quería todo en el momento, a buscar en su corazón y los sentimientos la verdad cuando lo rodeaban los halagos y la adulación, a soportar el dolor con estoicismo y valentía.

Era mejor pensar así, y me aliviaba la herida que me laceraba el pecho cada vez que pensaba en una maldición, en un mal transmitido por mi sangre y mi amor. Ya que la soledad propia de un príncipe se veía agravada en su caso, ya que su poca movilidad y los riesgos de su salud le impedían conocer la vida en su crudeza, la hemofilia le dotaría de esa sabiduría, de esa madurez impropia que reconocía en él cada vez más a menudo.

Sí, el tiempo pasó. La primavera nos llevaba a Livadia, al precioso palacio de Crimea, al sol y a la sencillez de las aldeas tártaras de los alrededores. Los días se alargaban rápidamente y las puestas de sol parecían eternas. Ah, si nos permitieran vivir en Crimea... Alexis siempre mejora allí, y todo lo que nos rodea nos habla de recuerdos tan dulces que incluso ahora el aroma de las flores llega hasta aquí. Bastaba con hacer las maletas para que las niñas cambiaran de humor y para que Alexis comenzara a alborotar y a volver loco a Derevenko.

La locura se prolongaría durante todo el verano, en el que mis hijos crecían medio salvajes, entre las excursiones a las montañas y las tardes en el yate real. Durante el invierno yo era quien se encargaba de los niños. Nikki, agobiado por el trabajo y las preocupaciones, apenas podía verlos, y yo procuraba no añadir más peso a sus hombros contándole los pequeños problemas diarios. Pero cuando llegaba el verano, mi marido se convertía en el más cariñoso y preocupado de los padres.

Incluso por algún tiempo nos olvidábamos de la enfermedad de Alexis y lo dejábamos sin demasiado freno. La alegría de su padre era contagiosa y el tiempo se le iba en planear excursiones y comprar regalos. Se llevaba con él a las niñas, hacía el payaso como una criatura más y se bañaba con ellas como un mortal más. Una vez, cuando Anastasia tenía cinco años, una ola los engulló a los cinco. Las tres mayores y Nikki aparecieron pronto, pero la pequeña no tuvo fuerzas para nadar. Yo esperaba en la orilla con el niño, que daba palmas, encantado, y sentí que se me detenía el corazón en el pecho. Mi marido se sumergió, aferró a Anastasia por el pelo, que por suerte llevaba muy largo, y me la devolvió sana, salva y llorando como una posesa. Ese tipo de cosas nos ocurrían en Livadia, y las noches eran largas y deliciosas, y nos pertenecían solamente a nosotros.

El tiempo pasó. Ese verano de 1913 fue el verano del fallido compromiso de Olga. Mi hija mayor tenía ya dieciocho años, y hasta entonces no habíamos querido hablarle de boda, pero había un pretendiente interesado al que no era conveniente hacer esperar: el príncipe Carol de Rumanía. De hecho, nos encontrábamos en la obligación de devolver a sus padres una visita de cortesía, y yo confiaba en que el romance cuajaría entonces.

«Ver a mi hija mayor casada —le decía yo a Nikki—. ¿Te imaginas?»

«Pero tenemos tantas hijas. Y tan feas.»

«Sí, somos muy desgraciados.»

Olga cambió; fue así, de la noche a la mañana, cuando comenzó a adivinar que el tema estaba claro. Nicolás pareció no advertirlo, pero a mí se me rompió el corazón. La niña no quería casarse con Carol, ni abandonar Rusia, ni alejarse de nosotros. Eso era evidente. No sé si he llegado a comprender del todo a mi hija mayor, pero si algo tenía claro era que ninguna de mis hijas se casaría en contra de su voluntad. Nuestro matrimonio había sido tan hermoso, tan bendecido por la fortuna, que pienso que algo terrible nos sucedería si no anhelara algo similar para mis hijos. Razonamos con ella, le prometimos libertad absoluta y, como mi abuela hizo tanto tiempo atrás, intenté hacerle ver que una princesa no pertenece del todo al lugar en el que nace.

«No es por Carol», confesó.

«Entonces, ¿por qué es?»

Sabía, claro está, que había tenido sus pequeños romances. Coqueteos con los marineros del *Standart*, y después con uno de los oficiales con los que trataba a menudo. También las dos sabíamos que no podían ir en serio.

«No abandonaré Rusia, mamá. No podré adaptarme, jamás, a otro país.»

«Pero mi vida, yo...»

«Yo no quiero ser como tú.»

Lo comprendí de inmediato. Olga no quería ser una extranjera en su patria y lo defendió apretando la mandíbula. Había nacido rusa y quería morir así. A Nikki le conmovió su lealtad. Yo sospeché que alguno de aquellos amores pequeños había crecido, pero sus hermanas guardaron un silencio que fui incapaz de romper. De todas maneras, nos dijimos, en Rusia abundaban los nobles honrados y dignos de la hija de un zar. Era un consuelo mínimo pero eficaz. Tampoco nosotros deseábamos apartarnos de nuestras niñas.

«¿Y ahora qué hacemos? Hemos quedado con los rumanos.»

«Nunca se sabe. Aún pueden gustarse. Cosas más raras han pasado.»

Aun así, tragué saliva cuando me encontré con los reyes rumanos en el puerto de Constanza y vi que nos recibían con descargas de artillería y con la flota desplegada. Durante el banquete de gala observé de reojo a la reina Elizabeth, una mujer magnífica e inteligente, que escribía libros sin ser molestada bajo el exótico nombre de Carmen Sylva.

¿Quién me había hablado de ella? Aquella otra Elisabeth, hacía una eternidad, un millón de años al menos... Y sí, la observé. Una reina amante de la soledad, que escuchaba el sonido de las olas durante horas y mientras tanto pensaba, sin costura, sin hijas, sin nada, reclamando el tiempo del mundo para ella.

Ochenta y cuatro personas me separaban de Nikki, y en la gran sala se hacía difícil respirar por la emoción contenida y por el vapor que se desprendía de las palmeras y las flores que cubrían las paredes. Con el rabillo del ojo vigilaba cómo Olga, sentada junto al príncipe Carol, se mostraba relajada y amable, y las otras niñas, a las que por lo general había que amonestar para que no bostezaran, no dejaban de cuchichear y de señalarme a su hermana. Yo las atravesaba con la mirada.

Ya habían hecho bastante: sin nuestro permiso, habían salido a pasear sin gorro ni velo y el sol había quemado sus preciosas caritas. A propósito, supimos luego, y a la vez, para no correr el riesgo de que el rumano se fijara en ninguna de ellas. Las cuatro parecían unas aldeanas en tiempo de siega. Por supuesto, a Carol no le gustó Olga ni mi hija cambió de opinión, así que de la manera más elegante posible retrasamos el compromiso. Carmen Sylva, que escribía en alemán mejor de lo que yo nunca había hablado la lengua de mi patria natal, me entendió sin palabras. ¿Cómo era? «Las normas son para las personas sin moral, la moda para la gente sin elegancia, la etiqueta para gente sin educación.» ¿Cómo hubiera encajado mi hija en aquella corte pequeña, con una suegra que, en ocasiones, me recordaba tanto a la mía?

A finales de verano de nuevo Alexis tuvo un pequeño accidente: saltó cuando no debía y su pierna se quedó enganchada en una escalerilla a bordo del *Standart*. Estábamos disfrutando de un crucero sin incidencias por los fiordos fineses, pero pronto los dolores del niño nos hicieron salir del encanto de la tranquilidad y el paisaje. Las aguas del color de los pinos y los pinos del color de las esmeraldas relumbraban bajo el sol eterno del verano nórdico. Bajo la piel de Alexis la hemorragia dejaba rastros violeta.

Aunque no parecía revestir demasiada gravedad, cuando el niño cayó dormido, quise enviar un telegrama a Nuestro Amigo, que por esos días, como hacía cada cierto tiempo, había regresado a su casa, en Pokrovskoye. Me encontraba serena, un poco cansada por la falta de sueño y la luz perpetua. Entonces me dieron la noticia. Los marineros del *Standart*, cobardes, no habían querido decírmelo. Una mujer, una fanática con la nariz devorada por la sífilis, una criatura del demonio, le había clavado un puñal en el estómago.

«Pero ¿cómo?, ¿cómo está?», pregunté mientras la ansiedad me hacía casi chillar.

El militar al cargo se encogió de hombros.

«No se preocupe, madrecita. Los *mujiks* tienen nueve vidas.»

Pocas veces he sentido unos deseos tan intensos de abofetear a nadie. Corrí a refugiarme en los brazos de mi marido, lloré por él como si Nuestro Amigo y mi propio hijo estuvieran muertos ya, y luego, apenas recuperada, me aseguré de que el mejor cirujano de San Petersburgo fuera enviado a Siberia para tratarlo.

«Él no puede morir. ¿Es que no me entiendes?», le suplicaba a Nikki.

Recé por él tanto como por mi hijo, rogué a todos mis iconos que los sufrimientos de mis seres amados cayeran sobre mí. Alexis se recuperó al mismo tiempo que el padre Grigori; en una semana los dos estaban fuera de peligro, y para cuando llegó la siguiente ocasión oficial, la visita del presidente francés, me encontré con ánimos como para acudir a la cena y llevar conmigo a mi hijo. A cambio de unas frasecitas en francés, le otorgó la escarapela de la Legión de Honor. No estaba mal, teniendo en cuenta lo tenso que se mostraba el pobre Gilliard cada vez que el zarévich abría la boca.

Regresamos a Tsarskoye Selo para encontrarnos con que Austria, en su afán desmedido por ganar poder en los Balcanes, había dado un ultimátum a Serbia. Al mismo tiempo que una mujer pérfida asestaba una puñalada casi mortal a Rasputin, un país con espíritu de mujerzuela intentaba, a la desesperada, herirnos a nosotros y a nuestros aliados. Pero Rasputin perdonaba a su asesina y nos advertía que la guerra debía ser evitada a toda costa, si no deseábamos que las peores calamidades cayeran sobre Rusia y sobre los Romanov.

38

¿Qué más deseábamos nosotros que evitar una guerra atroz? Alemania respaldaba a Austria, y los diplomáticos, aquellos artistas que cambiaban los colores de la realidad y volvían blanco lo negro, no trabajaban lo bastante deprisa. Los austriacos bombardearon Belgrado, y en respuesta nuestro Ejército fue movilizado. A su vez, los alemanes exigieron que nos replegáramos en doce horas o se movilizarían para hacernos frente. Eso era imposible; nuestro Ejército era tan inmenso y complejo que harían falta al menos tres semanas para rehacerse de la orden y la contraorden, y con eso contaban aquellos perversos, con la preciosa ventaja de esos veintiún días.

Alemania nos declaró la guerra al término de esas doce horas, a las diez y siete minutos de una brillante mañana de verano. Las niñas y Nikki y yo nos encontrábamos en misa. Rezábamos con tanta desesperación como en las peores horas de Alexis, en los momentos más duros del atentado contra Nuestro Amigo. Más o menos a esa hora mi reloj se detuvo y yo lo miré durante mucho tiempo atónita. Acababa de comenzar una era distinta, ya no era posible vivir como hasta entonces. Otra vez. Había perdido la cuenta de los cambios trascendentales por los que había atravesado mi vida. La única huida era hacia delante.

Nikki nos dio la noticia definitiva durante la cena:

«Estamos en guerra. Hay que reunir todo el valor posible, y estar a la altura. Cada uno en su puesto, todos, desde Alexis hasta yo mismo, debemos dar ejemplo».

Yo me eché a llorar y las niñas me imitaron. Había que apresurarse y sostener una sesión extraordinaria en San Petersburgo, en el palacio de Invierno, era necesario anunciar de una manera formal al pueblo ruso que nos encontrábamos en guerra. Y allí, mientras Nikki se asomaba al balcón del palacio y nuestra gente aguardaba en silencio, con un dolor que se hacía palpable, mientras el zar, acompañado de sus súbditos, juraba que la guerra no terminaría mientras un solo soldado enemigo permaneciera dentro de nuestras fronteras, sentí nuevamente ganas de llorar. Nada nos había preparado para aquello. Y aquella guerra no mostraría piedad con los débiles, ni perdón para el vencido.

Todo pareció sucederse a una velocidad inusitada; Alemania declaró la guerra a Francia el 14 de agosto, la neutralidad de Suiza y de Italia pareció cuestionarse, Inglaterra se unió a la causa y de pronto nos invadió la alegría, porque si Inglaterra estaba de nuestro lado, nada debía temerse. Solo Austria permanecía junto a Alemania. En aquel momento daba la impresión de que recibirían un castigo rápido y cruel.

Gilliard, el preceptor suizo, estaba inquieto. Habría deseado marcharse a su patria, pero no quise ni siquiera oír hablar de ello. En caso de llegar allí, le resultaría imposible regresar. Pronto supimos que Alemania había violado la neutralidad de Suiza y abandonamos el tema. Pobre hombre, nos fue fiel mientras pudo, incluso por encima de su propia felicidad.

La Alemania de mi niñez sería devastada: nunca podría regresar a ese país de ensueño, al que veía ya humillado y pobre. ¿Y mi hermano? ¿Y su familia? ¿Y todos nuestros amigos? La Alemania contemporánea tenía poco que ver con aquella en la que yo había crecido. Prusia la tenía bajo su puño, apretando poco a poco, y para liberarse de aquella presión solo les quedaba enfrentarse a la guerra.

Odiábamos aquella guerra. Nikki había hecho todo lo posible por evitarla, se había mostrado dispuesto a cualquier concesión, incluso rozando la indignidad personal, lo intolerable en un monarca fuerte. Y sin embargo, ahora que parecía cierta, se disolvía la tensa espera, esa terrible comezón que nos asaltaba tantas veces: cuando Alexis deliraba sin saber si sobreviviría o no, en los largos días de la guerra con Japón, en los debates inacabables de la Duma, tan ansiosa de poder... Ahora, Nicolás Nicolaievich, nuestro tío, el bronco Romanov ante el que toda la familia se cuadraba, dirigía el Ejército ruso. No me gustó aquel nombramiento, es decir, no le gustó a Rasputin, y a mí tampoco, y sin embargo, no pude menos que compadecerle cuando marchó al frente.

Llegamos a Moscú el 17 de agosto, y cuando a veces, en las noches sin sueño, recordamos aquellos días, nuestro corazón vuelve a latir con fuerza y nuestra esperanza en el pueblo ruso se renueva. Fuimos allí a suplicar la bendición de Dios y de nuestro pueblo ante la guerra que llegaba. ¡Cómo nos amaban! Nunca había visto nada similar. Desde la estación hasta el palacio solo veíamos gente, gente, gente en los balcones, sobre los árboles, gente que había trepado a los tejados, que gritaba y se unía al doblar de las campanas, que deseaba larga vida a mi marido, que cantaba fragmentos del himno nacional, que vitoreaba nuestros nombres.

Al menos, sus nombres. El mío no se oía tanto.

Alexis comenzó a quejarse de la pierna la víspera de la ceremonia; pronto imaginamos que, una vez más, no podría acudir caminando por sí solo. Cuando al despertar los dolores seguían, mi hijo rompió a llorar. Ocultamos nuestra desesperación y decidimos que un cosaco lo llevaría en brazos. Parecía que una maldición lo perseguía y le privaba de mostrarse fuerte y sano en público. Cada vez que se requería su presencia, era casi seguro que alguna complicación lo impediría.

Aun así, el entusiasmo del pueblo cuando nos vio en lo alto de la escalinata fue delirante. Nikki y yo descendimos, de la mano, a la cabeza de una procesión interminable que recorrió lentamente el puente que conectaba el palacio con la catedral de la Asunción. Escuchamos la misa (de vez en cuando miraba a mi hijo, somnoliento y malhumorado, y le sonreía) y regresamos al palacio, pero nuestros súbditos no se iban. Continuaban en la plaza, vitoreando, se sentaban en el suelo y cantaban, y aguardaban a centenares. En el aire se sentía la electricidad de aquel amor incondicional, de aquel sentimiento recuperado de unión con nosotros que tanto había anhelado.

Ese era el auténtico pueblo ruso. Nuestro amo y nuestro siervo. De ese lo continúo esperando todo. Algún día, por encima de todas nuestras barreras, me comprenderá.

El entusiasmo del pueblo de Moscú al tener entre ellos a Nicolás y al zarévich era enorme; los ciudadanos les dedicaban bendiciones y les arrojaban flores, y a Nikki le conmovía la espontánea ingenuidad con la que los mimaban. Cada mañana, cuando Alexis salía a pasear en coche con su preceptor, encontraban dificultades para regresar al cuartel: los campesinos aguardaban su regreso, de puntillas, con gritos y llantos si lograban, de un salto, rozar a mi hijo.

Las primeras veces Alexis se encogía y se asustaba, tímido ante aquella multitud desarrapada y entusiasta. Su padre le insistió para que sonriera, para que se mostrara cercano y risueño.

«No seas tonto. Solo te quieren dar un regalo, cógelo.»

Pero no logró gran cosa: solo tenía diez años y a veces se mostraba asustadizo. Alexis enrojecía y no sabía qué decir ni adónde mirar. Por lo general, los campesinos se dispersaban cuando los policías al cargo de la seguridad de mi niño los disuadían, aunque otras veces había que gritarles y amenazarlos. A mí me daban pena aquellas gentes, con sus humildes presentes... El regalo de un pobre, ¿quién podrá valorarlo?

Antes de regresar a Tsarskoye Selo nos acercamos al monasterio-fortaleza de Troitsa. Rezamos y nos arrodillamos ante las reliquias de san Sergio. El archimandrita le tendió a Nikki el precioso icono de san Sergio que antiguamente acompañaba a los zares en las campañas de guerra.

Yo quería que los niños visitaran la pequeña ermita de Getsemaní, muy cerca de allí. Como me había explicado Nuestro Amigo, los ermitaños vivían en celdas subterráneas dedicados a la oración, sin apenas comer, en extrema pobreza. Los monjes los miraban con recelo. Creo que también nos miraban con recelo a nosotros.

Recibimos la bendición del archimandrita y abandonamos el monasterio. Los monjes, bultos de tela oscura y silenciosa, nos rodearon como cucarachas. Luego, cuando llegamos al carruaje, desaparecieron repentinamente y de nuevo pensé en cucarachas.

Nikki se había transformado durante los primeros días de la guerra y nunca se acercó tanto al zar digno y fuerte que yo había soñado. Vivía, respiraba, hablaba con un único fin en mente: que la guerra fuera breve y que Rusia fuera la ganadora. Su energía resultaba contagiosa. Yo, que tan bien lo conozco, sé el esfuerzo que fue para él vencer su timidez y sus dudas y su pobre concepto de sí mismo, y sé que lo hizo por su pueblo. Nunca antes los rusos habían estado tan cerca de su zar, tan seguros de que los guiaría a la victoria. Nunca, salvo quizás en los días que siguieron al nacimiento de Alexis, nos habían querido tanto. Nikki había visto en esa guerra la ocasión perfecta para retomar lo que había de bueno en la gente rusa, su valor y su capacidad de sacrificio, y estaba seguro de que tras los momentos difíciles seríamos todos mejores.

Con esa idea había prohibido la producción y la venta de todo tipo de alcoholes. Desde luego, esa medida nos privaría de importantes impuestos que eran preciosos en aquellos tiempos, pero el vodka y los licores habían minado durante demasiado tiempo la salud y el alma de los rusos, y eso debía acabarse. Y resultó que al final continuaban destilando en alambiques ilegales. Pero la intención era la que era.

Sabíamos que Rusia poseía una discreta flota naval, pero esperábamos que Inglaterra remediara esa falta. Después llegó Francia, una nueva aliada. Creíamos tener suficientes municiones y Nikki se sentía especialmente seguro con su tío Nicolás al frente del Ejército.

Comenzaron los primeros errores... La munición tardó tres meses en llegar al frente, y cuando lo hizo, era inútil porque el calibre era distinto al de las armas que los soldados empleaban. Cuando despedía a los soldados de mi Ejército, y con cuánto cariño me respondían algunos, la pena no me dejaba respirar: muchos de ellos no podrían ni defenderse con aquellas balas defectuosas.

Mi primer impulso cuando escuché la declaración de guerra había sido el de crear mi propio hospital. Las niñas y yo recibimos instrucción como enfermeras y nos convertimos en hermanas de la Caridad. Nuestra maestra, la princesa Gedroitz, era profesora de cirugía, y pronto la ayudamos en operaciones y amputaciones. Las niñas pasaron a llamarse entre ellas hermanas 1, 2, 3 y 4 y se tomaron muy en serio sus obligaciones.

Mientras mi marido visitaba el frente y los distintos cuerpos del Ejército, yo continuaba con mi labor en el hospital. Las dos mayores me acompañaban, Tatiana como enfermera, Olga como administradora, porque pese a sus esfuerzos le resultaba demasiado duro enfrentarse a los heridos y las curas. Había mucho por hacer: era necesario organizar nuevos hospitales militares, conseguir ambulancias y trenes que sirvieran como hospitales móviles y reforzar la labor de la Cruz Roja. Nos lo tomamos en serio. Incluso demasiado en serio. Olga nunca tuvo madera de enfermera. Sufría horriblemente, y aunque en un principio no se negó a colaborar, cada vez más a menudo manteníamos discusiones que llegaban a ser acaloradas. Yo no sabía qué hacer, si obligarla a superar sus miedos y su dolor o dejarla tranquila y que se dedicara a otras cuestiones.

Tampoco la sociedad me respaldaba demasiado, aunque eso era de esperar: no importaba que gran parte de las reinas europeas vistieran mi mismo uniforme de la Cruz Roja. Al parecer, la zarina rusa se rebajaba si trabajaba como enfermera cuando miles de hombres rusos se desangraban. ¿Querían de nuevo que fuera un objeto bello adornado con perlas y diamantes, sin ninguna preocupación, ciega a la muerte y la destrucción que me rodeaba? Alguna vez vi la sorpresa, incluso una dolida incredulidad en los ojos de un soldado al que curaba; entre las muestras de agradecimiento, también recibí insultos (un «Alemana», apenas musitado, que dolía como un puñal) o un firme reproche: «Este no es lugar para una emperatriz».

Mi lugar, por lo visto, tampoco era el escritorio de mi esposo: las cartas anónimas incitándome a regresar a la salita malva se sucedieron, algunas respetuosas y preocupadas, otras infamantes. Los periódicos publicaron la carta de la princesa Vasiltchikov en la que me pedía, en nombre de todas las mujeres rusas, que dejara de mezclarme en los asuntos políticos de mi país, ya que ese era el deseo de todas las clases sociales. Esa carta me enfureció primero y me humilló hasta las lágrimas después. ¿Qué estaba haciendo mal, nuevamente? ¿Curar a los heridos? ¿Preocuparme por mi país, en el que un día reinaría mi hijo?

Intenté buscar aquellos fieles y leales consejeros que siempre me recomendaban, y los busqué por todas partes. Cada jueves organizaba una recepción a la que acudían los nobles y los militares más destacados del país, los comandantes más hábiles y los que esperaban una oportunidad para demostrar que lo eran, y mientras escuchábamos a la orquesta dirigida por Goulesko recababa el consejo de quienes se suponían expertos. A veces me sacaban tanto de quicio que solo el veronal me permitía soportar la tensión. Picoteaba la comida, ni siquiera se me ocurría tomar una copa de champán (pero ¿qué importaba si toda Rusia afirmaba que tanto yo como Nikki éramos dos borrachos que nos bañábamos en licor?) y aguardaba pacientemente a que la reunión terminara.

Alexis enfermó de paperas mientras Nikki estaba en el frente, y Lily también sufría; su marido había sido destinado a Inglaterra y de nuevo había tenido que tomar una decisión dolorosa: optó por no seguirlo y permanecer con nosotros. Dulce amiga, dondequiera que esté, espero que no se haya arrepentido.

Yo seguía el desarrollo de la guerra sin ser del todo consciente de las derrotas y las victorias rusas. Por supuesto, me alegré cuando supe que habíamos entrado en Leópolis y asegurado así los Cárpatos, pero eso significa un fluir de heridos casi tan constante como el que nos había traído la derrota de Tannenberg. Morían muchos, y otros quedaban inválidos e inútiles. Mis pobres hijos rusos, sangre de la tierra, que volvían a ella en la flor de la edad.

En diciembre los niños y yo visitamos Moscú y nos reunimos allí con Nikki, que había viajado al Cáucaso para apoyar a las tropas que luchaban contra los turcos. Más hospitales, más heridos. Más ausencias de mi marido, que viajaba constantemente y que preparaba la gran ofensiva que tendría lugar en marzo, cuando el frío la permitiera. Ausencias también de Alexis, que recorría con su tutor los alrededores de Tsarskoye Selo y pasaba en ocasiones tardes enteras en casa de su mejor amigo, el hijo del doctor Derevenko. En esos días más que nunca veíamos la necesidad de que el niño no creciera tímido y sobreprotegido, sino que tomara parte activa en su entorno, se hiciera su propia idea del mundo y creciera tan rápidamente como lo hacían todos los niños rusos.

La vida se simplificó en palacio. Las niñas vieron cómo el menú se reducía y asumieron con naturalidad que debíamos dar ejemplo con nuestro sacrificio. Yo lo sentía sobre todo por las dos mayores, que se estaban convirtiendo en mujeres sin descubrir lo bella que podía ser la juventud, sin fiestas ni bailes, ni apenas romances. Ellas vivían, como les habíamos enseñado, para nosotros y para su patria, y si algo podían hacer para que sus padres o sus hermanos olvidaran la angustia que sentíamos, lo hacían sin dudar.

Ya no me preocupaba por mi vestuario, porque las niñas mayores y yo vestíamos el uniforme de enfermera casi constantemente. De hecho, no podía permitirme preocuparme por nada, ni siquiera por Alexis, por nada que no fuera el bienestar de los enfermos y el hecho de tener tan solo dos manos. Mi querido padre Grigori había regresado de Siberia, ya recuperado del atentado que sufrió, y apenas pude pasar tiempo con él, aunque mi corazón lo recordaba con afecto a cada momento. Él, sin embargo, siguió tan fiel a nosotros como siempre.

Cuando Anna, mi querida vaquita, sufrió el terrible accidente de tren que casi nos la mata, cuando nos la trajeron inconsciente rescatada de entre los restos del vagón, allí estaba él, con su mirada profunda y sus manos delicadas. Yo lloraba a su lado, preguntándome en silencio por qué la mala suerte perseguía a todos los que amaba, amigos, padres, hijos, súbditos, pero él posó los dedos sobre la frente de Anna y cerró los ojos.

«Vivirá —dijo—, pero quedará inválida.»

Luego abandonó Tsarskoye Selo con tanta discreción que nadie lo vio salir, para desaparecer hasta que volviéramos a necesitarlo. Anna vivió, por supuesto, pero su convalecencia fue terrible, larga y lenta, y muy dolorosa, y no volvió a caminar.

39

Tatiana a Olga Voronova

12 de enero de 1908. Mi santo
Mamá y papá me han regalado un broche, cuadernos y un mantel enooorme con bordados de Caperucita Roja. [...]

24 de noviembre de 1912
He estado cuidando de Alexis y hemos ido a tomar el té con mamá. Luego he llevado al Nene a dar un buen paseo en la silla de ruedas y hemos recorrido casi todas las habitaciones. [...]

26 de marzo de 1913
Estoy enferma de tifus. Me han separado de mis hermanas, y aquí vivo, aislada, con *Shura*, en la habitación que está entre el cuarto de juegos y el cuarto de Sonia Orbeliani. Mamá viene a hacerme compañía y mimos todos los días, de dos a cinco.

18 de abril de 1913
Hemos tomado el té abajo y hemos visto a Grigori Efimovich con mamá. Me ha encantado verlo. Luego hemos subido a nuestro piso y he tocado el piano. Y hemos cenado las cuatro juntas. Después mamá, papá y la tía y yo hemos pasado tiempo en el estudio, mamá en su *chaise longue*, como siempre.

5 de septiembre de 1914. Tsarskoye Selo
Todos los días vamos al hospital de palacio para los vendajes, pero no en el edificio principal. En el jardín hay un pabelloncito para los oficiales. Cada día nos traen aquí a seis de los de rango inferior, y Olga y yo vendamos sus heridas. Cuando aca-

bamos con ellos vamos al pabellón de oficiales, donde mamá y Anna se turnan para vendarlos.

12 de octubre de 1914
Anna me ha traído un perrito bulldog francés de parte de Dimitri Malama. Le voy a llamar *Ortino*. Es una cosita adorable. ¡Estoy tan contenta! Lo he aceptado sin darme cuenta de que a mamá le podía molestar, pero por otro lado, tenía tantas ganas de quedármelo que tampoco me he apresurado a contárselo hasta que he estado segura de que me lo podía quedar.

15 de octubre de 1914
Mis miedos respecto a *Ortino* eran completamente infundados. Hoy hemos cenado mamá, papá y yo, y el perrito en medio. [...]

30 de noviembre de 1914
Ahora tenemos otra preciosidad de cachorrito, una bulldog francesa llamada *Bille*. Es taaan dulce. Es un primor verla jugar con el perro de Alexis.

31 de diciembre de 1914. Tsarskoye Selo
En el pabellón de oficiales hay un pobre que sirvió en el regimiento de cosacos al que le han amputado la pierna derecha. Toca la guitarra y canta de maravilla. No les permiten cantar en alto, y cuando les dejan, los acallan enseguida. Y canta canciones muy tristes en voz bajita. A mí me encantan.

24 de mayo de 1915. Tsarskoye Selo
La pobre Anastasia está inconsolable, porque su perrito *Shvybzik* se ha muerto, parece que de una inflamación en el cerebro. [...]

2 de junio de 1915. Tsarskoye Selo
Este será el primer verano de mi vida en el que no vayamos a Peterhof. No podemos abandonar así como así nuestro trabajo en los hospitales. Además, ¿para qué ir si no está el yate ni podríamos ir a los islotes? Es una pena que aquí no haya mar. [...]

A papá

22 de octubre de 1914
Alexis acaba de bajar y vamos a rezar con mamá. *Ortino* ha estado corriendo por la habitación y jugando durante toda la hora del té. ¡Es tan divertido y tan mono! Perdona mi letra, pero no es demasiado cómodo escribir en el suelo de la salita de mamá.

26 de octubre de 1914
Acabamos de regresar de la ceremonia de consagración de la iglesia en el hospital de palacio. Ha sido preciosísima y con mucha gente. Había tantos soldados heridos, algunos con sus muletas, otros con bastones, todos con sus uniformes diferentes. Algunos iban en mangas de camisa, otros con una túnica y otros..., otros en camisón.

30 de noviembre de 1914
Hoy hemos estado los cinco en el hospital, y Alexis ha presenciado todos los procesos de vendaje e incluso ha sostenido una bacinilla para purgar el pus que salía de una herida. Ha sido muy valiente. Esta mañana nos han sacado fotos con todos los oficiales en el Gran palacio.

7 de marzo de 1915
¡Muchas gracias por dejarme tomar un baño en tu bañera! Ha sido muy muy agradable y muy muy divertido. He chapoteado todo lo que he querido y me lo he pasado muy bien. Estamos sentadas con mamá después de cenar. Olga y mamá están jugando, y *Ortino* corre como loco por toda la habitación.

6 de abril de 1915
Este miércoles tenemos reunión del comité y, papá, esas reuniones son taaan aburridas que solo de pensar en ellas me pongo a sudar. Las odio. Estamos en la salita con mamá, después de cenar. Estudio un poco. María y mamá están jugando, y Olga ha ido a responder una misteriosa llamada de teléfono del hospital. ¿Quién será?

Bueno, pues ya he acabado de estudiar y aprovecho para escribirte de nuevo y para fumar el cigarrillo que me diste la última vez y que no me había fumado todavía. Lo estoy disfrutando ahora.

11 de junio de 1915
Te escribo aquí sentada, en el jardín que está frente a la isla de los Niños, adonde me he escapado un ratito para divertirme. *Ortino* está durmiendo a mis pies. Acabamos de regresar de palacio, donde hemos estado visitando a los heridos. Qué tonta soy, que no me he traído un cigarrillo... Además, los mosquitos me están devorando, literalmente.

19 de junio de 1915
Estamos en la galería, después de cenar, y tenemos novedades por aquí. [...] ¡Electricidad! Con dos lámparas de pie que hacen esto de lo más cómodo.

20 de junio de 1915
El tiempo vuelve a ser maravilloso. Con decirte que he sacado mi cama de detrás del biombo y la he colocado en mitad de la habitación, donde corre más aire. [...] Nueva costumbre de verano, no es que sea muy cómodo, pero al menos estamos fresquitas.

25 de agosto de 1915
Ayer por la noche, antes de irnos a la cama, Olga y yo nos pasamos por el cuarto de Alexis, para ver si dormía: y no dormía, no. Para entretenerle un rato, cantamos juntos, hasta que se durmió, y entonces lo dejamos.

17 de septiembre de 1915
Aquí nada ha cambiado. Trabajamos todos los días en el hospital, luego las clases. A veces nos pasamos por cualquier otro hospital.

2 de octubre de 1915
Papá, esto está muerto sin vosotros dos. No se oye ni un ruido en el piso de arriba. Las habitaciones de Alexis están vacías y a

oscuras. Dile que su profesor, cuando lo echa mucho de menos, se pasea por allí y que es el que peor lleva su ausencia. Esta mañana hemos ido al hospital, mamá también. Entregábamos unos premios a nuestros regimientos. Los pobres estaban muertos de la vergüenza. Hemos dado un paseo las cuatro con mamá, hemos ido a misa, porque han traído de la iglesia el icono de la Virgen de la Señal, y la han pasado por todas partes para que todos pudiéramos verlo.

10 de octubre de 1915
Mientras te escribo, Anastasia, que está sentada a mi lado en el cuarto, toca la balalaika, María está repasando piano en la habitación de al lado y Olga vaguea en cama antes de irnos a la iglesia. Hoy nos tocará estar bastante tiempo en pie: primero en el hospital, luego la misa en el palacio de Invierno, luego pasar guardia, luego revisar el aprovisionamiento y luego..., luego nos toca vísperas.

3 de noviembre de 1915
Ayer estuve en la ciudad. Tenía reunión en el palacio de Invierno, aburrida de morirse. María vino conmigo. Como era su primera reunión de comité, le dieron la bienvenida con toda una ronda de agradecimientos. Todo el mundo se puso en pie y le hizo una reverencia. Estaba tan asustada que casi se mete debajo de la mesa. Respecto al cine de los cuarteles, ¿alguna película buena? Alexis le ha escrito a mamá que estaba ansioso por verlas. Y ¿cómo organizáis la proyección? ¿Y dónde?

26 de noviembre de 1915
Ayer fuimos a pasear a los jardines de Pavlovsk con Iza Buxhoeveden y nos sorprendió que no hubiera casi nadie. Resulta que por delante y por detrás de nosotros, sin que los viéramos, mandaron a escoltas que iban advirtiendo a la gente: «Las grandes duquesas han venido a pasear, mejor os vais». Menudos idiotas. Siempre lo estropean todo, intentando que no se les escape nada. Es que es muy aburrido pasear por el jardín sin ti, y pensamos que sería más divertido ir a la ciudad. Pero ya ves para qué.

10 de enero de 1916
Alexis y Anastasia se han bajado las camas y están tirados en ellas, juntos, todo el día. Ahora el té lo tomamos aquí. Aún tenemos el árbol de Navidad, que hace muy acogedora la sala. Va a ser muy triste tener que desmontarlo cuando se le comiencen a caer las agujas. Es un aburrimiento estar aquí sin mamá, que aún no se encuentra bien, pero una vez al día al menos sube a ver a los pequeños y se tira aquí en el sofá, sin aliento.

1 de febrero de 1916
Ayer por la tarde Anna organizó un concierto en su hospital. Fuimos los cinco y nos divertimos mucho, y los soldados también. Delazari cantó y contó muchas historias divertidísimas. Y luego tocaron la guitarra, y cantaron..., estuvo muy bien. Ahora estoy en clase en el aula, con Piotr Vasilievich Petrov. Algo está diciendo pero no le escucho, y ni le contesto, porque te estoy escribiendo...

28 de marzo de 1916
Hoy hemos estado patinando sobre hielo y lo hemos pasado fenomenal. Mamá ha venido a vernos en su silla de ruedas. Hemos visto y hemos oído pasar como a un centenar de escoltas por allí. Cantaban muy bien, pero en cuanto nos veían, dejaban de cantar. De manera que les he ordenado que siguieran. He actuado exactamente como tú, ¿a que es gracioso? *Ortino* está tirado en el suelo ahora mismo y mastica su pelota. Acabamos de terminar la cena. Mamá lee, Olga y María componen versos satíricos sobre las enfermeras del hospital de palacio, malísimos, sin rima, claro, porque dicen que no son para recitar, sino para ser cantados... Olga y yo nos hemos fumado tu cigarrillo, gracias por dárnoslo.

27 de abril de 1916
Pues hoy iba a comenzar a montar, pero los caballos todavía están en Gatchina. Aquí los árboles empiezan a florecer y están preciosos. Hemos cenado en la galería y hemos pasado aquí toda la tarde. Ahora me voy a sentar en la ventana para tomar el sol. ¡Fantástico!

19 de mayo de 1916
Qué frío hace, y qué aburrimiento, y qué soledad. El sol brilla todo el día, pero no calienta nada. Hoy hemos ido todos a la liturgia de la capilla del hospital, y luego hemos pasado algún tiempo con los heridos. Solo había dos curas que realizar, me da hasta vergüenza cuando hay tan poco trabajo. Por la tarde hemos acompañado a mamá a su hospital de Uhlan, donde estaban todas las señoras del regimiento. Había misa, y té y bombones. Ha sido muy raro ver a tantas mujeres, ya hemos perdido la costumbre, entre tantos soldados... Se hace extrañísimo estar en el piso de arriba sin Alexis. Cuando paso por el comedor a las seis, me sorprendo todos los días, todos, al no ver su cena en la mesa. En general, todo esto está silencioso. Pero me imagino que te hace más falta ahí contigo.

22 de junio de 1916
Después del trabajo en el hospital nos solemos sentar en la galería o en el jardín, y controlamos las idas y venidas de los soldados heridos. Ayer por la noche, cuando estábamos allí, uno de ellos tocó el violín para nosotras. ¡Qué bien lo hizo! Para ser sincera, nunca me ha gustado demasiado el violín, pero esta vez fue diferente. Viene del décimo regimiento de Intermanlandsky. Guapísimo. Luego Olga tocó el piano y cantaron de nuevo en ruso. ¡Fue muy divertido!

23 de julio de 1916
Hemos estado en el concierto en el hospital de María y Anastasia. Ha estado bien. Imagínate, hemos visto a dos hermanos gemelos liliputienses bailar una danza rusa. Uno de ellos iba vestido de mujer. Tenían veinticinco años, criaturas. Nos han dado mucha pena. Estábamos sentadas detrás, con los heridos en las primeras filas. Cuando nos los han querido presentar, no se han podido abrir camino entre los soldados, tan pequeñitos eran. Entonces los soldados los han subido en alto y los han ido pasando de uno a otro hasta que han llegado a nosotros. Cuéntaselo a Alexis, que sé que le gustan.

18 de agosto de 1916
Ayer tomamos el té con una lady inglesa que trabaja en el hospital británico y que cuida de los oficiales de la guardia. Cuando los vio desfilar, reventaba de orgullo: «No he visto hombres más guapos que estos», decía. ¡Pues claro que no! Ahora nos vamos al hospital. Hoy nos toca renovar las vendas y las curas de los heridos de mayor gravedad. Suelen llorar y gemir, pobrecitos. Les duele muchísimo.

23 de febrero de 1917
Estamos tan tristes, papá. Todo el mundo se deshizo en lágrimas en cuanto te fuiste. Pasamos casi todo el tiempo arriba, Olga en cama, en su cuarto, Alexis en el cuarto de jugar. Vamos a verlos por turnos.

Sin fecha. Tsarskoye Selo
Ayer hicimos una pelea de almohadas. Mamá estaba con nosotros, saltó sobre las almohadas y se tiró encima. [...]

40

Sabíamos que la primavera traería nuevas luchas crueles, y así fue: habíamos aprovechado el invierno para reforzar el Ejército, que tuvo que enfrentarse en marzo a los austriacos. Vencimos en Przemysl, aunque a costa de pérdidas terribles, y apenas pudimos saborear la victoria porque los alemanes se reagrupaban en Cracovia, y en pocos meses perdimos no solo Przemysl sino también los Cárpatos. Nuestro Ejército comenzó a replegarse y las derrotas continuaron, las carnicerías se sucedieron, las tierras se perdieron.

Los soldados estaban furiosos y querían culpables: aquel verano Nikki sustituyó al ministro de Defensa, al general Sukhomlinov, que había descuidado de manera imperdonable los suministros; Polivanov ocupó su lugar. La Duma, que se reunió el 1 de agosto, pedía también que se investigaran las responsabilidades del desastre, de manera que Nikki nombró una comisión de investigación.

Pero los rusos continuábamos retirándonos, más y más, hasta que perdimos Varsovia, y luego Kaunas, y luego toda Polonia. Aquella huida constante recordaba dolorosamente a la de 1812; el campo necesitaba que los hombres lo cultivaran, y a cambio morían sobre él. Los caballos no nacían a centenares, como morían en una sola batalla. Los trenes no funcionaban bien, y aunque aún no había hambre, sí que comenzaba la necesidad.

Nikki y yo pasábamos horas enteras buscando soluciones; desde la victoria de Przemysl, yo insistía en que él mismo asumiera el mando general del Ejército.

«Por Dios, hazlo. Ahora, más que nunca, necesitas que el pueblo te vea.»

Nikki dudaba; el momento idóneo hubiera sido al inicio de la guerra, y de no haber sido por la cantinela de sus ministros, así lo habría hecho. Ahora tenía la impresión de traicionar a su país si permanecía en la retaguardia, pero por otro lado, no deseaba que su tío Nicolás viera aquello como una afrenta.

Yo no tenía dudas; además, no podía decirse que tío Nicolás hiciera gran cosa para mejorar la reputación de los Romanov. Aunque mi marido le restaba importancia y defendía a su tío como incapaz de ninguna vileza, yo sabía que Nicolás hablaba mal de Nikki y de mí a nuestras espaldas, y que medio broma medio en serio, había dicho en muchas ocasiones que yo debería estar en un convento, rezando por los soldados, en lugar de opinar sobre política. Yo estaba segura de que las tropas lucharían mejor, con más entusiasmo, si era el zar quien las dirigía.

«Los soldados también aman a mi tío», aducía él, y que resultaba injusto privarle de su puesto ahora que las cosas iban mal, cuando durante el primer año de guerra se había dejado alma y corazón en el frente.

«¿Y quién no? ¿Ha habido alguien que no se dejara la piel, incluido tú?»

Una vez más, Nikki me hizo caso y envió a Nicolás al frente del Cáucaso contra los turcos y en esta ocasión no prestó oídos a los ministros, que se opusieron radicalmente a que el jefe del Gobierno abandonara San Petersburgo para desplazarse al cuartel general. ¿Y cómo podría Nikki, tan sobrecargado de trabajo, hacer frente a las nuevas obligaciones de su cargo? Y si se perdía la guerra, ¿cómo podría soportar el fracaso y la crítica sin que la monarquía se viera afectada?

Los muy mediocres no podían prever el entusiasmo que eso despertó en el pueblo y en las tropas, ni la importancia que a esta decisión le dieron los periódicos extranjeros. Nikki se marchó lleno de fe y valor a Maguilov, la sede del cuartel general, el 4 de septiembre, y me quedé sola, pero llena de fe en nuestro destino. Por suerte, aún estaba conmigo el padre Grigori.

Apenas había tenido tiempo para él durante el invierno y la primavera anterior; Nikki y yo habíamos asumido nuestros deberes día y noche, sin descanso, sin permitirnos un instante de flaqueza ni siquiera cuando las primeras derrotas habían asolado nuestro ánimo. Ahora que el destino nos separaba, yo debía ser la roca firme para Nikki, y por suerte yo podía a mi vez apoyarme en un hombro fuerte. Salvo en las ocasiones en las que el padre Grigori me había alertado sobre una persona o un peligro, había callado y observado.

Veinte años en Rusia y una intuición sensible me habían hecho comprender un hecho claro: el zar y su pueblo eran uno, y nunca debíamos olvidar que los campesinos rusos eran como niños ignorantes: si se los educaba sin rigor, estaban perdidos. Y por si mi intuición no fuera suficiente, Nuestro Amigo decía, como si compartiéramos la misma mente, lo mismo que estaba en mi cabeza.

Yo hubiera sido feliz sin saber una palabra sobre los asuntos políticos de mi reino. Estaba enferma y cansada, y apenas me llegaban las fuerzas para ocuparme de mis hijos y rezar por los soldados. De no haber sido porque era mi deber, habría continuado en mis habitaciones, con mis amigos queridos y fieles, con mis fantasías y la nostalgia por Nikki. Pero le había prometido a mi marido que lo apoyaría y le ayudaría en todo lo que pudiera, y, aunque tengo tantos defectos, no poseo el de la frialdad. No soporto hacer las cosas a medias.

El tío Nicolás se marchó el 7 de septiembre con la seguridad de que él y los generales contaban con nuestra completa confianza y con toda la libertad que necesitaban para recuperar las posiciones perdidas ante los alemanes. Cualquier decisión en aquel momento resultaba crucial. Nikki asumía el mando supremo en el peor momento de la guerra, pero poco tiempo después los frentes se estabilizaron y la larga retirada de nuestro Ejército se detuvo.

Desde hacía tiempo Nikki elaboraba la idea de regresar al cuartel general con Alexis; creía que sería beneficioso para el niño y que las tropas necesitaban ver al heredero para reforzar la moral. A mí me disgustaba, y sobre todo, me aterraba separarme de mi hijo por primera vez en mi vida. Sin embargo, callé mis miedos y pensé en mi marido solo en el cuartel, abrumado por las responsabilidades, sin el consuelo de al menos uno de sus hijos.

«Al niño no le ocurrirá nada —me aseguró Nuestro Amigo—. Déjale ir.»

No fue el único prodigio notable que realizó en esta época. Lily dudaba entre seguir a su marido a Copenhague o permanecer en Rusia con su hijito. La duda la corroía y comenzaba a perder la alegría. Rasputin, sin conocerla, sin ni siquiera preguntar por su problema, le dio un sencillo consejo:

«Todo se pasa, elige al que de los dos es el más débil».

Lily escogió marcharse con su esposo y pasar parte de la guerra a su lado. Tiempo más tarde, durante ese invierno, el pequeño Titi enfermó muy gravemente de difteria. Pese a las reticencias de Dehn, Lily llamó a Rasputin, que entró en el cuarto del niño, se arrodilló junto a su cama y rezó. Cambió unas palabras con él y luego abandonó la casa.

«El niño estará bien mañana —dijo—. Si no es así, hacédmelo saber.»

No hubo necesidad. Al día siguiente, la fiebre había desaparecido, y en menos de una semana Titi se había recuperado del todo.

Un campesino, un campesino, insistían... Bien, Nuestro Señor no eligió a nobles judíos como discípulos, sino a pescadores y campesinos. Solo san Lucas sabía escribir.

En octubre Nikki se llevó al niño, y desde entonces, a las cartas de mi marido se unieron las de mi hijo y las de su tutor, que me mantenía informada del amor que les mostraban los soldados, de las largas historias que le contaban al niño, del orgullo con que vestía su uniforme de soldado raso, del dolor de Nikki cuando supo que Bulgaria se unía a los alemanes, de las veces en las que se pasaba revista, de las conmovedoras escenas de los heridos, que tocaban humildemente las ropas del zar para convencerse de que su presencia era real, de las condecoraciones y de los submarinos, que fascinaban a Alexis y que pudo ver en sus visitas al Báltico y al mar Negro...

En diciembre Alexis se resfrió y comenzó a sangrar por la nariz. No pudieron parar la hemorragia ni la fiebre, y los síntomas fueron tan alarmantes que de inmediato decidieron que el niño regresara conmigo. Cuando pude ver de nuevo a mi hijo (pálido, exhausto, casi en delirio por la falta de sueño) me sentí más tranquila e intenté transmitir esa serenidad a Nikki, que regresaba con un atroz sentimiento de culpa. Sabía que en Tsarskoye Selo, bajo la benéfica influencia de Nuestro Amigo, la hemorragia cesaría, y así fue: pese a que Alexis se había desmayado por el dolor dos veces durante el viaje, los médicos lograron cauterizar la herida.

De manera que cuando terminaba el año 1915 Alexis estaba de nuevo en casa, enfermo, muy aburrido y lleno de nostalgia por la vida en el cuartel general. El contacto con el horror y los dolores de la guerra le habían impresionado.

«Cuando sea zar —repetía— no toleraré más guerras ni más muertes.»

A veces tenía pesadillas. Yo, sin embargo, había recuperado mi entusiasmo: la guerra parecía sonreírnos, y aunque a costa de grandes pérdidas y de muchas muertes, éramos superiores a los alemanes. Lo que no podían hacer en el frente y como hombres, lo hicieron a escondidas y con bellaquerías: ya que no nos derrotaban con la fuerza, comenzaron a intrigar. Y a sembrar mentiras sobre nosotros, y a difundir propaganda antipatriótica: sabían que si lograban que los rusos perdieran la fe en la monarquía, su camino en la guerra se vería allanado. Rusia, desgarrada por las inútiles luchas de la Duma, sería fácil de manipular sin la figura del zar.

Luchamos con todas nuestras fuerzas contra la duda: en sus discursos a las tropas Nikki repetía que nunca firmaría la paz de manera unilateral, como la propaganda alemana difundía, y visitó personalmente varios puntos del frente. Acudió también a la Duma con su hermano Miguel, como prueba de que estaba dispuesto a dialogar y, todo hay que decirlo, para reforzar también la confianza del pueblo en el Gobierno, que no era la misma desde las primeras derrotas. Los diputados lo vitorearon, y durante unos días pareció que los ministros, la Duma y el zar buscaban por fin, unidos y fieles, el bien del pueblo.

Alexis mejoró con relativa rapidez, y desde febrero me suplicaba que lo enviara de nuevo con su padre, pero yo razonaba en lo posible con él; desde luego, no pensaba alejarlo de mí, ni de los médicos ni de su tutor, hasta que estuviera completamente recuperado e hiciera un poco menos de frío. Mientras tanto, atormentaba a sus hermanas y esperaba con impaciencia las visitas de su padre. Se portaba muy bien por entonces, pero Nikki lo veía siempre más alterado y nervioso. En marzo, durante un paseo por el parque, Alexis arrojó por la espalda una bola de nieve enorme a Anastasia y Nikki le riñó con severidad:

«Te estás comportando como un alemán, hijo; no vuelvas a atacar por la espalda a alguien que no puede defenderse».

Alexis llegó a mi cuarto llorando y Anastasia lo siguió, tan preocupada como si ella hubiera sido la traviesa.

«Yo no soy un alemán, mamá... ¡Yo no quiero ser un alemán!»

Yo le consolaba y callaba: mi hijo, y eso no nos lo permitía olvidar la propaganda enemiga, llevaba un cuarto de sangre alemana.

Con el buen tiempo llegaron nuevas victorias en Galitzia; pronto podríamos salir a navegar, y ya no nos era tan difícil visitar a Nikki en Maguilov. Así, al menos cuando mi marido finalizaba sus labores, sabía que lo estábamos esperando en el tren para cenar, el niño feliz por saltarse sus clases, las chicas encantadas por los largos paseos que daban por los alrededores con los hijitos de los campesinos.

Nikki, en cambio, había perdido el optimismo que su acercamiento a la Duma le había inspirado. Los liberales exigían cambios imposibles de llevar a cabo en tan poco tiempo y la propaganda se cebaba en mí; era lógico. Como la confianza en el zar continuaba intacta, como el pueblo y el Ejército lo adoraban, el único modo que tenían los alemanes de difamarnos era el mismo que habían padecido la pobre María Antonieta o la esposa de Carlos I.

Yo era una traidora alemana, siempre dispuesta a intrigar por el bien de mi país de origen, yo cuidaba en los hospitales de los prisioneros alemanes, mientras los rusos se morían en las camas cercanas. Yo tenía la culpa de la carestía de la vida y de la escasez de petróleo. El pueblo sufría, eso era cierto, pero los que escuchaban las mentiras eran los que menos padecían. Me resigné a esta nueva injusticia con tremendo dolor. Si al menos me hubieran acusado de intrigar a favor de los ingleses... ¿qué había hecho yo para merecer esas mentiras? Si hubiera nacido en San Petersburgo, no habría podido sentirme más rusa.

Aquel terrible escándalo... *«Je veux reposer mon âme auprès de vous...»* (Quisiera que mi corazón descansara junto al vuestro...) ¿Qué mente enferma puede ver algo sucio en esa frase? Y sin embargo, de aquella carta robada a mi amigo y destinada solo a sus ojos, brotó una estela de sospechas, de amenazas, de mentiras. Creo que nunca una frase me ha hecho tanto daño. Las reinas católicas tienen confesores en los que su conciencia puede descansar. ¿Por qué no podía yo confiar mis penas a un Hombre Santo que había salvado a mi hijo y a tantos otros de la muerte infinidad de veces?

Creo que Dios premia al mundo con los dones depositados en algunos de sus hijos. Yo fui afortunada al conocer a Rasputin. Mi esposo no encontró nada que reprocharme en esa amistad, de manera que ¿qué derecho tenían otros para prohibírmela? Un hombre que hizo todo lo que estaba en su mano para evitar la guerra, un santo varón que nunca causó daño a nadie...

Una de las decisiones que le atribuyeron (que nos atribuyeron) fue la destitución del príncipe Orlov, al que después de un virulento ataque hacia mí Nikki envió al Cáucaso. No era ningún secreto que Orlov y yo no nos llevábamos bien. No me soportaba y odiaba abiertamente a Rasputin. El pobre hombre apestaba a valeriana cuando venía a palacio y se encontraba conmigo. Yo compadecía sinceramente el esfuerzo que debía hacer para hablarme, sobre todo porque apreciaba mucho a su esposa, Olga, pero lo que dijo, fuera lo que fuese (Nikki nunca fue claro al respecto), era alta traición hacia sus soberanos.

Sabíamos que podíamos ganar la guerra siempre que los aliados nos ayudaran a obtener la artillería que necesitábamos. Sin la artillería adecuada, eran los soldados los que abrían camino, y sin la protección adecuada morían como moscas. Cuando Rumanía entró en la guerra, la carencia se agravó. Eran demasiados los frentes abiertos, y todos ellos urgentes. No parecía haber un ministro honrado y que fuera al mismo tiempo del gusto de la Duma y del zar.

El descontento político se había convertido en una costumbre, y de todos los males del país nos culpaban al padre Grigori y a mí. No creo que exista un vicio en la Tierra que no se le haya atribuido a este Hombre Santo: si hubieran podido acusarlo de la muerte de Nuestro Señor, lo habrían hecho sin dudar.

Día tras día sus enemigos trabajaban contra él de la manera más zafia posible. En una ocasión le hicieron llegar a Nikki un documento plagado de atrocidades sobre el comportamiento de Rasputin. Una de aquellas monstruosidades contra la moral se había cometido en San Petersburgo, el mismo día y a la misma hora en que el Hombre Santo nos visitaba en Tsarskoye Selo. ¡Los farsantes ni siquiera comprobaban las costumbres de Nuestro Amigo! Mi marido, sin decir una palabra, apartó aquella sarta de mentiras y no quiso saber nada más acerca del tema.

El 6 de noviembre, muy en contra de mis deseos, mi marido se dirigió hacia Kiev para visitar a su madre, que le llenó (¿qué otra cosa cabía esperar?) la cabeza de miedos, de contradicciones y de informaciones erróneas sobre la situación política y las decisiones que debía adoptar. Quizás a consecuencia de su presión, Nikki nombró a Trepov, un moderado y reformista, presidente del Consejo, cuya primera propuesta fue inhabilitar a Protopopov.

Yo me indigné y lo obligué a reconsiderar esa idiotez, que en un principio Nikki había aceptado como buena:

«¡Precisamente Protopopov, el único hombre con la fuerza suficiente como para salvar a nuestra patria!».

Trepov dimitió y nuevamente el zar se quedó sin el apoyo del partido moderado, que en aquel momento hubiera debido mostrarse fiel y sin fisuras en lugar de ofenderse por que se contradijeran sus deseos.

Asustada por la creciente sensación de odio que rodeaba a Rasputin, le rogué que abandonara su piso únicamente si era imprescindible y ordené que la Policía Imperial vigilara su casa día y noche. ¿Cómo podría el infeliz actuar como espía de los alemanes en esas circunstancias?

Nadie lo quería, salvo nosotros. Mi propia hermana rompió su aislamiento en su convento de Moscú para enemistarme con el padre Grigori. A mí no se me había pasado por alto su desconfianza hacia él ni sus comentarios maliciosos, pero nunca hasta entonces había sido tan clara en su postura. Me horrorizó comprobar que nuestros enemigos habían llegado tan lejos como hasta el convento de Ella para distraerla con mentiras de sus oraciones.

«Por Dios Santo, Alicky, escúchame. Ya no te digo que creas en si lo que cuentan es mentira o no. Solo te pido que lo alejes de ti. Mantén las apariencias. No puedes apreciar la gravedad de este caso.»

Mientras mi hermana me hablaba, yo la miraba sin dar crédito porque siempre la había tenido como inteligente e incapaz de prestar oídos a la infamia. Le supliqué que no hablara de ese tema jamás, y cuando insistió en ello, me levanté e interrumpí la conversación. Las dos estábamos nerviosas y tensas, con las mejillas encarnadas, y puedo imaginar que apenadas ante el error de la otra.

«No tiene sentido que permanezca aquí si no puedo hacer nada por ayudarte —dijo de pronto—. Me marcharé esta misma tarde.»

Intenté convencerla, pero fue inútil. Ella tomó el tren unas horas más tarde, y aunque las niñas y yo la acompañamos a la estación, era cierto que ya no había nada de lo que hablar. La abracé con ternura, y con un poco de compasión. Pobre hermana mía, cuánto la echo de menos. Por mi parte, está todo perdonado, y si Dios quiere que volvamos a encontrarnos, será con el mismo amor que nos hemos tenido toda la vida.

El 18 de diciembre cayó Rumanía, y durante los días siguientes no pude evitar una sensación de tristeza y de abatimiento que apenas me dejaba respirar. Pensé que las malas noticias tan próximas a las Navidades me hacían sentir indefensa y dolorida, pero ¡con qué amargura descubrí unos días más tarde que ese dolor no era sino otro aviso de mi intuición, siempre tan certera!

41

Anastasia a papá

8 de mayo de 1913
Estoy en la habitación de Tatiana, con ella y con Olga. Estoy incordiando, y hurgándome la nariz con la mano izquierda. Olga quería abofetearme, pero me he escapado de su mano de cerdita.

25 de octubre de 1914
Son las nueve de la mañana y estamos esperando al padre Grigori, que ha anunciado que vendría. Olga hace el vago y se mete el dedo en la nariz. ¡Qué cerda es! Te escribo a gran velocidad, porque viene el padre Grigori. ¡Acaba de llegar!

28 de octubre de 1914
Ortino y Tatiana están corriendo por la salita. Mamá va a recibir a Malama en un rato, y estamos todos muy contentos. Te mando esta foto que me he sacado a mí misma en el espejo. Ha sido muy difícil porque me temblaban las manos. Hoy he tenido siete clases, y mañana me tocan cuatro o cinco. Ahora tengo ruso, y Piotr Alexeyevich nos lee las *Notas de un cazador*, de Turguenev.

30 de enero de 1915
Le he enseñado a *Ortino* a sentarse y a pedir las cosas, y hoy le he enseñado a dar la patita, y ahora lo hace. Es un amor.

7 de marzo de 1915
¡Gracias, gracias, gracias por dejarnos usar tu baño! Nos bañamos ayer. ¡Fue taaaan divertido! Yo fui la primera, y había tan-

ta agua que pude hasta nadar, ¡fue fantástico! Luego María y yo estuvimos jugando a salpicarnos, pero por desgracia, tuvimos que dejarlo pronto, porque *Ortino* estaba corriendo todo el rato y ladrando. Después se bañaron Olga y Tatiana, y también se lo pasaron bien. Mamá ya tiene en su salita las flores que te gustan. Ya sabes, esas azules que tiene la abuela en las ventanas. Acaban de abrirse. Mañana es domingo, y es una maravilla no tener lecciones, y poder vaguear en cama todo lo que quiera. Todos te mandamos besos, incluido *Ortino*, que está corriendo como loco por aquí. Es un amor.

7 de abril de 1915
Acabamos de cenar y mamá se ha tumbado y las hermanas estamos por aquí. Menos Tatiana que, *como de costumbre*, ha salido, por supuesto. *Shvybzik* y *Ortino* están en la cama con mamá, durmiendo. Son un amor. Hoy ha hecho mucho sol, y frente a la casa ya hay florecitas blancas y amarillas, y algunas margaritas chiquititas, pero pocas.

14 de junio de 1915
Hemos desayunado en la galería. Se estaba tan bien... En el servicio, el coro ha cantado el *Señor, ten piedad de nosotros* de Tchaikovsky y todos hemos pensado en ti, papaíto querido. Ayer por la noche estuvimos en casa de Anna. Estrenábamos obra cómica nueva y nos estuvimos muriendo de risa con los actores. *Ortino* acaba de entrar como loco en la salita y te está buscando. Como no te ha encontrado, ha saltado al regazo de mamá. Estoy aquí rallando zanahorias y rabanitos. Muy ricos. A las once iré al cuarto de Alexis para robarle y fagocitar todas las chucherías que pueda. No te escandalices, casi todos los profesores hacen lo mismo. Echo mucho de menos a mi pobrecito *Shvybzik*. Todavía tengo los cigarrillos que me diste y me fumo uno de vez en cuando con mucho gusto y te doy las gracias por ellos. Las lilas han florecido, al fin.

22 de junio de 1915
Mi cama y la de María están en el centro del cuarto. Mejor así. Abrimos la ventana y corre el viento, y estamos muy bien y

muy cómodas. A veces tenemos las clases en la galería de mamá.

26 de agosto de 1915
Estoy sentada en el sofá junto a Alexis, que cena con M. Gilliard, y María anda por ahí haciendo ruido. Cuando se vayan, vamos a hacer compañía a Alexis. Cuando tenemos tiempo libre, es lo que solemos hacer.

4 de septiembre de 1915
Por la tarde estuvimos en nuestro hospital, en un concierto. Hubo tres que cantaron, una mujer que bailó y otra que cantó y bailó. Y ese hombrecito que vimos este invierno en casa de Anna, que contó unas historias tan divertidas que casi nos morimos de la risa.

13 de septiembre de 1915
¡Ay, qué asco! María y yo tenemos un ratón en nuestro cuarto. Lo he visto esta mañana, y por la noche lo oímos haciendo ruiditos. Estoy sentada en la salita de mamá, y Anna lee en alto. Ayer fue sábado, de manera que me tocaba cenar con mamá y estuvimos levantadas hasta las diez de la noche, y estamos haciendo un álbum. Dile a Alexis que ya toco la balalaika tan bien como mis hermanas.

6 de noviembre de 1915
Aquí todo sigue igual. Las clases, y nada nuevo, salvo las visitas a los hospitales, que son casi diarias. He estado probando la acústica en el cuarto de baño, me llevé el gramófono y lo puse allí en marcha y suena mucho mejor. María y yo seguimos durmiendo como en verano y no queremos mover las camas, pero a mamá no le gustan así, no sé por qué. A mí me parecen perfectas.

5 de enero de 1916
Nada nuevo. Mamá en cama, y nosotras desayunamos y cenamos con ella. Ahora tomamos el té en su habitación. ¡Tenemos todas pistolas y nos encanta disparar! Por la noche, des-

pués de la cena, nos vamos a jugar a la habitación de la esquina, y Olga, María, Alexis y yo nos escondemos y nos disparamos en la oscuridad, pero a veces Alexis se asusta y no quiere jugar.

11 de enero de 1916
Ya estoy bien de la bronquitis. Me suelo quedar en la cama después de desayunar, en el cuarto de juegos. Mamá viene antes del té y se queda hasta las seis. Alexis está muy belicoso últimamente y no para de hacer cosas raras.

31 de marzo de 1916
Ayer nosotros tres, los pequeños para que me entiendas, fuimos al hospital de Anna a un concierto. Ahora María y yo tocamos juntas a veces, ella el piano y yo la balalaika. No queda mal, pero suena mejor cuando tocamos con Olga. Esta semana no tenemos clase, pero Alexis sí, porque se pone insoportable cuando no tiene nada que hacer.

31 de mayo de 1916
Ahora devoramos con toda impaciencia tus cartas y las de Alexis. Perdona, he cambiado de color de tinta, es que estoy escribiendo en la salita de mamá. Ayer las cuatro hicimos una fogata y saltamos por encima. Fue precioso.

3 de julio de 1916
Hoy hay cine para los heridos. Estoy muy contenta porque vamos a ir todas, y mamá también. María y yo nos columpiamos en las hamacas, pero ella cada vez ¡cada vez! me da la vuelta, y ¡zas!, me caigo de bruces.

16 de agosto de 1916
Por la tarde Olga, María y yo cogemos las bicis y recorremos los salones a toda velocidad. Olga intenta pillarme, o viceversa. A veces nos caemos, pero seguimos vivas. Las lecciones se han acabado, y creo que voy a desayunar con mamá y mis hermanas, pero no sé si han regresado ya.

9 de noviembre de 1916
Te escribo entre clase y clase, como siempre. La gatita de Olga anda corriendo por aquí todo el rato, pero al menos ahora le ha puesto un cascabelito al cuello con un lazo azul y podemos encontrarla.

25 de febrero de 1917
Ahora estoy en la habitación casi a oscuras con Olga y Tatiana, que han pillado el sarampión. Estos días desayunamos solo mamá, María y yo, las tres juntas, y me encanta.

42

Mataron a mi querido amigo el último día del año, a traición, dos hienas que habíamos alimentado en nuestra mesa. Así, como se apaga una llama que alivia la oscuridad de la noche, como se acaba, de un manotazo, con la gracia de una libélula, me lo arrebataron.

Rasputin sabía que iba a morir asesinado, y que con él llegaría el horror. Muchas veces lo afirmaba, con la mirada perdida:

«Mientras yo viva, todo irá bien; pero después de mi muerte, correrán ríos de sangre».

Cuando ya el fin se acercaba, cuando los periódicos voceaban horrores y no era ni siquiera posible leerlos, cuando atribuían fiestas y bacanales a Rasputin en San Petersburgo mientras él estaba segando con su familia en Siberia, les supliqué a Lily y a Anna que llevaran a cabo por mí una peregrinación que había prometido. Era a Tobolsk, donde acababan de canonizar a un santo, y viajarían acompañadas del Hombre Santo. El viaje resultó todo menos discreto. Para garantizar su seguridad, pedí que añadieran un vagón especial al tren, y de estación en estación estarían protegidos de peligros y de las miradas de la gente.

Para Lily aquel viaje fue una tortura; para mí, que muy a mi pesar lo he realizado hace bien poco, lo ha sido también. Rasputin discutió los primeros días con Anna y eso enturbió el resto del viaje. Además, se empeñó en detenerse en su aldea para visitar a su mujer, una campesina encantadora, sensata y simple; los aldeanos no deseaban que Rasputin marchara de nuevo a la ciudad. Pensaban que corría peligro, y sus presagios se añadieron a los malos augurios del viaje.

«Un día —me contó Lily que dijo Rasputin— los zares verán mi casa.»

«Pero está demasiado lejos», contestó ella.

«¡Pues así será! Quieran o no, vendrán a Tobolsk y verán mi pueblo antes de morir. Ya lo verás.»

También estuvieron aquí, en Ekaterimburgo; de manera que piso tierra que ya antes conoció mi buen amigo. De aquí partieron al convento de Verchoutouria y se adentraron en los bosques para encontrarse con un santo ermitaño. A Lily le pareció un loco: el Hombre Santo vivía en una cochiquera, se alimentaba de agua y pan negro y dormía en el suelo, que es donde acomodó a mis amigas. La locura, he creído yo siempre, se encuentra en Rusia apenas a un paso de la santidad.

Mediaba diciembre. Hacía frío. Guerra. Miseria, muerte por todos los lados. Algunos jóvenes no movilizados, por lo general ricos, por lo general licenciosos, continuaban divirtiéndose como si nada ocurriera.

Desapareció. Fue así. Desapareció. Fue de visita a la casa de los Yusupov. ¿Por qué no iba a hacerlo? Una excelente familia, un palacio precioso. No conocía a su esposa, a Irina, nuestra Irina, que tenía merecida fama de ser una de las bellezas del momento. Todos eran amigos, familia nuestra. ¿Por qué no ir? ¿Por qué iba a sospechar?

Lo buscamos y no pudimos encontrarlo. Los rumores llegaron, como siempre, por delante de la realidad. Habían oído tiros en casa de Felix Yusupov. La Policía acudió, alertada. Salieron a su encuentro, borrachos como cubas, Felix y Dimitri Romanov, mi sobrino. Casi nuestro hijo.

«Ah, un perro —dijeron—, sí, claro que han oído tiros. He matado a un perro. Ahí está.»

Vieron a un perro muerto en un rincón del patio. Olvidaron el asunto. Perdieron un tiempo precioso. Mientras tanto, en nuestra casa, a mí me asaltaba una premonición fatal, distinta a otras veces. Nunca había llevado cuentas de sus entradas o salidas. A menudo no lo veía durante varios días, pero siempre siempre estaba allí si lo necesitaba. Llamé a Lily, que iba a recibir una visita del padre Grigori ese mismo día, y le informé de que había desaparecido.

«No puede ser —contestó—, ¿dónde?»

Mi salita malva parecía un lugar hostil y frío pese a la chimenea encendida. Las niñas estaban conmigo, silenciosas y preocupadas, Anna lloraba constantemente, y solo Lily y yo parecíamos serenas. Lily, aunque no me lo dijo abiertamente, compartía conmigo una intuición siniestra. Yo no quise pensar ni por un momento que pudiera estar muerto.

Todo se precipitó cuando llegó un refuerzo de la guardia. Protopopov me alertó de la existencia de un complot para asesinarme que no me asustó. Nunca he sentido temor ante la muerte. Me angustiaba, en cambio, el ir y venir de rumores, a cada cual más terrible, las llantinas de Anna, los presagios de Lily, que había escuchado en sueños la marcha de un enorme gentío avanzando hacia el palacio y a la que había despertado un icono del padre Grigori que había caído al suelo en mitad de la noche.

Dos días más tarde el cuerpo de mi querido amigo apareció atrapado bajo el hielo del río Neva, terriblemente asesinado y con una mano levantada como si estuviera bendiciendo a sus asesinos.

Quedamos devastados. Nikki guardó silencio, preocupado por las consecuencias políticas del crimen, y yo porque los más terribles dolores no admiten lágrimas ni gemidos.

«¿No queréis ver el cuerpo, madame?», me preguntaron.

«No», respondí en un tono que no admitía réplica.

«Madame, habrá que enterrarlo. Siempre quiso que lo enterraran en Tsarskoye Selo...»

«Imposible —dije yo—. Su deseo era ser enterrado en Siberia, en la aldea de sus padres.»

«Pero ¿cómo podrá descansar su espíritu tan lejos de los que amó y cuidó? Será infeliz, se convertirá en un alma errabunda.»

No supe qué hacer. Anna, entonces, quizás por primera vez en su vida, tomó una decisión:

«Se enterrará en mi iglesia..., la iglesia que voy a construir —dijo entre sollozos—. Que nadie se preocupe, la elevaré junto a mi hospital, en mis terrenos, comprados con mi propio dinero. Y no me importa en absoluto lo que diga el mundo entero».

Enterramos a Rasputin a las ocho de la mañana de un gélido 22 de diciembre. Prometía ser un día precioso, el sol brillaba en un cielo intensamente azul: la nieve, recién endurecida, relucía como si hubieran salpicado diamantes. Todo respiraba tanta paz que no podía creerme aún adónde me dirigía y que estuviera viviendo una de las grandes tragedias de mi vida. En el improvisado cementerio todos vestíamos de negro. Yo había llevado un ramo de flores blancas para acompañarlo, muy simples, porque sabía que el ataúd sería también sencillo, sin inscripción de ninguna clase, tan solo una cruz tallada. En el interior habían colocado un icono que yo le había regalado, una baratija de la Virgen que habíamos comprado en una excursión a Pskov y que le habíamos regalado con las firmas de las niñas y la mía al dorso.

Todos lloramos. Arrojamos un puñado de tierra sobre el ataúd. Las niñas y yo esparcimos también las flores. La ceremonia apenas había durado una hora. Él descansaba en paz en aquel lugar blanco y helado. Éramos nosotros, los que habíamos creído en él y nos enfrentábamos al mundo, los que me preocupaban.

Después del entierro recibimos a su hijo y a sus dos hijas. Me contaron que la noche del asesinato Yusupov había mandado llamar a su padre.

«Tuvimos un mal presentimiento —me contaron sus hijas—. "No vayas", le suplicamos, "es ya tarde y hace mucho frío". "¿Y por qué no voy a ir?", contestó. Y nos lo han matado.»

«Madrecita —me suplicó su hijo—, te pedimos venganza. Venga a nuestro padre, y su memoria.»

«Eso no está en mi mano —aseguré—. Como mucho, puedo asegurarme de que se haga justicia. Pero ya no podemos hacer gran cosa, ¿verdad? Ya está todo hecho.»

No, no me vengué. Hubiera podido hacerlo, pero ¿para qué? ¿Quién nos lo devolvería, a aquel don de Dios? Era, sin más, un hombre sencillo con una gran misión. A veces apenas podíamos comprender qué murmuraba en su dialecto siberiano, no sabía casi leer, escribía como una criatura, no sabía nada de lo terrenal. Fui yo quien le persuadí de que sustituyera su cruz de cobre por una de oro que le regalé. Esa cruz se la quedó por unos meses Nikki, pero luego me la devolvió. «No me trae buena suerte», se excusó. Se la quise regalar entonces a Anna, pero se negó en redondo a aceptarla, y al final se la quedó Lily...

Desde el momento en el que me casé, pasé a pertenecer a Rusia. Pero incluso pese a eso, mi alma era propiedad de Dios, y tenía, tengo, todo el derecho a adorarlo y a venerarlo de la manera que me parezca más adecuada. Y Rasputin era una de esas maneras. Me enseñó otra faceta de Dios. Me enseñó su misericordia y su poder.

¿Manipularme, Rasputin, a mí? Solo soy una débil mujer, pero si algo supera mi fragilidad, eso es mi tozudez. Nadie, jamás, me ha llevado por un camino que yo no haya deseado, no al menos por demasiado tiempo. Si mi marido me hubiera prohibido verle, pese al amor que le tengo, le habría desobedecido si eso contradecía mi conciencia. He dado suficientes muestras de ello. A los pueblos les encanta culpar a las mujeres de sus pecados. A mí se me condena por la caída de mi imperio. Muy bien: pero que se me culpe a mí sola. No hay más responsable de ello.

Tras la muerte de Rasputin, su albacea me hizo llegar esta carta. Estaba dictada por él y firmada con sus inconfundibles garabatos.

> Escribo esta carta, la última, que quedará tras de mí en San Petersburgo. Tengo la premonición de que moriré antes del primero de enero (1917). Le escribo al pueblo ruso, a Papá [el zar Nicolás], a Mamá [la zarina Alejandra] y a sus hijos, a toda la Patria Rusia, aquello que ellos deben saber y comprender. Si he de morir por la mano de gente ordinaria, especialmente por mis hermanos —los campesinos rusos—, entonces tú, zar de Rusia, no has de preocuparte por tus hijos: ellos gobernarán Rusia por los siguientes cien años.
>
> Pero si he de morir por la mano de los nobles y los aristócratas, si son ellos quienes riegan mi sangre y mi muerte queda en sus manos, entonces veinticinco años pasarán antes de que puedan lavar mi sangre de sus almas. Tendrán que abandonar Rusia; los hermanos matarán a sus hermanos, las personas se matarán y odiarán unas a otras. En veinticinco años no quedará una gota de sangre noble en Rusia.

Zar de las tierras rusas, si tú escuchas la campana funeraria a la muerte de Grigori y sabes que uno de tus parientes es culpable por mi muerte, entonces te digo que ningún miembro de tu familia, de tus hijos y parientes, vivirá más de dos años. Y si viven rogarán a Dios la muerte, pues verán la desgracia y la vergüenza de la tierra rusa, la llegada del anticristo, la pestilencia, la pobreza: serán profanados los templos y escupirán en los santuarios donde todos se volverán cadáveres. Tres veces veinticinco años los bandidos de negro, sirvientes del anticristo, destruirán al pueblo ruso y la fe ortodoxa. Y la tierra rusa perecerá. Y yo pereceré, es más, yo ya he muerto, no estoy más entre los vivos. Reza, sé fuerte, piensa en tu familia bendecida.

La suerte estaba echada. Los asesinos eran de nuestra sangre. Ha pasado un año y medio. Los santos profetizan, los santos aciertan. Pero también perdonan.

43

María a papá

8 de marzo de 1914
¡Qué divertido fue usar tu baño! Me divertí como un perrito, y, por supuesto, hice... ya sabes, donde tú ya sabes. No era muy cómodo y estaba bastante frío, porque no me di cuenta de que la tapa estaba subida... El agua me llegaba a los hombros. No donde tú ya sabes, en la bañera. Mamá y Tatiana están jugando al Halma. La ventana del dormitorio está abierta, y hace corriente. [...]

20 de septiembre de 1914
Te escribo desde el baño. Liza me está peinando, y Tatiana se está duchando tras la cortina. Anna ha cenado con nosotras y está tumbada en el sofá con mamá, y a mamá le acaban de dar una carta tuya y se ha puesto muy contenta. Ahora tengo inglés, qué aburrimiento.

19 de noviembre de 1914
Son las dos, mamá está en el sofá escribiéndote y Anastasia le escribe a tía Olga. Yo siempre me siento en tu silla a la hora del té. Alexis está descansando arriba. Me alegro de no tener clases el viernes, porque es fiesta, menos mal. Piotr Vasilyevich Petrov está leyéndonos a Turguenev a Anastasia y a mí.

12 de enero de 1915
Estoy en el escritorio de mamá, pero he dado con una pluma que es una lástima. Mis hermanas están en el hospital, pero vendrán enseguida porque tenemos oración en la salita de mamá. Alexis está en cama, y mamá ha ido a verlo.

27 de enero de 1915
Alexis acaba de llegar de su paseo y lo están subiendo escaleras arriba en su trineo porque hoy le ha dado por ahí. Parece tonto.

6 de abril de 1915
Hoy te escribo prontísimo, no son ni las nueve de la mañana. Anastasia hace sus deberes, *Ortino* andaba por aquí pero se ha echado a correr pasillo adelante cuando ha oído a Tatiana. El concierto en nuestro hospital fue un gran éxito, DeLazari contó un montón de historias chistosísimas y luego una señora bailó una danza rusa. Bastante mal. Mi Demenkov estuvo de lo más adorable y nos presentó a todos los actores. *Shvybzik* ha hecho lo que tú ya sabes justo en la alfombra de mamá, y ahora Anastasia está intentando enseñarle modales.

8 de abril de 1915
Estoy junto a mamá, en su cama. Olga y Tatiana leen. Alexis quería dormir en tu lado esta noche y le ha dicho a mamá que ahora jugarán a que él era su marido. Ayer se hinchó de corteza de pan, y por la noche tuvo que venir el doctor Derevenko.

18 de abril de 1915
Acabamos de cenar. Mis hermanas están arreglando las flores que nos han enviado los Yanov desde Livadia. Mamá ha intentado varias veces que Anastasia se vaya a la cama, pero ella está desesperada buscando a *Shvybzik*, que se ha perdido. Todo el mundo lo está llamando, pero no aparece. Ya lo hemos encontrado. Ha tardado ni se sabe el tiempo. La verdad es que todos creíamos que estaba debajo del sofá. Mamá ha comenzado a ladrar y *Shvybzik* ha respondido. Estaba tranquilamente sentado bajo la *chaise longue* de mamá, y no sabes lo que nos ha costado sacarlo de allí. Sigo escribiéndote a las ocho de la mañana. Acabo de descorrer la cortina, y estoy encantada, porque hace un día precioso, 19 grados. Alexis ha venido a nuestro cuarto y está jugando en la cama con Anastasia y *Shvybzik*. Las mayores duermen aún. *Shvybzik* se está quejando. Creo

que quiere hacer lo que tú ya sabes. ¡Ay, lo ha hecho! Anastasia ha traído una palita para limpiarlo.

19 de junio de 1915
Alexis va a pescar casi todos los días al estanque. Ayer mi Demenkov y Sapozhnikov estaban de servicio, de manera que Anastasia y yo estuvimos hablando con ellos desde la ventana, tan agradablemente.

30 de agosto de 1915
Estamos aquí las cuatro tiradas en los sillones, con los pies sobre las sillas. Olga teje una media, Anastasia ordena cartas viejas, Tatiana lee poesía. Hoy desayunamos con Sonia en la galería.

5 de septiembre de 1915
Té. Hoy el paseo ha sido precioso. Mi Demenkov estaba de guardia, y ya sabes que en esas ocasiones aprovechamos para charlar por la ventana. Hemos ido las cuatro hasta el Capricho y hemos subido las escaleras, ¿sabes cuáles te digo? Cuando hemos llegado arriba, Olga ha cogido su sombrilla y la ha emprendido con una de las ventanas y ha roto tres cristales, y yo he roto otra ventana, y Anastasia ha hecho lo mismo. Ahora Olga está leyendo el periódico tranquilamente.

19 de septiembre de 1915
Ahora cenamos siempre en el cuarto de juegos, y después mamá, Alexis, el doctor Derevenko, M. Gilliard y yo jugamos a un juego que se llama «Cuanto más lento vayas, antes llegas a tu destino». Es divertido porque te puedes comer a los otros. Aprendimos este juego el año pasado en nuestro hospital.

5 de noviembre de 1915
Solo veo a mi Demenkov en la iglesia [...] Estoy en mi cuarto, y Olga está escribiendo en el suyo. Ahora es muy cómodo porque han puesto un sofá allí. Creo que esta noche iremos a donde Anna y que el padre Grigori también estará. Olga está gritando porque casi ha volcado su tintero y se ha ensuciado los dedos y dice que ya no escribe más. Anastasia y yo jugamos

al tenis ahora en nuestra aula, tirando las pelotas contra las paredes cuando estamos solas. Es verdad que hemos tirado un montón de cosas, pero todavía no hemos roto nada.

4 de enero de 1916
Anastasia está en el sofá junto a la estufa, dibujando. Hemos cambiado todo en nuestro cuarto. Hemos puesto las camas de nuevo en su lugar, y el biombo en otro sitio. No te lo puedo explicar del todo, ya lo verás con tus propios ojos cuando vengas.

14 de marzo de 1916
Nikolai Dmitrievich Demenkov me ha dejado para unirse a su regimiento, papá. Hemos hablado por teléfono. Estaba feliz por irse. ¿Te acuerdas de que le cosí una camisa? Le he preguntado y me ha dicho que le ha encantado y que era justo su talla. Mamá está en la *chaise longue*, le están aplicando corrientes.

8 de junio de 1916
A Anastasia le han regalado una mesa de ping-pong y hemos estado jugando con ella. Hemos acabado agotadas, porque teníamos que tirarnos al suelo para buscar las pelotas y recogerlas. Estoy leyendo un libro en inglés ahora que tienes que leer, porque te encantaría.

16 de octubre de 1916
Qué horrible ha sido esta vez el regreso a Tsarskoye Selo. Otra vez la rutina. Clases por la mañana, el hospital, el palacio y un paseo, y luego, por la noche, los hospitales de mis hermanas. Estoy sentada al escritorio de mamá. Acabamos de desayunar, las mayores leen, mamá te está escribiendo y la monito está arriba.

3 de noviembre de 1916
No te puedes imaginar la ilusión que me hizo escuchar ayer la voz de Alexis al teléfono. Tengo la impresión de que estáis más cerca, pero lo que es más importante, de que nadie puede escucharnos, porque si se conectan ahora dos líneas a la vez, una se desconecta.

1917

Estoy sentada en mitad de nuestro cuarto y están todos alrededor, mamá tumbada en el sofá y los otros cuatro en las camas. Tatiana tiene un dolor de oídos terrible, de manera que lleva la cabeza vendada y no oye nada. Olga se ha quedado sin voz por el resfriado; la monito y Alexis, que están un poco mejor, son los únicos que hablan en alto. Alexis incluso intenta saltar en la cama, algo que tiene rigurosamente prohibido. Lily está sentada en el suelo y habla con mamá, y cada uno de nosotros tiene a su mascota en la camita.

1917

Las mayores siguen en cama, en el cuarto a oscuras, pero Alexis ya se ha aburrido y se lo han llevado al cuarto de juegos, donde puede ver algo de luz. Hoy hemos fundido balas de hojalata y le ha encantado. Mamá intenta parecer contenta, aunque su corazón aún no está bien. Ahora soy yo la que pasa todo el día con ella, porque soy la única que está sana y que puede caminar. También compartimos la cama, por si necesita algo ella o los demás. Lily duerme en el cuarto rojo, en el sofá que solía ser de Olga. Es amor puro y nos ayuda muchísimo en todo. Podemos ver a nuestros cosacos y a los soldados por las ventanas. Ayer mamá y yo bajamos al sótano para ver cómo se habían instalado. La oscuridad era completa, porque durante el día no tenemos electricidad. Los soldados fueron encantadores, se levantaron de sus jergones de paja para saludar a mamá. Nos abría paso un portero que llevaba una vela y que daba la orden: «¡Atención!». Ayer tuvimos servicio en casa, nos trajeron el icono de la Virgen de la Señal para bendecir a las mayores. Y después de eso nos sentimos mucho mejor.

1917

Estoy con la monito ahora. Está en cama y bebe un té. Ayer todavía podía trabajar, y espiamos a los cosacos y al resto de los soldados por la ventana. Los soldados se portaron maravillosamente bien, luchaban entre ellos para entrar en calor y se contaban chistes para mantener la moral alta. Por la tarde, a través de la ventana de Shura, vimos cómo se reunían con sus caballos, en círculos, y cantaban. Trajeron algo de heno para los animales y bajaron al sótano a por su cena. Nos encargamos de que tengan siempre algo para comer y bebida caliente. Han instalado cocinillas móviles en el patio.

44

Sin Rasputin estábamos perdidos. Mi hijo, abandonado. Mi familia, indefensa. Sin Nuestro Querido Amigo, el pueblo volvía a alejarse de su zar y la aristocracia se alzaba como un muro entre la realidad y nuestra vida. Ah, con qué orgullo caminaban sus asesinos, con qué arrogancia se reunían en la Duma los que tenían las manos tan manchadas de sangre como Felix... Anna estaba tan abatida como yo, y la gente humilde lloraba la muerte del Hombre Santo. «Cuando por fin uno de nosotros es escuchado por el zar —decían—, llegan los cortesanos y lo matan. ¿Quién mata a los nobles?» «El padrecito da —decían otros—, pero los nobles se lo quedan.»

Creo que en ese momento se inició para mí una larga espera, un aguardar silencioso por lo peor. La vida se convirtió nuevamente en un peso imposible de acarrear, las obligaciones diarias en un sinsentido que era necesario llevar adelante. Intenté conservar los recuerdos más hermosos y retomar las palabras del Hombre Santo, que de ahí en adelante debían guiar mi vida, y me refugié en ese consuelo. Pero comencé a tener pesadillas todas las noches y a ver a mi hijo ensangrentado, pálido, muerto. Nos habían asestado un golpe mortal, y ya solo unos pocos amigos (Anna, Lily, Protopopov) nos eran fieles y compartían nuestro dolor.

Ni siquiera Protopopov sabía cómo comportarse con la Duma. La única posición que Nikki podía adoptar era la de mantenerse firme, y sobre todas las cosas, ganar la guerra. Una victoria devolvería la confianza de los rusos en sí mismos, en el poder de la monarquía y en nosotros.

Pero la Duma no buscaba la paz ni la victoria: solo pleiteaban entre sí como perros, mendigando un poco más de carne, de poder, de dinero, y traicionando a su soberano. Los extremistas pedían nuestra cabeza. Los moderados callaban, cobardes, y no movían un dedo para acabar con los sucios rumores que tanto nos perjudicaban. Escuchaban mentiras y reían las gracias de los que las contaban. Se decían horrores sobre mí, horrores sobre Nikki, no menores que los que circulaban cuando Nuestro Amigo aún conservaba la vida.

Dios está muy alto, y el zar está muy lejos...

Yo sé que esta revolución no prosperará. Quizás ni mi marido ni mi hijo recuperen sus derechos al trono, pero el pueblo ruso no puede, no sabe regirse por sí mismo. La buena gente del campo sigue albergando en su corazón la fe en Dios y en el zar, que protege y defiende nuestras creencias y nuestra Iglesia, y aunque quieran abolir la monarquía, no podrán acabar con la religión. A los rusos no les interesa la política, no les interesa la voluble felicidad de este mundo, y en eso, pese a su pobreza o su ignorancia, son superiores a muchos otros pueblos: sin Dios no son nada. Y sin el zar, Dios está amenazado.

Si tan solo hubiera tenido un poco más de tiempo..., un par de meses más y el cansancio y el resentimiento del pueblo se hubieran transformado en entusiasmo popular. Dos meses más y la victoria hubiera sido nuestra. Recibíamos avituallamiento de Francia e Inglaterra, nuevas armas y provisiones, y el entrenamiento había hecho milagros en las nuevas formaciones que se habían creado durante el invierno. Dos meses más y Rusia hubiera presenciado una primavera triunfal... San Petersburgo se hubiera resarcido de sus privaciones, hubiera podido hartarse de pan y carne, y aquel verano hubiera sido hermoso como ninguno.

No tuvimos esos miserables sesenta días. Cada día conocíamos nuevas deserciones y nuevos rumores de alzamiento. Protopopov se afanaba por imponer el orden, en ocasiones con medidas exageradas. No sirvió de nada: sin que nos diéramos casi cuenta, la ciudad se llenó de revolucionarios, y cuando Nicolás nos dejó para regresar al frente, salieron abiertamente de sus escondrijos.

Las huelgas comenzaron el 21 de febrero. La gente de San Petersburgo pedía pan y maldecía a los proveedores, que juraban que los almacenes estaban vacíos. Yo sabía que no era cierto: Protopopov, siempre optimista, nos había asegurado que quedaba harina suficiente como para un mes, y que aun así, los suministros traerían más en muy pocos días. Nadie podía arrancarme de la convicción de que aquello se trataba de una maniobra de la Duma, que intentaba calentar los ánimos a través del hambre y el frío. La situación empeoraba por momentos, y ni el vodka, que corría libremente, ni la Policía, que disparaba al menor movimiento, prometían nada bueno. Para colmo, el frío era brutal.

¿Cómo pudimos fiarnos de Protopopov? No era el hombre indicado para una crisis... y sin embargo, su actitud inspiraba confianza, brindaba seguridad. ¿Cómo pude estar tan ciega? Estaba convencida de que el pueblo me era fiel, de que tan solo los periódicos me odiaban. No hacía tanto los campesinos me ofrecían pan y sal y rezaban a gritos por mi felicidad. ¿Qué había pasado que había alterado el corazón arcaico de aquella bendita Rusia?

Para el día 25 de febrero las noticias eran tan alarmantes que telegrafié a Nikki suplicándole que regresara. La línea telefónica había sido cortada. Lily Dehn corrió a mi lado, mientras yo intentaba encontrar al tío Pablo y buscar mejor consejo. Cuando llegó la noche, cada calle de San Petersburgo albergaba un motín. Nos protegía la artillería montada de Linavitch, apenas a tres kilómetros de Tsarskoye Selo. Hora tras hora, la información que el conde Benckendorff me transmitía resultaba más inquietante: se disparaba a ciegas, algunos comercios ardían, saqueados, y los hombres ocultaban armas y consignas revolucionarias.

No quise que Lily regresara a su casa, y Anastasia le preparó una cama en la sala de dibujo. Recuerdo que María había colocado una lámpara de aceite en la mesilla, un icono y una fotografía que le había sacado a Titi hacía muy poco, y que me conmovió la delicadeza de mi hijita. Solo me tranquilizaba saber que estábamos protegidas por la artillería, pero aun así apenas pude dormir aquella noche. Mis telegramas a Nikki no recibían respuesta. La temprana visita del conde Benckendorff no podía traer buenas noticias, y así fue: la Duma apoyaba a los rebeldes, y por nuestra seguridad, la Guardia Real se dirigía hacia Tsarskoye Selo.

La temperatura descendió y el frío se convirtió en un viento helado. Los pequeños grupos amotinados aumentaron hasta 300.000 personas que se dirigían hacia el palacio. Yo pensaba sin cesar que no podíamos estar asustados, que no debíamos estar asustados. Nikki llegaría al día siguiente y tomaría el control de la situación. Lily llamó a sus parientes para rogarles que se hicieran cargo de Titi, o para que nos lo trajeran a Tsarskoye Selo, y la respuesta fue que el palacio estaba rodeado por un círculo de llamas alimentado y vigilado por marineros levantiscos. No sabían, o no les preocupaba saber, que los niños estuvieran enfermos ni que, salvo personas aterrorizadas, el palacio no guardaba nada más.

«Lily —dije cuando me lo comunicó—. Tengo que salir y hablar con los soldados.»

Mi hija María me acompañó. Pese a los abrigos de pieles, hacía un frío feroz; era el 1 de marzo, y en la oscuridad de la noche podía adivinarse un resplandor lejano, sin duda las llamas que nos rodeaban. De vez en cuando se oía el disparo de un fusil.

Los malditos nobles. Los cobardes políticos. Ni siquiera cuando les constaba que la revolución estaba a las puertas del palacio Alexander fueron francos. Hasta el 12 de marzo no informaron a Nikki de la gravedad de la situación; esa misma noche el tren lo condujo a Tsarskoye Selo, pero no pudo llegar hasta aquí: las vías estaban cortadas y en manos de los revolucionarios. No tuvo más remedio que retroceder. Para entonces, Nicolás estaba más que dispuesto a parlamentar de nuevo con la Duma y a negociar más libertades con ellos, si eso servía para calmar los ánimos. Le dijeron que era ya demasiado tarde.

Pero ¡no lo era! Nicolás no podía saberlo, pero la revolución se limitaba a San Petersburgo, y ni siquiera a toda la ciudad. El pueblo lo adoraba, como siempre, el Ejército le era fiel, y si hubiera concedido una Constitución, todo se habría calmado. No, no podía saberlo, y nadie se lo dijo. Yo estaba lejos, y no quedaba más opción que abdicar o marchar sobre San Petersburgo con las tropas leales; una guerra civil mientras se libraba una guerra con los extranjeros. Y mi marido, aquel al que llamaban *el Sanguinario*, no lo dudó: abdicó. Y mi marido, aquel que amaba tan fieramente a su hijo como para querer lo mejor para él, no lo hizo a su favor, lo que hubiera supuesto que nos lo arrebataran y lo criaran a su modo, que limitaran su juventud por el bienestar de la patria. En aquel momento tomó una decisión heroica: si Alexis, por sus pocos años y su estado de salud, no podía ser el zar que soñábamos que llegara a ser, era mejor que continuara siendo un niño amado y que pudiera llegar a adulto sin la terrible responsabilidad que se le exigía.

Miguel Alexandrovich Romanov, aquel niño guapo e irresponsable, se convirtió en el zar, y su engreída mujercita divorciada disfrutó del honor único de ser llamada «zarina».

45

Nicolás marchó a dar el adiós a las tropas y regresó luego a su cuartel general. Allí recibió a los enviados del Gobierno provisional, que le anunciaron que quedaba arrestado y que su misión era conducirlo a Tsarskoye Selo. Nikki obedeció: su única preocupación era que el Gobierno que lo había destronado ganara la guerra.

¿Por qué nos ha tocado en suerte este siglo ingrato, este momento cruel de decadencia? ¿Por qué el zar más noble, más patriota desde Pedro el Grande, ha perdido así un reino? ¿Por qué el más honrado de los compañeros fue tan bárbaramente traicionado por unos aliados débiles? ¿Por qué los consejeros, los hombres más competentes de Rusia no fueron capaces de salvar trescientos años de monarquía? Muchas veces he lamentado que el magnífico carácter de Nikki lo hiciera tan vulnerable a las malas influencias y que su inteligencia no le permitiera confiar en su corazón.

Cuántas veces, desde el principio de nuestro reinado, hemos sabido que nos mentían... Sí, desde los espantosos acontecimientos de la matanza de nuestra boda nos han rodeado cortesanos engañadores y noticias falseadas. Cuando quisimos remediar los males que aquejaban al pueblo era siempre tarde, y mucho más costoso de lo que habría resultado si desde un principio nos hubieran tenido al tanto. Nikki se resignaba con nobleza frente a estos inconvenientes. Yo, mucho más apasionada, mucho más femenina, era también más difícil de engañar. Pero ¿cuántas veces no he visto cómo mis corazonadas eran tomadas por histeria, mis consejos por descabellados? Ah, Nikki, no tengo un reproche que hacerte. Y sin embargo, a veces me pesa la certeza de que si me hubieras tenido más en cuenta nada de esto habría ocurrido.

¿Qué podía hacer yo, recluida en el palacio Alexander con los niños, qué podía hacer por mi marido y por mi patria? Mis hijos me necesitaban más que nunca. Alexis tuvo paperas y no acababa de curarse, y las niñas, con excepción de María, habían caído enfermas. Recuerdo aquellos días cubiertos por un velo gris, los lamentos de las niñas, las entradas y salidas de su habitación, las noticias cada vez más preocupantes de las turbas que pedían pan y que ansiaban sangre. Creo que no lograré nunca poner en orden aquellas impresiones; parte de mi mente tomaba la temperatura a mis hijas, y parte se angustiaba porque los socialistas inflamaban a los obreros ferroviarios a iniciar una huelga, y si lo lograban y las vías de abastecimiento se cortaban, ni yo ni nadie podría dar pan a los hambrientos.

El pueblo tenía cada vez más miedo y más hambre, y el Ejército se puso de su parte. Cuando lo supe, me senté, incapaz de reaccionar. Allí estaba, a las puertas de mi casa, la revolución. María Antonieta. Y yo era una mujer sola y odiada, tan inútil como si tuviera las manos atadas a la espalda. Regresé al cuarto de Alexis e intenté ocultar mi preocupación.

Recibí entonces un telegrama de Nikki: quería que nos encontráramos en Gatchina, pero el doctor Derevenko, que vino a visitar a los enfermos, nos dijo que el ferrocarril estaba en manos de los rebeldes y que el desplazamiento era imposible.

¿Qué ocurrió entonces? Recuerdo a la baronesa Buxhoeveden gritando que la guarnición de Tsarskoye se había amotinado, y que cuando me asomé a la ventana, nuestra guardia se había dispuesto en cuatro filas, preparada para disparar. Recuerdo el sonido de los fusiles, muy cerca, y que María y yo corrimos hasta los guardias para suplicarles que no dispararan, que negociaran con los rebeldes, que no se vertiera sangre. Recuerdo la calma tensa de aquella noche, en la que los oficiales leales lograron convencer a los rebeldes para que se retiraran en paz. Recuerdo la ausencia de Nicolás como algo vivo, y que hasta la conversación con el gran duque Pablo el pavor hacía que cada uno de mis movimientos resultara doloroso.

Los rumores llegaban a través del doctor Botkin o de Pierre Gilliard: decían que Alexis había muerto, pero yo sabía que no era verdad. Y que Nicolás había abdicado, y yo quería creer que tampoco lo era. ¿Cuándo lo admití? No lo sé. Que Miguel, el jovencito Miguel, era el nuevo zar. Mis temores se cumplían, y sin darme cuenta pensé que mi suegra se sentiría satisfecha. Lo pensé sin crueldad, como si mi cerebro no me perteneciera. Casi inmediatamente supimos que había renunciado al trono. Yo no esperaba otra cosa. Nunca estuvo preparado para reinar, ni su voluntad lo acompañaba en el sacrificio.

De aquellos días solo recuerdo aquello. Si no enloquecí entonces, no creo que lo haga nunca. Sí, es cierto que hemos sufrido desde entonces, pero nada, nada comparable a la agonía de aquellas horas terribles, de aquel silencio frente a mis hijos, que no debían saber nada, de aquella extraña en el espejo, enflaquecida y vieja, que me miraba y a la que no reconocía.

Nicolás estaba a salvo, me confirmó el general que enviaron para hablar conmigo, pero no era ya más que el ciudadano Romanov. Él, los niños y yo estábamos bajo arresto hasta nueva orden. Informé a los criados y a los empleados de servicio. Anna Demidova y Pierre Gilliard me miraron serenamente y decidieron permanecer con nosotros.

Fue terrible decírselo a las niñas. Terrible.

Gilliard, que se había ofrecido para hablar con Alexis, se me unió muy conmovido.

«¿Ya está?»

«Ya está. Le he dicho que su padre regresaría mañana, que ya no quería ser general de los ejércitos, que no quería seguir siendo el zar, porque estaba cansado y harto de resolver problemas. "¿Y no podré ir al cuartel general nunca más?", me ha preguntado. "¿Y quién será el zar ahora, si el tío Miguel ha renunciado?"»

Mi hijo, el zar más grande de todos los tiempos. Mi hijo, sin su herencia, ni su trono.

«¿Qué le ha respondido?», pregunté.

«Que no habrá zares. Que habrá un Gobierno provisional, y que luego ya se verá.»

«¿No ha preguntado qué pasará con él, si él no será el zar?»

«No.»

Me hubiera gustado que aquellos engreídos que contaban a los cuatro vientos la inmodestia de mi hijo, su orgullo infantil por ser el heredero, escucharan aquellas palabras. Alexis pasaba de ser el heredero de Rusia a un prisionero en su propia casa y su preocupación era el gobierno de su patria, no su propio destino. Lo hemos educado bien. Pese a todos los errores, lo hemos hecho bien.

Esa misma tarde nuestros centinelas pasaron a ser nuestros guardianes. El dolor agudo me había abandonado. Ya solo esperaba que permitieran que Nicolás regresara con nosotros, que los niños se recuperaran, que un poco de orden volviera a aquel palacio. No contaba con soldados para protegernos, casi todos se encontraban en el frente o eran requeridos allí. Las niñas estaban nerviosas y me suplicaban que me acostara y descansara. Al fin me retiré, para que al menos ellas durmieran un poco.

«No os quitéis los corsés —les advertí a María y a Lily—. No se sabe qué va a pasar. El zar llega mañana, entre las cinco y las siete de la mañana, en tren...»

No pude dormir en absoluto. El frío aumentó, y fuera, en el patio, los centinelas improvisaron un baile para entrar en calor. Seguían sucediéndose los disparos.

El tren de Nikki se retrasó, y me advirtieron de que era posible que no llegara hasta las diez. María dormía, aunque Lily y Anastasia estaban ya en pie y vestidas a las cinco de la mañana, muertas de la ansiedad. Anastasia comenzó a sentirse mal, y pronto fue evidente que también se había contagiado de paperas. La pobrecilla lloraba mientras la fiebre subía más y más.

«¿Cómo voy a ayudarte si me pongo enferma? ¡Por favor, no me llevéis a la cama!»

La acostamos y continuamos esperando. Pasaron las diez sin noticias del tren, ese tren imperial que jamás se retrasaba. Quizás los revolucionarios habían tomado parte de las vías y la línea ferroviaria estaba tomada. Quizás habían tenido que retroceder hasta otra ciudad... Cortaron el agua, de manera que el sistema hidráulico del ascensor se interrumpió, y me vi obligada a subir y bajar las escaleras que unían las dependencias de la planta baja con los cuartos de los niños entre suspiros y palpitaciones de corazón. La cabeza me daba vueltas, veía luces blancas ante los ojos y varias veces creí desmayarme, pero logré resistir. El doctor Botkin y el doctor Derevenko cuidaban de las niñas y me aseguraron que Alexis se encontraba mucho mejor. De pronto, Lily, que contemplaba el patio a través de la ventana, dio un grito:

«¡Se están rindiendo!».

Corrí a mirar: muchos de los soldados que nos custodiaban se habían atado sus pañuelos blancos a las muñecas para indicar que se unían a los revolucionarios. Un representante de la Duma se había acercado a escondidas a Tsarskoye Selo y los había convencido para que acataran sus deseos. «Ojalá —pensé, mientras me apartaba llena de desazón de la ventana—, ojalá logren idear algo para que los soldados, al menos, se mantengan fieles a ella.»

Fue un día eterno, y el miedo, como bien se sabe, detiene el reloj. Llegó la hora de la cena sin que nadie pensara en comer. Los niños seguían enfermos y les había subido la fiebre con la inquietud. No se sabía nada de Nikki, y la revolución estaba a las puertas. Por segunda noche consecutiva nos fuimos a la cama completamente vestidas, con nuestros uniformes de enfermeras, y por segunda noche, no pude cerrar los ojos.

Intenté rezar, pero el ruido de pasos y gritos lejanos me arrancaba constantemente de mi oración. Cuando me levanté a mirar, no pude evitar un grito. ¡Las tropas del palacio se retiraban! ¡Desertaban en plena noche! La ventana en la oscuridad me devolvió un reflejo torturado: estaba pálida como una muerta y temblorosa. Mis marineros, los soldados que dos noches antes me habían jurado lealtad y amistad, mis amigos, mis fieles, nos abandonaban a mí, a cinco niños enfermos, a una inválida enferma también y a un puñado de amigos indefensos.

Los oficiales de la guardia acudieron a verme durante la mañana en la salita malva. Habían recibido órdenes terminantes de un nuevo mando, el teniente Kouzmine, para que abandonaran sus puestos. Si las tropas no dejaban el palacio y obedecían a la Duma, dos cañones apuntarían hacia las dependencias reales y las destrozarían a balazos. Muchos de ellos estaban furiosos, el comandante Miasocdov-Ivanov tenía los ojos llenos de lágrimas, y hubo unos cuantos que decidieron, a título personal, permanecer en Tsarskoye Selo.

Perdí la cuenta de las veces que telegrafié a Nikki. Los rumores decían que el tren había dado la vuelta y se dirigía hacia el cuartel general para retomar el mando del Ejército. Si fuera así, no sería tan mala la situación... Intenté enviar cartas, recibí a gente solícita cuyos rostros se mezclan ahora sin nombre ni orden, y cuando llegó la noche sin noticias de mi marido, supe que llegaba otra noche de terror.

Las niñas empeoraron al día siguiente y sus oídos se inflamaron tanto que los médicos me advirtieron de que era posible que alguna de ellas no se recuperara del todo. Mis pies se habían inflamado también y la taquicardia era constante y atroz. Intenté dormir reclinada en un sofá, pero en cuanto cerraba los ojos me asaltaban visiones terribles. Se nos ocurrió que tal vez se pudiera llegar hasta Nikki en aeroplano. La idea no prosperó; con la tormenta de nieve fuera, era imposible.

Con la caída de la noche, apareció de nuevo el tío Pablo. Recuerdo que dejé de escribir la carta que redactaba para Nikki y que corrí a su encuentro, que vi a María y a Lily que asomaban la cabeza en el cuarto contiguo, y que Pablo, con su semblante, no traía buenas noticias. Luego todo se nubló, y desde el principio de los tiempos hasta ese momento solo existía una frase, solo dos palabras que continuaban sonando por toda la eternidad.

«Te lo confirmo de manera oficial. Ha abdicado. Se ha acabado todo.»

Imagino que Pablo se marchó. No lo recuerdo. Solo logro verme apoyada contra mi mesa, con Lily sujetándome de un brazo e infundiéndome coraje.

«El pobrecillo... Oh, Dios mío... Y ni siquiera nos tiene a nosotras para consolarle.»

«Madame, tened valor...»

«Dios mío, qué horror..., todo se ha acabado. Alexis..., se lo van a llevar de mi lado. Estará bajo la regencia del pueblo... Se llevarán a mi hijo..., todo se ha acabado.»

«No —dijo ella mientras me obligaba a salir de la salita malva—. Eso no ocurrirá. Y además, ¡el zar está vivo! Hace una hora ni siquiera sabíamos eso.»

«Sí —dije, y la esperanza revivió un poco, como si las brasas lucharan contra las cenizas—. Sí, tienes razón, está vivo... He de hacer que se sienta orgulloso de mí.»

Por él luché toda la noche por no desmayarme, o por no romper a gritar. Por él reuní la presencia de ánimo para escribirle una carta de ánimo y de amor. Por él me tomé un tranquilizante que preparó para mí el doctor Botkin. También por él, y creo que por mí, por no añadir más dolor al que ya sentía, María dejó de llorar y encontramos fuerzas para cenar, masticando sin ganas ni saber qué comíamos. De vez en cuando un pensamiento angustioso lograba atravesar la coraza de serenidad que intentaba construirme. Cualquier desconocido, en cualquier momento, podía presentarse allí y llevarse a mi hijo. Cada voz se convirtió en un enemigo, cada crujido en el horror. A veces pensaba que no se atreverían a llevárselo antes de que Nikki regresara. Otras, que habíamos llegado a un punto en que ni eso los contendría. Pasé la noche llorando, feliz de que mi padre y mi madre, y mi querida abuela, hubieran muerto ya y no tuvieran que verme pasar por esto.

46

Esa mañana me detuve un poco más de tiempo con las niñas, que continuaban muy graves. El presidente de la Duma nos instaba a que nos marcháramos de palacio lo antes posible, de manera que pudiéramos reunirnos con Nikki en algún punto de su ruta hacia aquí, pero eso era imposible: los doctores decían que las niñas morirían si tenían que viajar bajo la nieve en esas condiciones. Rodzianko, el presidente de la Duma, prometió comunicarles esta situación a sus compañeros y regresar con una propuesta. Los muy salvajes no cambiaron de idea. Debíamos irnos.

«Cuando la casa arde, señora, lo mejor es abandonarla», me espetó Rodzianko con una sonrisita.

Entre lágrimas comenzamos los preparativos. El teléfono estaba intervenido y seguíamos sin agua. El relevo de la guardia se sucedía sin disciplina, al grito de: «¡Os saludamos, nuevos ciudadanos de la libertad!». Y sin embargo, en mitad de aquel infierno presencié las muestras de fidelidad más conmovedoras. Lily, que aún no sabía dónde estaba su hijo, permaneció con nosotras. El comandante Ratief, que se encontraba en el palacio de Invierno, nos telefoneó en un descuido para asegurarnos que, aunque rodeado de revolucionarios, se encontraba bien y sus pensamientos estaban con nosotros. El joven teniente Markov, de mi regimiento tártaro, logró abrirse camino entre la multitud, malherido y con el uniforme destrozado. Habían intentado arrancarle las *epaulettes* con mi emblema, y él se había defendido gritando que yo se las había dado y que solo yo podía privarle de ellas.

«Por favor, deseo estar cerca de vos..., no me importa si es para limpiar los platos, lo que sea.»

Le prometí que el general Resin lo incluiría en el destacamento de Tsarskoye Selo. Mientras tanto, yo empaquetaba mis libros y las fotografías más queridas. Solo mucho más tarde recordé mis joyas, y que tal vez nos resultaran útiles en algún momento.

Llegó el domingo día 5 sin noticias de Nikki, salvo los rumores que ya conocíamos, y quise ampararme en la misa. Pedí la merced de que el milagroso icono de Znaminie, que se guardaba tan cerca del palacio, nos fuera prestado para insuflar ánimo a las enfermas, y cuando vi que la pequeña procesión atravesaba el patio casi desértico, con el rumor de la revolución al fondo, creí presenciar el fin de una era feliz y ordenada. Fuimos a ver a Anna, también, que como de costumbre estaba rodeada de doctores, médicos y sabe Dios qué más, y se encontraba al borde de la histeria, la pobre niña.

El lunes todo estaba preparado para la marcha, y mis diarios y mi correspondencia personal quemados. Primero entregué al fuego mis nueve diarios personales, pero estaban encuadernados en piel y tardamos mucho en quemarlos. Fue entonces cuando Volkov entró sin anunciarse y con voz temblorosa anunció:

«¡El zar está al teléfono!».

«Pensé que me dejarían volver contigo —me dijo—, pero me retienen aquí... Pero de todas maneras, estaré con vosotros muy pronto.»

«No te preocupes, estamos bien...»

«Mi madre está viniendo a mi encuentro desde Kiev.»

«Después de todo lo que has sufrido, te consolará mucho ver a tu madre.»

«Solo me dieron tus telegramas después de firmar la abdicación, mi amor...»

«¡Oh, pobre, pobre amor mío!»

«Ahora debo dejarte. Te veré pronto.»

«Que Dios te guarde.»

Pareció salir de nuevo el sol. Alexis mejoró repentinamente y comenzó a hablar de su padre y de la vida en el cuartel general («Nadie te alejará de mí», pensé).

Faltaban muchas cartas por quemar, todas en realidad, las

tiernas y absurdas de nuestro noviazgo, las inocentes de mi soltería, las del maduro amor de nuestros años de guerra. Releía algunas, pero las palabras dulces de Nikki me hacían llorar, de manera que preferí arrojarlas de una vez al fuego y pensar que con ellas o sin ellas el amor permanecía. Aún restaban algunos de mis diarios, libritos mucho más delgados encuadernados en satén blanco, y se los tendí a Lily para que los echara a la chimenea. Ella parecía tan conmovida como yo.

«No puedo soportar mi país —dijo de pronto y se echó a llorar—. Odio esta Rusia que te hace esto.»

«Lily, no te atrevas a hablar así. El pueblo no tiene la culpa. No comprende lo que está pasando. Esta es nuestra casa. Es nuestro hogar.»

No terminamos con ellos hasta el jueves, y para entonces una de mis camareras nos advirtió de que algunos de los revolucionarios intentaban cazar trozos de papel medio chamuscados que la chimenea había elevado al cielo sin quemar. No pudieron ser muchos: todos mis recuerdos, tan peligrosos, yacían en el silencio de las cenizas.

El príncipe Retiev, el fiel defensor del palacio de Invierno, había caído. Llamó para presentar sus respetos por última vez y para despedirse, porque los revolucionarios intentaban echar abajo las puertas del cuarto en el que se refugiaba y temía ser asesinado. Su voz se extinguió en el teléfono, y rezamos por él, ateridas por un frío súbito y por el miedo a la soledad. Entonces, a las once de la noche Volkov nos anunció que Goutchkov, el ministro de la Guerra, insistía en verme. Crucé una mirada de terror con Lily.

«Pero, a estas horas... Lily, ha venido a arrestarme. Llama, por Dios, al gran duque Pablo y ruégale que venga lo antes posible.»

Intenté recuperar la compostura y esperé en silencio mientras me colocaba de nuevo la cofia de la Cruz Roja. Tío Pablo tardó una eternidad, y cuando llegó, Goutchkov, un enemigo probado de mi marido, entró sin dilación. Era un hombre vengativo, con inauditas ansias de grandeza, incapaz de mirar de frente. Debía de complacerle ver el miedo de una mujer indefensa, los ojos desorbitados de mi hija María.

No, no me arrestaron aquella vez. Se limitaron a humillarme; Goutchkov quería saber, o eso dijo, cómo estaba yo, cómo soportaba la situación y si estaba o no asustada. Y aunque no lo dijo, quería demostrarme con una entrevista a esas horas de la noche que quien gobernaba en Tsarskoye Selo era él, que poseía suficiente poder como para chasquear los dedos y que la antigua zarina de Rusia acudiera corriendo.

Nikki debía llegar ya, o eso nos dijeron. Las autoridades revolucionarias decidieron que para entonces el palacio debería estar desierto y que los que permanecieran en él leales a nosotros serían arrestados. A mediodía el general Kornilov vino a arrestarnos y lo recibí con el uniforme de la Cruz Roja, dispuesta a afrontar lo que dispusiera para nosotros.

La Guardia Imperial sería reemplazada por soldados revolucionarios: eso no suponía un gran cambio, porque desde hacía días los revolucionarios curioseaban por todas partes. Nuestros oficiales nos dejaron con un saludo marcial, algunos de ellos llorando. Nos pidieron un pañuelo para conservarlo como recuerdo. Pensaban dividirlo para que les tocara un trocito a cada uno. Con lágrimas en los ojos les enviamos un puñado de pañuelos con nuestras iniciales bordadas.

Era el momento de hablar con claridad a mis hijas de lo que significaba la abdicación. No sería justo que Nikki llegara y tuviera que explicárselo. Para las niñas, lo único importante era que su padre regresaba y que estaba a salvo. Perder el imperio más grande del mundo pareció darles igual; Alexis, en cambio, se llevó una gran decepción.

«Entonces, ¿eso significa que no podré ir al cuartel general con papá nunca más?», preguntó de nuevo.

«No, mi amor. Ya no podrás ir.»

«¿Y mi regimiento y mis soldados? ¿Tampoco podré verlos?», preguntó lleno de ansiedad. Le tenía mucho cariño a su regimiento.

«Me temo que no...»

«Pero... Y el yate, y mis amigos de a bordo..., ¿no podremos salir a navegar alguna vez?»

Estaba a punto de echarse a llorar.

«No. Ya no volveremos a ver el *Standart*... Ya no es nuestro, hijo.»

No dijo nada más.

Esa noche María, la sorprendente y fuerte *chow chow*, se contagió al fin de paperas.

«Pero ¿por qué? —se quejaba—. Yo solo quería estar buena hasta que papá llegara y que me viera, al menos a mí, en pie... ¿Quién va a dormir ahora contigo? Le prometimos a papá que una de nosotras dormiría siempre contigo.»

«Lily pasará conmigo la noche, no te preocupes.»

Pronto perdió la consciencia, atacada, como las otras, de una fiebre muy alta.

Era una noche muy hermosa, clara y blanca, con el silencio de la nieve sobre la tierra. Hacía muchísimo frío y casi no se oían las canciones de los borrachos ni los tiros, como otros días. Desde primeros de semana no entraban flores frescas en Tsarskoye Selo, y las lilas del saloncito malva estaban a punto de morir, exhalando un perfume que ya no recordaba a la primavera. Lily entró en mi cuarto cuando yo estaba ya en camisón, casi enterrada bajo las sábanas y las mantas que traía para hacerse una cama en el sofá. Sonreí.

«Ay, Lily..., las nobles rusas no servís para nada. Déjame que te ayude. Cuando era una niña, mi abuela, la reina Victoria, me enseñó a hacer la cama. Puedo cambiar las sábanas de una cama en unos minutos, con un enfermo dentro, sin despertarlo. Privilegios de una educación inglesa. Ten cuidado y no duermas sobre este muelle. Creo que se ha roto. Siempre me ha parecido que este sofá no salió bueno.»

Por fin, el jueves 9, a eso de las once llegó Nikki. Nos habían asegurado que así sería, pero todos, salvo Alexis, que consultaba su reloj a cada minuto, impaciente, casi habíamos perdido la fe, después de tantas falsas promesas. Desde el cuarto de las niñas oí el sonido de un automóvil, y el fiel Volkov, que se había negado mucho más rotundamente que nosotras a aceptar la abdicación, anunció a Nikki, con voz temblorosa, a la manera imperial:

«¡Su majestad el zar!».

Por fin estaba allí. Demacrado, con una mirada trágica,

pero vivo, sano y mío. Estaba muy pálido, como todos nosotros, como si el sol fuera un recuerdo lejano o hubiera estado tan enfermo como las niñas. Su cabello se había vuelto gris y una red de arrugas nuevas se extendía por su rostro. Las ojeras bajo sus ojos eran casi tan azules como sus pupilas. Incluso su manera de caminar era la de un hombre que hubiera dejado muy muy atrás la confianza y la juventud y levantara los pies con un agotamiento infinito. Alexis se abrazó a Lily, que lo velaba desde la mañana y que tuvo la delicadeza de escabullirse sin ser vista para dejarnos solos.

«Y Lily, después de todo lo que ha hecho por nosotros, a lo que ha renunciado por nosotros..., ni siquiera he podido mantenerla cerca de Dehn...»

«No pienses en eso ahora, querido.»

«El pueblo nos sigue amando, Alix. Cuando mi madre vino a verme, lo hizo entre una parafernalia de banderas rojas y símbolos de la revolución. Ella no sabía hacia dónde mirar, porque se sentía violenta y humillada. A mí solo me parecieron ostentosas, un estúpido despliegue del nuevo poder..., pues bien, sin hacer caso de las banderas rojas, cuando el coche pasaba, ¡los ciudadanos se arrodillaban ante él, como siempre han hecho! Y fíjate —continuó—, cuando subí al tren esperaban en el andén cinco o seis jovencitas, unas colegialas. Hacían gestos intentando atraer mi atención y lloraban. Me hicieron señas de que les escribiera algo, y yo les firmé en un papel y se lo envié. Aún siguieron allí dos horas más, hasta que me fui, pese al frío y a que yo les suplicaba que se fueran a casa. Y cuando el tren partió, me bendijeron llorando. Nada puede ir demasiado mal cuando se recibe la bendición de los niños. Creo que saldré a dar un paseo..., siempre me ha venido bien pasear.»

Se dirigió hacia el gran pasillo, y yo no pude contenerlo o no vio mi gesto. Lily venía hacia nosotros, procedente de la habitación de Anna. Un centinela apareció de la nada y le gritó a Nikki que no podía pasar de allí. Se me encogió el corazón. Nikki retrocedió y se dirigió hacia el otro pasillo; otro guardia le salió al paso y con mejores modales le informó de que era un prisionero en aquel palacio.

«¿No puedo hacer un poco de ejercicio?»

«Sí, ciudadano Romanov, en el patio del palacio, como corresponde a un prisionero.»

Me alegré de que mis hijos no pudieran ver a su padre derrotado así, con la cabeza baja, como si de pronto cayera sobre sus hombros un peso nuevo, el de la revolución, la derrota y la humillación.

«Vamos con los niños, Lily —susurré al cabo de un momento aferrando su mano—. Al menos, allí podemos estar todos juntos.»

Nicolás apareció cubierto de nieve en la puerta del cuarto de mis hijas más tarde.

«Nos aguardan muchos sufrimientos —me dijo aquella noche—. Tú y yo hemos sufrido lo indecible por amor. Ahora debemos demostrar el amor que sentimos por nuestra patria. Pensar que, ahora que no soy zar, ni siquiera me dejarán luchar como soldado... No importa qué sea de nosotros, ni cómo nos traten de ahora en adelante, siempre que quienes cuiden de nosotros sean capaces de salvar a Rusia.»

«Que sea como tú dices», afirmé conmovida.

Pobre Nicolás: María y yo, que tan fuertes nos mostramos en su ausencia, no pudimos soportar más la tensión. De pronto acusé el cansancio de los días pasados y literalmente me derrumbé sin ser capaz de dar un paso. María, para colmo, contrajo también neumonía, además de las paperas, una dolencia que arrastraba posiblemente desde la noche en la que salimos a hablar con los soldados, y el pobre ángel estuvo tan enferma que en algunos momentos nos temimos lo peor.

Por suerte, siempre ha sido robusta, y de las cuatro niñas, era la que mejor podía soportar con lucidez la situación a la que tuvimos que hacer frente. Tenía diecisiete años tan solo entonces, tan valiente, tan tan valiente. Mis otros hijos se recuperaban sin dar más problemas, y se comenzó a hablar con insistencia de nuestro traslado a Inglaterra. Pero cuando los días pasaban y nada ocurría, empezamos a sospechar que el poder del Gobierno provisional no era tan grande como querían hacernos creer.

47

Los niños no supieron nunca que esa tarde, después de visitarlos y abrazarlos, de consolar a María, que no paraba de sollozar y decir que ella querría haberle recibido en pie, después de cenar, el antiguo zar de todas las Rusias lloró amargamente, sin consuelo, en mi salita malva.

«¿Has escuchado a María? Cuando deliraba por la fiebre, decía: "Mucha gente..., qué miedo..., han venido a asesinar a mamá... ¿Por qué hacen esto?".»

«Todos han preguntado lo mismo. No saben qué está pasando.»

«¿Quién sabe ya lo que está pasando, Alix? Ya no soy emperador. Antes compartíamos un trono, y ahora solo se nos presenta la miseria.»

«Fue lo que prometí compartir contigo cuando nos casamos... Ya no eres emperador, pero eres padre, eres esposo, y así te seguimos amando. ¡Es eso, y no el trono, lo que vale a mis ojos!»

«Quiero contarte cómo ocurrió todo... El general Rousky fue el primero en mencionar el tema de la abdicación. Apareció en mi tren de pronto, se nos unió en mitad de la ruta, sin anunciarse. Después de hablar de ello sin detalles, me informó de que Goutchkov y Shoulgine venían de camino para tratar la misma cuestión. Así fue, subieron en la siguiente estación y comenzaron a discutir el tema entre ellos, como si ya fuera cosa hecha. Tuve que golpear mi despacho con el puño para que se callaran y me permitieran hablar.

»"Es necesario que abdiquéis a favor del zarévich, y que el pueblo nombre un regente", dijeron los dos hombres. "Pero ¿de qué manera beneficiará al país mi abdicación?" "Majestad, es precisamente el único modo de salvar al país en esta terrible crisis." "Debo reflexionar sobre ello. Os anunciaré mi decisión en un par de horas."

»Cuando ellos accedieron, mi primera reacción fue llamar al doctor Fedorov: sabía que si abdicaba, inmediatamente se dirigirían aquí para arrebatarte al niño, y quise preguntarle qué efectos tendría eso sobre su salud. Fedorov fue franco: "Creo que con el vínculo que tiene el zarévich con su madre y con vos, y teniendo en cuenta su enfermedad, eso no hará sino acortar su vida".

»Los delegados regresaron y me demostré dispuesto a abdicar, pero no a favor de Alexis, sino de mi hermano Miguel.»

«¡Miguel! —musité—. ¿Por qué tu hermano no nos ha sacado de aquí?»

«Déjame que te explique... Ellos parecieron contrariados con mi decisión, pero les anuncié que era irrevocable. A continuación, firmé el acta. Me temblaban las manos, aunque, por muy breve espacio de tiempo, me sentí aliviado. Qué responsabilidad tan grande, un reino como Rusia... Entonces el tren regresó de nuevo al cuartel general. Inmediatamente después de abdicar me permitieron leer los telegramas que había recibido: muchos me insultaban, pero otros eran testimonios vivos de lealtad y amor. Había nobles que se negaban a darse por enterados de que existía una revolución o de que el zar había abdicado, y así me lo anunciaban. Creo, de todas maneras, que Rousky me ocultó algunos y que es posible que los que le envié a Rodzianko, por ejemplo, nunca llegaran porque el propio Rousky se los arrebató al barón Stackelberg, que era el encargado de enviarlos.»

Siguió hablando y hablando, pero muchas preguntas quedaban sin responder. La más urgente, qué sería de nosotros, ni siquiera se había formulado.

Los revolucionarios no nos trataron mal, pero algunos de sus métodos rayaban lo intolerable. Nos insultaban, sobre todo a mí, y nos robaban hasta las cucharas, como recuerdo. Para algunas cosas la disciplina se había relajado lo indescriptible y los jóvenes centinelas se quedaban dormidos durante las guardias; pero para pequeñas concesiones parecían terribles.

El coronel Kotzebue, uno de los mandos asignados a Tsarskoye Selo, era un primo lejano de Lily y nos aseguró que haría lo posible por suavizar las normas y que se consideraba aún a nuestro servicio. La realidad no se mostró tan complaciente. Cuando María necesitó, por complicaciones de las paperas, una segunda opinión médica, las autoridades accedieron, siempre que estuvieran presentes un oficial y dos soldados en la inspección médica. ¡Una gran duquesa, una jovencita soltera y pudorosa, en ropa interior frente a cuatro hombres desconocidos! Jamás lo toleraríamos.

Nikki se empeñó en retomar el ritmo normal de la vida cotidiana en Tsarskoye Selo, pero pronto el menor movimiento se hizo muy complicado. Tan solo leer el periódico resultaba una prueba muy dolorosa. Pese a su indignación y a que en muchas ocasiones se enteraba de nuestra auténtica situación por la prensa, sentía que su deber era conocer lo que estaba ocurriendo. Los paseos estaban restringidos y los niños continuaban muy enfermos. María deliraba constantemente y necesitaba atención las veinticuatro horas. Todos nos sentíamos cansados y desanimados, y las menores delicadezas nos parecían inmensas. Un caballero británico se ofreció, a través de Lily, a entregar nuestra correspondencia a nuestros parientes ingleses, de regreso a Londres. Después de pensarlo mucho, declinamos el amable gesto: no podíamos comprometerle a él, ni correr el riesgo de que la Duma supiera que estábamos en contacto con el extranjero.

En un principio se nos insinuó la posibilidad de enviarnos a Inglaterra. De todos los países del mundo, era en el que mejor hubiera soportado un exilio, cerca de nuestro primo Jorge V y de los recuerdos de la abuela. Más tarde, quizás por discusiones internas, no se volvió a hablar del asunto. Quizás sabíamos demasiado o nos guardaban para un intercambio provechoso. Bajo pena de muerte se nos prohibió abandonar Tsarskoye Selo. Nosotros no queríamos abandonar Rusia ni finalizar como otros monarcas destronados, asediados por la prensa en hoteles suizos.

«Preferiría acabar en Siberia», dijo Nikki, y sus palabras se revelaron proféticas.

A veces era capaz de tomarse a broma lo que lo rodeaba y volvía a sus antiguas bromas. Le encantaba la palabra «ex».

«Exzarina, ¿podríais venir un momento, por favor?»

«Por supuesto, exemperador. ¿En qué os puedo ser útil?»

Todo era ex: una noche nos sirvieron un jamón infecto, seco y pasado, sin sabor. Él lo masticó como pudo por un momento y acabó por decir:

«Si esto fue alguna vez un jamón, no tengo duda de que ahora es un exjamón».

El ofrecimiento de Kotzebue pronto fue puesto a prueba unos pocos días más tarde, cuando un destacamento de soldados llegó a Tsarskoye Selo con la misión de llevarse a Nikki a la prisión de Pedro y Pablo.

«No puede llevarse al emperador —respondió Kotzebue al oficial al cargo—. Soy el comandante aquí y me niego a entregar al emperador a su autoridad.»

«Ah, ya veo... —dijo el oficial—. El emperador ha volado..., eso nos habían dicho en San Petersburgo. ¡Registrad el palacio!»

Kotzebue tuvo que hacer un esfuerzo para no golpear al hombre.

«Le aseguro que el zar permanece aquí y se lo demostraré. —Y ordenó al conde Benckendorff que le pidiera a mi marido que paseara por el corredor. Al cabo de un momento Nikki apareció caminando lentamente—. Ahora regresen a la Duma, díganles que continúa aquí y no se les ocurra aparecer de nuevo con esas tonterías.»

A Nikki le permitían salir a caminar por el parque todos los días, pero volvía sombrío y casi siempre con una nueva humillación. Sufría horriblemente al verse confinado de esa manera, inactivo, ignorante, con la sensación de que su patria se desmoronaba entre los dedos.

«Es una idiotez por mi parte permitir que su comportamiento me afecte de esta manera..., pero son mezquinos, llamándome a gritos "coronel". Al fin y al cabo, es un digno título.»

Yo me encontraba cada vez más cansada, y la energía que me había permitido subir y bajar escaleras sin reposo me había abandonado. Comencé a moverme en silla de ruedas, que me permitía visitar a los fieles que nos acompañaban. En primer lugar hablaba con los que se mostraban serenos y fuertes y dejaba para el final a Anna, que era sin duda la que más necesitaba de mi apoyo y de mi energía, porque no podía apartar sus miedos y sus aspavientos. Se empeñaba en visitar a las niñas enfermas sin reparar en que ella misma no estaba bien ni sabía controlar sus emociones y en que no serviría de nada su gesto.

Me daba pena Anna, tan necesitada de seguridad. Nuestros amigos tenían sus propias preocupaciones: el niño de Lily, mi ahijado, estaba muy enfermo y apenas le permitían hablar unos minutos con él por teléfono. Lily pretendía continuar con su rutina de siempre y no se quejaba ni permitía que la viéramos triste, pero a mí me destrozaba el corazón. Ahora que Alexis comenzaba a recuperarse, sentía más que nunca el dolor de un hijo enfermo, lejano y privado de cuidados tiernos. Rezaba con ella y lloraba con ella: no podía hacer otra cosa.

Nos privaron de Kotzebue, al que consideraron sin duda demasiado humano, y llegó a nosotros el temido Kerensky. Era un hombre esbelto, pálido, con los labios finos y unos ojos penetrantes, un hombre que dejaba una impresión siniestra. Vestía casi como un obrero. Entró en los cuartos de las niñas, donde Olga y Tatiana se recuperaban, como si se paseara por su cuartel, gritando órdenes, y cuando nos encontró en el cuarto del fondo, caminó hacia nosotros.

«Soy Kerensky. Sin duda conocen mi nombre —nos dijo cuando se encaró a nosotros, y ante nuestro silencio, continuó—: Bien, pero al menos habrán oído hablar de mí. —Continuamos callados, y él se encogió de hombros—. De algo estoy seguro; no sé por qué continuamos de pie. Siéntense, estaremos más cómodos.»

Todos nos sentamos, y entonces me pidió que le dejara solo con Nicolás. Mis hijas se arrojaron a mis brazos.

«¡Mamá, mamá! ¿Qué está pasando?»

«No os preocupéis, hijas. En el peor de los casos, tal vez me arresten.»

No, no fui yo la arrestada, sino Anna. La detuvieron bajo el cargo de complot político, como si nuestra querida inválida pudiera ser de gran ayuda en ningún complot. Cuando me despedí de ella, las dos llorábamos. Sabíamos que aquella podía ser la última vez que nos viéramos. Ese mismo día, y por sorpresa, se llevaron a Lily. Apenas pudimos darle una medalla y algunas fotografías de recuerdo. Tatiana lloró amargamente.

No hemos vuelto a ver a ninguna de las dos. Sé que fueron interrogadas y que quedaron luego en libertad, que lograron escapar de Rusia, que Lily huyó con Titi a través de Odesa y de ahí a Inglaterra, donde se reunió con Dehn. Incluso en la distancia, no han dejado de arroparnos con su cariño, y las cartas de las dos han continuado llegando a este perdido lugar del mundo.

Quedamos al cargo del coronel Korovitchenko, un hombre rubio de boca cruel.

Pocos días después vimos en la distancia el cortejo de un funeral: no se trataba de una celebración cualquiera sino del entierro de los soldados revolucionarios que habían muerto en Tsarskoye Selo el primer día del levantamiento. Habían cubierto los ataúdes con paños rojos, y los que los seguían vestían enteramente de rojo también, y las banderas escarlata ondeaban por doquier. Sobre el suelo nevado, daba la sensación de que un riachuelo de sangre se deslizaba lentamente hacia el parque, donde fueron enterrados. Tuve un mal presentimiento al verlo, como si la propia tierra sangrara. No era la primera vez que me pasaba; con el tiempo, lo reconozco, he llegado a odiar el color rojo con toda mi alma.

48

Permanecimos en Tsarskoye Selo hasta agosto del año pasado; los soldados se comportaban en ocasiones como niños grandes, merodeaban por los pasillos y pedían ver a Alexis. Cuando les contestábamos que no podía ser, que el zarévich estaba enfermo y en la cama, se retiraban de puntillas, bajando la voz, y tenían cuidado de no armar escándalo.

Kerensky nos visitó a finales de abril: llegó al palacio en uno de los coches particulares de Nikki, conducido por un chofer. Se presentó como el procurador general e, inesperadamente, me dio recuerdos de la reina de Inglaterra. Enrojecí (no se me pasó por alto que se había referido a mí como «la antigua zarina») y le aseguré que, pese a mis problemas de corazón, me encontraba muy bien. Me causó una extraña impresión: parecía un hombre decidido, incluso despiadado, y él mismo nos indicó que cuando iniciaba una tarea, no se daba por satisfecho hasta verla finalizada, costara lo que costara.

Todo me sonaba a amenaza, y al mismo tiempo, a todo le restaba importancia y culpaba a mis miedos de malinterpretar las palabras de quienes nos rodeaban. Alexis lo miraba sorprendido, sin acabar de creer que un hombre como aquel nos hablara en aquel tono y con aquella autoridad.

Con Nikki tuvo unas palabras en privado y mostró idéntica franqueza.

«He logrado abolir la pena de muerte —le reveló—, pese a que gran parte de mis compañeros de lucha han muerto. Haré todo lo que esté en mi mano para garantizar su seguridad y la de su familia, y tan pronto como me sea posible, intentaré sacarlos de aquí.»

No supo ser más concreto, y en el aire quedaban preguntas agónicas. ¿Era posible una vida fuera de Rusia? ¿Dónde? En un principio fantaseábamos con un exilio en Francia, y los niños se reían.

«Pobre mamá, cómo sufriría», dijo Anastasia.

No esperé en ningún momento nada bueno de aquel hombre. Me odiaba; creía que yo había sido la causa de la ruina de Rusia, de la desgracia del zar, y en un principio se había propuesto apartarme de mis hijos y mi marido y mantenerme presa en una habitación. Mi corazón se detuvo cuando me enteré de ello. No era, sin embargo, enteramente malvado, y a pesar de todo no tuvo el valor de separarme de mi hijito enfermo.

Pero ángeles y demonios se disputaban el alma de aquel hombre, y determinado a herirnos como estaba, decidió privarnos de Nikki. Solo podríamos verlo durante las comidas, en presencia de un oficial, y únicamente podríamos comunicarnos con él en ruso. Después de días angustiosos, en los que sufría pesadillas pensando en la ausencia de Nicolás, Kerensky cambió de opinión y no volvió a hablar de una separación.

Las órdenes se contradecían y lo que servía un día era inútil al siguiente. Vivían en el miedo y pretendían contagiarnos el mismo pavor: se nos comunicó que nos escoltarían en todo momento porque temían un ataque del pueblo, que se agolpaba a centenares en las proximidades, y Nicolás les contestó que confiaba en la buena voluntad de los rusos; pero aun así, si las niñas pequeñas y los sirvientes deseaban dar un paseo por el parque, lo hacían seguidos de soldados armados hasta los dientes. Más tarde les sugerimos que si realmente temían por nuestras vidas, sería conveniente que nos trasladaran a Livadia: allí estaríamos rodeados de tártaros amistosos y el clima convendría mucho a Alexis. Kerensky se negó.

Poco a poco nos convencimos de que no nos moveríamos de allí en mucho tiempo y que la vida debía adoptar una apariencia de normalidad. Pedimos a Pierre Gilliard que retomara las clases con Alexis; los soldados lo vigilaban especialmente y era el que más sufría de todos nosotros. Incluso le arrebataron una pistolita de juguete que le habían regalado insistiendo que era un arma peligrosa. Pobre hijo mío: lloró, incapaz de comprender qué mal había hecho. Nos costó muchas súplicas que se la devolvieran y muchas absurdas explicaciones que hasta un niño hubiera comprendido a la primera, pero por fin la recuperó. Desde entonces solo jugó con ella en su cuarto. Valientes soldados, que se ufanaban de las lágrimas de un niño enfermo.

El doctor Botkin se ofreció a encargarse del ruso, y mi marido asumió historia y geografía. También yo quise ser útil, y sería, como siempre, su profesora de religión. Alexis se sintió entusiasmado con la idea y Nikki bromeó con todos sobre su nuevo trabajo. Ni siquiera tengo palabras para describir su valor, sus esfuerzos para conseguir que, en aquellas circunstancias humillantes, nuestra vida fuera más fácil y agradable. Cuando conseguía un periódico, se guardaba para sí las noticias preocupantes y me permitía leer solo aquellas que mostraban cierta benevolencia con nosotros, que ofrecían esperanza para el futuro. La guerra le entristecía. Cada gota de sangre rusa derramada pesaba sobre su conciencia, y le preocupaba, sobre todo, que el sacrificio de su pueblo y el nuestro propio fueran en vano y que el Gobierno provisional pactara una paz humillante.

Decidimos plantar un pequeño huerto y el permiso nos fue concedido. Ni a los niños ni a nuestros amigos más fieles les sienta bien la ociosidad, mucho menos en la desgracia, y si teníamos suerte, podríamos comer lo que cosecháramos con nuestras manos. Ya que no había manera de evitar el frío (un frío agudo, pese a lo avanzado de la primavera, que no se paliaba con la ridícula cantidad de leña que nos habían asignado), al menos la promesa de alimentos frescos mantenía nuestros espíritus. ¡Quinientas coles nos prometían un festín de reyes!

No podía menos que reír ante el nuevo entusiasmo de mis hijas ante las judías y las cebollas. Las pobres lo habían perdido todo, hasta su precioso cabello. Se les caía tanto después de haber pasado el tifus que tuvimos que afeitarles la cabeza. Les enseñé a cubrírsela con pañuelos y Anastasia empleó toda su imaginación para inventar turbantes y tocados hechos con bufandas, pero ¿qué hicieron? Antes de que me diera cuenta se sacaron fotografías tal y como estaban, completamente calvas. ¡Como las pequeñas reclusas que eran! Su padre y yo no dimos crédito a lo que veíamos, y ellas se reían, hasta que al final les permitimos conservar las fotografías, bajo promesa de que no se las enseñarían ni las enviarían a nadie.

«Qué desgraciados somos.»

«Qué desgracia.»

«Tantas hijas.»

«Y tan feas.»

Llegó el verano sin demasiados cambios; los soldados continuaban sospechando de cada uno de nuestros movimientos, pero al menos permitieron que Alexis se bañara algunos días en el estanque. Nicolás estaba cada vez más preocupado por la retirada de nuestras tropas, que significaba que antes o después nos obligarían a dejar Tsarskoye Selo y a instalarnos en otro lugar.

«Pero ¿y si fuera Crimea?», preguntaba yo.

«No será Crimea. Me han advertido que debemos llevar con nosotros ropa de abrigo.»

Fue Tobolsk. Y la excusa que Kerensky nos dio fue, como ya imaginábamos, que el Gobierno bolchevique necesitaba garantizar nuestra seguridad. Viajamos pues durante varios días hacia el este, sin que los bolcheviques supieran que, una vez más, estaban cumpliendo una profecía del padre Grigori: Ah, sí, qué emoción cuando pudimos ver, desde el tren, la aldea donde Nuestro Amigo había nacido. Y sobre las humildes casas, el techo orgulloso y tantas veces soñado de la que él había construido para su familia. Yo apenas pude contener las lágrimas y creí oír de nuevo la voz de aquel Hombre Santo confortándome en mi dolor. Si él no hubiera muerto, nada de aquello habría sucedido. Miré a mis hijas que, con los ojos arrasados, parecían pensar lo mismo que yo. Alexis reclinó su cabeza sobre mi pecho y durmió tranquilo aquella noche.

Cuando llegamos a Tobolsk nos habían mal preparado la casa del gobernador. ¡Qué poco me imaginaba yo entonces que llegaría a añorar el espacio y la comodidad de aquella casa, enorme en comparación con esta habitación en la que vivo! Nuestro séquito, reducidísimo, vivía en una casa cruzando el camino, los criados gozaban de absoluta libertad para acercarse al pueblo a conseguir lo necesario para nosotros, y durante los primeros meses no nos faltó de nada. Incluso teníamos un huertito por el que caminar, aunque a la vista de los soldados, y podíamos asistir a la iglesia local en ocasiones especiales. El coronel Kobylinski, el militar al cargo, se preocupaba sinceramente por nosotros, aunque pronto descubrimos que se encontraba bajo las órdenes de un hombre brutal, Nikolski, que nos hizo fotografiar y fichar como a vulgares delincuentes.

Nos convertimos en algo parecido a los ermitaños de Getsemaní. No se nos permitía recibir correo ni periódicos, ni tampoco el contacto con el pueblo, que aun así se asomaba por encima de las verjas, con el sombrero en la mano, o nos bendecía en voz baja al cruzarse con nosotros en la iglesia. A veces, cuando la tristeza era muy grande, el recuerdo de una viejecita de mirada triste musitando una oración mientras miraba a mi hijo era suficiente para hacerme suspirar y rehacerme.

Yo me encontraba mal con frecuencia. Cuando Alexis y las niñas pequeñas terminaban sus clases de la mañana, venían a verme o a comer conmigo. Nosotros, los dos perezosos, no lo pasábamos tan mal como mi marido por la falta de ejercicio, a la que todavía no se había acostumbrado. El coronel Kobylinski le permitió que cortara leña, y allá se fue el zar de todas las Rusias y las cuatro princesitas de mi corazón a serrar y a desmenuzar árboles. Nosotros nos reíamos de ellos, pero al menos Nicolás llegaba cansado y satisfecho tras la labor y de mejor humor que cuando lo condenaban a la inactividad.

Las niñas inventaban juegos y dedicaban las tardes a lo que buenamente podían. Cenábamos a las siete y media y las noches se hacían muy largas. Hasta que comenzó a hacer tanto frío que solo se podía parar en la sala, jugaban al escondite o corrían por las habitaciones. Nikki leía en alto a menudo, y si cerrábamos los ojos, era fácil olvidarse de que no éramos más que unos desterrados en Siberia. Echábamos tanto de menos a nuestros amigos que a veces costaba respirar. Y cuando llegaron las Navidades, Dios nos premió con la visita de una buena amiga, la baronesa Buxhoeveden, que no había descansado hasta conseguir el permiso de Kerensky para unirse a nosotros.

Las niñas y yo entregamos los regalos que llevábamos meses haciendo a escondidas. No fue gran cosa, pero alcanzó para que cada uno recibiera al menos un detalle. Nos eran fieles, formaban parte de nuestra propia familia, y lo único que yo tenía para ofrecerles, pobres ángeles, era un chaleco de lana tejido apresuradamente.

Nos permitieron acudir a la iglesia el día de Navidad: cerré los ojos, reconfortada por la mano cercana de Dios, por su palabra siempre consoladora, y los abrí de nuevo, estremecida, cuando reconocí en la aguda voz del diácono las primeras notas de la Mnogoletie. ¡Aquel desdichado rezaba, por costumbre o provocación, la plegaria tradicional por la vida y la salud de la familia imperial! Los soldados reaccionaron con violencia, interrumpieron la misa y se llevaron al sacerdote. No volvimos a verlo. Nos dijeron que lo habían transferido a otro monasterio. Nosotros regresamos a nuestra prisión con los ánimos muy bajos.

Las represalias llegaron pronto; se les prohibió a los hombres que lucieran ningún distintivo de rango militar y tuvieron que arrancar los galones de sus uniformes: el pobre coronel Kobylinski fue, posiblemente, el más ofendido por la orden. Tampoco a Nicolás le resultó fácil plegarse a esa exigencia humillante y absurda: tuve que convencerle suavemente y hacerle ver en qué peligro podían colocarnos aquellos hombres. Desde aquel momento, recurrieron a las casacas y a los atavíos civiles.

Para el cumpleaños de Tatiana el suelo se había cubierto de nieve, y los niños decidieron construir una montaña de nieve en el huertito. Unos días más tarde se había helado y comenzaron a deslizarse por ella como por un tobogán. ¿De dónde sacarían la energía? Mi juventud fue tan distinta, tan oscura y desprovista de juegos... Aun así, resultaba preferible que corrieran y saltaran a que permanecieran inmóviles en el gélido dormitorio. Que jugaran a que se dieran cuenta de que nuestra situación empeoraba día a día, según nos llegaban noticias de deserciones en masa, de la firma de paz con Alemania o de los cambios de los comisarios a nuestro cargo.

Qué poco nos conocían aquellos que nos debían reverencia. En uno de los pobres tés que aún me empeñaba en ofrecer, el general Tatichtchev, franco como siempre, se dirigió a Nikki para decirle que nunca se hubiera imaginado que fuéramos unos padres tan cariñosos. Mi marido me guiñó un ojo.

«Ni siquiera estando tan cercano a mí, ni siquiera siendo mi ayudante de campo, Tatichtchev, sabes demasiado de nosotros... ¿Y esperas que culpemos a los periódicos por contar atrocidades?»

El general se mostró incómodo. Yo me dije que la observación poco tiene que ver con la comprensión.

Si a Nicolás le humilló la prohibición de sus galones, unos días más tarde encontramos otra razón para preocuparnos: nos fueron asignadas raciones de soldado y seiscientos rublos por persona como todo ingreso. La familia Romanov pasaba a depender del Estado. ¡Pobre Nikki! Por primera vez en su vida lo vi afanarse con cuentas y presupuestos. Le dejé hacer. La vida me brindaba, con ironía macabra, la oportunidad de vengarme de su escaso sentido práctico, de devolverle, una por una, sus observaciones sobre mi tacañería. En lugar de aprovecharla, me incliné sobre él y lo abracé.

49

Olga al profesor P. V. Petrov

19 de junio de 1917. Tsarskoye Selo
Mi querido profesor:

Muchísimas gracias por tu carta. Me alivia mucho saber que te encuentras mejor y de regreso en Tsarskoye Selo. Después de ese Petrogrado tan brutal, el aire fresco necesariamente te hará bien y restaurará tus fuerzas.

Respecto a cómo pasamos los días, ya te habrán contado. Damos un paseo por las tardes, de dos a cinco. Trabajamos un poquito en el jardín. A veces mamá también sale y se queda en un sofá bajo un árbol. Papá y otros se internan en el jardín, donde cortan y hacen leña de árboles viejos. Alexis juega en la Isla de los Niños, corre descalzo por ahí y a veces nada.

Trina Schneider continúa regando y sembrando los arriates de flores sin respiro. A veces le ayudamos con el agua, incluyendo los rosales que hemos plantado cerca, frente a las ventanas de la abuelita. Las clases siguen como siempre, María y yo estudiamos inglés juntas. Ella me lee en alto, y si no hace demasiado calor, hacemos dictados. Dos veces por semana estudiamos historia de Rusia. De momento, estamos viendo héroes folklóricos. Otras dos veces por semana Anastasia y yo estudiamos historia medieval, que se nos hace mucho más difícil, porque yo no tengo memoria para hechos ni fechas, y ella no es mucho mejor. Me he organizado mi tiempo libre para leer (todo aburridísimo) historia del arte, historia francesa y literatura rusa. Y ya, creo que eso es todo. Mamá te manda recuerdos y se alegra de que estés bien.

Todos te mandan recuerdos. Tu alumna n.º 1, Olga. Gracias.

A la tía Olga

21 de junio de 1917
Queridísima madrina:

Me conmovió muchísimo tu preciosa carta y tus emotivas palabras. Me encantaría haber mantenido una charla contigo de corazón a corazón cuando estuviste con nosotros en Kiev, pero no se dio la oportunidad.

La pobre mamá se aburre a morir. No se acostumbra en absoluto a esta nueva vida ni a las circunstancias en las que estamos, aunque en conjunto, podemos dar gracias de que estemos todos juntos. ¡Es tan triste pensar en nuestras primas y en sus padres y en nuestra casa! Y es doblemente doloroso para ti ahora, querida tía Olga. Que Dios te guarde. Un beso para ti y para Mitia. Te quiero sinceramente y con todo mi corazón. Tu amante ahijada, Olga.

Al profesor Petrov

10 de octubre de 1917. Tobolsk
Tu larga misiva me recuerda que no te he escrito ni una vez, mi querido Piotr Vasilievich, discúlpame. Me alegra que estés bien, nosotros, por aquí, bien también. El tiempo es agradable, soleado y con deshielo, y aunque los primeros días de octubre fueron casi calurosos, cambia de un día para otro. Mi hermano y las niñas han comenzado las clases. Te escribo desde el salón grande, donde las cuatro tomamos el té. Nuestro hermano juega con sus soldaditos en un mesa aparte. María y Anastasia leen junto a la ventana, mamá y Tatiana juegan a algo, papá lee también. Todos te mandan recuerdos, yo la primera. Mis mejores recuerdos. Recordamos muy a menudo cómo solíamos atormentar a nuestro antiguo profesor durante las clases, lo mal que nos portábamos y muchas otras cosas más. Tu alumna número 1, Olga.

P. D. Papá manda recuerdos muy cariñosos.

A Margarita Khitrovo

17 de octubre de 1917. Tobolsk
Queridísima mía:

Te mandamos todos nuestras más cordiales felicitaciones y mejores deseos en el día de hoy. Aunque es tarde, espero que la carta llegue a tiempo. Te mandé una postal, pero no sé si te ha llegado. Qué bien se debe de estar en Yalta. ¿A quién te encontraste allí? ¿Sabes?, nunca contesté a una carta cariñosísima que me envió Gruzd. Si alguna vez le escribes, dile que le estoy muy agradecida y que mis hermanas recuerdan a todos nuestros heridos. Tampoco he escrito a Veta, no tengo su dirección; la tía Xenia, al parecer, está en Tsarskoye Selo, y no sé nada de los demás. A los que he escrito no me han contestado. Aún no sé si deben escribirme a mí directamente o hacerlo a través del comandante Pankratov, que recepciona todas las cartas y luego las reparte.

Nosotros estamos bien. El tiempo, el típico del otoño. No hay demasiada nieve y no hace frío. No podemos quejarnos, en general, porque el sol asoma casi todas las mañanas, y es de los que dan calor. Paseamos, pero menos que antes, y no tenemos nada que hacer. No hay suficiente nieve como para jugar y no hace tanto calor como para practicar otros deportes. Nuestra casita comienza a parecer agradable, sobre todo desde que hemos recibido las alfombras de Tsarskoye.

¿Sabes si Liuba logró escaparse? ¿Dónde está Xenia? Espero que tus hermanos estén bien, dales recuerdos. ¿Sabes algo de quien sea? ¿No te cansan mis preguntas? Tiempo de ponerles fin. Mucha suerte, cariño. Tenemos tus postales en las paredes y nos alegran mucho. Que Dios te bendiga. Te mando muchos besos y pienso en ti. Olga.

A la tía Xenia

9 de noviembre de 1917. Tobolsk
Te escribí el pasado 8 de octubre, pero no estoy nada segura de que hayas recibido la carta, de manera que quería escribir-

te de nuevo. ¿Cómo está mi querida tiita Xenia? ¿Y la abuela? Aquí todos estamos bien, llenos de salud y de vitalidad, que es lo que os deseamos. El invierno ya está aquí. Hay mucha nieve y hace muchísimo frío. Damos paseos y hacemos exactamente lo mismo todos los días, de manera que por desgracia no hay nada nuevo que contar.

Los siberianos de verdad se abrigan mucho más que nosotras. Muchos van por ahí envueltos de arriba abajo en capas y capas de piel. Los sombreros tienen esas alas que cuelgan, y en los zapatos llevan botas de un rojo vivo. Los trineos son interesantes, algunos parecen de juguete, pero los caballos corren mucho, como los de competición.

Cuando el sol sale, pese a la helada, da algo de calor. Tenemos tres macetas con ciclámenes y en la entrada hay un arbolito cuyo nombre desconozco, que rescaté del invernadero, donde ahora viven los pollos del antiguo dueño de la casa. Lo estuve limpiando con todo cuidado, porque estaba cubierto de porquería, y ahora a veces lo riego. Por lo general me acuerdo cuando las hojas comienzan a marchitarse. Me da pena que no veas la casa, porque ahora la hemos puesto muy bien y nos sentimos casi en un hogar.

Algo que me fastidia es que aquí llevan una hora diferente, aquí hasta marzo no la cambian, pero nunca recuerdo si atrasan o adelantan, y luego de nuevo a empezar. No prestan la menor atención a la luz, porque yo creo que el sol sale a la misma hora que en Petrogrado.

¿Ves alguna vez a tu nieta? ¿Cómo está? Espero que no te hayas aburrido demasiado leyendo todo esto. Adiós, hora del desayuno. Te beso mil veces, querida mía, que Cristo esté contigo. Todos te abrazamos y te recordamos, y ahora te dejo con Tatiana, que te escribe una frase. Olga.

Un beso y muchísimas gracias, y muchos recuerdos. Tu Tatiana.

Al profesor Petrov

23 de noviembre de 1917. Tobolsk
Gracias, querido Piort Vasilievich, por tu carta, que me ha llegado con un mes de retraso. Vi el sello franqueado y no entiendo qué ha pasado hasta ahora. No tengo nada interesante que contarte, la vida continúa monótona y sin novedades. Los sábados vamos a la iglesia a las ocho y media de la mañana, y las vísperas las celebramos en casa. El coro es de aficionados, que no tienen malas voces pero cantan al modo convencional, que yo no soporto, aunque mucha gente lo admira.

Nos habían advertido mucho del frío de aquí, pero el invierno aún no ha llegado del todo. Un día hay escarcha y un poco de viento, el segundo hace 2 grados y todo se deshiela y se vuelve peligroso y resbaladizo. Los amaneceres son siempre muy luminosos y bellos. Y creo que esas son todas las novedades.

Hemos intentado construir una montaña de nieve, pero aún hay muy poca. Papá por lo general corta leña y la apila, y mamá sale cuando no hace demasiado frío, porque si no, tiene dificultad para respirar. *Joy, Ortino* y *Jimmy* viven su mejor momento. Nos pasamos el día sacando a los dos primeros del patio, donde se lo pasan en grande con el montón de basura y comen todo tipo de porquerías. En fin, acabo ya. Todo el mundo manda recuerdos. ¿Cómo está tu padre? Con mis mejores deseo, tu alumna n.º 1, Olga.

A Anna Vyrubova

10 de diciembre de 1917
Cariño, espero que recibieras mi postal. Muchas muchas gracias por los champiñones. Tu perfume nos recuerda tanto a ti... Rezo a Dios cada día para que podamos reunirnos de nuevo. Dios te bendiga. [...]

A Margarita Khitrovo

26 de diciembre de 1917
¡Hola, Ritka adorada!

Te escribí el domingo, pero como no puedo saber si te ha llegado o no... Bueno, pues ya estamos de fiesta. Tenemos un árbol de Navidad en la esquina de la entrada y da un olor estupendo, aunque no como los de Tsarskoye Selo. Es un tipo de árbol especial, que se llama «árbol balsámico» y huele muchísimo a naranja o a mandarina, y el tronco siempre rezuma resina. No tenemos adornos, solo un poquito de espumillón y velas de cera, que son las de la iglesia, pero no hay otras. Después de la cena de Navidad nos dimos los regalos, que eran, casi todo, bordados que hemos hecho. Mientras los hacíamos me acordaba de los bazares de caridad de Yalta. ¿Te acuerdas del trabajo que daban?

La vigilia empezó a las diez, y el coro era numeroso y cantó muy bien, pero en ese estilo tradicional que a mí no me gusta. ¿Sabes, Ritka?, no hemos recibido ni una línea de Lily, nada desde agosto, y me extraña mucho, solo sabemos de ella por tus cartas. Estaba en Odesa. ¿Crees que se habrá olvidado de nosotros?

Te escribo sobre una mesa enorme en la entrada, con todos los soldaditos de mi hermano esparcidos. Papá y las niñas están tomando ya el café, pero mamá aún no se ha levantado. El sol cae sobre el papel por encima de mi brazo derecho. Nevó un poco y pudimos consolidar nuestra montaña de nieve. Le escribí una cartita a Chern y me contestó al día siguiente. Por favor, dale las gracias. Katia ha escrito, Sonia también. Bibi lleva en silencio tres meses, Olya Kolzakova aún más. Bueno, ya paro. Te deseo mucha felicidad para el próximo año y te beso muy muy fuerte, Ritka mía. Olga.

Muchísimas gracias a mi querida Ritka por sus recuerdos. Nos acordamos mucho de ti y te mando un beso. Anastasia.

A Anna Vyrubova

12 de enero de 1918
Queridísima, qué bien tener noticias tuyas. Qué frío hace estos días, y qué viento. Acabamos de regresar de un paseo. Hemos descubierto que en nuestra ventana alguien escribió «Anna amada». Me pregunto quién sería. Muchas gracias por el jarroncito malva que le mandaste a mamá, lo tiene sobre la mesa y nos recuerda a ti constantemente. Dios te bendiga, cuídate. Dale mi cariño a todo el que me recuerde. Olga.

A Margarita Khritovo

16 de febrero de 1918. Tobolsk
Cariño, no sé si recibiste mi anterior carta del 21 de enero. [...]

El tiempo está soleado y helado. Asoman muchísimas estrellas por la tarde. Vamos a pasear, nos tiramos colina abajo y nos zambullimos en la nieve. Todos los días lo mismo. En los periódicos leo tantas cosas horribles que me temo que no encontraremos la paz. Hay vísperas esta tarde. Pankratov no está con nosotros, ahora mismo solo nos custodia el regimiento, y no sabemos cuánto durará esto.

Dame noticias de todos, nosotros solo sabemos algunas cosas sueltas de algunos. Mi prima Alejandra escribe desde Vladivostok, tuvo que operarse, pero ahora está bien. Bogdanov ha escrito desde el lazareto de Moscú, donde se están muriendo de hambre. Oyes de tantos sufrimientos terribles, terroríficos incluso, pero pese a todo sigo creyendo firmemente que Dios nos ayudará de una manera u otra. Parece que las desmovilizaciones de soldados son un hecho, ya veremos. Dios te bendiga. Los míos te mandan saludos, tú dales recuerdos a los que se acuerden de mí. Olga.

17 de abril de 1918, Tobolsk
Fíjate, mi vida, acabo de recibir tu carta del 17 de diciembre, con los poemas. Pero aunque haya pasado mucho tiempo, te los agradezco y te bendigo.

Gracias a Dios que estáis todos a salvo ahora. Era horrible enterarme por los periódicos de lo que estaba ocurriendo y que no llegaran noticias. De momento, estamos todos más o menos bien. Aquí han llegado también hace poco destacamentos de la Guardia Roja, pero de momento se comportan con bastante corrección. Estábamos preparados para tomar la comunión a principios de semana. Incluso hemos ido tres veces a la iglesia, pero ahora las vísperas y la liturgia se celebran otra vez en casa. Creo que sabes que han reunido por fin a todo el servicio y ahora vivimos todos en casa, bajo llave y candado.

¡En fin! De manera que la casa está un poco superpoblada, llena de gente y de trastos. Los últimos días han sido frescos, pero en cuanto asoma el sol ya se está bien. Hace un rato había 21 grados en el balcón, qué bien, ¿eh? La nieve se está derritiendo y es increíble la cantidad de barro que hay en la calle y en concreto en nuestro jardín

Vivimos más o menos como antes. Paseamos, nos sentamos al sol en el porche, cosemos, partimos leña, etc etc. Cuando brilla el sol todo mejora, incluso cuando no hay nada que hacer. Si no, es el vacío. De algunos tenemos noticias. De otros no. Te abraza, Olga.

A Tatiana Botkina

29 de abril de 1918
Muchas gracias por tu carta con las buenas noticias, Tania. Hemos recibido otra del día 23. No tenemos novedades. Espera, sí. María quiere decirte que tu padre por lo general escribe por la noche y por el día anda somnoliento y que una vez se quedó dormido en la bañera. Todo el mundo bien, gracias a Dios. Un beso. Olga.

A Anna Vyrubova

Mayo de 1918
Cariño, aprovecho la primera oportunidad para escribirte lo que sabemos de los nuestros en Ekaterimburgo. Nuestros padres y María ya han llegado. Dicen que el viaje y los caminos son espantosos, pero que pese al cansancio están bien. Viven en tres habitaciones y comen lo mismo que la tropa. El Nene está mejor, pero en cama. En cuanto esté en condiciones de viajar nos uniremos a ellos. El tiempo ha mejorado, ya no hay hielo en el río, pero aún no hay nada verde. Cariño mío, debes saber que todo esto es espantoso. Te besamos y te abrazamos. Dios te bendiga. Olga.

50

El informe Rudnev, revisado y corregido por Girchich

Yo, Vladimir Mijailovich Rudnev, Alto Comisionado Especial para la Revisión y la Investigación de Ministros y otros Altos Personajes del Gobierno Imperial, nombrado por el ministro de Justicia Kerensky, declaro:

Era procurador de Ekaterinoslav cuando recibí órdenes del ministro Kerensky de formar parte del Alto Comisionado, que investigaría la conducta y las responsabilidades de los miembros del anterior Gobierno. Mientras trabajaba en ello, se me encargó en especial que investigara a las llamadas «fuerzas oscuras», las influencias secretas que ejercían su poder en la corte del zar. Continué trabajando en ello hasta agosto de 1917, cuando forzaron mi dimisión porque el presidente Muraviev insistía en que solo emitiera informes negativos.

Y yo, el investigador Girchich, responsable asimismo de la Comisión Extraordinaria, como Alto Comisionado de igual rango, corrijo y afirmo.

Como juez de instrucción he tenido acceso a todos los documentos, he presenciado todos los interrogatorios a los testigos y lo he hecho con una mirada imparcial. Tuve acceso a todas las cartas encontradas en el palacio de Invierno, en Tsarskoye Selo y en Peterhof, en particular a la correspondencia privada entre los zares; a la encontrada en casa de Anna Vyrubova; desde luego, a la de los grandes duques, y a la de los intermediarios entre las casas reales rusa y alemana. Al ser consciente de la importancia de mi investigación, ordené hacer copias de cada documento, cada carta y cada declaración, y me las llevé conmigo a mi casa de Ekaterinoslav, donde las escondí. Pero muy posiblemente fueron destruidas cuando los bolcheviques asaltaron mi hogar. Desde luego, si se da la feliz coincidencia de que hayan sobrevivido, las publicaré al completo y sin comentarios por mi parte.

Mientras se decida eso, creo que es mi deber escribir este informe que se centrará en particular en la influencia que ejercían las fuerzas oscuras Grigori Rasputin y Anna Vyrubova. Escribo de memoria, de manera que es posible que me deje algunos detalles. Cuando acudí a San Petersburgo a iniciar la investigación, debo admitir que pesaban en mi ánimo todos aquellos artículos escritos acerca de la influencia de Rasputin, los rumores, los cotilleos, y comencé lleno de prejuicios. Pero una investigación imparcial y cuidadosa me ha llevado a pensar que no había base para esos rumores.

También yo he interrogado a la señora Vyrubova. No, por razones obvias, a Grigori Rasputin. No me guiaba ningún prejuicio, siendo en esto menos influenciable que mi colega.

La persona más interesante del caso era Rasputin: los informes procedentes de la vigilancia a la que estuvo sometido hasta el mismo día de su muerte han sido de capital importancia. Por lo general, lo vigilaba la Policía Secreta, unos agentes especiales disfrazados de policías o de criados que anotaban sus idas y venidas. Todo lo que le rodeaba está cuidadosamente registrado a diario: si Rasputin salía una hora o dos de su casa, se anotaba la hora de salida, la de entrada y con quién se había encontrado por el camino. Sabían quién lo visitaba y cuándo, y si no se conocía el nombre exacto, se ofrecía una descripción detallada.

Tras leer todos esos registros, he llegado a la conclusión de que Rasputin era una persona mucho más compleja y más difícil de entender de lo que se nos ha dicho. He prestado particular atención a los acontecimientos que se encadenaron para que se le abrieran las puertas del palacio del zar y he descubierto que el primer contacto fue su amistad con los obispos Teofan y Hermógenes, autoridades religiosas bien conocidas por su fama de santidad y de sabiduría. Puedo decir también que la causa de que estos dos pilares de la Iglesia ortodoxa perdieran su favor fue también Rasputin.

Él fue el responsable de que Hermógenes acabara en el monasterio de Saratov y de la destitución de Teofan, después de que estos dos hombres santos descubrieran sus bajos instintos e intentaran delatarlo.

Todas las evidencias apuntan a que la vida interior de Rasputin, un vulgar campesino de Tobolsk, sufrió una experiencia transformadora que lo llevó a Cristo. Solo de esa manera puedo explicarme esa cercanía tan notable a dos obispos. Esa hipótesis se confirma con el relato que el propio Rasputin hizo de su viaje a Tierra Santa, un libro muy sencillo, muy ingenuo, marcado por una gran inocencia.

Debido a la recomendación que de él hicieron Sus Eminencias, fue recibido por las grandes duquesas Anastasia y Militza, y a través de ellas trabó amistad con la señora Vyrubova, *née* Taneyev, que era dama de honor real. Causó una profunda impresión en esta señora, muy devota e inclinada a lo religioso, y con eso se le abrieron las últimas puertas al palacio imperial.

Fue entonces cuando se despertaron en él sus peores inclinaciones, dormidas hasta entonces, y comenzó a explotar a su favor el fervor religioso de tan altos personajes. *¿Estamos seguros de que estaban dormidas hasta entonces? Ver documentación adjunto 17.9-27.* Hay que admitir que jugó entonces con extraordinaria inteligencia. La correspondencia mantenida revela que Rasputin rechazó cualquier tipo de gratificación, recompensas o incluso honores que le fueron ofrecidos con toda generosidad por los zares. Así demostraba su profunda integridad, probaba su desinterés y su profunda devoción al trono y se arrogaba el papel de intercesor entre la familia imperial y Dios.

Él aducía que todos envidiaban su posición, que lo rodeaban traidores e impostores y que los informes negativos que se entregaban no merecían el menor crédito. El único favor que aceptó fue el alquiler de su alojamiento, que pagaba la cancillería real. También aceptaba regalos de poco valor hechos a mano por la familia real, camisas, cinturones...

Rasputin tenía entrada libre a las habitaciones de la zarina, recitaba oraciones, los tuteaba y los saludaba a la manera de los campesinos siberianos, con un beso. Se sabe que advirtió al zar: «Mi muerte también será la tuya» y que la corte lo consideraba un hombre agraciado con el don de la profecía. Sus predicciones eran emitidas en frases oscuras y misteriosas, como las de los oráculos de la Antigüedad.

Los ingresos de Rasputin provenían de las numerosas personas que deseaban dinero y posición y que lo usaban como intermediario ante el zar. Rasputin pedía favores para esas personas y garantizaba a cambio las bendiciones para Rusia y para esa familia. Hay que añadir que Rasputin poseía un extraño poder para ejercer la sugestión y la hipnosis. He podido establecer con seguridad que curó por sugestión la enfermedad del baile de san Vito del hijo de Simanovitch. El joven estudiaba en la Escuela de Comercio y su enfermedad remitió por completo después de dos sesiones con Rasputin. *(??? ¿Es esto relevante?)*

Otro caso probado se dio en el invierno de 1914, cuando fue llamado a la casa del superintendente de vías de Tsarskoye Selo. Anna Vyrubova había sufrido un accidente en el que se había roto las piernas y fracturado la cabeza. Sus majestades se encontraban allí, y Rasputin llegó, levantó el brazo y dijo: «Anushka, abre los ojos».

Inmediatamente la mujer lo hizo, recobró el sentido y reconoció a los presentes. Eso, por supuesto, impresionó a todos, incluidos los zares, y aumentó su prestigio. Aunque Rasputin no sabía leer ni escribir, estaba lejos de ser una persona estúpida. Poseía una inteligencia aguda y penetrante y la rara cualidad de adivinar el carácter de las personas a las que conocía. Exageraba su brutalidad y su simpleza, como si fuera un simple campesino, lo que hacía pensar a quienes lo conocían que era un pobrecillo humilde y sin cultura.

Como se ha publicado tanto sobre su inmoralidad, presté mucha atención a este punto. *Sí, vayamos a ese punto.* Los informes de la Policía Secreta prueban que sus romances se limitaban a orgías nocturnas con cantantes y gitanas y a algunas peticiones. Consta que cuando se emborrachaba se insinuaba, en especial dentro de los altos círculos a los que tuvo acceso, pero no hay nada consignado en los informes policiales ni en el resto de investigaciones sobre relaciones amorosas con ninguna dama de la alta sociedad. Entre los papeles del obispo Bernabé encontramos un telegrama que dice: «Querido, no puedo ir, estas mujeres estúpidas se han puesto a llorar y no me dejan marcharme».

Respecto a la acusación de que en Siberia se bañaba desnudo con mujeres y a la falsa afirmación de que pertenecía a una secta, fue consultado el profesor Grarnoglassoff, experto en esos temas, que dictaminó que en esas zonas de Siberia el baño compartido es una práctica común y que en sus sermones no hay evidencias de la pertenencia a la secta Khlysty.

Rasputin mostraba un gran corazón. Su casa siempre estaba abierta y llena de una extraña mezcla de gente que vivía a su costa. Para mantener su fama de benefactor y cumplir el precepto de la Biblia según el cual una mano generosa siempre está llena, Rasputin tomaba lo que le daban sus protegidos ricos, pero se lo daba a los pobres y a la gente de clase baja que le pedía ayuda. Eso le dio reputación de hombre generoso y desinteresado. Además de eso, Rasputin gastaba mucho en restaurantes, cafés, en salas de música y en general, en su día a día, de manera que cuando murió no dejó prácticamente nada. Las investigaciones dejan constancia de los favores en los que intermedió; puestos, cuestiones relacionadas con el ferrocarril, favores..., pero ni una sola muestra de actividad política.

Hay numerosas pruebas de su influencia entre los documentos del general Voyeikov, el comandante de palacio. Por ejemplo, cartas con el nombre de los solicitantes, su dirección, el tipo de petición, si se concedía o no, y las fechas. También se encontraron entre los informes del presidente del Consejo de Ministros, el señor Sturmer y otros personajes. Rasputin solo garabateaba en el margen: «Querido, ocúpate de esto, Grigori».

Llamaba al ministro Sturmer «el Anciano», al obispo Bernabé «Mariposa», «Papá» al zar y «Mamá» a la zarina. *Pero con profundo respeto, claro está.*

Queda establecida la profunda ascendencia del hombre en la Casa Real, pero también que se debía a los sentimientos religiosos de los zares, unidos a la convicción de que Rasputin era un santo y el intermediario de la familia y de toda Rusia ante Dios. La familia creyó ver pruebas de su santidad y de sus poderes en el caso de la resurrección de Anna Vyrubova, que ya se ha consignado, en la incuestionable influencia positiva sobre la salud del heredero y en otra serie de acontecimientos.

Es evidente que gente retorcida y sin escrúpulos hizo lo que puedo para beneficiarse de esta influencia en la corte y que eso llevó a este hombre a dar malos pasos. Esto es obvio en el caso del anterior ministro del Interior Khvostov y del director de la Policía, Belezy, que pactaron con él la suma de tres mil rublos mensuales, que salían del presupuesto de la Policía, si los ayudaba a aupar a sus candidatos. Rasputin accedió por tres meses, pero luego rompió el trato. Khvostov temió entonces que los delatara y comenzó a conspirar contra él. Este ministro contaba con la confianza de los zares, que lo tenían por alguien religioso y leal a la familia, pero las evidencias muestran que lo movía un mero interés privado.

Este ministro fue el más cercano a Rasputin. Con Sturmer le unía una amistad no demasiado profunda. Sturmer captó el poder de Rasputin e hizo lo que pudo por concederle sus peticiones. Le enviaba vino, fruta y *delicatessen* a menudo, pero no hay evidencias de que le permitiera la menor influencia en temas políticos. Tampoco tenía mayor relación con Protopopov, aunque Rasputin intercediera por él con frecuencia.

Vayamos ahora a la señora Vyrubova, de la que tanto había escuchado que era una excepcional influencia en la corte; había leído tantas cosas negativas sobre ella que reconozco que cuando fui a interrogarla a la Fortaleza de Pedro y Pablo estaba lleno de prejuicios contra ella. Mi hostilidad se mantuvo hasta que la trajeron a mi presencia los dos soldados de la escolta. Cuando entró en mi oficina, me impresionó la expresión de sus ojitos, llenos de dulzura y de docilidad. *(???)*

Esa impresión se confirmó en posteriores entrevistas, hasta que llegué a la conclusión de que por sus características y su personalidad no podía ejercer ni la menor influencia en política, ni interna ni exterior. *Curioso.*

Creo esto en primer lugar por su punto de vista tan femenino sobre todas las cuestiones que tratamos, después por su locuacidad y su absoluta incapacidad para mantener un secreto, incluso sobre temas que le podían perjudicar.

Cuando me conoció, se confió a mí: «Por Dios, usted es conocido por valorar la nobleza humana. No es como ese horrible Girchich, que hurga y hurga en el interior de la gente. Usted me entenderá bien; yo he vivido para la familia real. Si he mentido algunas veces, lo he hecho solo por ellos. Juzgue mi paciencia cristiana a la hora de soportar mis males y saque conclusiones». *Ah, ahora entro yo, ese horrible Girchich.*

Me convencí de que confiar un secreto a la señora era como proclamarlo a voces desde un campanario, porque se sentía impelida a contar todo lo que le parecía importante o llamativo, no solo a los amigos sino también a enemigos potenciales. Teniendo en cuenta estas dos propiedades de la señora, me planteé dos cuestiones:

1) El porqué de su estrecha relación con Rasputin.
2) El secreto de su intimidad con la familia real.

La primera la contesté al hablar con sus padres. Me contaron un hecho que en mi opinión explica la influencia que obtuvo Rasputin sobre ella. Cuando era una jovencita, Anna enfermó de tifus, complicado con peritonitis, y estuvo a punto de morir. Sus padres llevaron a su lado al afamado sacerdote Juan de Kronstadt, que oró por ella. Poco después la chica se recuperaba, lo que le provocó una profunda impresión y una tendencia al misticismo.

Anna conoció a Rasputin en la casa de la gran duquesa Militza, en circunstancias poco agradables. Hablaron estrictamente de temas religiosos en varias ocasiones; y cuando ella, en vísperas de su boda, le pidió consejo sobre si casarse o no, Rasputin contestó con una alegoría y le dijo que el sendero de la vida estaba sembrado no solo de rosas sino también de espinas y que el hombre alcanza la perfección solo por el sufrimiento y las duras pruebas. *Bla, bla, bla.*

El matrimonio de Anna fue infeliz desde el primer momento. El testimonio de la señora Taneyev indica que el hombre era impotente, adicto a prácticas perversas y sádicas y que infligió a su hija los más terribles sufrimientos morales y un maltrato físico. Pero siguiendo el precepto bíblico «Lo que Dios ha unido que no lo separe el hombre», Anna mantuvo por un tiempo en secreto sus sufrimientos y solo reveló la tragedia de su matrimonio en una ocasión en la que casi la mata. El resultado fue el divorcio, obviamente.

Este testimonio de la señora Taneyev fue confirmado por el análisis médico solicitado por Anna y llevado a cabo por la comisión de investigación en mayo de 1917, que estableció la conclusión de que la mujer continuaba siendo virgen. *Virgen. Y este imbécil se cree todo el montaje porque una vaca gorda sigue siendo virgen.*

El trauma de su matrimonio aumentó las inclinaciones místicas de Anna, que terminaron en una manía religiosa. Se convirtió en la admiradora más fiel y sincera de Rasputin, a quien consideró y considera un santo, por completo desasido de necesidades materiales. *Esto no es lo que me contó a mí.*

Respecto a la intimidad de Anna con la familia real, concluyo que se explica por la enorme diferencia de mentalidad entre la zarina y ella, esa atracción de opuestos que tantas veces resulta necesaria para encontrar el equilibrio. *Este hombre es bobo.* Las dos mujeres eran muy distintas, pero compartían muchas cosas. Por ejemplo, les apasionaba la música, y como la zarina tenía una preciosa voz de contralto y ella era una buena soprano, pasaban muchas horas cantando a dúo. *Vaya, esto sí que me lo contó. Varias veces, además.*

De manera que esto es lo que hace que los profanos confundan la amistad de las dos mujeres con una posible influencia de Anna en los asuntos de la corte. Como ya he dicho, ni poseía tanto poder ni podría jamás haberlo ejercido. La zarina era superior en inteligencia y voluntad a Anna, pero el lazo entre las mujeres era muy sólido, comparable al de una madre y su hija. *Superior a ella en todo, pero bien que le coló a Rasputin y se lo metió en casa.*

Y mi impresión de las cualidades morales de esta señora, que extraigo de los interrogatorios en la Fortaleza, es que posería una entereza admirable. Por ejemplo, otorgó su perdón cristiano a los que le causaron durante su cautiverio todo tipo de vejaciones. Le escupían a la cara, le arrancaban la ropa, la abofeteaban y golpeaban... *Pero siguió virgen, qué cosas.* La pobre ni siquiera se quejó por sí misma, sino que fue su madre quien me habló de estas torturas, y cuando la confronté, las reconoció, sin el menor rencor, y añadió que no había que culparles a ellos, porque no sabían lo que hacían. *Conmovedor. Conmovedor. Por cierto, ¿alguien interrogó a los guardias? Porque creo entender que Rudnev trasladó a la prisionera a raíz de esas acusaciones sin más pruebas que su testimonio.*

Sus declaraciones eran tan directas y creíbles que no cabe duda de que dice la verdad, basándonos en las pruebas. La única falta que he encontrado en Anna es su tendencia al parloteo y su manera desquiciante de saltar de un tema a otro, se perjudique a sí misma o no. *Sí, pero el caso es que nunca nunca se perjudica a sí misma...* Anna, al parecer, intentó también interceder por algunos de sus amigos, pero no tuvo éxito porque no la tomaron en serio.

El carácter de la zarina se revela con claridad en la correspondencia que mantuvo con su marido y con Anna. Escrita en inglés y francés, está trufada de afecto por su marido y sus hijos. Se ocupaba personalmente de su educación y muchas veces se refiere a que no había que malcriarlos con lujos. También se pone de manifiesto su profunda piedad. En las cartas a su marido habla en muchas ocasiones de cómo se sentía en la iglesia y de la paz que la invadía tras las oraciones.

Apenas hablaban de política. Las cartas tratan principalmente temas privados y familiares. Cuando habla de Rasputin se refiere a él como «Hombre Santo» o «Nuestro Amigo» y se ve que lo consideraba un enviado de Dios, un profeta y un valedor de la familia. En toda la correspondencia, que ocupa una década, no hay una sola carta escrita en alemán.

Debido a los rumores de las simpatías germanófilas de la zarina y la creencia de que se comunicaba en secreto con Berlín, hice examinar con todo cuidado sus aposentos privados, sin que se encontrara la menor evidencia de esas comunicaciones entre casas reales. Es más, también analicé las acusaciones de que atendía a prisioneros de guerra alemanes. Todo lo que encontré era que no hacía distinciones entre heridos alemanes y rusos, porque quería seguir el mandamiento de Cristo de que quien visitaba a los enfermos y sufrientes lo visitaba a Él mismo. *Una santa. Un poco empalagosa y un mucho histérica, pero una santa al fin y al cabo.*

Por estas razones, y sobre todo por la salud de la zarina, que padecía una enfermedad cardiaca, la familia real llevaba una vida muy retirada que favoreció esa piedad extrema de la señora. Fundó conventos, monasterios, acudía a misas que duraban horas. Esas creencias le impedían calibrar con equilibrio la fuente real de la influencia de Rasputin sobre la salud del heredero y creía la explicación que se le daba, que se debía a los poderes celestiales del campesino y no al hipnotismo.

Un año antes de la Revolución de 1917, el monje Trufanov publicó un libro escandaloso sobre las relaciones entre Rasputin y la familia real. La Policía Secreta secuestró el manuscrito, por el que abonó sesenta mil rublos. La zarina lo leyó y lo repudió con indignación. «El blanco no se puede volver negro, y una persona inocente no puede ser calumniada», afirmó.

Hasta aquí mis conclusiones y el resumen de mi investigación.

51

El informe Girchich

Bien, vayamos con las mías.

Nada tengo que objetar a las conclusiones de mi colega hacia Grigori Rasputin, que coinciden con las que mantengo. Sin embargo, permítaseme corregirle en lo concerniente a Anna Vyrubova, por quien creo que muestra una evidente parcialidad.

Llegó a mi presencia con una previa reputación de ignorante e ingenua, algo que mi condición de investigador me obligaba a cuestionar. Creo firmemente que su aire infantil, débil y desprotegido no era sino un papel, uno que llevaba desempeñando para mucha gente durante mucho tiempo. Mentía, sí, como lo haría una criatura, y con la misma certeza de que sería perdonada. Cuando creía que no era observada, su actitud cambiaba. En algún momento de su vida había descubierto que esa frivolidad le resultaba útil, porque le hacía parecer inofensiva.

Pregunta. ¿No era entonces usted una gran fiel de Rasputin?

Respuesta. Oh, no, señor.

P. Así pues, su interés por él ¿era comparable al de cualquier persona de su entorno?

R. Sí, más o menos, sí. Es que usted no tiene idea de lo difícil que era vivir en la corte entonces. Todo el mundo me tenía envidia. Una persona honrada no podía sobrevivir allí, entre la calumnia y el odio. Yo he sido siempre muy ingenua, y de verdad que en aquellos doce años, aparte de desgracias, no he visto absolutamente nada.

P. Pero entonces, ¿por qué quemó todos los documentos relacionados con la corte?

R. Pero ¡si no quemé casi nada!

P. Señora, encontramos su chimenea llena de cenizas y documentos a medio quemar.

R. Ah, no sé.

P. ¿Qué puede decir de su correspondencia política con Rasputin?

R. No sé, mucha gente venía a verme con todo tipo de preguntas.

P. A esas personas se las podía recibir un mes, un año. Pero nos consta que la visitaron durante muchos años.

R. ¡Es verdad, era horrible! ¡Nunca me dejaban en paz!

En algo le doy la razón a Rudnev, que no es más que un leguleyo provinciano, incapaz de ver más allá de sus papeles. La señora cambiaba de tema a una velocidad escalofriante. Hacían falta muchos años de entrenamiento cortesano y de frivolidad bien practicada para dominar esa técnica. No sé qué será de esa señora en un futuro, pero me atrevo a profetizar, porque yo también tengo mis moderados poderes, que nos enterrará a todos.

Lo que yo he visto en ella es una extraordinaria capacidad de observación, una adulación permanente y a una mujer acomodadiza. Sabe convertirse en lo que quien tiene enfrente desea. Si bien en general se la infravalora, los años de supervivencia en una corte hostil, en la que prácticamente nadie ha logrado prosperar, deberían dar una pista de su inteligencia.

Su matrimonio, por ejemplo, concertado casi a la carrera, es buena prueba de ello: su familia mostró gran interés en que se celebrara, ante los crecientes rumores de una amistad antinatural entre ella y la zarina. El teniente Vyrubov fue el elegido, un oficial modesto, pero con grandes posesiones inmuebles. Una vez casada, ya no podía continuar siendo dama de honor y eso apaciguó los rumores y a la corte por un tiempo. Pero Anna se las arregló para que su marido fuera destinado a la cancillería de Tsarskoye, y así ni se separó de la zarina ni perdió su influencia sobre ella.

Adjunto aquí el testimonio de la señora Belling, conocida cantante, que jura haber conocido a Anna en esa época.

> Acudí a aquella velada musical y la conocí. Estaba recién casada y parecía feliz. Su marido, un marino de cara redonda, moreno, no la dejaba ni a sol ni a sombra y la miraba tiernamente a los ojos. Ella no paraba de reírse.
>
> —Ay, qué bien, las dos estamos recién casadas, tú el 9, yo el 11...
>
> Se esforzaba todo el tiempo en reírse, en parecer amable, cariñosa, dispuesta..., pero yo no vi sinceridad en su actitud por ninguna parte. Intentaba forzar una amistad que no era real. En una ocasión, en una velada en la que yo cantaba, me hizo entrega de un ramo de rosas enorme, dándome las gracias con tanta efusión y emotividad que casi me sentí ridícula, y dándome un abrazo inacabable, mientras apretaba su frente contra la mía, como un homenaje.

Cuento con otros testimonios que afirman que no fue sino tras año y medio cuando Vyrubov, tras leer la correspondencia de su esposa con la zarina y dar con detalles que le intranquilizaron, intentó consumar el matrimonio, blanco hasta entonces. Fue en ese momento cuando Anna comenzó con sus denuncias, con el resultado por todos conocido. Vyrubov viajó a Suiza para seguir un tratamiento mental, se divorciaron y desde entonces no volvieron a verse. Vyrubov fue destinado a Polotsk, se casó de nuevo y, al parecer, goza de buena reputación en su provincia.

Mi colega, en su compasiva conclusión, pasa por alto parte de la correspondencia en que los zares hablan de la pequeña Anya. Quizás quiera recordar ahora el testimonio de la doncella Teodosia Voino, que afirma sin ambages:

> Vyrubova estaba enamorada del zar. Creo que él no la correspondía, pero de vez en cuando le escribía alguna carta. Una de ellas acabó en manos de la zarina, y las dos tuvieron una pelea espantosa, pero que duró poco tiempo. Pronto se amigaron de nuevo. Vyrubova me advirtió de que tenía cartas muy importantes en la caja fuerte y que si a ella le ocurría algo, debían serle devueltas al zar.

¿Estaba entonces esta mujer enamorada de la zarina? ¿Del zar? ¿De Rasputin? ¿O más bien de ninguno de ellos y manejaba a todos como figuritas a su antojo, entregadas a sus emociones? En la correspondencia entre el matrimonio real durante la guerra he subrayado frases que, al parecer, a mi colega le han pasado por alto. Así, la zarina escribe, en cartas diversas que adjunto como pruebas:

> Vyrubova está imposible otra vez. Mándale alguna frase cariñosa en las cartas a las niñas o no me dejará en paz. Pero no le escribas de nuevo, y por favor, quema las misivas que te haya mandado. Ya sé que te está incomodando, pero sé firme y no le mandes ni una palabra, porque si no ya sabemos qué pasará: escenitas de celos, broncas y lo de siempre. Ya sabes cómo es y cómo se pone. Cuando vengas te dirá lo mucho que ha sufrido sin ti, y todo lo demás. Es como una niña.

Tengo para mí que Vyrubova no se atrevió a nada más que a insinuaciones y a coqueteos sin importancia. Sabía de sobra lo que se jugaba. Pero hay personas que necesitan ese tipo de tensión y de juegos a tres bandas para mantener la pasión, y sin duda Anna supo que la zarina era una de ellas.

El mismo papel jugó en su relación con Rasputin. Anna fingía ser su mayor seguidora, pero no entraba nunca en competencia directa con la zarina, a la que dejaba siempre su papel protagonista. Esta señora, defiendo yo, está muy lejos de ser la dulce paloma que finge. Recomiendo su internamiento en prisión antes de que posteriores acontecimientos o influencias superiores logren su libertad. Refuto por lo tanto lo correspondiente a ella en el informe de Rudnev, si bien apoyo el resto de sus conclusiones. Por último, ofrezco mi muy diferente percepción del interrogatorio que le fue realizado en marzo de 1917, y finalizo con esto mi investigación, que entrego apoyada en los documentos aledaños para inspección del comité.

52

Se acabó el café, convertido de pronto en lujo, y decidimos prescindir de la mantequilla. Tampoco teníamos dinero para mantener a nuestros sirvientes y diez de ellos tuvieron que ser despedidos. Los vimos marchar con lágrimas. ¿Qué iba a ser de ellos? Habían traído a sus familias, que vivían en Tobolsk. ¿Quién los contrataría? ¿Qué represalias sufrirían por habernos sido fieles? ¿Qué no les harían aquellos hombres, que destruyeron el tobogán de mis hijos, su única distracción, porque argüían que era en realidad un puesto de vigilancia? ¿Cuánto tardarían en prohibirnos salir de la casa, aunque fuera escoltados por un soldado?

Las semanas pasaban, los niños languidecían, sin otra cosa que hacer más que coser y cortar leña, sin paseos ni distracciones, con una humillación nueva cada día. Y nuestras charlas giraban una y otra vez alrededor de los mismos temas. Si si... Si mi suegro no hubiera sido tan brutal, tan irresponsable, habría vivido mucho más, y Nikki habría tenido tiempo para fraguar un carácter más adecuado a la situación que se impuso, o incluso habría sido él quien se hubiera enfrentado a los revolucionarios, o abdicado en Nikki, a quien hubieran visto como un libertador... Si no hubiese emprendido la guerra contra Japón en 1904, tal vez el descontento habría sido menor y se hubiera evitado la revolución. Si nos hubieran informado del desastre de tal o cual, si Alexis hubiera nacido sano, si si si.

Heredamos los condicionantes de nuestros antepasados, y a veces pienso que ni siquiera si Nicolás hubiera sido seguro y autoritario habría podido evitarse todo esto: como en Inglaterra, como en Francia, todo inicio de liberalismo ha sido sangriento y ha terminado con sus reyes. Al menos los tiempos han cambiado, y nuestras vidas, aun a costa de sufrir humillaciones y maltratos, han sido respetadas.

Y por ello, en ningún momento hemos perdido la esperanza. Junto con los desplantes, cada pequeña satisfacción ha sido enorme: unos huevos que nos llegaban sin esperarlo, unas empanadas de carne que una mujer del pueblo nos envía, las campanillas que anuncian que la procesión del domingo de Carnaval pasa por las calles; la seguridad, que no nos ha abandonado ni un solo instante, de que nuestros leales amigos lograrán rescatarnos. La huida está descartada: aunque se han dado momentos en los que no hubiera resultado demasiado complicado sobornar a los guardas y escapar.

Pero si antes el exilio nos parecía una buena decisión, ahora Nikki no quiere ni oír hablar de una vida fuera de Rusia, ni de separarse de mí y de los niños, y poco a poco me ha convencido. Partir al extranjero sería cortar nuestra vida en dos, olvidar el pasado que ha sido nuestra vida, y antes de vivir eso sería preferible estar muertos. Nikki piensa en una vida pacífica y discreta, en su querida Crimea, si es posible, lejos de las intrigas palaciegas, de la repugnante traición del káiser, que después de haber firmado la paz con Lenin y Trotski les pidió que le aseguraran nuestra supervivencia... Cuánto sufrimiento he soportado de la tierra en la que nací. Después de cómo se han comportado con mi esposo, preferiría morir en Rusia que ser rescatada por los alemanes.

En abril, Alexis enfermó de nuevo. Había permanecido sano y fuerte durante todo el duro invierno, y tengo esperanzas de que, según crezca, la enfermedad se porte de una manera menos cruel con él. El comité de los bolcheviques resolvió que nuestra vida de reclusos era demasiado blanda y nos privó del consuelo del bienestar de tres fieles amigos: el general Tatichtchev, el príncipe Dolgorouky y la condesa Hendrikova pasaron a vivir a nuestra casa, como nosotros: como prisioneros.

El comisario Yakolev llegó de Moscú y nos invitó a tomar el té. Mostró interés por el malestar de Alexis, pero esa muestra de cortesía se volvió de pronto brusca y descortés, y por dos veces visitó al niño e interrogó a los médicos; ¿es posible que sospechara que inventábamos la enfermedad de Alexis? ¿Tan bajo habíamos caído? Creo que ni siquiera él tenía órdenes claras sobre qué hacer. En un principio nos temimos un nuevo desplazamiento. Luego se hizo evidente que quería llevarse a Nikki consigo.

Malvados hombres, capaces de jugar con la preocupación de un padre de familia y forzarle con inocentes rehenes a actuar contra su voluntad. Ya habían hecho eso una vez, cuando lo obligaron a abdicar, y estaban dispuestos a hacerlo otra vez, con el niño tan enfermo...

Fue un momento desesperado. Por primera vez en mi vida no supe qué hacer, ni siquiera qué pensar. El cielo me había inspirado siempre en los momentos de dificultad, y de pronto solo existía una nube negra frente a mis ojos. Si Nicolás nos era arrebatado, pensé, yo iría con él. Mis hijas cuidarían de Alexis, que se quedaba, además, con su preceptor y con Nagorni.

«Iré contigo —le dije a Nikki cuando por fin lo dejaron acudir a mí—. Está decidido. Yo iré contigo, y María vendrá con nosotros, y también Chemadurov y Anna Demidova.»

Nicolás me miró por un instante. Envejecía rápidamente. «Muy bien, si eso es lo que quieres.»

Esa noche velamos a Alexis, forzamos bromas, escondimos lágrimas. En el fondo de mi alma estaba dispuesta a entregar todo, incluso mi vida, por el bien de mi patria. Y también allí, en lo más recóndito, latía la esperanza de un reencuentro rápido. ¿Por qué, si no, mi intuición eligió que María viniera conmigo? No, no esperaba morir. Nos despedimos llorando, pero serenos. Dios estaba con nosotros. Nada debíamos temer.

Nos llevaron a Tyumen, en un trayecto horrible por caminos infectos y ríos inundados, pero al menos nos permitieron enviar un telegrama desde allí. Y de ahí tres, cuatro, cinco días, con el miedo en los ojos, el tren hasta Ekaterimburgo. Bajamos a la estación entre insultos del Ejército Rojo, nos detuvieron durante dos días y por fin nos encerraron aquí, en la casa del comerciante Ipatiev, en torno a la cual los soldados levantaban a toda prisa una empalizada de madera.

No nos permitieron reunirnos con nuestros hijos hasta dos semanas después. Por las noches me despertaba, segura de oír el llanto de Alexis o la risa de Anastasia. El corazón me palpitaba tanto que creía morir y solo podía rezar, rezar en silencio, entrecruzar las manos con María, que había perdido parte de su vitalidad lejos de sus hermanas, o buscar consuelo en los ojos de Nikki.

Los niños llegaron solos: Pierre Gilliard, Nagorni, la condesa Hendrikova y los demás fueron retenidos en la estación.

¿Qué más podemos contar? El hombre al cargo, Avdiev, bebe mucho y esa desgracia ha echado a perder su carácter. Casi todo nos está prohibido. Aceptamos con toda la resignación de la que somos capaces la situación y muchas veces el doctor Botkin intercede por nosotros ante los guardas, con desigual éxito. Alexis continúa enfermo y este régimen no contribuye demasiado a su curación. A veces Nikki lo lleva en brazos hasta el jardín, pero se fatiga enseguida y prefiere descansar en la cama. Duerme con nosotros, en la habitación grande de la primera planta; las cuatro niñas han ocupado la contigua, un cuarto sin puerta y sin camas. Los primeros días se acostaron en el suelo. El doctor duerme en la sala y los demás en la cocina. El comisario Avdiev ocupa otra de las habitaciones y los soldados se apiñan en el sótano.

Nunca pensé que mis hijas tendrían que soportar la presencia de soldados borrachos, de las groserías de un cuartel instalado en su propia casa. Los hombres irrumpen en nuestras habitaciones cuando les viene en gana, asustan a las niñas y hacen llorar a Alexis. ¿Qué otra cosa nos queda, más que confiar en la voluntad de Dios? Rezamos, nos contamos pequeños recuerdos los unos a los otros. Cuando tenemos ánimos para ello, cantamos. La idea fue de María y parece conmover lo que de bueno queda en el corazón de esos hombres. En ocasiones logramos que canten con nosotras, que se unan en la oración o que incluso nos hablen de sus familias. Otras se endurecen aún más, gritan y amenazan con matarnos si no callamos inmediatamente.

53

María

Sin fecha, sin destinatario
Las cuatro compartimos una habitación. Por las mañanas nos distraemos estudiando historia, idiomas... Paseamos dos veces por el patio y por el jardincito. Hemos hecho una montaña de nieve en el patio y nos deslizamos por ella. Para pasar el tiempo ensayamos obritas de teatro en inglés y francés que estrenamos los fines de semana.

Antes nos dejaban ir a la iglesia los domingos, pero han decidido que ya no, salvo las fiestas mayores. Aun así, nos dejan celebrar las vigilias y la liturgia en casa, en la entrada. Hay espacio de sobra y lo hemos montado como en la iglesia, con los iconos, pero obviamente no es la iglesia. Nos acordamos de la catedral Fedorovsky con muchísima nostalgia. ¿Te acuerdas de cómo preparábamos la comunión en la gruta? Ese lugar siempre me ponía de buen humor. No sabemos si podremos ayunar ni cómo. Pronto llegará la Cuaresma.

El tiempo huye. Pronto hará un año que no vemos a nuestros amigos. En fin, no pasa nada. Dios nos promete que en algún momento todos nos reuniremos.

Justo ahora mamá y mis hermanas están cantando. No sé qué tal quedará... Hoy hemos estado ensayando la obra de teatro en inglés que representaremos mañana. Alguna vez he hecho de hombre. Ahora es muy fácil, como tengo el cabello corto...

A mis hermanos

11 de mayo de 1918. Ekaterimburgo
Esta mañana hemos dado un paseo porque hacía bueno. Lamento tanto no haber podido despedirme... Tenéis que estar muy tristes por dejar Tobolsk, una casa tan bonita... Recuerdo esas habitaciones tan acogedoras y el jardín. ¿Seguís jugando en el columpio o se ha roto ya? Papá y yo os besamos de todo corazón. Que Dios os guarde. Mando cariños a todos en la casa. Mis mejores deseos y buen viaje, si todavía no habéis salido. Vuestra María.

A la tía Ella

17 de mayo de 1918. Ekaterimburgo
¡En verdad ha resucitado!

Te beso, querida mía, tres veces. Muchas gracias por los huevos, por el chocolate, el café... Mamá se bebió la primera taza de café con todo el deleite; estaba riquísimo. Le viene muy bien para sus jaquecas y no pudimos traernos ni un poquito.

Hemos sabido por los periódicos que te han expulsado de tu convento y estamos muy tristes por ti. Curioso que acabemos todos arrestados en la misma provincia. Confiamos en que te dejarán pasar el verano fuera de la ciudad, en algún monasterio. Echamos muchísimo de menos ir a la iglesia. Te dejo mi dirección, Ekaterimburgo, comité ejecutivo regional, al director, pero la pones a mi nombre. Que Dios te guarde, tu amante ahijada.

54

Por fin han llamado a la puerta.

—Mamá —ha dicho la voz de María—, soy yo. ¿Puedo pasar?

—Pasa, cariño.

—Nos han dicho que bajemos de una vez. Los camiones esperan.

—¿Qué hora es?

—No sé, tardísimo.

He suspirado.

—¿Adónde, ahora?

—Qué más da. Lo único que importa es que estemos juntos. Te ayudo a bajar, ahora subirán a por el Nene.

Alexis aguarda, somnoliento, abatido.

—No me dejes solo, mamá.

María me ha detenido con la mano.

—Baja, ya le hago yo compañía.

El resto de las niñas esperan en la escalera. Nikki también. Me sonríe. Sus ojos se llenan de arruguitas. Besaría cada una de ellas.

—¿Adónde, ahora? —repito.

El pasado domingo, antes de ayer, Yurovski nos concedió la gracia de un servicio religioso con el padre Storoyev. Eso acalló mis lamentos internos: hasta a los condenados a muerte se les otorga el socorro de la religión. De vez en cuando Yurovski, ese hombre endurecido, muestra una grieta, una pequeña zona blanda. Dios permita que se agranden. Un escalón, otro. Adónde, ahora. No importa. Estamos juntos. Seguiremos juntos. Nos amamos. Amamos Rusia.

No pueden quitarnos ya nada más. No pueden quitarnos eso.

55

Sí, contestaré a todas las preguntas de buen grado y con tanto acierto como sepa. Sí, accedo.

Mi nombre es María Nikolayevna Propp. Nací en Ekaterimburgo en 1851 y tengo sesenta y seis años. Mi padre, Nikolai Nikolayevich, era un campesino a jornal; murió cuando yo aún no sabía andar. Mi madre, María Ivanova, y yo, hemos servido como criadas desde que tengo memoria. Tuve dos hermanos, que murieron, y una hermana de vida respetable, que continúa viva. Soy pobre, pobre, pobre.

No sé responderle, señoría. No sé leer ni escribir. ¿Cómo podría saberlo?

Camarada. Lo siento..., camarada.

Toda mi vida, camarada. Recuerdo cuando la Casa del Propósito Especial no era sino una colina desnuda y cómo comenzaron a desbrozar el terreno y a construir en el solar frente a la iglesia. Entré por primera vez en esa casa como doncella, de la mano de mi marido, Piotr Petrovich, al que habían contratado como portero. Se alzaba en mitad de las demás como un pastel recubierto de merengue, como si le hubieran pasado un cuchillo para marcar las columnas y las ventanas. A mí nunca me gustó. Era demasiado grande y se había construido con la sangre que escupían los pulmones de los mineros en las propiedades de Ivan Redikortsev. Era tan ancha que se mirara desde donde se mirara, pese a sus dos pisos, parecía una caja para guantes.

No, yo no vivía allí. Piotr hacía guardia dos días sí, dos días no y contaba con una garita y un jergón. Yo vivía en mi casa. Siempre he vivido en mi casa. Humilde, como corresponde a alguien del pueblo, sin ambiciones: pero limpia. Trabajé para

Redikortsev quince años, hasta que le vendió la casa a otro bribón, el honorable Sharaviev. Todos los malvados se ayudan. Mala gente, explotadores, los dos.

Podría ser. Podría ser judío. Desde luego, tenía tratos con ellos, joyas, diamantes, todo lo compraba, lo fundía y lo vendía de nuevo. Un traficante de oro, un usurero que nos hacía pasar hambre mientras dormía sobre sus riquezas. Cuando Redikortsev vendió la casa nos vendió a nosotros con ella. Sharaviev me mantuvo, pero despidió a Piotr. A cambio, contrató a dos matones para la vigilancia de la casa.

Así, después de quince años, sin ni siquiera una palabra de agradecimiento, a la calle. A un hombre no se le puede arrojar de su trabajo y humillarlo; una mujer no debería mantener a su marido. Algunos dicen que los pobres no pueden permitirse el orgullo, pero si nos quitan el orgullo, ¿qué nos queda?

Diez años más. Entonces, el ingeniero Ipatiev compró la casa.

Creo que fue durante el invierno de 1907. O 1908. No lo recuerdo bien. Yo ya era viuda.

Nunca surgió ningún problema con Nikolai Nikolayevich, ni con su mujer o con sus nueras. Un amo justo, severo pero justo. Para entonces la ciudad había crecido alrededor de la iglesia y la colina, y la casa se encontraba casi en el centro. A lo largo de los años habían cultivado un jardín muy pequeño, pero acogedor, con rosales que traían de Crimea y con narcisos de primavera. Una monería, un capricho.

Fue el usurero quien ordenó construirla, señoría. Él mandó levantar esa cerca y añadió dos garitas de vigilancia más. Sí, estoy segura. Esa cerca se plantó hace más de quince años.

No entiendo la pregunta.

En abril de este año se me mandó llamar, junto con el resto de la servidumbre, y se me comunicó que la casa quedaba requisada por el soviet de los Urales para un propósito especial y que mis servicios no serían necesarios. Me aseguraron que cuando esas circunstancias cambiaran, me llamarían de nuevo para que retomara mi trabajo. Yo me encogí de hombros y me marché a casa, convencida de que eran palabras que se llevaría el viento y que no volverían a llamarme jamás.

Vivo con mi nuera y con dos nietos. Mi nuera y el nieto mayor trabajan en lo que pueden. Yo cuido de la casa y del pequeño. Bueno, hasta ahora. Así vivimos.

Hubo mucho movimiento durante todo ese mes: soldados que iban y venían, las prostitutas que siempre los acompañan, algunos militares de mayor rango... ¿Cómo?

Rectifico entonces, camarada, pero yo juraría que algunas de ellas eran prostitutas. Y no tendría nada de malo que lo fueran. Cada cual debe hacer lo que esté en su mano para no morirse de hambre.

Sí, entonces llegó su señoría Goloshchokin, y un poco más tarde, su señoría Yurovski.

Sí, camarada, lo siento. Es la costumbre. Las viejas costumbres mueren despacio. El camarada Yurovski.

Me pareció un hombre flaco, delgado, consumido por los nervios. Decían que no comía nada, que solo fumaba. Lucía un bigote espléndido y era siempre extremadamente cortés. Un día me mandó llamar: le habían contado que yo trabajé para Sharaviev y sintió mucha curiosidad por lo que pasaba en aquella casa; resultó que en su vida de civil había sido relojero y conocía y había mantenido tratos con Sharaviev. Aunque en poco pude ayudarle, cuando me despidió me dio un poco de dinero y me miró a los ojos. «Eres una buena mujer, María Nikolayevna. No nos olvidaremos de ti.»

Yo regresé a mi casa, ruborizada y con el corazón encabritado como una colegiala. Pocas veces alguien tan superior a mí me había tratado con tanta deferencia. Que Dios lc bendiga y le tenga de su mano, porque con dirigentes como él, Rusia saldrá por fin de la miseria.

A algunos sí, a algunos no. Tres de los guardas habituales eran chicos de la ciudad. Otros llegaban del frente. Había checos, húngaros..., creo que los hombres de confianza de su señoría Yurovski eran húngaros. No se les entendía una palabra y caminaban como si las calles les pertenecieran. No, no teníamos buena opinión de ellos, pero no estaban allí para darnos gusto, sino por el propósito especial.

Corrían rumores, claro, pero ¿cuándo no? Desde el inicio de la guerra Ekaterimburgo hervía de cotilleos. En tiempos de paz se observa las barrigas de las mujeres. En tiempos de guerra, los movimientos de los poderosos. Todo es lo mismo, se habla para que el tiempo pase... A mí me confirmaron que era cierto a finales de mayo. Poco tiempo más tarde nos llamaron a dos mujeres más y a mí para limpiar la casa, que, por cierto, no había sido fregada ni barrida desde que yo me fui de allí. Imaginen cómo me la encontré, llena de tierra, con daños por todas partes y un desorden espectacular.

¿Los conocía? Los conocía como todos en Ekaterimburgo, camarada. Sabíamos que le debíamos obediencia y habíamos celebrado el día de su coronación. El alcalde había repartido estampitas conmemorativas. Allí estaban, él, con la barba recortada, y ella, cargada de joyas, con un manto de armiño.

De vez en cuando algún periódico publicaba fotos de los niños. Eran preciosos, auténticos ángeles, con aquellos encajes y los vestiditos de batista y el cabello rubio. Aquellos niños no parecían zarevnas y zarévich; cualquier madre hubiera deseado acunarlos y verlos dormir bajo su techo. Así, a distancia, vimos crecer a las cuatro chicas y al muchacho. Durante años aguardé con impaciencia a que las mayores se casaran. Son cosas que siempre gustan, esas bodas. Luego comenzó la guerra y perdí el interés.

Nicolás. Nicolás *el Sanguinario.*

No. Bueno, sí. He de reconocer que sentía debilidad por la gran duquesa María. Porque las dos nos llamamos de igual manera, María Nikolayevna..., tonterías. Ya ven con qué poco se fragua una simpatía.

No sé decirle, camarada. Un día dicen una cosa, y otra nos indican lo contrario. Yo me crie llamando al abuelo del zar «padrecito», recuerdo como si fuera ahora el día en que leyeron el edicto en el que emancipó a los siervos (aunque mi familia nunca fue de siervos, éramos pobres, pero no siervos), y lloramos y maldecimos a sus asesinos, cuando lo despedazaron, en 1881. Crecí rezando por la salud de su padre, el tercer zar Alejandro, y también lloramos en la iglesia cuando murió, tan joven. Me regocijé por el nacimiento de cada gran duquesa, de las hijitas de este zar, y luego me entristecí porque no tuvieran varones, con la alegría que supone parirlos. Y luego, sin más, nos llegaron noticias terribles, y la guerra, la maldita guerra, y el *padrecito* zar se transformó en Nicolás *el Sanguinario.* Primero creímos una cosa, luego creímos otra. Solo Dios conoce nuestros corazones.

Señoría, yo en eso no me meto. Aquella casa era mía antes que de ellos. A mí me contaron que los zares y su corte habían sido trasladados a aquella casa, y luego me pidieron en un par de ocasiones que fuera a limpiarla y obedecí. Los porqués o los cómos se los dejo a quienes saben más que yo. Bastante tengo con arreglar lo mío como para meter las narices en lo que ni los abogados ni los políticos ni los alcaldes saben cómo arreglar.

La casa parecía una pocilga. Habían robado o quemado, o sabe Dios qué, muchos de los muebles bonitos, y la planta baja casi había quedado desierta. Existen en el mundo personas que encuentran alegría en destrozar lo ajeno y en que cualquier rastro de belleza desaparezca, y al parecer, muchas de ellas se habían instalado en aquella casa. Habían rasgado algunas de las cortinas y en el suelo la madera mostraba heridas, como si hubieran caminado con espuelas o arrastrado espadas. La lujosa escalera, con sus barrotes torneados, estaba hecha astillas y habían trazado nombres en las paredes; algunas se habían tapizado con seda. ¡Con seda! Y allí, sobre la seda habían escrito.

No, no los recuerdo y no los leí. No sé leer, camarada. Solo sé escribir mi nombre. Y dibujaron cochinadas, ¡ah, sí! Para reconocerlas no hace falta haber ido a la escuela. Cochinadas de la peor estofa, algunas de ellas con espantajos que debían de ser las zarevnas, porque lucían corona... ¡Sobre la seda rayada, tan lujosa! En los rincones encontré colillas y escupitajos de tabaco. Suspiré y me puse a fregar con las otras dos mujeres. De nada servía barrer, habían acumulado tanto polvo que solo lograríamos levantar nubes...

El piso superior se encontraba en mejor estado. Lo recordaba bien, con sus cuatro dormitorios, la preciosa sala de estar, el comedor de invierno y una salita de costura. Mucho había cambiado en dos meses: no sé a cuántas personas habían hospedado allí, pero fueran las que fuesen, eran demasiadas y llevaban consigo demasiados enseres. Apenas se podía dar un paso y se veía bien a las claras que tampoco habían barrido ni limpiado. Moví la cabeza y rezongué. Qué vergüenza. Grandes duquesas o no, con tantas mujeres en casa aquello era intolerable. No iban a morirse por mancharse las manos. Desde la entrada, el oficial de turno dio dos pasos para controlarme y luego asintió con la cabeza, antes de desaparecer.

Sí. En un principio creí que todos los dormitorios estaban vacíos, pero al abrir la puerta de uno de ellos, me encontré, sin previo aviso, con la zarina Alejandra y el zarévich. Mantenían el cuarto en penumbra. El zarévich Alexis, tendido en la cama, sin sábanas ni mantas que lo cubrieran, parecía sufrir mucho. «Vengo a limpiar», dije con cierta timidez. Nunca me habían enseñado modales para un encuentro con la zarina.

Ella musitó un «sí» casi inaudible, y yo acarreé la tinada de agua, el cepillo y los trapos. De reojo contemplaba a la zarina. Parecía una vaca triste.

Lo que quiero decir es que me costaba reconocer a la jovencita alemana de la coronación. Bajo la falda se adivinaban sus tobillos, muy hinchados, y una pulserita de oro se le clavaba en las muñecas. No era una gordura de gula, sino de enfermedad, todo agua, sin músculo. Y su mirada era la de un animal viejo, una vaca de ojos redondos que sabe que le queda poco para el matadero. Esa mujer me miraba desde el fondo de un pozo de tristeza.

«Hermana...», me llamó la zarina.

Sí, estoy completamente segura, camarada. Me llamó «hermana».

«Hermana..., quisiera cambiarle las sábanas al zarévich, pero yo sola no puedo, y él no debe moverse.»

Hablaba un ruso espantoso, pero no se me iban a caer los anillos por ayudarla. Además, me moría de curiosidad por ver al zarévich más de cerca. El niño estaba muy delgado y resultaba obvio que su enfermedad era grave. Yo conocía esos ojos amoratados y la delgadez de esos pómulos y sabía que no presagiaban nada bueno. Con extremo cuidado movimos al niño para deslizar sobre el jergón la sábana vieja y luego otra, muy fina, que la zarina extrajo de un arcón. Alexis se quejaba débilmente.

«¿Fuiste enfermera?», me preguntó.

«No. Pero la madre de su señoría Ipatiev estaba inválida y me enseñaron a cambiarla así. —No pude reprimirme, y pregunté—: ¿Qué le ocurre al zarévich?»

«Nada, con la ayuda de Dios», respondió ella.

Miraba a su hijo con tal calor que sentí una envidia inmensa al recordar dónde estaban los míos. Por un momento la observé casi con rabia. Abrí las ventanas, les dediqué un fregoteado rápido para espantarles el polvo de la lluvia y salí sin despedirme.

No, no me regaló nada. Ojalá. No tuve esa suerte. De todas maneras, al marcharnos nos registraron, de forma que nos lo hubieran requisado. No vi a nadie más en esa ocasión; solo a algunos soldados, todos muy jóvenes y creo que todos medio borrachos. Claro que es difícil encontrarse con algún soldado sobrio. Les grité que no fumaran dentro de la casa y me mandaron al diablo.

Un mes más tarde. Comenzaba julio y hacía muy buen día. Me pidieron lo mismo, por el mismo precio, y me acompañaron las dos mismas mujeres. En esa ocasión les rogué a mis amigas que me permitieran hacerme cargo del piso bajo. Por nada deseaba encontrarme de nuevo con aquella mujer, que se encontraba más en otro mundo que en este. Por comparación, no me pareció que hubieran destrozado tanto la casa. O quizás una se acostumbra a todo, hasta a lo más desagradable.

Sí, vi al zar. Estaba en el patio, reclinado contra una pared, y fumaba con dos de los soldados. No puedo asegurar si charlaban o si, simplemente, lo vigilaban. No sería censurable si hablaban. Toda criatura busca, cuando está desesperada, un rato de cháchara. Había tres o cuatro mujeres en el patio también. Me parecieron muy abrigadas para el sol que hacía y me extrañó que llevaran el pelo tan corto. Imaginé que serían las grandes duquesas, aunque luego me contaron que vivían más mujeres en la casa. Pero yo preferí creer que había visto a las cuatro zarevnas.

No, ellas no me vieron. Dejé la casa como si fuera mía y luego, tras el registro y tras recibir el pago, me marché a mi chabola, que era donde debía estar. Recuerdo que le insinué al oficial que mi nieto mayor era muy hábil con las chapuzas y que si deseaban reparar la casa (que buena falta le hacía) yo respondía por él.

No, no lo contrataron. No sé quién ha realizado los arreglos, si es que se han hecho.

Muchos. Hubo muchos rumores. Permitían el acceso de muy poca gente a la casa Ipatiev, y eso es como rocío para que la hierba crezca. Se rumoreaba que el Ejército Blanco estaba cerca, que todos los días llegaban a la ciudad nobles embozados y que intentaban ver al zar. De los grandes duques no se sabía nada, si se encontraban presos o huidos, y tampoco sabíamos si el alojamiento de los zares en Ekaterimburgo era definitivo o temporal.

En un par de ocasiones pidieron un médico y de vez en cuando acudía un niño a la casa. Decían que era para que jugara con el zarévich, aunque si seguía tan enfermo como cuando yo lo vi, poco podría jugar. Incluso llegué a creer que habría muerto y que intentaban cubrir las apariencias. Yo no sabía nada. En realidad, nadie sabía nada.

El 17 de julio.

No, en principio nada diferenciaba esa vez de la anterior: me ofrecieron el mismo pago, las mismas mujeres. Nos pidieron que acudiéramos muy temprano. Una vez allí, no nos dejaron acceder al piso superior. Dos soldados nos llevaron directamente al sótano.

Sí, conocía ese sótano. Era amplio, dividido en varias habitaciones, y en ocasiones se empleaba como hospedaje de invitados. Varias de sus ventanas daban al patio y un par de ellas, a la calle. Cuando Ipatiev compró la casa, había decidido mantener allí el papel rayado, un poco anticuado, que se encontraba en casi todas las paredes. Era un papel de muy buen gusto, verde y dorado, un papel que me encantaba.

En un principio, no vimos nada. Luego, con mucha prisa e insistencia, los soldados nos abrieron una de las habitaciones.

Yo no me asusto fácilmente, camarada; pero nunca olvidaré lo que vi allí. Sangre, mucha sangre en el suelo y las paredes. Alguien había retirado la cama, y dos sillas se alzaban en mitad del cuarto. Recogimos los casquillos de bala y se los entregamos, obedientes, a los soldados, que no nos perdían de vista. Yo aparté lo que creía que era un trapo manchado, porque habían abandonado allí varias almohadas, y que resultó ser un perrito. Me dio un vuelco el corazón. Aquel pobre animal, cosido a bayonetazos...

Una de mis compañeras, arrodillada en el suelo, preguntó: «¿Los habéis matado a todos?».

«Sí, a todos», fue la respuesta.

Es cuanto sé. Según me dijeron, fueron los zares y sus cinco hijos, el médico, la doncella, un cocinero y un criado.

No, no sé sus nombres. Nunca los supe. Eran días difíciles; cada noche fusilaban a una docena de personas. De todas maneras, aquellos eran extranjeros, cortesanos: nunca supe sus nombres. Algunos dicen que luego los enterraron en el bosque; otros, que quemaron los cuerpos. De una cosa doy fe: nadie hubiera podido salir vivo de aquella habitación. Tardamos todo el día en adecentarla. Luego, como protestamos porque no nos habían advertido y estábamos cubiertas de sangre de pies a cabeza, pedimos asearnos y ropa limpia. Nos trajeron unas jarras con agua y un buen montón de ropa de mujer. Las tres salimos con dos faldas, una sobre la otra, y con todo lo que pudimos apañar.

Sí, entre la sangre encontré una piedra verde. Creo que la llaman «esmeralda». Me fue requisada. Ignoro si mis compañeras encontraron más joyas o si se lo callaron.

¿Puedo ser sincera? Comprendo que mataran al zar. Comprendo que mataran a la zarina, pero me parte el alma el destino de esos niños. Nadie tiene la culpa de ser hijo de quien es. Quizás sea una sentimental, quizás obedezca a esos retratos que distribuían cuando eran niños y que se clavaban en la garganta y no le dejaban a una respirar, de lo lindos que eran. Pero yo hubiera salvado a los niños. Y a los criados, ¿por qué los mataron? Una criada, como podía ser yo, un cocinero... ¿Qué daño habían hecho? Me contaron que en un inicio fueron más en la casa y que luego dividieron a la servidumbre: a algunos los enviaron a Perm y los mataron igualmente. Cuentan atrocidades, que los torturaron y los arrojaron a un pozo, para luego cubrirlos con cal cuando aún estaban con vida... ¡A los criados! ¿Puedo yo ser responsable de lo que hizo Ipatiev? ¿Se me podría condenar por las villanías de mi antiguo amo, Sharaviev? Creo que quien aplicó la justicia, aunque fuera su señoría Yurovski, se excedió. Imagino que cumpliría órdenes, a los soldados siempre les mandan acometer misiones atroces. Es la única explicación que se me ocurre.

Aún veo aquel papel rayado, los agujeros de las balas, el yeso que no dejaba de caer al suelo y de cuajar la sangre, los rasgones de las bayonetas. Lo veo todas las noches. Dicen que con el tiempo, el cerebro descansa y esas imágenes se van. El perrito, rígido..., yo aún veo aquello si cierro los ojos.

No, camarada..., me guardé mucho de contárselo a nadie. No eran cosas como para contárselas a las comadres. Una sabe cuándo mantener la boca cerrada y ante quién hacerse la tonta. Unos días más tarde, los Blancos entraron en Ekaterimburgo, y todos los que nos habíamos relacionado, incluso de la manera más ligera, con aquella casa, huimos. Y aquí estoy. No tengo a nadie. Soy una pobre viuda que ha gastado su vida trabajando y que no tiene nada.

Mi marido murió en Manchuria, en la guerra contra Japón; y mis dos hijos, en la guerra contra Alemania, con dos meses de diferencia. Murieron por el *padrecito* zar y por la Madre Rusia. ¿Cómo voy a sentir simpatía por ellos, si se llevaron a toda mi familia? Aún guardo una de las blusas que nos dieron en la casa Ipatiev: es de hilo muy fino, con un encaje de nube, y por la talla, juraría que perteneció a esa mujer, a la zarina. ¿Creen que la guardo por devoción? No. La conservo como recordatorio de que, reina o fregona, todas sufrimos del mismo mal y de idéntica manera.

Aquel día, cuando las dos como dos hermanas, así me llamó, cambiamos la sábana del zarévich y sorprendí aquel fuego en sus ojos, estuve a punto de compadecerla. Mi hijo mayor murió en el frente, pero al pequeño nos lo devolvieron, sin una pierna, cocido en fiebre, para que muriera en casa. Agonizó durante doce días, con el muñón recorrido por manchas moradas, delirando, enloquecido. Y yo, yo miraba así a mi hijo, con la certeza de que no podía hacer nada por él salvo amarle. Así miraba aquella mujer, y yo no podía sentir lástima por ella. Porque así son los tiempos, camarada, la piedad es un lujo: y yo, creo que ya se lo he dicho, por mucho que tenga nombre de gran duquesa, no poseo nada, soy pobre, pobre, pobre...

EPÍLOGO

El informe Yurovski

1 de febrero de 1934
El 16 de julio por la mañana me libré del pinche de cocina, el joven Sednev, con la excusa de que su tío, que había escapado de un arresto, había logrado llegar a Sverdlovsk. Su ausencia provocó la ansiedad de los prisioneros. Botkin (el médico del zarévich) y más tarde una de las hijas preguntaron por Sednev —adónde había ido, por qué razón y por cuánto tiempo se ausentaría— porque Alexis lo echaba de menos.

Cuando recibieron una explicación, se marcharon aparentemente aliviados. Preparé doce revólveres y decidí quién dispararía cada uno de ellos. El camarada Filipp [Goloshchokin] me dijo que a eso de la medianoche llegaría un camión; nos proporcionaría una contraseña y lo dejaríamos pasar, les facilitaríamos los cadáveres para que se los llevaran y los enterraran.

Alrededor de las once de la noche del 16 de julio reuní de nuevo a los hombres, les entregué los revólveres y les anuncié que tendríamos que liquidar pronto a los prisioneros. Le dije a Pavel Medvedev que tendríamos que reforzar la guardia en el exterior y en el interior y mantener la vigilancia con especial atención.

También le dije que en el último momento, cuando todo estuviera preparado para la ejecución, debería tranquilizar a los guardias cuando oyeran disparos en el interior de la casa, y sobre todo, para que no abandonaran sus puestos. Si percibía algo inusual, debería informarme a través de la línea de comunicación establecida.

El camión no llegó hasta la una y media. La espera adicional causó cierta ansiedad. Todo comenzó mal, como si los caminos se torcieran una y otra vez. Los hombres se encontraban tensos y tan nerviosos que tuve que amonestarlos en varias ocasiones. Solo cuando el camión llegó y cuando las llamadas telefónicas informaron que estaba en el sendero, fui a despertar a los prisioneros.

Botkin dormía en la habitación contigua a la entrada. Salió y me preguntó qué ocurría. Le dije que despertara a los demás porque había disturbios en la ciudad y resultaba peligroso que permanecieran en el piso superior. Le informé de que los trasladaríamos a otro lugar. Tardaron mucho tiempo en reunirse, unos cuarenta minutos. Cuando la familia se hubo vestido, los conduje hacia la habitación en el sótano que habíamos designado con anterioridad.

He de decir en nuestro descargo que cuando el camarada Nikulin y yo planeamos esto no tuvimos en cuenta que: uno, se oiría ruido a través de las ventanas. Dos, que las víctimas permanecerían de pie contra una pared de ladrillo, y finalmente, tres (era imposible preverlo), que el fuego se abriría de manera indiscriminada.

No debería haber ocurrido. Cada hombre tenía una persona asignada, y con eso, si hubieran seguido las órdenes al pie de la letra, todo habría sido correcto. La causa del fuego indiscriminado se reveló más tarde. Aunque les comuniqué a las víctimas a través de Botkin que no debían llevar nada con ellos, bajaron con varios objetos: almohadas, bolsas y otras cosas, y lo que me pareció un perrito. Un perrito.

Cuando bajaron a la estancia les ordené que se colocaran junto a la pared. A su derecha había una ventana muy amplia. Obviamente, en esos momentos no se imaginaban qué les aguardaba.

«Ni siquiera hay sillas aquí», dijo Alejandra Feodorovna con su arrogancia habitual.

Nicolás cargaba a Alexis, que no podía caminar. Permaneció de pie en la habitación con él en brazos. Entonces ordené que trajeran un par de sillas. En una de ellas, a la derecha de la entrada casi en el rincón, se sentó Alejandra Feodorovna.

Las hijas y Demidova (la doncella) permanecieron de pie junto a ella, a la izquierda. Junto a ellas, Alexis se había sentado en un sillón. Detrás de él, el doctor Botkin, el cocinero y los otros de pie, Nicolás frente a Alexis.

Al mismo tiempo, mientras encontraban acomodo, ordené a los hombres que bajaran y estuvieran en sus puestos preparados para la orden. Nicolás estaba sentado de tal manera que protegía con su cuerpo a Alexis, que se sentaba en la esquina izquierda. Entraron todos al mismo tiempo.

Si no recuerdo mal, le dije al zar, más o menos, que sus parientes de la realeza intentaban salvarlo, dentro y fuera del país, pero que el soviet de los trabajadores había ordenado que fueran ejecutados. Él preguntó: «¿Qué?». Y se volvió a Alexis. En ese momento le disparé y lo maté en el acto. No tuvo tiempo de volverse y obtener una respuesta. No supe si no me entendió o si comprendió mis palabras y, sencillamente, no podía creérselas. Entonces los disparos comenzaron de manera caótica, no de la forma organizada que habíamos planeado. La habitación era pequeña, pero había suficiente espacio para que todos pudieran moverse y llevar a cabo la ejecución del modo que había sido ordenado; pero no. Algunos de ellos dispararon desde la puerta. Otros, al aire, o eso pareció. Las balas empezaron a rebotar, porque la pared era de ladrillo. Además, los disparos aumentaron los gritos de las víctimas. Me las arreglé para detener el fuego con gran dificultad.

«¡Alto! ¡Alto!»

Una bala, disparada por alguien a mis espaldas, pasó cerca de mi cabeza y rozó la palma o el dedo de alguien. Maldecí y por fin me obedecieron. Cuando cesó el fuego averiguamos que las hijas, Alejandra Feodorovna y, según parece, Demidova y Alexis seguían vivos. Creo que pudieron haberse desplomado, debido al miedo, o puede que de forma intencionada, en un intento de escapar, de manera que permanecían con vida.

Entonces procedimos a rematar la ejecución. Previamente yo había sugerido que se disparara al corazón para evitar la afluencia de sangre. Alexis continuaba sentado, petrificado. Yo lo maté. Yo mismo maté al niño.

Los demás dispararon a las hijas, pero por alguna razón no morían. Continuaban vivas, entre gritos, sin un rasguño. Entonces Yermakov recurrió a una bayoneta, pero aquello tampoco resultó. Las cuchillas rebotaban contra ellas. Al final las mataron de un tiro en la cabeza. Solo en el bosque descubrimos por fin la razón por la que había sido tan difícil matar a las hijas y a Alejandra Feodorovna.

Tras la ejecución era necesario librarse de los cadáveres, que habíamos pensado arrojar a una mina, pero había un camino relativamente largo hasta el camión. ¿Cómo podríamos hacerlo? De pronto, alguien tuvo una idea: parihuelas. No pensamos en ello antes. Cuando confirmamos que estaban muertos, comenzamos a acarrearlos. Pero descubrimos que dejaban restos de sangre por todas partes. Se desangraban muertos como no habían hecho vivos.

Hice que se pusiera en el trayecto hasta el camión paños militares de lana. Puse a Mijail Medvedev al cargo del traslado de cuerpos. Era un hombre de la checa, y él y Piotr Zajarovich Yermakov debían coger los cuerpos y transportarlos. Cuando se habían llevado el primer cadáver alguien dijo (no recuerdo exactamente quién) que los camaradas se había apropiado de algunos bienes.

Entonces comprendí que era obvio que había cosas de valor entre el equipaje que se habían traído. Detuve la operación de inmediato, reuní a los hombres y exigí que devolvieran los bienes. Después de varias negativas, dos hombres los devolvieron. Al menos, algunas cosas. Amenacé a los rateros a gritos y los retiré de la misión, ordenando al camarada Nikulin que escoltara los cuerpos y que tuvieran cuidado con que no se les robara. Primero recogí todo —los objetos que se habían llevado consigo y los otros— y lo envié a la oficina del comandante, etiquetado y empaquetado.

El camarada Filipp Goloshchokin quiso relevarme de la misión, porque mi salud no era muy buena, y me dijo que no acudiera al «funeral», pero yo estaba muy preocupado por que se hiciera lo correcto con los cadáveres, de manera que decidí supervisarlo en persona; con posterioridad, mi intuición y mi celo se revelaron correctos. De otra forma, los cuerpos hubieran acabado rápidamente en las manos del Ejército Blanco, y es de suponer cómo habrían sacado provecho de la situación.

Nos fuimos a eso de las tres de la madrugada, o un poco más tarde aún, después de dar instrucciones para que limpiaran todo. Me llevé a varios hombres de la guardia. No sabía dónde se enterrarían los cuerpos, como ya antes dije. Filipp Goloshchokin había asignado esa misión al camarada Yermakov (por cierto, creo que fue Pavel Vedvedev el que me contó aquella noche que había visto al camarada Filipp caminando nervioso junto a la casa, ansioso por cómo se sucederían los acontecimientos).

Yermakov nos condujo a las obras de las minas de Verkh-Isetsky. Nunca había estado allí y no lo conocía. A unas dos o tres verstas de allí, nos encontramos con una comitiva de gente a caballo y en carros.

«Pero ¡¿quién es esta gente? ¿Y qué hacen aquí?!», le grité a Yermakov.

«Los he mandado llamar para que nos ayuden con todo.»

«¿Por qué demonios son tantos?»

«Eran muchos cadáveres...»

Solo oí gritos, no sé si de alegría o de decepción.

«¡Pensábamos que llegarían vivos, pero resulta que están muertos!», aullaban.

Además, unas tres o cuatro verstas después nuestro camión quedó atrapado entre dos árboles. Al descender, descubrimos que en la parte trasera del camión varios de los hombres de Yermakov estaban rasgando los corpiños de las zarevnas. Descubrimos de nuevo que contenían objetos de valor y joyas y que los estaban robando. Ordené que algunos hombres lo impidieran.

El camión estaba atascado y no pudimos moverlo. Le pregunté a Yermakov si estábamos lejos del lugar elegido.

«No —me dijo—. Además, tras los árboles hay una ciénaga.»

Me pregunté de nuevo: «¿Por qué ha reunido a tantos hombres y tantos caballos? Si al menos los carros fueran más ligeros...». Temía una emboscada. Pero no había nada que hacer. Tuvimos que descargar para aligerar el camión, pero no sirvió de nada. Entonces les ordené que cargaran los cadáveres en carros, porque ya amanecía y no había tiempo que perder.

Solo al alba llegamos a la mina dichosa. A unos pasos de distancia había campesinos sentados en torno al fuego que habían pasado la noche en el campo de heno. Por el camino encontramos a mucha gente. Había trabajo que hacer en los sembrados de alrededor, al parecer, y era imposible efectuar el trabajo ante ellos y la situación se había vuelto muy difícil. Todo podría echarse a perder. Aún no sabía que la mina no iba a servirnos para nada. ¡Y aquellas malditas joyas...!

Tenía que librarme de toda aquella gente que Yermakov había reclutado. Nos habíamos alejado quince o dieciséis verstas de la ciudad y teníamos el pueblo de Koptyaki a unas tres verstas. Acordonamos el área y ordené que nadie saliera del pueblo, porque la Legión Checa no andaba lejos, nuestras unidades se habían congregado aquí y era peligroso acercarse. Ordené que los hombres devolvieran a todos aquellos voluntarios al pueblo y que dispararan a los desobedientes si era necesario. Envié otra tropa de la que podía prescindir al pueblo para mantener la paz.

Después dispuse que desnudaran los cadáveres y quemaran las ropas, para destruir hasta la menor evidencia que pudiera incriminarnos si por azar fueran descubiertos. Pedí que encendieran hogueras.

Cuando desnudamos los cuerpos, encontramos algo en las hijas y en Alejandra Feorodovna: no recuerdo exactamente qué llevaba ella, pero las hijas habían forrado sus corsés casi por completo con diamantes y otras piedras preciosas. No solo eran almacenes, sino que también les habían servido de armadura, de manera que por eso ni las balas ni las bayonetas las mataron. De manera que solo ellas fueron culpables de esa larga agonía.

Las joyas pesaron unos ocho kilos. Su avaricia era tan grande que Alejandra Feodorovna, por cierto, llevaba una enorme pieza de metal dorado, como un brazalete, que pesaba medio kilo. Todas las joyas fueron arrancadas inmediatamente, de manera que no fuera necesario arrastrar aquellos harapos sanguinolentos con nosotros.

Las joyas que los Blancos dijeron haber descubierto con posterioridad en la casa y los alrededores estaban sin duda cosidas a otras prendas o fueron colocadas por ellos a propósito. Es posible que se las tragaran, o que las guardaran entre los cabellos también. Después de ser quemadas las ropas, algunas piezas permanecieron entre las cenizas.

Al día siguiente me trajeron varios diamantes que los camaradas habían encontrado allí. ¿Cómo es que se nos pasaron por alto? Tuvimos tiempo suficiente para ello. Posiblemente ni se nos ocurrió que hubiera semejante arsenal. Por cierto, hay que suponer que algunas de las joyas se nos devolverían a través de las tiendas que trataban con extranjeros y que fueron recogidas por los campesinos de Koptyaki cuando nos fuimos.

En fin, las joyas se habían recogido, las prendas, quemado, y los cuerpos desnudos fueron arrojados a la mina, pero en ese mismo momento aparecieron otros problemas: el agua del fondo de la mina apenas cubría los cadáveres. ¿Qué debíamos hacer?

Se nos ocurrió volar la mina con bombas para cubrirlos, pero la idea no cuajó. Vi que el «funeral» se había quedado en nada y que era imposible dejar las cosas como estaban: debíamos comenzar de nuevo. Pero ¿qué hacer? ¿Dónde depositar los cadáveres?

A eso de las dos de la tarde decidí ir a la ciudad, porque estaba claro que debíamos retirar los cuerpos de la mina y llevarlos a otro lugar. Incluso un ciego podría descubrirlos. Además, el lugar era peligroso. Demasiada gente había visto que algo ocurría allí. Aposté guardas, recogí las joyas y me fui. Informé al comité regional ejecutivo de lo mal que iban las cosas, y el camarada Safarov y otros me escucharon pero no dijeron nada. A Filipp le expliqué que había que trasladar los cadáveres, y cuando se mostró de acuerdo ordené un relevo y pan y comida para los hombres, porque estaban hambrientos y cansados, tras llevar veinticuatro horas sin dormir. Tenían que esperarme allí. Resultó muy difícil extraer los cuerpos. Los hombres acabaron agotados y les llevó toda la noche hacerlo.

Pedí consejo al comité ejecutivo de la ciudad, y pedí consejo a Sergei Yergerovich Chutskayev, que estaba al mando en aquel momento. Quizás él supiera de un lugar mejor. Propuso una mina muy profunda en el camino a Moscú.

Cogí un coche, me llevé a alguien de la checa regional, pero a una versta y media de allí el eje se rompió. Dejamos al mecánico arreglándolo y seguimos a pie. Inspeccionamos el lugar y decidimos que era adecuado. El único problema era evitar testigos. Optamos por trasladar a la gente que vivía en las cercanías a la ciudad, retenerla allí y dejarla ir cuando todo hubiera acabado. Esa fue nuestra resolución. Regresamos al coche, pero continuaba averiado y decidimos esperar a que algún coche pasara. Un poco más tarde aparecieron dos personas a caballo y las detuve. Parecieron conocerme. De muy mala gana nos dieron los caballos.

Mientras cabalgábamos, tomó forma otro plan: quemar los cadáveres. Pero nadie sabía cómo hacerlo. Yo aún pensaba en las minas del camino a Moscú como un escondite transitorio y en moverlos luego a un enterramiento más seguro. El camino que lleva a Koptyaki era arcilloso, y si los enterrábamos allí sin testigos, ni siquiera el diablo podría encontrarlos.

De manera que había varios planes: pero no había nada en que transportarnos, no había coche. Intenté encontrar uno en el garaje militar, pero el que quedaba era del jefe. No recuerdo su nombre, resultó ser un canalla y fue ejecutado en Perm, por cierto. El camarada Gorbunov, que ahora está al cargo del Banco Nacional, era el responsable de transporte. Le dije que necesitaba un coche urgentemente, para un propósito especial.

«Sé para qué», me contestó y me lo facilitó. Conduje a Voikov, conseguí petróleo o keroseno, ácido sulfúrico para desfigurar los rostros, y sobre todo, palas. Los cargué en diez carretas y el camión fue enviado hacia allí. Teníamos un especialista en quemar cuerpos, Polushin, que había desaparecido; lo esperé hasta las once de la noche. Entonces me dijeron que viniendo de camino se había caído del caballo y herido un pie y que no podía cabalgar.

Como no podíamos permitirnos que el coche se estancara de nuevo, cabalgué hasta medianoche con un camarada al lugar donde aguardaban los cadáveres, la mina inicial que no nos había servido de nada. Pero también en eso tuve mala suerte: el caballo tropezó, cayó de costado y me atrapó un pie. Allí permanecí durante una hora hasta que pude montar de nuevo.

Llegamos muy tarde. El trabajo de extraer los cadáveres continuaba. Para adelantar tiempo, decidí enterrar algunos cadáveres en el camino. Comenzamos a cavar un foso. Casi habíamos acabado al alba, pero un camarada vino a decirnos que pese a la orden de que nadie se aproximara, un conocido de Yermakov se había aproximado y le habían permitido permanecer a cierta distancia. Desde allí era posible ver los trabajos de excavación, porque había montones de arcilla por todas partes. Aunque Yermakov aseguró que no pudo ver nada, otro camarada me demostró que desde donde permanecía era imposible no verlos.

De manera que ese plan también se arruinó. Entre maldiciones, decidimos rellenar la fosa. El camión nos esperaba en un lugar donde nos habían asegurado que era imposible que se atascara (el conductor era Lyukhanov, un trabajador de Zlokazov). Nos dirigimos a las vías que llevaban a Siberia. Cuando cruzamos las vías transferimos dos cadáveres al camión, pero pronto se atascó de nuevo. Luchamos por sacarlo durante dos horas.

Casi era medianoche. Entonces decidimos enterrarlos allí mismo, porque a esas horas nadie nos vería. Solo el vigía vio a algunos hombres, porque los mandé a por traviesas para cubrir el lugar donde colocaríamos los cuerpos. La explicación para ellos era que las traviesas debían tenderse allí para que el camión pudiera pasar.

Olvidé decir que nos quedamos atascados dos veces aquella tarde, o para ser más precisos aquella noche. Hace unos dos meses estaba hojeando el libro de Sokolov, el famoso investigador, cuando vi una foto de aquellas traviesas: decía que se habían colocado para que pasara un camión, de manera que tras excavar alrededor por todas partes, ni siquiera se les ocurrió mirar debajo.

He de decir que nuestros hombres estaban extenuados. No querían cavar una tumba nueva y yo les daba la razón, pero no quedaba más remedio. Como siempre ocurre en esos casos, dos o tres hombres comenzaron a trabajar de mala gana y los otros, por no quedar como perezosos, los siguieron.

Encendimos un fuego, y mientras cavaban, quemamos dos cadáveres: Alexis y Demidova. La fosa se encontraba junto a la hoguera. Enterramos los cuerpos, nivelamos la tierra. De nuevo encendimos una fogata inmensa y cubrimos todas las huellas con cenizas. Antes de arrojar los otros cuerpos a la fosa, volcamos ácido sulfúrico sobre ellos. Llenamos la fosa y la cubrimos con traviesas. Hicimos rodar el camión vacío sobre las traviesas varias veces para aplanarlas.

A las cinco o seis de la mañana reuní a todos y los felicité. Les aseguré que el trabajo hecho era importantísimo. Les advertí que debían olvidar las cosas que habían visto y no hablar jamás sobre ellas con nadie. Entonces regresamos a la ciudad. Los camaradas de la checa regional se habían perdido y llegaron cuando ya habíamos terminado todo.

La tarde del 19 marché a Moscú con mi informe.

Esto es todo. No se pudo hacer mejor. Hubo errores, pero no sé de qué otra manera se hubieran podido resolver. Surgieron de la nada, de las circunstancias. Tuvimos el destino en contra. No obstante, lo hecho sirvió para su propósito, y así lo expongo. Y de todo ello me hago personalmente responsable.

Centro de Documentación de la Organización Socialista
de la región de Sverdlovsk, f. 41, op. 1.D. 151,
L. 10-22. Original.